Tara

Tara n'est pas un roman. Plutôt la vision, hallucinante jusqu'à l'obsession, d'un double cas de possession. Car il y a deux Tara, la mère et la fille ; et la mère, après avoir patiemment formé sa fille au Mal, s'éloigne comme pour lui léguer une sorte de souveraineté.

Dès lors, la seconde Tara ne connaîtra plus ni prudence ni frein. Elle prend au piège et épouse un pur, un chrétien, Juan, afin de pouvoir cruellement blesser une âme. Elle s'offre au passant que choisit son caprice. Quand éclatera la Révolution, elle n'hésitera pas à commettre la plus abjecte des trahisons.

Ce n'est pas seulement ici l'étude d'un cas monstrueux ; c'est l'évocation du seul problème métaphysique qui soit lourd de conséquences immédiates pour l'homme : celui de la prédestination. Et ce problème s'incarne ici en des vies violentes, comme s'incarne ce domaine de « La Parra », cette province cordouane, cette Espagne enfin, tantôt jardin de délices, tantôt desséchée, impitoyable, telle enfin que pouvait nous la montrer, aussi loin de tout romantisme approximatif que de tout réalisme minutieux, un écrivain fait de sa substance et de son sang et, par surcroît, contraint dès l'enfance à se pencher sur les abîmes de l'âme.

Michel del Castillo est né le 2 août 1933 à Madrid de père français et de mère espagnole. Études de lettres et de psychologie. Publie son premier roman, Tanguy, *en 1957. Obtient le prix des Libraires pour* Le Vent de la nuit *en 1973 et le prix Renaudot pour* La Nuit du Décret *en 1981. En 1987, il publie* Le Démon de l'oubli *qui remporte un large succès auprès de la critique et du public.*

Du même auteur

Michel del Castillo

Tara

Éditions du Seuil

La première édition de cet ouvrage
a été publiée en 1962 par les Éditions René Julliard

TEXTE INTÉGRAL

EN COUVERTURE : Paul Delvaux, *Belles de nuit* (détail).
Archives Bridgeman-Giraudon. © Fondation P. Delvaux,
SPADEM, Paris, 1990. St Idesbald, Belgium.

ISBN 2-02-012243-X
(ISBN 1re publication : 2-266-00885-4)

© JUIN 1990, ÉDITIONS DU SEUIL

« Vous avez, vous, le diable pour père, et ce sont les désirs de votre père que vous voulez accomplir. Il était, lui, homicide dès le commencement, et il n'a pas persévéré dans la vérité parce qu'il n'y a pas de vérité en lui. Quand il profère le mensonge, il parle de son propre fonds, car il est menteur et père du mensonge. »

Saint Jean, VIII, 44.

Première partie

I

Je lutte contre les mots. Chacun de ceux que je trace me coûte un effort. Je peine devant ce cahier, comme une écolière devant sa copie. Il me semble parfois que c'est un peu de mon sang que je laisse sur ces pages.

J'aimerais trouver, pour m'adresser à toi, les mots les plus simples et les plus vrais ; j'aimerais les réinventer pour toi, afin qu'en les lisant, tu sois surpris ; qu'ils te brûlent comme ils me brûlent. Et que tu leur restitues ce sens qu'ils avaient avant que l'habitude ne les rendît inoffensifs. Car nous sommes vaccinés contre le virus de la parole. Les mots résonnent en nous sans nous atteindre. Nous les parcourons ; nous leur conférons un ordre qui nous rassure. Aucun ne possède plus le pouvoir de nous arrêter. Nous ne sommes même plus capables de percevoir, sous la mélodie trompeuse du discours, le gémissement d'une âme. Et c'est pourtant dans la fièvre que je m'adresse à toi, Juan, et tout mon corps gémit comme je trace ces signes que tu parcourras peut-être d'un œil distrait et vaguement ennuyé. D'ailleurs j'exagère : mon corps ne gémit pas de douleur, mais d'impatience. La pensée devance le geste et c'est peut-être cela qui rend toute confession si pénible à écrire. J'essaie de calmer cette ardeur et de freiner mon impatience.

J'aurais préféré te parler sur un ton calme et pondéré. Te livrer mon récit de cette voix lasse et comme détachée de tout qu'il m'arrive de prendre, quand je veux marquer du recul vis-à-vis de moi-même et de ce qui m'agite.

Nous aurions eu la nuit pour complice. Nous serions restés sagement assis dans le noir, toi fumant ta pipe et moi regardant la lune se baigner dans le Guadalquivir...

Tu ne dirais rien. Tu m'écouterais parler comme on écoute le délire d'un malade : sans passion. Tu éviterais de m'interrompre et, même, de me dévisager. Il est bon que les aveux les plus pénibles se fassent au crépuscule, dans une douce pénombre, et qu'on ait l'impression de ne s'adresser à personne. Les seules confessions vraiment sincères sont celles qu'on se fait à soi-même, mais à voix haute et avec l'intime conviction qu'une présence les entend.

J'ai souvent essayé de m'adresser à toi. Tu m'arrêtais d'une phrase : « Cesse de te tourmenter, Tara. » Ou encore : « Je n'ai rien à te pardonner... »

Tu reculais ainsi, d'heure en heure, cet instant où il te faudrait faire face à la vérité. Tu prolongeais ton rêve, sachant, au plus secret de toi-même, qu'un jour viendrait où tu devrais, malgré tout, renoncer à ce confort de l'esprit. Et je me taisais comme je le fais depuis cinq ans, par lâcheté. Je craignais de prononcer une de ces paroles qu'on met une seconde à dire et toute une vie à ne pas oublier. Je redoutais l'explosion de ma haine et qu'elle ne te masquât de quel immense amour elle était née. Car je te hais, Juan. Du moins je le pense. Ou peut-être t'aimé-je ? Comment savoir, au juste, ce qu'est cette frénésie qui s'empare de moi et me pousse à me réjouir de tout ce qui fait ton malheur ? Cette joie mauvaise qui m'envahit quand je perçois, la nuit, les faibles gémissements que la souffrance t'arrache, et qui me fait pourtant mal. Je me réjouis de ta douleur et souffre de ma joie. Je ne sais si je t'aime dans la haine ou si je te hais à force d'amour. Mais cela n'a d'ailleurs plus d'importance. Ou peut-être, au contraire, est-ce la seule chose qui importe ?... Je ne sais. Pour nous, les jeux sont faits. Nous n'avons plus le droit, sans tricher, de pousser nos mises...

La chaleur plaque les bêtes et les hommes au sol. La

campagne retient son souffle. Un silence écrasant, troublé
seulement par les cris des crapauds autour de la mare
desséchée, et par le vrombissement des insectes dans l'air
brûlant, plane sur le *cortijo*[1]. Lorsque ces bruits cessent,
un silence si pesant s'installe que je perçois, avec netteté,
le sang martelant mes tempes et, très distinctement, les
battements irréguliers de mon cœur. On dirait d'un
roulement de tambour. Ou d'une cloche qui sonne le glas.
Mais qu'est-il d'autre notre cœur, sinon le tambour et la
cloche qui scandent les heures qui nous séparent de la
mort ? Car nous portons en nous notre mort, comme une
femme enceinte le fruit de son amour.

Ces trêves de silence ne se prolongent guère. La vie
reprend bientôt, comme exaspérée. L'air s'emplit du
bourdonnement des abeilles et de celui, plus aigu, des
moustiques. Parfois le vent du sud se lève et m'envoie à la
figure son haleine fétide et poussiéreuse. J'évite de
bouger. Une sueur moite baigne mon corps. J'écris devant
une fenêtre qui s'ouvre sur la campagne alentour.

Les volets clos laissent filtrer un rayon de soleil qui fait
danser un nuage de poussière. Une douce pénombre
enveloppe la chambre. Je devine les meubles grenadins,
incrustés de nacre, d'un mauvais goût presque provocant.
Je les regarde comme fascinée. D'ailleurs tout, dans cette
maison, témoigne d'un tel parti pris dans la laideur que
cela en devient hallucinant. Les murs blancs recouverts
d'*azulejos* jusqu'à mi-hauteur, les portes et les fenêtres
aux arcs outrepassés, les tapis de grenade aux coloris
criards, les poufs en cuir de Cordoue, donnent la nausée.

Je ne parviens pourtant pas à en détacher mon regard.
Je fixe ces meubles et ces objets, l'un après l'autre,
toujours surprise que leur laideur dépasse mon attente. La
maison elle-même m'apparaît telle qu'elle est : une
hideuse bâtisse blanche, au style vaguement mauresque,
surmontée d'une coupole et ornée, sur sa façade princi-
pale, d'une cinquantaine de colonnes.

C'est une maison de plain-pied en forme de quadrila-

---

1. Propriété agricole, en Andalousie *(N.d.A.)*.

tère. Toutes les pièces communiquent avec un couloir qui
en fait le tour et qui s'ouvre, par des fenêtres aux arcs
outrepassés, sur un *patio* planté de cyprès, d'orangers, de
citronniers, de lauriers-roses, de jasmins et de géraniums.
Au milieu, se dresse un bassin, surmonté d'une vasque.
L'eau coule doucement dans la vasque dont le trop-plein
déborde dans le bassin. Cela fait comme une musique
discrète. On l'écoute avec ravissement. Elle incite à la
rêverie. On tend, malgré soi, l'oreille à cette pendule
vivante qui égrène, avec mélancolie, les heures de l'éternité. Souvent je me laisse bercer par cette voix qui semble
se parler à elle-même.

Le *cortijo* se trouve à quelques kilomètres de Cordoue,
sur les rives du Guadalquivir. Il se compose de vingt mille
hectares d'oliviers et d'herbages. La maison, bâtie sur le
sommet d'une colline, domine la campagne alentour. La
vue s'étend au sud sur une forêt d'oliviers. Les arbres,
serrés les uns contre les autres, sont petits et rabougris.
Les troncs se tordent, s'abaissent vers le sol, comme pour
mieux supporter le poids de leurs fruits. On les empêche,
ces arbres, de croître et de se développer, car les grands
donnent moins de fruits que les petits. Ils souffrent tous
d'une anémie pernicieuse. Leur feuillage, tantôt cendré,
tantôt argenté, s'accorde mal avec d'aussi vilains troncs.
Vue de la maison, cette forêt ressemble à la mer. Elle
ondoie en une succession de collines. Le terrain s'abaisse
doucement vers le Guadalquivir dont on aperçoit les eaux
calmes et presque stagnantes. Le fleuve, las de parcourir
les routes, s'attarde avant de rejoindre la mer, serpente,
décrit des méandres, revient sur ses pas pour, enfin, passer
sous le pont romain qui l'enjambe. En été, le soleil
évapore ses eaux qui forment, au-dessus de son lit, un
nuage dense. Le Guadalquivir découvre alors des îlots
sablonneux, plantés de joncs et d'herbes calcinés. Sur ses
rives, bordées de peupliers, des lauriers-roses fleurissent.
Cela fait un trait de verdure au milieu de ces terres d'un
rouge sombre.

La *calina* jette son voile violacé sur la Sierra. La *calina*, c'est le halo que fait la chaleur : une brume violemment teintée de violet, qui s'interpose entre le regard et les choses, qu'elle déforme. Le ciel semble alors se rapprocher de la terre. La campagne, baignée dans cette lumière, prend des allures irréelles. Tout perd de sa netteté. Les yeux cessent de voir et le regard débouche sur le rêve.

Quand le vent d'est se lève, il chasse la *calina*. Le ciel se fait inaccessible. Il devient d'un bleu si intense qu'on ne peut le fixer. Les arbres et les objets prennent des contours tranchants. Les choses s'ordonnent dans l'espace, soudain devenu vide. Le regard s'enivre de formes et de couleurs. Il embrasse des horizons toujours plus vastes, se grise de sa puissance, réclame de nouvelles terres et de plus vastes étendues, se heurte avec rage à la barrière de la Sierra, dont on peut apercevoir la moindre arête, la plus petite fissure. Les choses semblent déborder de leur cadre. Elles acquièrent une nouvelle dimension : celle de la profondeur.

La lumière trop crue blesse les yeux. Tout le corps participe à l'exaltation de la fête. Regarder devient une volupté. On voit avec les mains, avec les jambes, avec le ventre. On s'identifie à l'ivresse du regard, comme s'il s'agissait d'un miracle. Peut-être en est-ce un, d'ailleurs ? N'est-ce pas un miracle que d'apercevoir, dans son effroyable nudité, l'exact contour d'un objet ?

Les objets surgissent brusquement de l'ombre. Ils se plantent devant vous. On croit les redécouvrir. Leur existence effraie. Ils sont là, triomphants, occupant chacun leur place. L'homme cesse de les régir... Ah ! comme cela fait mal, alors, de regarder et comme on voudrait crier grâce ! Car voir est la chose la plus effrayante qui soit. Si nous voyions *réellement,* nous deviendrions tous fous. L'habitude, heureusement, nous sauve, et aussi la *calina* qui plonge la campagne andalouse dans un engourdissement propice aux songes et endort nos inquiétudes.

Le vent d'est ne souffle qu'au printemps et à l'automne. Rarement en été. Aussi ces deux saisons sont-elles la longue fête de l'Andalousie.

Au printemps, le soleil chauffe sans brûler ; les amandiers fleurissent ; l'air sent le thym, le romarin, la marjolaine et les premiers lilas ; au crépuscule, une brise
caressante transporte les parfums du nard, du jasmin et de
la fleur d'oranger.

Il faut avoir senti ce parfum pour en reconnaître le goût.
Il ne ressemble à aucun autre. Il n'a ni la légèreté de ceux
qu'on respire plus au nord et qu'on hume, par instants,
comme un don du ciel, ni l'enivrante lourdeur de ceux
dont on se grise dans les jardins de l'Alhambra ou dans la
roseraie du parc Marie-Louise, à Séville. C'est un parfum
fort, épicé, dont on ne peut se défaire. On le subit comme
on subit l'amour. Il vous enveloppe, vous saoule et vous
imprègne ; il vous plonge dans un état léthargique plus
proche de l'engourdissement que de la volupté ; il vous colle
à la peau et s'infiltre dans votre chambre. Il ne demeure
jamais immobile, mais oscille avec le vent qui le porte.
Parfois, comme le vent s'arrête, il disparaît aussi, laissant
derrière lui des regrets lancinants. Il semble célébrer
l'amour et la vie. Peut-être les célèbre-t-il ? Toute l'Andalousie fête, au printemps et à l'automne, l'exaltation de la
vie et l'ivresse de l'amour. C'est comme un chant sacré
qu'entonnent à l'unisson la terre, les bêtes et les hommes.

Le crépuscule descend. Le soleil éclaire encore les
sommets de la Sierra, mais l'ombre envahit déjà la plaine.
Un imperceptible frémissement parcourt l'air. La terre
s'agite. C'est, après cette journée torride, comme une
trêve mélancolique. Les eaux du Guadalquivir se teintent
de pourpre. Tout respire la détente. L'air cesse de brûler
pour n'être plus qu'une tiède caresse.

Je contemple ce spectacle avec attendrissement, heureuse
de prendre conscience de ma parfaite identification avec
cette terre ensanglantée. Son soulagement me gagne. Je
renais avec elle et respire, comme elle, cette brise impalpable qui porte jusqu'à moi l'odeur qu'elle exhale. J'aime cette
terre, Juan, plus que je n'oserai jamais le dire et l'écrire.

Ne t'impatiente pas si j'ai l'air de flâner et de m'attarder à des descriptions que tu jugeras « superflues ». Tu connais, il est vrai, ce pays. Tu l'aimes aussi. Mais tu n'es pas d'ici et ne peux donc le voir comme je le vois, par tous les pores de ma peau. On n'adopte pas plus une terre qu'on n'adopte ses parents. Elle régit nos actes et nos pensées. Nous lui appartenons autant qu'elle nous appartient. En couvrant ce paysage d'un regard amoureux, il me semble parfois que la trame de mon histoire s'y trouve inscrite ; que cette terre grasse, d'un rouge violent, contenait, dès le commencement du monde, tout mon destin. On ne comprend les êtres que lorsqu'on sait tout d'eux-mêmes et, par-dessus tout, le pays dont ils sont issus. Un homme se définit plus par ce qu'il aime que par ce qu'il dit. Car la parole ment et l'amour nous porte, inexorablement, vers notre propre accomplissement.

Laisse-moi donc te conter cette histoire à ma guise. Après tout, il s'agit de la mienne. Je te promets toute la sincérité dont je suis capable. Il me faut, pour cela, te décrire des lieux que tu connais et t'entretenir d'événements dont tu as entendu parler. Peut-être les uns et les autres te paraîtront-ils nouveaux ? Personne ne voit jamais les choses de la même manière. Il se peut d'ailleurs que les choses, elles-mêmes, ne livrent qu'une partie seulement de leurs multiples aspects. Car nous ne pouvons prétendre saisir qu'une part infime de la vérité, la nôtre. C'est donc la mienne que je vais te livrer ici, sans fard. Tâche de me comprendre. Je ne te demande ni de me plaindre ni de me pardonner. La pitié d'autrui, fût-elle tienne, me fait horreur ; et, pour ce qui est du pardon, Dieu, s'Il le veut et le peut, y pourvoira. Je n'attends rien de toi qu'un peu de patience et un peu de cette compréhension que tu réserves pour toi-même. Essaie de parcourir ces lignes, que j'ai tant de mal à tracer, non pas avec tes yeux mais avec les miens. Je voudrais que pendant quelques heures tu te mettes réellement, complètement, à la place d'un autre et que tu épouses son tourment, non pour l'en soulager, mais pour le comprendre.

II

Toute mon enfance s'est déroulée à « La Parra [1] ». Je
crois que c'est mon grand-père qui baptisa ainsi le *cortijo*.

Mon grand-père venait de Malaga, aimait les vignobles
et manquait d'imagination. Je ne l'ai jamais connu, car il
mourut peu après ma naissance. Mon père m'en a souvent
parlé avec une pointe d'ironie et beaucoup de tendresse. Il
ne l'appelait jamais « père » ou « papa », mais l'« aïeul ».
C'est ainsi qu'il m'est impossible de songer à lui autrement
que comme à un très vieil homme.

Il descendait d'une famille noble mais ruinée. Du moins
le prétendait-il. En fait, il ne s'est jamais soucié de prouver
le bien-fondé de cette particule qui précédait son nom,
jugeant, avec raison peut-être, que sa parole valait bien un
arbre généalogique. Il employa toute son énergie à refaire
la fortune dilapidée par ses ancêtres. Car, nobles ou
roturiers, il est certain qu'ils avaient été riches.

L'« aïeul » avait, comme on dit, la bosse des affaires. Il
réussit donc au-delà de ses espérances. Il se trouva, à l'âge
de quarante ans, à la tête de l'une des plus considérables
fortunes de l'Andalousie. Je n'ai jamais pu savoir par
quels moyens il y était parvenu. Le fait est qu'il possédait
plus de trente-cinq mille hectares de terres, réparties entre
Malaga, Motril et Cordoue, ainsi que plusieurs raffineries
de canne à sucre aux environs de Grenade. Mon père, sans
toutefois mettre en doute l'honnêteté de l'« aïeul », insi-
nuait que celui-ci n'avait jamais eu de scrupules excessifs.
Il disait d'ailleurs cela sur un ton presque admiratif. Tu
sais, mon ami, que les Andalous ne cachent pas leur
admiration pour ceux qui, sans travailler, connaissent l'art
de s'enrichir. Mon père partageait ce sentiment. Il lui
arrivait, en riant, de me confier :

— L'« aïeul » était un homme redoutable, ma petite
fille. On l'appelait le « gitan ». Il avait l'art de vous rouler

1. « La Parra » : la treille *(N.d.A.)*.

avec une telle grâce qu'on ne pouvait lui en garder rancune. Il aurait pu vous faire prendre un mulet castillan pour un pur-sang arabe. Il parlait tant et si bien que l'acheteur en oubliait de regarder la bête... Ah! c'était quelqu'un, je t'assure, que ton grand-père...

Par les récits et les confidences de mon père, je suis parvenue à me faire une certaine idée de l'« aïeul ».

Ce n'était pas un bourgeois. Il aimait, certes, l'argent, mais pour le dépenser. Il savait se montrer généreux et même prodigue. Ni sa femme ni son fils n'eurent jamais à se plaindre de lui. Il devançait leurs désirs et n'aimait rien tant que les combler de cadeaux. Il avait un goût très peu sûr, ce qui le poussait à préférer aux beaux objets ceux qui attirent le regard et ne risquent pas de passer inaperçus. Il voulait, comme on dit, en avoir pour son argent. Il circulait à Grenade dans une voiture découverte tirée par des pur-sang arabes, empanachés comme des mules. Ma grand-mère se tenait à ses côtés, raide comme la Justice ; sur son éternelle robe noire, son mari l'obligeait à étaler le plus possible de bijoux. Ce tableau, avec le recul du temps, provoquait l'hilarité de mon père.

— Il aurait fallu que tu voies cela, ma fille... Ton grand-père, très droit, très digne dans son costume andalou, fumait des cigares qu'il détestait mais qui, pensait-il, faisaient partie de son personnage. Auprès de lui, ma mère ressemblait à la Macarena[1]. Perles, émeraudes, rubis et diamants constellaient sa poitrine. Avec la meilleure volonté du monde, on n'aurait su trouver un endroit où épingler une médaille... La malheureuse détestait cet étalage de mauvais goût. Elle avait l'air d'un mannequin qu'on promène. Gênée, elle évitait de regarder la foule, ce qui accentuait encore sa roideur. Moi, je me cachais pour les voir défiler... Ce que j'ai pu rire, ma petite !...

L'« aïeul », vers la fin de sa vie, se lassa d'être en représentation. Il décida de se retirer à la campagne et d'y tenir un train plus discret. Il acheta donc ce *cortijo*, fit démolir une ravissante maison qui s'y trouvait et construi-

1. Célèbre Vierge de Séville *(N.d.A.)*.

sit, à sa place, la hideuse bâtisse que tu connais. Il voulut
même l'appeler l'« Alcazar », ce dont mon père parvint à
le dissuader.

L'« aïeul » vouait à « La Parra » un amour exclusif et
jaloux. De l'aube au crépuscule il parcourait le domaine à
cheval. Les métayers et les journaliers l'aimaient. Ce
n'était pas un homme tendre ni toujours juste, mais il
possédait, avec eux, un langage commun et un même art
de vivre. Maître et seigneur, il savait aussi devenir leur
ami. Il tutoyait tous les hommes et ceux-ci l'appelaient
señorito [1]. Il avait surtout cette grâce andalouse qu'on ne
sait comment définir. C'est à la fois un art de vivre et une
manière de marcher et de parler.

L'« aïeul » aimait la vie et les biens qu'elle dispense : les
conversations interminables dans le patio fleuri, le récon-
fort de l'amitié, les bons vins et, par-dessus tout, les jolies
femmes.

Les *corridas* le passionnaient. Il était l'ami des plus
grands toreros de l'époque et n'hésitait jamais à entre-
prendre un long voyage pour les suivre dans leurs déplace-
ments. Souvent, il transportait le *diestro* [2] dans sa vieille
voiture qui faisait l'admiration des badauds, tant elle était
longue et chromée.

Pour lui, la *corrida* était une affaire sérieuse et les
toreros les seuls hommes qu'il reconnût comme ses égaux.
Il connaissait à fond l'histoire et les règles de la tauromachie et pouvait réciter par cœur la biographie de la plupart
des *matadorest* [2] les plus illustres. Il avait surtout ce don
véritablement royal de discerner, d'un coup d'œil, l'invisible défaut ou le vice caché d'un taureau. Aussi les *diestros*
le faisaient-ils souvent venir aux *encierros* [3] afin qu'il
donnât son avis. Les spécialistes se fiaient à son intuition
et à son regard qui étaient, généralement, infaillibles. Mon

---

1. *Señorito* est le traitement réservé aux jeunes gens ; par extension, il
signifie « fils à papa », mais les Andalous l'emploient dans le sens de
« Monsieur » *(N.d.A.).*
2. *Diestro* et *matador* sont synonymes de torero *(N.d.A.).*
3. Opération qui consiste à enfermer les taureaux *(N.d.A.).*

père m'en a souvent et longuement parlé avec une admiration non dissimulée.

Un jour, Belmonte toréait à Linares. Le taureau bondit dans l'arène. Le fauve paraissait noble et brave. Il fonçait sur le chiffon, poursuivait sa course, revenait à la charge. La foule l'applaudit dès les premières passes. Belmonte regagna les barrières ; mon grand-père, assis au premier rang, lui fit signe. Le *diestro* s'approcha.

— Méfie-toi, homme, méfie-toi..., lui lança l'« aïeul ». Ce taureau ne m'inspire aucune confiance. Après la troisième *veronica*[1], je l'ai vu qui marquait un temps d'arrêt... C'est une bête cynique qui risque de te blesser. Ne la laisse pas trop approcher.

Belmonte remercia mon grand-père et s'en alla consulter ses aides. Tous rétorquèrent que l'« aïeul », pour une fois, se trompait ; ce taureau n'avait aucun défaut de caractère ; son attaque était noble. Belmonte qui rêvait, ce jour-là, de se distinguer, se fia aux avis de ses aides. La *faena*[2] commença.

Le *diestro* débuta par quelques passes de poitrine, emmena le fauve vers les barrières et là, dans un silence haletant, entreprit une série de *naturales*[3] de la main droite. La foule put en compter quinze, très lentes, d'une majestueuse et souveraine perfection, les pieds rivés au sol, la taille cambrée, le corps n'esquissant qu'un calme pivotement du buste. Le public retenait son souffle, scandait les « olés » avec la régularité des vagues déferlant sur une plage. C'était du très grand art. L'homme et la bête semblaient fondus l'un à l'autre. Belmonte toréait dans le champ de son ennemi. Dans le silence qui précédait ou suivait le brusque déferlement des « olés », on entendait, distinctement, les râles du taureau et les encouragements de l'homme. Un même mouvement les

1. Jeu de cape (N.d.A.).
2. Le travail tauromachique.
3. Autre jeu, mais de *muleta* (N.d.A.).

portait l'un et l'autre et, sur le sable doré, leurs ombres s'épousaient.

Mon père se tourna vers l'« aïeul ».

— Je crois que tu as mal vu, aujourd'hui...

Mon grand-père sourit avec malice :

— Attends la main gauche, Manolo... Nous verrons bien si je me trompe.

Belmonte abaissait la *muleta*[1], la changeait de main, prenait l'estoc de la droite et commençait une autre série de *naturales*. Il avait le dos à la barrière. Le taureau fonça une fois, deux fois... Soudain, un cri immense retentit. Le fauve s'était brusquement retourné, sans aller au bout de sa course, et, avec la soudaineté de l'éclair, avait encorné l'homme qu'il s'acharnait maintenant à piétiner. La foule, debout, hurlait. Seul mon grand-père demeurait assis, comme si cela ne l'eût plus concerné. Et mon père m'avoua n'avoir jamais admiré un homme autant que, ce jour-là, il admira l'« aïeul ».

Belmonte, légèrement blessé à la cuisse, vint serrer la main de mon grand-père. Celui-ci accepta cet hommage et se contenta de dire :

— J'ai beau être vieux, homme... Pour les taureaux, j'ai bon œil...

Et mon père me rapportait fièrement cette anecdote comme s'il n'y avait pas, pour un homme, de plus beau titre de gloire que de pouvoir, d'un coup d'œil, juger de la bravoure d'un taureau.

Mon père vénérait l'« aïeul ». S'il moquait ses travers, c'était avec une pudique et virile tendresse. Mon grand-père lui rendait d'ailleurs bien cet amour. L'affection qu'il lui portait ressemblait à une passion. On ne les voyait jamais l'un sans l'autre. Ils s'entendaient sans presque parler. Il leur suffisait d'échanger un regard pour deviner leurs pensées. Tout rapprochait ces deux hommes, à commencer par l'amour dévorant qu'ils vouaient à « La

---

1. Bâton entouré d'un drap rouge dont se sert le *matador* (N.d.A.).

Parra ». Ils l'aimaient comme on aime une femme. Ils ne se lassaient pas d'en parcourir l'étendue ni, le soir venu, de la contempler du haut de la terrasse. « La Parra » était, pour eux, plus qu'une maison : leur monde. Ils regardaient avec une mâle fierté ces terres dont ils connaissaient les moindres recoins. Ils trouvaient, pour en parler, un langage à eux où revenaient des noms propres. Car pour eux, chaque pierre, chaque arbre, chaque touffe d'herbes, possédait sa personnalité.

L'« aïeul » aimait dans son fils sa jeunesse retrouvée. Il se reconnaissait dans ce jeune homme grave et voluptueux, passionnément épris de son pays, amoureux des formes et des couleurs, fier cavalier adulé des femmes et, par-dessus tout, passionné de taureaux. L'un et l'autre avaient conscience de faire partie d'un monde, maintenant menacé, qui savait jouir, sans honte, de son propre bonheur. Leur force trouvait sa source dans cette profonde identification d'eux-mêmes avec la terre qui les avait vus naître. Ils étaient d'ici et n'auraient pu être de nulle part ailleurs. Ils avaient une patrie ; leur orgueil était de l'avoir et leur bonheur de l'aimer. En eux revivait toute l'Andalousie, vieille contrée qui a vu tant de races, de civilisations et de croyances se succéder sur son sol qu'elle a fini par ne croire à rien d'autre qu'à elle-même et à ses vertus.

Ni mon père ni l'« aïeul » n'avaient de solides croyances. Ils étaient catholiques, certes, mais comme le sont les Andalous : avec mille restrictions qui ne peuvent tromper que les sots. Ils allaient rarement à la messe, mais ne manquaient pas d'y déléguer leurs épouses ; ils se confessaient une fois l'an, pour Pâques, mais suivaient scrupuleusement toutes les processions. Ils demandaient à la religion de se montrer aimable et tolérante et de leur fournir le prétexte de mesurer, chaque Semaine Sainte, tout ce qui menace le bonheur. Pour le reste, ils n'entendaient se passer ni de vin ni de femmes. Ils n'acceptaient dans leur intimité que des prêtres sachant bien vivre et fuyaient comme la peste les moines et les religieuses. L'« aïeul » affirmait le plus sérieusement du monde que

les nonnes sentaient le fromage de chèvre et que cette
odeur l'écœurait. Quant à ma grand-mère, elle avait, bien
entendu, le droit de passer ses journées dans les églises
mais pas celui d'aborder des sujets religieux à la maison
car, prétendait mon grand-père, « ils coupent la digestion
et favorisent les ulcères d'estomac ».

Ces hommes n'étaient pas des saints. D'ailleurs la
sainteté les effrayait. Ils haïssaient tous les excès hormis
ceux de la vie. Ils n'étaient ni des saints ni des héros. Leurs
défauts sautaient aux yeux. Ils ne faisaient rien pour les
dissimuler, trop orgueilleux pour admettre qu'ils pussent
en avoir. Le plus visible de tous était cet orgueil même. Ils
toisaient le monde entier ; ils traitaient les ouvriers agricoles avec une incroyable dureté. Je n'oublierai jamais
cette scène à laquelle j'assistai.

C'était l'automne. Les hommes travaillaient à la récolte
de l'olive. Le *capataz* [1] avait parcouru la province et
embauché des chômeurs. Hommes, femmes et enfants
s'affairaient autour des arbres, transportant de lourds
paniers, agitant des perches. C'était une journée calme et
limpide. Le vent d'est soufflait. L'air transparent restituait
à chaque chose son effrayante densité. Le regard embrassait la campagne, le fleuve, la Sierra et Cordoue, dont les
clochers se détachaient sur un ciel d'un bleu intense.

Je devais avoir douze ans. Je montais un poney blanc.
Mon père m'avait fait revêtir la robe à volants et avait, lui-
même, piqué un œillet grenat dans mes cheveux d'ébène.
Nous chevauchions calmement au milieu de cette foule qui
riait, chantait et nous saluait d'un :

— *Vaya con Dió, señorito* [2] !

J'avais droit à mes premiers *piropos* [3] dont certains, je le

---

1. Contremaître. Ici, ce mot prend le sens d'« homme à tout faire »
(N.d.A.).
2. Dieu vous garde, Monsieur !
3. Compliments.

crains, n'étaient pas faits pour l'oreille d'une enfant. Mais mon père les acceptait avec un sourire et se tournait vers moi :

— Tu plais déjà, petite sorcière... Tes yeux feront se noyer plus d'un homme et tes lèvres condamneront à la faim éternelle ceux qui y auront goûté...

Mon père profitait de cette promenade pour me montrer « La Parra » et pour me la faire aimer. Son regard faisait avidement le tour de la propriété :

— Tout cela est à nous, ma reine... Jusqu'au Guadalquivir et plus loin encore...

Sa voix frémissait d'impatience et son index, pointé vers l'horizon, semblait marquer la lointaine frontière qui séparait notre monde de celui du reste des mortels. J'en concevais une immense fierté. Je regardais intensément cette terre rouge, grasse et lourde, sur laquelle les oliviers dessinaient des vagues argentées. « Tout cela est à nous », me disais-je. Mon cœur battait plus vite. Car il n'est pas de plus intense jouissance que de fouler une terre qui vous appartient.

Il me donnait également ma première leçon de maintien. Comme un journalier me lançait un *piropo,* je commis l'imprudence de tourner la tête. Mon père se fâcha.

— Une jolie femme, ma petite, ne se retourne jamais. Elle peut, si l'homme lui plaît, laisser choir son œillet ou son châle ou, mieux encore, esquisser une moue. Mais elle ne doit jamais s'abaisser jusqu'à le regarder. N'oublie jamais cela : une femme est une reine. Elle possède tous les droits, y compris celui de faire souffrir. Car l'homme, vois-tu, ne chérit, dans le jeu de l'amour, que le plaisir de la conquête. Plus l'objet lui paraîtra inaccessible et plus il le vénérera. Domine donc tes sentiments ; ne les trahis jamais... Que l'homme qui te tiendra dans ses bras ait l'impression que tu peux lui échapper quand et comme tu voudras...

J'écoutais ces étranges propos. Soudain j'entendis un bruit. Un enfant, âgé de huit ou neuf ans, venait de tomber d'un arbre. La douleur lui arracha d'abord un cri ; puis, un terrible blasphème.

Mon père pâlit et arrêta son cheval. Il mit pied à terre, s'approcha de l'enfant et, sans prononcer un mot, leva sa cravache ; par trois fois, il frappa le gosse qui sanglotait et gémissait.

Je demeurais interdite. Une peur absurde me paralysait. Je fixais mon père sans comprendre. Celui-ci appelait le *capataz* et, d'une voix cinglante, déclarait :

— Qu'on renvoie ce gosse et ses parents, Pablo.

Se tournant vers les journaliers qui assistaient à cette scène, il ajouta :

— Un homme bien-né ne blasphème pas devant une demoiselle...

Cela me parut absurde et cruel. Je n'osai pourtant rien dire. Ce qui me frappa, ce fut le silence. Personne ne s'insurgeait. On aurait pu entendre voler une mouche. Et tout le reste du temps que dura cette promenade, je me demandai comment un homme aussi pondéré que mon père avait pu, à tel point, perdre le contrôle de ses nerfs. L'offense me semblait petite et la punition démesurée.

Tu le vois, mon ami, mon père pouvait se montrer inaccessible à la pitié. Il se posait peu de questions et ne cherchait pas à justifier ses actes. Il obéissait à un certain code de l'honneur qui, tout compte fait, en vaut bien un autre. Car cet homme, qui acceptait sans sourciller que le monde fût injuste et que l'extrême misère des uns côtoyât le luxe insensé des autres, cet homme, qui traitait ses ouvriers avec une telle dureté, n'aurait jamais su les mépriser. Il professait à l'égard des pauvres gens un respect dont tu ne peux te faire une idée. Il prenait, pour s'adresser à eux, un ton familier, direct, mais tout traversé de tendresse. Il les aimait non pas comme on aime des pauvres mais comme on devrait aimer les hommes. Il pouvait les exploiter, les réduire à la misère et au chômage, mais non cesser de les estimer. Là sans doute résidait le secret de la passion qu'ils lui vouaient et de la haine dont ils t'entourent.

Tu leur paies des salaires plus élevés ; tu fais bâtir pour eux des maisons. Ils jouissent d'avantages dont ils n'eussent, jadis, même pas rêvé. Ils crachent pourtant sur ton argent et se sentent plus pauvres qu'ils ne le furent jamais. Car l'homme ne se nourrit pas seulement de pain, Juan, mais aussi de dignité. Tu les as dépouillés de ce qu'ils avaient de plus précieux au monde : leur honneur. Cela, ils ne te le pardonneront pas [1].

Tu n'as pas connu mon père. Je vais donc te le décrire. Tâche de le *voir*, Juan, car cet homme est sans aucun doute le seul que j'aie jamais aimé.

Il s'appelait de son vrai nom Raphaël Manuel de Cardos. Mais l' « aïeul » ne l'appela jamais que Manolo et, les jours de grande tendresse, Manolito. Ce prénom lui resta. Les ouvriers l'appelaient *señorito* et Pablo, le *capataz*, Don Manuel. Ma mère, pour l'agacer, affectait de l'appeler Raphaël, ce qui le laissait de glace.

C'était un très bel homme. Sa beauté ne venait pas de ses traits, qu'il avait pourtant parfaits, ni de ses yeux, immenses, d'un noir teinté d'or et qu'ombrageaient des cils très longs ; elle provenait de tout cela et de cette chose impalpable que nous appelons le *salero* : le charme. Tout, chez cet homme, respirait l'aisance et l'harmonie. Sa démarche, ses gestes et les inflexions de sa voix avaient ce je ne sais quoi de léger, d'aérien, de souverain. Grand, mince, la taille bien prise, les reins cambrés, il semblait se déplacer sur un nuage. Il avait le teint d'un brun-vert, le profil anguleux, ses traits semblaient sculptés dans le marbre. Son visage gardait, le plus souvent, une expression sévère. Il riait rarement, se contentant de sourire. Ce sourire éclairait son visage, où tout respirait la volupté. Le nez, court et droit, d'une étonnante finesse, avait, au bout, des frémissements d'impatience ou de colère. Les lèvres étaient pleines, bien dessinées ; l'inférieure, gonflée,

---

1. Nous n'avons pas cru devoir changer ce discours empli de contradictions. C'est une femme qui parle ; une femme passionnée *(N.d.A.)*.

retournée vers le bas, semblait prête à éclater. Mais ses
cheveux surtout me fascinaient. Noirs comme ailes de
corbeau au soleil avec, souvent, des reflets bleutés, ils
frisaient et bouclaient, formant une sorte de crinière. A
vrai dire, je m'aperçois que je ne puis te décrire cette
beauté. Elle ne frappait jamais. Parfois même, on ne
l'apercevait pas. Car le visage de mon père est le plus viril
que j'aie jamais connu. Il fallait le contempler longuement, vivre dans son intimité, pour en saisir le charme.
C'était un visage étonnamment mobile et qui accusait la
plus petite contrariété comme la joie la plus anodine. La
fatigue en figeait les traits. Il semblait alors vieilli. Le teint
se plombait et prenait la couleur de la cendre. Mais la
détente s'y reflétait avec la même intensité. Reposé, ce
visage avait la plénitude des chefs-d'œuvre. Me comprendras-tu si je te dis que cette figure avait une âme ?...

Mon père appartenait à cette caste que tu exècres : celle
des *señoritos* [1]. Il mettait un point d'honneur à marquer
cette appartenance, prenant, pour s'adresser à quelqu'un,
ce ton légèrement teinté d'ironie que tu appelles de la
« suffisance ». En réalité, les *señoritos* ont tous les
défauts, hormis celui que tu leur prêtes. Ils sont fiers de
leur nom et de leur fortune, parfois cyniques, souvent
ignorants et toujours paresseux, mais jamais suffisants.
Conscients de leurs privilèges, ils entendent qu'on les
respecte. L'un d'eux est de vivre sans rien faire. Ils s'y
emploient avec une rare constance. Ils ne manquent pas
une occasion de montrer qu'ils vivent sans travailler. Aussi
la maladie qui les guette s'appelle-t-elle l'ennui. C'est
pourquoi ils vivent toujours en groupe : ensemble, ils
croient s'ennuyer un peu moins.

Leur attitude te révolte. Tu les traites de « parasites »,
ce qui te semble une injure. Quand donc comprendras-tu
que, pour les Andalous, la paresse ne pourra jamais être
un défaut ? La « dignité du travail » est une invention des
hommes du Nord, qui souffrent de vivre sous un ciel
uniformément gris et dans des maisons d'une désolante

1. Ici, dans le sens déjà indiqué de « fils à papa » *(N.d.A.)*.

tristesse. Ici, on peut vivre sans travailler. Le climat favorise le rêve et la flânerie. Les hommes qui rêvent ne s'ennuient pas : quand ils sont par trop tristes ou par trop seuls, ils s'inventent des histoires. Cela les aide à tuer l'ennui.

Je vois d'ici ton sourire tout de bassesse et de suffisance. Il suffirait à me rendre complice d'une caste dont je fais partie. Car il reflète une telle sottise et une si grande ignorance qu'il pousse à l'intransigeance. Ainsi la bêtise appelle la haine. Rassure-toi : je ne vais pas t'insulter. Je me suis promis, en commençant cette confession, de ne pas te choquer. Je voudrais simplement que ta rancune s'appuyât sur des raisons plus solides. Il y a tant de choses haïssables, vois-tu, dans nos milieux, qu'il m'apparaît inutile d'en inventer de nouvelles. Ce sont les gens de ton espèce, Juan, qui nous rejettent dans le mépris. Car on se lasse de tout, dans la vie : même et surtout de n'être pas compris.

Pour ma mère, elle vivait ailleurs, nous ne savions où. Je t'en dirai la raison. Rien que d'évoquer son souvenir, je sens une brûlure. Permets donc que je retarde ces aveux qui la concernent. L'âme hésite à franchir certains seuils. Elle résiste et refuse de livrer son secret. Mais ne crains rien : je n'ai pas l'intention de te cacher quoi que ce soit. L'heure sonnera de ce pénible aveu.

III

Il fait nuit. L'air est tout imprégné d'odeurs qui m'atteignent par vagues successives, et me plongent dans une bienheureuse exaltation. Pas un bruit. Rien que le chant monotone des grillons sous les oliviers.

La lune pleine boit l'eau du Guadalquivir. Le fleuve a des reflets d'argent. On ne peut le fixer, tant la lumière qu'il réfléchit est violente. Le feuillage des oliviers a les reflets, plus ternes, du très vieil argent.

Au loin, les lumières de Cordoue palpitent. Sur la Sierra, d'autres lumières, plus timides, semblent perdues. Ce sont celles des villages et des hameaux bâtis aux flancs de la montagne.

C'est une belle nuit, comme il y en a tant en Andalousie, faite d'une impalpable légèreté dans l'air, d'étoiles dans le ciel et, par-dessus tout, d'un silence qu'on boit avidement : ces nuits ne sont pas faites pour dormir. Elles sont faites de rêveries sans fin, de regrets lancinants et d'amours impossibles. Elles n'ont rien d'humain. Elles n'incitent pas à se resserrer, les uns contre les autres, et à échanger des confidences. Ce sont des nuits qui se suffisent à elle-mêmes. Elles sont étrangement calmes et immobiles, emplies de cette sérénité qu'ont les choses éternelles. Elles ressemblent à ces silences qui s'installent au cours d'une conversation amicale et qui surprennent. On les déguste avec volupté, car ils contiennent tout le bonheur d'avoir des amis et de les sentir près de soi.

Jadis, les nuits de « La Parra » résonnaient de rires et de chants. Les hommes s'asseyaient sous les oliviers. Ils allumaient, avec les branches sèches, des feux de bois qui dégageaient une odeur forte et poivrée. Les femmes bavardaient ; les enfants piaillaient. Les maris, assis en rond, se taisaient gravement. L'un d'eux pinçait brusquement les cordes d'une guitare. L'air vibrait et frissonnait. Des cris d'encouragement fusaient :

— Allons, homme !... Vive ta mère !...

Une voix, rauque et cassée, troublait le silence de la nuit. Les mains d'impatience battaient la mesure. La voix s'élevait, décrivait des arabesques, geignait et larmoyait, tremblante de douleur et de rage contenues. Elle chantait le malheur d'aimer sans retour ou la poignante solitude de l'exil. Elle invoquait le souvenir de la mère absente ou de la fiancée imaginaire, entrevue pendant la Feria et à jamais disparue. Une belle fille, ronde et brune, se levait et dansait, pieds nus, sur la terre à peine refroidie. Son corps se pliait comme un jonc. Ses mains, aux doigts crispés, oscillaient au-dessus de sa tête. Le corps se penchait en avant, en arrière, se redressait soudain et semblait, tout d'un coup, s'élever dans les airs. A la lueur des flammes, dans la lumineuse clarté de ces nuits transparentes, la danse prenait des allures de rêve. Mon père et moi, accoudés à une fenêtre, contemplions ce spectacle. Nous retenions nos souffles. Nous avions l'impression de mal agir et de surprendre des aveux qui ne nous étaient pas destinés.

A présent, tous dorment à « La Parra ». Les hommes ne chantent plus ; les femmes ne savent plus danser. Tu as tout tué, Juan. Tu as dépouillé ces hommes de leur joie. Ils dorment, abrutis de fatigue, dans leurs maisons trop neuves. Ce ne sont plus des hommes pauvres, mais des esclaves bien nourris.

Je sens la haine monter en moi. Elle me ronge et me dévore. Je cède à sa fascination. Tout en moi devient cette haine trop vaste. Je t'entends remuer dans ton lit d'éternel malade ; tu cherches, à tâtons, le commutateur électrique. La lumière jaillit éclaboussant les murs nus de ce sépulcre qu'est ta chambre. Tu es pris d'un accès de toux. Tu râles, craches, te contorsionnes comme un pantin. Tu prends fébrilement ce flacon posé sur ta table de chevet, avales trois pilules et restes immobile, la tête renversée, les traits figés, sans bouger, inerte, épuisé par l'effort et par la douleur.

Je me grise de ta souffrance. Je résiste à la tentation d'aller te secourir. Je retiens mon souffle pour mieux savourer la joie mauvaise qui m'envahit. Je voudrais que tu souffres plus encore, que tu râles et vomisses... Mais à quoi bon ?... Tu devrais m'inspirer de la pitié. C'est, hélas ! un sentiment qui me demeure étranger. Avec la meilleure volonté du monde, je n'arrive même pas à me plaindre moi-même. Je ne suis pas assez forte pour cela. La pitié est un sentiment d'hommes. Je ne connais que la haine et que l'amour qui tuent. Il me serait plus facile de t'aimer à nouveau que de te plaindre. Peut-être d'ailleurs t'aimé-je ? Sait-on jamais ? On ne se connaît pas soi-même.

Tu geins... Tu appelles... J'entends ta voix qui, faible-ment, trouble le silence. Sans doute as-tu mal et cette crise

est-elle plus douloureuse que les précédentes. Je me
cramponne à cette chaise pour ne pas bouger... Il ne faut
pas que je cède, Juan !... J'imagine ton désespoir d'impo-
tent qui souffre et ne peut rien pour s'aider... « Tara ! »
Est-ce bien mon nom que tu prononces ?... Comme
j'aimerais me lever, Juan, et te prendre dans mes bras et te
porter jusqu'à la fenêtre pour que cette nuit douce et tiède
posât sur tes joues brûlantes ses mains bienfaisantes !...

Non, tu ne m'appelles pas. Je guette ce silence. Tout
mon corps est tendu. J'entends des pas qui résonnent et la
voix d'Angustias me parvient.

— Allons, *señorito* !... Quelle pitié, Seigneur !... Là !...
Cela va-t-il mieux ?...

Et sur un ton presque maternel :

— Quelle pitié...

Pourquoi tous dans cette maison s'acharnent-ils à te
plaindre ? Est-ce que je ne mérite pas un peu de leur pitié,
moi aussi ?... Il est vrai que je ne saurais qu'en faire. Elle
m'encombrerait sans pour autant m'aider. Je ne suis pas
assez forte non plus pour supporter le poids de la pitié
d'autrui. L'orgueil me raidit et m'interdit de céder à ces
consolations-là.

Toi, tu peux. Je crois même que tu recherches la pitié.
C'est peut-être ta manière de m'aimer encore. Tu essaies
d'infléchir ma haine en m'attendrissant. Ce n'est pas la
bonne méthode. Il me suffit d'y songer pour te vomir. Je
devine tes grands yeux larmoyants, de biche captive ; je
crois entendre ta voix, faible et maladive. Tout mon être
s'insurge contre de tels procédés. Car tu joues un rôle,
Juan. Moi aussi, sans doute. La vie n'est qu'une vaste
scène ; chacun s'y promène avec un masque. Le tien me
répugne — voilà tout.

Certes, ce n'est pas ta faute. Tu ne méritais pas ce qui
t'arrive. Tu as enduré plus qu'un homme ne peut endurer.
Peut-être devines-tu ce qui s'est réellement passé et
cherches-tu, inconsciemment, à reculer cette nouvelle
coupe que je te tends ?... Je suis allée trop loin, Juan, pour
pouvoir m'arrêter en cours de route. Je dois atteindre le
port. Je ne veux, je te le répète, ni de ta pitié ni de ton

pardon. En ai-je pour toi ?... Je n'aime pas les pardons qu'on octroie comme on fait l'aumône. Car le pardon est chose sainte, Juan. On ne le jette pas à l'avance comme un os au chien famélique. Il m'arrive même de croire que le pardon se mérite ; peut-être la douleur qui m'étreint en écrivant ces pages est-elle le prix dont je dois le payer ?

Je désire que tu saches et que la vérité te brûle. La bonté ne doit pas être aveugle. Que vaudrait une bonté basée sur l'ignorance ? Ce serait trop facile. Il ne suffit pas de fermer les yeux sur le mal pour l'effacer de la terre. Tu as voulu l'ignorer ; le mal s'est durement vengé. Il est venu jusqu'à toi. Tu dois maintenant l'assumer. Rachète-le, si tu en es capable, et, sinon, vomis-le. Mais vois-le. Fixe-le sans sourciller. Comment pouvais-tu croire que le mal t'épargnerait alors qu'il a même triomphé, l'espace d'une nuit et d'une matinée, de l'innocence du Fils de Dieu ? Le Christ s'est vu contraint de le regarder en face, Juan ! Il a senti peser sur ses épaules l'écrasant fardeau de tous les péchés du monde. Oh ! je me rends bien compte de ce que ce langage a de « fabriqué ». Nous n'osons même plus énoncer certaines vérités tant elles ont été galvaudées ! Mais que m'importe cela ? Après tout, c'est à toi que je m'adresse. J'ai bien le droit de te dire que tu ressembles à ces Pharisiens dont parle l'Évangile. Le mal t'effrayait. Tu t'en détournais, honteusement ; tu allais jusqu'à en nier l'existence. Et je te le demande une fois encore : quel droit avais-tu de penser que Dieu t'épargnerait alors qu'il n'a pas épargné son Fils ? Car le mal existe, Juan. Nous le portons en nous comme ces ignobles tumeurs qui, soudainement, prolifèrent, nous rongent et se nourrissent de notre chair. Je désire que tu en observes la naissance, que tu le voies croître et se développer comme ces incendies que le vent du sud attise et qui, en quelques heures, dévastent une forêt.

IV

Nous étions des gens heureux mais étrangement calmes.
Cela m'étonne, à présent. Nous parlions peu. Nous
pouvions passer des journées entières à n'échanger que les
phrases indispensables. Ce n'était pas un silence de gêne,
comme on en perçoit dans certaines familles. C'était un
silence mélancolique. Nous pensions à *l'autre*, à l'absente.
Mais je t'en parlerai plus tard...

Nous vivions au rythme de la terre et de ses saisons.
Dans la salle à manger, fraîche et sombre, aux murs
recouverts d'*azulejos*, seul le bruit des fourchettes contre
les assiettes et celui, plus doux, de l'eau coulant de la
vasque dans le bassin du patio, troublaient le silence. Nous
savourions ce calme. Nous sentions nos pensées se rejoindre autour de « La Parra », dont la rumeur confuse nous
enveloppait. Nous tendions l'oreille aux bruits du dehors.
Les sons et les parfums du *cortijo* pénétraient jusqu'à
nous. Nous éprouvions une intense volupté à nous abandonner à eux, comme un bon nageur à s'abandonner à la
mer qui, amoureusement, va le bercer dans ses bras.

Parfois, le repas fini, nous restions immobiles. On eût
dit que le temps ne comptait plus. A-t-il d'ailleurs jamais
compté pour nous ? Il me semble que toute mon enfance
s'est écoulée hors de l'espace et du temps, dans un paradis
qui s'appelle « La Parra ».

La chaleur engourdissait nos membres et nos esprits.
Nous rejoignions, dans ces heures de canicule, le grave
sommeil de la terre sur laquelle la *calina* jetait son voile
d'or et de rêve. Une chaude intimité régnait entre mon
père et moi. Je m'étonne souvent que le bonheur ait pu
n'être que cela : ce tranquille abandon à une terre que
nous aimions.

Mon père passait ses journées à cheval. Il aimait à
taquiner les taureaux, le long du Guadalquivir. De la

fenêtre de ma chambre, je le voyais caracoler au milieu des herbes jaunies. Un fauve, petit et noir, le poursuivait. Mon père prenait un malin plaisir à l'énerver. Cela lui permettait en même temps d'éprouver sa monture. La passion des chevaux aussi se perd. Mon père les aimait autant peut-être que les taureaux. Il ne se lassait pas de les voir courir et de les admirer. Souvent il m'emmenait avec lui. Ses yeux luisaient.

— Fais galoper « la Maja », Pablo…

Le *capataz* lâchait la jument qui se lançait au galop, le cou en avant, la crinière au vent. Mon père exultait de bonheur. Il tirait nerveusement sur son cigare, rejetait en arrière son chapeau cordouan et me répétait fébrilement :

— Regarde, petite, regarde !… Elle ne court pas, elle vole… Regarde ces muscles, cette impression de légèreté. Regarde comme elle est heureuse et comme elle s'enivre de sa puissance !…

Regarde !…Toute mon enfance fut bercée de cette exhortation à bien voir et à faire bon usage de mes yeux. On eût dit que mon père craignait que je ne visse jamais assez ni trop intensément le spectacle qui nous entourait. Sans cesse ce mot revenait sur ses lèvres : *regarde !*

— Regarde ce taureau là-bas !… Vois comme il est nerveux. Il nous fixe, piétine d'impatience, gratte la terre de rage et de fureur, voudrait foncer sur nous… Regarde le Guadalquivir qui pleure des larmes de sang… Sens comme la terre exulte à l'approche de la nuit… Sais-tu de quoi est fait ce parfum qui nous grise ? C'est le jasmin qui se mélange avec la fleur d'oranger… Écoute ce silence… Regarde Cordoue, là-bas, qui lamente sa solitude…

J'apprenais à exercer mes sens. Je grandissais comme une bête, attentive au moindre froissement, à la plus subtile odeur. Sans cesse mes yeux dévoraient le paysage. Littéralement, je le mangeais des yeux. La terre me pénétrait et me nourrissait.

Le soir, mon père rentrait. Angustias lui installait une chaise longue dans le patio. Mon père s'abandonnait au repos. Il me tendait ses pieds pour que je les déchausse. Il ne disait rien. Il levait les yeux vers le ciel, se laissait bercer par le bruissement de l'eau et demeurait immobile, comme anéanti. Ce silence se prolongeait. J'évitais de bouger. Je détaillais l'admirable visage, sculpté dans un marbre verdâtre, et glissais dans la nuit comme dans un lit de roses. Nous dégustions la saveur de cette heure incertaine où le jour hésite à mourir, s'accroche en des lueurs très pâles au ciel qui s'obscurcit, cependant que la terre appelle la nuit. Des bouffées d'air tiède et parfumé caressaient nos joues. Les bruits de la cuisine nous parvenaient, comme amortis. Tout, dans ce patio, dégageait une douce fraîcheur : les *azulejos* qui le pavaient, le jet d'eau, les arbres et les fleurs qu'on venait d'arroser et la nuit qui, silencencieusement, s'y glissait.

Parfois mon père me récitait des poèmes. Il les disait d'une voix sourde et grave, que l'accent andalou faisait chanter. Je ne sais s'il les récitait pour moi ou pour lui-même. Sa voix devenait douce et discrète, comme un chuchotement sur celui, plus discret, du jet d'eau.

J'aimais ces poèmes. C'était comme une musique. Je les écoutais, sans comprendre, avec un frémissement de l'âme. Leurs paroles éveillaient en moi de profonds échos. Elles touchaient les fibres les plus secrètes de mon esprit. J'admirais que ce fier cavalier, amoureux des taureaux, sût, à ses heures, devenir poète. Parfois je rougissais. J'avais l'impression de surprendre chez cet homme d'inavouables faiblesses. J'évitais de le regarder. Mon cœur battait à se rompre. J'aurais aimé prolonger ces heures et m'endormir ainsi bercée par ce chant dont le sens m'échappait.

Il me souvient d'un poème. Mon père le disait souvent. Sans doute le préférait-il aux autres. C'est un poème de Manuel Machado, intitulé « Lauriers-roses » : « Adelfos »... Le titre seul suffisait à m'introduire dans le rêve. J'y découvrais un charme secret.

Un vers surtout me frappait. Mon père y mettait une émotion pudique et contenue, comme si c'eût été un aveu.

Tengo el alma de nardo del Arabe español...
(J'ai l'âme de santal de l'Arabe espagnol...)

Je ne saurais dire quel trouble ces paroles provoquaient en moi. Quand la voix se taisait, ma mémoire les prolongeait encore... *Tengo el alma de nardo*... Ce vers agissait sur moi comme un breuvage trop fort. Il me transportait dans un monde de délices.

Mon père s'apercevait de mon trouble, riait et enchaînait :

— *Madre, pena, suerte, pena, madre, muerte,*
ojos negros, negros, y negra la suerte...
Cantarès...
(Mère, peine, sort, peine, mère, mort,
Yeux noirs, très noirs, et noirceur du sort,
Cantarès...)

Puis nous retombions dans le silence. L'air vibrait encore. L'écho des paroles me poursuivait : *ojos negros, negros, y negra la suerte...* Ces mots m'emplissaient d'un bonheur mêlé d'effroi.

Mon père n'était pas gai. Ni triste. Il était heureux. Mais son bonheur, il le portait en lui. Rien d'extérieur ne le provoquait ; rien d'extérieur ne le pouvait détruire. C'était comme un état de grâce. Il ne tirait que de sa vie et de celle de « La Parra » les raisons de se réjouir. Il n'avait aucun désir. Ou peut-être n'en avait-il plus ? En cela il différait de la plupart des hommes, qui cherchent ailleurs qu'en eux-mêmes des raisons de vivre et d'espérer.

Son humeur traversait, certes, des hauts et des bas. Il me souvient de l'avoir vu souvent mélancolique. Mais sa mélancolie n'était ni vague ni diffuse. Elle n'avait rien de romantique. C'était une rêverie triste dont je découvris, petit à petit, les raisons. Il semblait alors hors du monde. Il fallait le bien connaître pour deviner, sous cet aspect taciturne et réservé, l'immense passion qu'il mettait à vivre.

Mon père haïssait les épanchements. Il faisait rarement
des confidences. Il disait souvent qu'un honnête homme
n'étale pas ses états d'âme au grand jour. « Honnête
homme » — je ne sais si tu saisis le sens de cette
expression. Pour un Espagnol, elle signifie à la fois
l'honneur et l'honnêteté. L' « honnête homme » est celui
qui se respecte parce qu'il respecte les autres.

Sa tendresse pour moi ne s'exprimait que par les mots
les plus simples. Une mâle pudeur lui interdisait de
s'attendrir sur lui-même et sur autrui. Il se contentait de
sourire et de me dire :

— Je t'aime bien, va !...

Cette phrase prenait, dans sa bouche, la valeur d'une
déclaration d'amour. C'était plus qu'il n'en disait à personne. Parfois même son affection s'exprimait par des
détours étranges.

— Laideron !... Petite sotte !... me lançait-il quand
l'envie le prenait de me serrer dans ses bras.

Il me soulevait de terre, me jetait en l'air, m'attirait
contre lui et seul son regard mouillé de tendresse démen-
tait ses paroles.

Sur ce point, je lui ressemblais. Ma pudeur égalait la
sienne. J'évitais d'instinct les effusions et les démonstrations ; je l'embrassais rarement ; jamais je ne me plaignais
à lui. On aurait pu prendre pour de l'indifférence cette
réserve que nous nous imposions. Et pourtant...

C'était au mois de mai. Je me le rappelle parce que
chaque jour nous mangions des fraises. Je me sentais lasse
et courbatue. Je frissonnais. Mon corps brûlait.

Angustias nous apporta le dessert. Je regardai le plat de
fraises avec répugnance. Les yeux de mon père rencontrèrent les miens. Il ne dit rien. Angustias me tendit le plat.
Je fis non de la tête. La voix de mon père résonna :

— Mange.

Ce fut tout. Je sentis un flot de révolte me soulever. Je
fixai mon père et répondis :

— Non.

Il se leva calmement, d'un air presque ennuyé, et, sans un mot, m'assena une forte gifle.

Un instant nous nous mesurâmes du regard. J'avais la joue en feu. Une douleur aiguë gagnait mon oreille gauche. Je me raidissais pour ne pas pleurer.

Le soir une poussée de fièvre me clouait au lit. Dans la maison ce fut l'affolement. Jamais je ne vis sur le visage de mon père une telle expression de douleur. Il arpentait ma chambre, s'approchait de mon lit, posait sa main sur mon front brûlant, puis repartait vers la fenêtre.

Je devinais qu'il désirait me parler. Enfouie sous mes couvertures, je grelottais. Soudain, mon père se plaça au chevet de mon lit et détourna la tête.

— Pardonne-moi, ma petite... Je ne pouvais pas deviner...

Un sentiment de bonheur m'envahit. Je souris :

— J'ai soif, papa...

Il me souleva délicatement, passa son bras autour de ma taille et me tendit un verre d'eau. Nous échangeâmes un regard. Cela nous suffit.

Au cours de la nuit mon état s'aggrava. Le médecin du *cortijo* s'affolait. Il fit appeler mon père qui entra dans ma chambre comme un dément. J'eus peur, devant une telle souffrance, de mourir. Je me mis à pleurer et vis pour la première fois la figure de mon père trempée de larmes. Il semblait perdre la raison. Il prit le docteur par le revers de la veste, le secoua comme un pantin et s'écria d'une voix brisée :

— Tu dois la sauver, tu m'entends ?... Tu dois la sauver !...

Puis il vint vers moi, me couvrit de baisers et, sur un ton de supplique, me répéta :

— Il faut que tu vives, Tara... Il faut que tu vives...

La fièvre m'énervait. Je pleurais de fatigue et de peur. Mon père décida de se rendre à Cordoue pour y quérir un spécialiste. Il fit atteler une voiture. J'entendis le bruit des roues devant la maison. Les chevaux piaffaient.

Pablo vint chercher mon père. Celui-ci portait une cape

noire, très ample, et un chapeau cordouan. Il ressemblait
ainsi au Corrégidor de Séville.

La voiture s'éloigna dans la nuit. Je restai seule avec le
médecin du *cortijo*. Celui-ci, un brave homme, gros et
placide, soignait surtout les bêtes. Il s'appelait Don
Antonio Lanzas. Ma maladie l'effrayait. Il me regardait
d'un air perplexe comme s'il cherchait, dans sa mémoire,
le souvenir de cette étrange maladie.

L'aube se leva. J'ouvris les yeux. Un visage inconnu se
penchait sur moi. J'aperçus, dans la pénombre, mon père
qui se tenait à l'écart. Je fis un effort pour lui sourire.
L'inconnu déclara :

— Je ne puis rien promettre... Elle serait mieux soignée
dans une clinique...

— Si elle doit mourir, c'est ici qu'elle mourra...

La voix de mon père m'étonna. Elle n'était ni triste ni
désespérée. C'était une voix d'outre-tombe. La vie semblait s'être aussi retirée de son corps. Il marchait comme
un automate, esquissait des gestes lents. Il me parut las et
vieilli.

Toute la journée, je pus l'observer à loisir. Il se tenait
près de la fenêtre, assis à califourchon sur une chaise. Il
tournait la tête vers la campagne. Le costume andalou —
veste courte, chemise de soie blanche avec un jabot de
dentelle, pantalon très étroit — soulignait sa minceur. Le
soleil arrachait à ses cheveux des reflets bleutés. Ils étaient
d'un noir luisant, d'un noir qui n'est pas l'absence de
couleur mais la plus profonde d'entre toutes. Il évitait de
fumer.

De temps à autre, il frottait ses tempes et caressait son
front, comme pour en chasser la migraine et la fatigue.
Puis il reprenait sa pose et demeurait immobile, le regard
absent. Sa figure était pâle. Je discernais deux cernes
mauves sous ses yeux. Des rides très fines creusaient son
front ; deux autres, plus profondes, partaient de chaque
extrémité du nez pour rejoindre la bouche. Sa lèvre
inférieure avait des palpitations. Je le voyais comme on

voit les choses, lorsque la *calina* les voile : en une sorte de songe éveillé. J'aurais aimé lui parler, le consoler. Mais nous n'avions jamais beaucoup parlé. J'eus pourtant l'impression que nous récitions, dans cette chambre qui sentait la sueur de la fièvre, le plus brûlant des poèmes d'amour. Nos silences épaississaient l'air. Du dehors, nous parvenaient les crissements des insectes. Les hommes évitaient de parler trop fort. Toute la vie de « La Parra » tournait au ralenti. J'eus un mouvement de fierté en pensant que j'étais l'âme du *cortijo*, comme j'étais maîtresse du cœur de mon père. Puis je ramassai toutes mes forces pour lutter contre la maladie. Je voulais guérir pour lui. Une folle envie de vivre s'empara de moi. J'eus l'intuition que cette envie serait plus forte que la maladie et que la mort. Je luttais consciencieusement, poings fermés, lèvres serrées. La fièvre me dévorait et m'arrachait de longs frissons.

La nuit fut une douce agonie. Je croyais mourir. J'étais trempée de sueur. Les draps collaient à ma peau. Mes cheveux étaient mouillés comme après une promenade sous la pluie. Je claquais des dents, suffoquais, perdais le contact avec la réalité. Parfois j'ouvrais les yeux. Mon père se tenait à mon chevet ; il penchait sur moi une figure anxieuse et ravagée. Il ne me parlait pas. Il se contentait de me regarder… Cela dura des heures. Je parvins, enfin, à m'endormir.

En m'éveillant, je compris que j'avais gagné. Je me sentais lasse, mais sauvée. Mon père se tenait toujours à mes côtés. Il s'était endormi, assis sur sa chaise.

Je n'avais jamais surpris le sommeil d'un homme. Cela me parut beau. Sa figure était calme et détendue. Tout son corps, livré au sommeil, gisait à l'abandon. Alors, je ne pus y résister. Je pris la main qui pendait et, très doucement, y appliquai mes lèvres gercées, brûlées par la fièvre.

Mon père s'éveilla. Nos regards se rencontrèrent. Je vis la tendresse mouiller ses prunelles dorées. Soudain,

comme devenu fou, il m'attira contre sa poitrine. Je m'y
blottis, ivre de bonheur. J'aspirai son odeur faite de sueur,
de tabac et d'eau de Cologne. Cette odeur m'enivrait. Un
instant, je crus que j'allais pleurer. Je me raidis intérieurement. Nous ne disions pas un mot. Nous nous accrochions
l'un à l'autre, comme des naufragés à la bouée de
sauvetage. Mon bonheur aurait pu m'arracher des cris.
Peut-être même me tuer. Je me disais que j'allais mourir
de bonheur, que c'était trop de joie. Sur ma nuque la main
chaude esquissait des caresses. Des mots sans suite échappaient à mon père :

— Petite reine... ma douce princesse... ma belle petite
jument...

Ses larmes se mêlaient aux miennes. Et chacun de ces
pauvres mots, chacun de ces doux noms que la tendresse,
la peur, l'espérance, et, par-dessus tout, l'amour lui
arrachaient, m'atteignait comme un dard... Comme je
l'aimais, cet homme !... Dieu ! comme je l'aimais !

V

Ma convalescence dura plus d'un mois. Ce furent des
journées d'extase. Je les passais sur la terrasse, étendue
sur une chaise longue.

Cette terrasse coiffe toute la maison, à l'exception du
patio. On dirait un large couloir rectangulaire. De là-haut
la vue embrasse l'horizon jusqu'à la Sierra, s'étend sur
l'infini des oliviers, domine Cordoue qu'on aperçoit,
tassée sur elle-même, baignée par le Guadalquivir et
comme perdue dans un songe. Je passais mes journées à
épier les jeux de lumière sur la terre. Des cavaliers, coiffés
de chapeaux cordouans, traversaient des ombres noires.

Mon corps éprouvait un douloureux bonheur à se
replonger dans la vie. Je souffrais de joie. Je m'enivrais
des formes et des couleurs. Tout mon être devenait
volupté. Le monde extérieur frappait mes sens avec une

violence accrue. Mon esprit participait à cette exaltation du corps. Est-il nécessaire de te dire que, sans que je m'en aperçusse, je devenais femme ? En Andalousie les filles grandissent vite. J'avais treize ans, mais avec, déjà, un corps de femme. Je prenais plaisir, dans la solitude de ma chambre, à me contempler toute nue dans une glace. Je caressais mes seins, petits et ronds, fermes comme des grenades très mûres. Mon corps conservait la sveltesse de l'adolescence. Mes hanches demeuraient étroites ; ma taille gardait sa finesse. Je ressemblais à ces joncs, apparemment fragiles, qui plient sous le vent et résistent aux plus violentes tornades.

Mon visage surtout me plaisait. D'un ovale très pur, mes yeux, tantôt verts et tantôt bleus, l'éclairaient. J'avais un teint hâlé, brûlé par le soleil. Mes lèvres, petites et rondes, esquissaient une moue badine. De mon père j'avais les cheveux. Longs, épais, d'un noir bleuté, ils tombaient sur mes épaules. J'évitais de les coiffer. Leur apparent désordre séduisait mon père. Il y glissait ses mains, tirait sur eux en s'écriant :

— Petite gitane !... Quel homme enfouira son visage dans cette épaisse forêt ?...

Ces saillies me faisaient rire. Je n'imaginais pas qu'un autre homme que mon père dût, un jour, m'approcher. C'était son visage que j'entrevoyais dans mes rêves et sa voix que j'entendais, confondue avec le bruissement de l'eau dans le patio.

L'aimais-je ?... Quelle fille n'aime pas son père ? Cela ne me semblait pas défendu. J'aimais sa tiédeur et son odeur ; j'admirais son courage et son amour passionné de la vie ; le son de sa voix me charmait ; son regard m'attirait. Il me plaisait de m'y pencher comme sur un lac profond dont rarement on apercevait le fond. Mais que signifiait cette mélancolie que j'y lisais ?

Nos rapports n'avaient rien d'équivoque. Nous étions deux bêtes saines et solides, éprises de soleil et de grand air. Nous aimions « La Parra », les chevaux et les taureaux. Nous aimions, chez ces bêtes, le parfait accord de l'instinct et de l'action. Un cheval qui galope incarnait pour nous la plus réelle des libertés : celle qui consiste à faire ce pour quoi l'on est né. Nous admirions la bravoure d'un taureau qui se détache du troupeau, fixe le cavalier, gratte furieusement la terre et fonce, avec courage, sur celui qui le défie. Nous l'estimions. Réellement nous concevions de l'estime pour le cheval le plus racé et le plus rapide et pour le taureau le plus brave. Je me souviens de « la Maja »...

C'était une altière jument, née à « La Parra » d'un croisement de chevaux arabe et anglais. Sa beauté ne peut se décrire. Il fallait la voir courir, ivre de sa liberté, sacrifiant son repos à l'instinct qui la poussait à battre sans cesse ses propres records. Nous allions souvent la voir. Pablo la lâchait dans l'enceinte. Il l'encourageait d'un cri. « La Maja », se sachant observée, fendait l'air, muscles tendus, narines dilatées, comme un champion devant un jury. Nous l'applaudissions après sa course. « La Maja » saluait, dédaigneusement, très imbue d'elle-même et de son importance. Mon père lui caressait la croupe. Elle hennissait alors pour réclamer son sucre. Ne va pourtant pas croire qu'elle courait pour ce sucre. C'était un hommage qui lui était dû. Elle courait pour elle-même et pour que nous l'admirions. Elle avait les plus beaux yeux du monde, très noirs, bordés de longs cils. Elle les clignait en un geste d'instinctive coquetterie.

« La Maja » mourut un soir d'été. Une mystérieuse maladie vint à bout de son courage et de sa beauté. Nous passâmes la journée dans l'écurie. Mon père souffrait. On aurait dit qu'il allait pleurer. Lanzas, le vétérinaire, et Pablo se tenaient à ses côtés. « La Maja », couchée sur la paille, gisait inerte. Sa croupe luisait, baignée de sueur. Ses narines fumaient. Pablo avait jeté sur elle une couverture mais la jument l'avait écartée. Ce fut son dernier caprice.

Nous étions quatre à suivre les progrès de la maladie. « La Maja » ne luttait plus. Elle n'était plus que ce souffle irrégulier, avide, assoiffé d'air, qui montait et descendait avec de plus en plus de peine.

Pablo la regardait sans un mot. Lanzas l'ausculta, puis

fixa mon père qui l'interrogeait du regard. Le médecin secoua la tête. Mon père alors s'avança. Pablo lui tendit un pistolet. Il y eut un silence.

Mon père s'agenouilla. Il caressa longuement « la Maja ».

— Beauté…, murmura-t-il.

Le coup partit. « La Maja » eut un dernier frisson. Alors un immense et déchirant sanglot se fit entendre. Pablo se jetait sur le corps de « la Maja », l'appelait, implorait le ciel…

Mon père se relevait. Je tressaillis. Sa figure était livide et une larme — une seule — glissait sur sa joue gauche. Il ne bronchait pas. Il souffrait et se raidissait pour n'en rien laisser paraître. Il tenait encore son arme à la main. L'écurie sentait la poudre. Personne ne parlait. On n'entendait que les sanglots étouffés de Pablo qui, couché sur « la Maja », pleurait comme un enfant. Des hoquets l'étouffaient. Il reniflait et se mouchait bruyamment. Je compris alors pourquoi mon père aimait Pablo : parce qu'ils étaient de la même race.

Pablo dirigeait « La Parra » depuis plus de trente ans. Il y était né du temps de l'« aïeul ». Il n'avait jamais connu d'autre foyer ni d'autres horizons. Je ne sais s'il gagnait beaucoup. Il habitait avec sa femme et ses dix enfants une maisonnette blanche, sur les rives du fleuve. Il dirigeait entièrement la vie du *cortijo* dont il portait, seul, la responsabilité.

Pablo se leva. Il était petit, avait la peau tannée. Ses yeux bridés étaient emplis de larmes. Mon père, sans un mot, ôta ses éperons et les jeta, avec sa cravache, auprès de « la Maja ».

— Nous l'enterrerons sous l'enceinte. Nous mettrons dans la fosse le harnais que je lui avais acheté pour la Feria…

— Merci, *señorito*…

La voix de mon père tremblait. La douleur m'étouffait. Nous regagnâmes la maison. Nous nous installâmes dans le patio. Mon père se taisait. Jamais je n'ai vu douleur plus virile que celle qui, ce soir-là, posait sur son visage un masque de cire.

Je jouissais de ma vie retrouvée. Angustias, sur la terrasse, me tenait compagnie. Elle passait son temps à broder des napperons. Elle avait, à l'époque, le visage d'une jeune gitane, avec des cheveux drus et noirs, coiffés en chignon, sa figure brune parcheminée et ses yeux emplis de rêves. Angustias n'arrêtait pas de parler. Elle me contait son enfance, à Cadix, et emplissait ma tête de légendes fantastiques où l'amour toujours se mêlait à la mort et où la volupté appelait le sang. C'étaient des vieilles légendes de notre race. Il y était question de princesses maures, captives de guerriers chrétiens, et qui, le soir venu, pleuraient les jardins touffus de l'Alhambra et ceux, fleuris et discrets, du Generalife. Ou bien de gitans qui s'entre-tuaient au clair de lune pour la femme qu'ils aimaient. Parfois encore elle m'entretenait de ma mère. Rarement. Nous avions décidé, un an plus tôt, de ne pas prononcer son nom. Nous respections cette décision.

Ces contes me troublaient. J'y découvrais des vérités cachées. J'entrais en contact avec l'art de mon peuple. Je m'étonnais seulement que la volupté toujours s'associât à la mort. Qu'était-ce donc que cet amour qui brûle et qui tue ? Que voulait dire cette passion teintée de sang ? Ces questions me hantaient.

Le soir, mon père venait me rejoindre. Il s'asseyait auprès de moi. Je le regardais, fascinée. N'était-il pas cet « Arabe espagnol » dont parlait le poète ?

L'air tiédissait. Les odeurs de la campagne nous parvenaient. Une paix majestueuse recouvrait la terre. La Sierra déchirait la brume qui l'enveloppait et se montrait à nous dans sa tragique nudité. Des cloches sonnaient l'Angélus. Il y a, à Cordoue, près de cent églises. Chacune sonnait séparément. L'air vibrait et prolongeait l'écho des voix graves ou fêlées. Des troupeaux de chèvres noires regagnaient la ville. On entendait le tintement des sonnailles ; on apercevait le nuage de poussière blanchâtre qu'ils soulevaient. Puis, très lentement, presque insensiblement, la nuit recouvrait la terre et s'installait sur la campagne chaude et odorante.

Mon père me racontait sa journée en quelques phrases, puis gardait le silence. Nous demeurions attentifs aux odeurs et aux sons de la nuit.

Je fus bientôt rétablie et pus remonter à cheval. Nous parcourions, mon père et moi, toute « La Parra ».

Il y a, au milieu des oliviers, une pente abrupte. Elle aboutit à un ermitage, très ancien et très étroit. On y vénérait jadis une image de la Vierge. Cet ermitage date, paraît-il, du temps du Khalifat. Des moines, fuyant les persécutions, s'y réfugièrent pour prier. C'est un endroit paisible. On y trouve une source. Des peupliers, des saules pleureurs, des chênes et des lauriers-roses forment sur elle une voûte touffue. Des milliers d'oiseaux y ont élu domicile. Leur gazouillement se confond avec le bruissement de l'eau qui coule, froide et transparente, sur un lit de pierres et de galets blancs.

Nous allions souvent nous y reposer. Nous lâchions les chevaux qui pouvaient s'ébrouer et se désaltérer. Nous buvions l'eau de la source dans le creux de nos mains et nous nous étendions sur l'herbe pour jouir de l'ombre dense.

Il y faisait presque froid. On aurait dit de ces salons maures où la pénombre et la fraîcheur du marbre incitent à la détente. Nous appelions cet endroit « la vieille » parce qu'un rocher s'y dressait, dont la forme rappelait le profil d'une vieille femme. Ce coin nous appartenait ; nous étions les seuls à nous y rendre car il fallait, pour y accéder, contourner le *cortijo,* longer le Guadalquivir et descendre la pente qui mène à l'ermitage. J'y ai vécu des heures d'un bonheur complet. Leur souvenir me brûle encore.

Après nous être longtemps reposés, nous longions le Guadalquivir pour rejoindre les herbages où paissent les taureaux. Nous nous amusions à les provoquer. Mon père riait. Je n'éprouvais aucune crainte, les taureaux faisant, depuis toujours, partie de ma vie.

Les gardiens m'envoyaient des *piropos* qui flattaient ma vanité. J'aimais surtout qu'ils me traitassent comme un homme et m'acceptassent parmi eux... Je revois les taureaux, noirs et nerveux ; les cavaliers immobiles sur l'herbe calcinée ; j'entends leurs voix pleines de gouaille et leurs rires ; je sens l'odeur du fleuve... Qu'ai-je fait, mon Dieu, de ce bonheur-là ?...

J'étais une fille grave et passionnée. J'aimais le silence et les rêves qui le prolongent. Je vivais en état de grâce. La terre de « La Parra » inspirait mes pensées et mes actes. Mon bonheur comme ma douleur me venaient d'elle. Je me conformais à ses caprices et à son silence auguste. Tout ce qui la touchait m'atteignait aussi : la sécheresse qui la craquelait, la chaleur qui l'étouffait, la *calina* qui l'enveloppait, la pluie qui la fécondait et jusqu'à la nuit qui posait sur elle ses lèvres douces et fraîches. Je ne vivais que pour elle et m'aperçois que l'amour prenait, pour moi, son visage austère.

Je venais d'avoir quinze ans. Mon père me proposa de l'accompagner à Séville, pour la Semaine Sainte. J'exultais de joie à l'idée de connaître la cité la plus andalouse.

A cette époque la Semaine Sainte de Séville n'attirait pas encore les touristes. Seules quelques Madrilènes s'y rendaient. Elle gardait son sérieux et sa fascination. Ce n'était pas une fête païenne, mais un drame auquel toute la ville et toute l'Andalousie participaient.

Nous partîmes en automobile. La route serpentait à travers des oliviers. La vallée du Guadalquivir allait s'élargissant ; elle devenait plate. Des troupeaux de taureaux y paissaient. Le soleil faisait luire leurs croupes noires. On n'apercevait pas le fleuve. Mais des bateaux le descendaient ; on avait l'impression qu'ils avançaient sur les prés. Ces navires sillonnant la plaine andalouse produisaient un effet saisissant. Je dévorais ce paysage des yeux ; je me disais que c'était ma patrie ; j'en concevais une immense fierté. Mon père m'en contait l'histoire. Il me parlait des civilisations qui s'y étaient succédé. Je m'étonnais surtout que l'Andalousie ait pu devenir l'une des plus romaines des provinces romaines. Du coup, je m'éprenais de l'ancienne Rome qui avait su, non seulement conquérir, mais se faire aimer.

Je ne crois pas pouvoir te décrire ce que je ressentais. La sérénité de l'esprit me demeurait impossible. La haine ou l'amour violent se disputaient mon cœur. Je vivais dans une constante exaltation. Je passais d'un extrême à l'autre sans jamais connaître de répit. Mes sentiments avaient la violence des orages d'été qui s'abattent brusquement sur la campagne assoiffée et qui, en quelques minutes, ravagent les récoltes.

Séville, gracieuse et féminine, m'éblouit. Sa légèreté m'étonna, qui contrastait avec le sérieux passionné de Cordoue. Séville se livre à tout venant. Du moins le croyais-je. Dans ses maisons et ses rues elle semble vivre sans mystère. Séville a l'apparence d'une femme aux mœurs légères. En réalité son amabilité n'est qu'une politique. Fière de sa beauté et de son prestige, elle sourit pour survivre. On croit la posséder ; elle vous glisse entre les mains. C'est une ville déconcertante. On pense la connaître et l'on s'aperçoit qu'elle ne vous a rien accordé. Tout, à Séville, paraît à portée de la main ; mais la main se referme sur du vide. Séville veut survivre et préserver son âme ; elle y réussit sans peine en prodiguant des sourires prometteurs.

Nous habitions chez des amis. Le matin nous flânions dans les ruelles étroites des quartiers de Triana ou de Santa-Cruz. Nous buvions du xérès rue de Las Sierpes. C'est une rue très étroite, sans trottoirs. Les terrasses des cafés envahissent la chaussée. La circulation automobile y est interdite. Une bâche la recouvre pour la protéger du soleil. On arrose deux fois par jour cette bâche.

La rue de Las Sierpes est le rendez-vous de la tauromachie. Impresarii, chefs de quadrille, toreros glorieux ou

inconnus, vieux *diestros* couverts de lauriers et simples
aficionados s'y retrouvent. On y déguste un vin doré, sec,
au goût âpre ; on mange des olives farcies, grosses et
luisantes ; on appelle les verres étroits et hauts des *cañas*
(des joncs). On les boit en discutant de la dernière *corrida*
ou de l'affiche de la Feria. On passe, rue de Las Sierpes,
des heures à ne rien faire d'autre qu'à laisser glisser le
temps et à évoquer telle *faena* mémorable. La foule y
grouille.

Mon père m'emmenait avec lui. Il s'asseyait à une table.
Des amis se joignaient à nous. Des toreros contaient des
histoires. Des affaires se traitaient. Mon père vendait ses
taureaux tout en buvant du manzanilla ou du xérès. La
lumière jouait sur les verres et arrachait au vin des reflets
dorés.

J'écoutais gravement les conversations des hommes.
Parfois des discussions s'élevaient. Mon père professait,
en matière de tauromachie, des principes rigides. Il ne
goûtait guère la fantaisie de l'école sévillane et le disait
vertement.

— Tais-toi, homme !... Toréer, cela n'a jamais été
parader comme une jolie fille. La corrida est une affaire
sérieuse. Je n'aime pas qu'on jette de la poudre aux yeux
des imbéciles avec mille fantaisies qui ne riment à rien.
Seule la *faena* compte et la manière de tuer... Le reste,
c'est une plaisanterie.

— Calme-toi, homme ! rétorquait l'un. La corrida, c'est
cela, bien sûr. Mais pourquoi ne pas l'agrémenter de
quelques « fioritures » ? Le sérieux n'empêche pas le
sourire et l'on peut très bien rire de la mort comme du
reste... Regarde-moi : je n'arrête pas de rire et suis
pourtant l'homme le plus mélancolique qui existe.

Nous riions tous. D'autres s'échauffaient :

— Toi, Manuel, tu ne jures que par Belmonte parce
qu'il ose s'approcher du taureau... Moi, il me donne envie
de pleurer. Bien sûr, c'est le plus grand. Mais il a toujours
l'air d'être constipé...

Mon père se fâchait. Du moins m'en donnait-il l'impression.

— Belmonte, disait-il, resterait la cathédrale de la tauromachie même s'il était né à Bilbao. Je l'ai vu à Madrid, pour la corrida de la Presse. Douze *naturales* de la main droite, quinze de la gauche, une passe de poitrine... et la mort ! Ça, c'est toréer...

Santos, le bon gros placide qui se disait mélancolique, partait d'un grand éclat de rire :

— Tu en as de bonnes, toi !... Avoue que si Belmonte était né à Bilbao, ce ne serait plus lui... Non, mais, tu t'imagines cela, toi : un torero basque ?

L'accord se faisait sur ce point : rien de bon ne pouvait venir d'ailleurs que d'Andalousie !

— L'Andalousie, disait Santos, ce n'est pas le bon, c'est le meilleur...

— Très juste ! surenchérissait mon père.

— Évidemment ! criait un autre.

Et l'on fêtait une telle évidence par une nouvelle tournée. Les soucoupes s'entassaient ; les heures passaient. On riait de tout et de rien. On se grisait de palabres. On jouait l'indignation, la colère, l'enthousiasme ; puis on se mettait d'accord pour une dernière — mais alors, là, la dernière — tournée. On faisait semblant de se lever pour partir. Quelqu'un s'indignait :

— Je n'ai pas payé ma tournée... J'exige de le faire... Sans cela, je me fâche... Je le jure sur la Macarena...

Tous se rasseyaient. On consolait l'ami vexé ; on lui jurait une amitié éternelle ; on l'assurait que jamais on ne pourrait vivre sans lui.

— L'amitié aussi s'arrose ! lançait une autre voix.

— Très juste, très juste !...

C'est ainsi que j'apprenais, rue de Las Sierpes, à célébrer le soleil, le vin et l'amitié.

VI

Les fêtes de la Semaine Sainte débutèrent. La ville
s'arrêta de vivre. Les boutiques, les lieux de spectacle et
les cafés fermaient leurs portes. La foule se déversait dans
les rues. Ni le jour ni la nuit ne comptaient plus. Séville
respirait au rythme de ses processions. Des centaines de
milliers de personnes vivaient dehors, courant d'un quartier à l'autre pour ne rien perdre de l'étonnant spectacle.
L'air s'emplissait de cris, de musiques, de chants et de
pleurs. C'était plus qu'une manifestation de la foi : un
drame auquel toute la population participait. De toutes les
provinces limitrophes les visiteurs affluaient. Les hôtels
étaient pris d'assaut. Ces gens se rendaient à Séville pour
revivre la Passion du Christ et, à travers elle, pour se
mesurer au malheur. Ils venaient prendre conscience de
tout ce qui menace leur joie : l'injustice, la souffrance et la
mort. Cette confrontation des Andalous avec les puissances du Mal rendrait leurs joies plus intenses et plus vifs
leurs plaisirs. Ils allaient, trois jours durant, se pencher sur
le gouffre, s'enivrer de larmes, participer au supplice d'un
Dieu humanisé, étrangement semblable à eux-mêmes. Ils
souffriraient dans leur chair ce martyre pour ensuite,
rassasiés de sanglots et de larmes, se tourner vers les fêtes
qui marquent l'arrivée du printemps : la Feria et les
romerias [1].

Mon père voulait tout me montrer. Il m'entraînait d'un
lieu à l'autre. La foule nous pressait, nous bousculait. L'air
sentait le jasmin, la fleur d'oranger et l'encens. La ville
retentissait de musiques militaires qui scandaient le pas
des Pénitents. Le spectacle se trouvait partout : sur les
trottoirs où se massait une foule enivrée ; sur la chaussée,
où les *pasos*, portés par des hommes que guide, à travers le
dédale des étroites ruelles maures, la voix du *capataz*,

---

1. Sorte de fêtes champêtres *(N.d.A.)*.

oscillaient, se balançaient, s'inclinaient, tantôt à droite, tantôt à gauche, revenaient en arrière, repartaient en avant, au milieu des vivats du public qui insulte les méchants, crache sur les soldats qui flagellent le Christ et applaudit la Vierge. On dit qu'à Séville les *pasos* dansent. C'est vrai qu'ils semblent, au-dessus de cette marée humaine qui les entoure, se livrer à un véritable ballet.

Sur les plates-formes des *pasos* sont des statuettes polychromes d'un naïf et bouleversant réalisme. Le Christ, avec de vrais cheveux et de somptueux habits, lève au ciel des yeux emplis de larmes. Ces sculptures, recouvertes d'un dais, sont éclairées par des milliers de cierges qui scintillent dans la nuit. Dans des vases d'argent massif les œillets grenat, le jasmin et la fleur d'oranger exhalent leurs parfums. Les Pénitents précèdent et suivent le *paso*. L'« Hermano Mayor [1] » marche devant et brandit son bâton d'argent. Chaque paroisse possède un ou plusieurs *pasos*; chacun est vénéré par une Confrérie de Pénitents. Il en est de très riches et de très pauvres. Des rivalités les opposent. Les uns préfèrent le Christ des Gitans, d'autres la Macarena ou Notre-Dame des Sept Douleurs. De vives disputes éclatent dans la foule. Certains vont jusqu'à insulter les Vierges rivales. Car l'Andalou vit dans l'intimité de ses saints, les rapproche de la terre et les veut à son image : capables de passions.

Imagine ce spectacle, Juan !... On coupe l'électricité. Dans la nuit d'un bleu sombre, dans cet air qu'on touche et qu'on respire, les *pasos*, lentement, s'avancent. Chaque *paso* pèse plusieurs tonnes. Les hommes qui le portent marchent dans le noir. La soif les torture. Ils avancent sans rien voir, se fiant à la voix du *capataz* qui, dans les ruelles étroites, doit faire en sorte que pas un œillet ne tombe de la plate-forme. On entend ses ordres, précis et secs :

— Tout en bas !

Le *paso* s'effondre. La foule retient son souffle. Puis la voix reprend :

— Sou-le-vez... à droite !

---

1. Président d'une Confrérie de Pénitents *(N.d.A.)*.

Et l'on voit la Macarena, avec son beau visage empli de tendresse, son admirable regard plein de mélancolie, ses longs cheveux d'ébène, se pencher d'un côté puis de l'autre, pour poursuivre sa marche. Les centaines de cierges qui l'éclairent et les dizaines de vases où les œillets s'entassent, tremblent dans l'obscurité et vont porter plus loin cette lumière et ce parfum.

De temps à autre, la musique s'arrête. Les tambours roulent. Les Pénitents marquent le pas sur place. Une voix s'élève, rauque ou aiguë, brisée par l'émotion et par la douleur, qui cherche à retarder l'heure du destin. La *saeta* fuse ; le *paso* s'immobilise pour écouter cette prière chantée. La voix monte toujours plus haut, semble se complaire en des modulations qui rappellent le chant de la synagogue ou celui du muezzin, se casse, repart, secouée de sanglots devant l'absurdité d'un tel dénouement ; elle s'enfle de tristesse, gronde de révolte, se pâme de douleur pour, soudainement, se briser dans l'étonnement comme la vague, épuisée, se déchire sur le sable, haletante encore de l'effort de sa longue course. Le *cantaor*[1] anonyme, caché derrière une grille, s'efforce vainement d'infléchir le cours des événements ou de retarder l'heure de la mort.

Arrête-toi, Judas, arrête-toi...

La *saeta* est plus et mieux qu'une prière. C'est un cri de lamentation. C'est l'âme d'un peuple qui s'exhale. Tout le *cante hondo* en provient. La *saeta* n'a rien de chrétien. Elle semble surgie du plus profond des âges pour témoigner de la vitalité d'une race. Elle parle de cet Orient, grave et passionné, si effrayé de la mort parce que trop épris de la vie. Elle pleure, sur des modulations juives et arabes, la mort du Christ.

La foule écoute la *saeta* dans le recueillement. Puis le vacarme reprend. Le public crie, trépigne, sanglote, pousse des vivats et applaudit avec frénésie. La musique éclate. Les tuniques des Pénitents, coiffés de hautes

1. Chanteur de flamenco *(N.d.A.)*.

cagoules, s'agitent. Les torches tracent un chemin de lumières. Hommes, femmes et enfants s'époumonent :

— Jolie ! crient-ils à la Macarena.

— Pitié pour mon fils malade... Sauvez-le, Mère de toutes les mères !... Sauvez-le !...

— Olé !... Plus que belle !... Tu te balances comme une barque sur la mer...

— Vive la Macarena !

Et la statuette, figée dans sa tendre beauté, s'éloigne au milieu d'un tonnerre d'applaudissements, dans l'air doux et velouté du printemps sévillan.

Mon père ne m'accorda nul répit. Nous courions du quartier de La Macarena à celui de Triana. Nous étions ivres de poussière, de bruit et de cris.

Ce spectacle m'anéantissait. Tous mes sens étaient en éveil. Ces fêtes dépassaient mon attente. Elles surpassaient en splendeur ce que j'avais rêvé. J'étais transportée. Le drame revivait sous mes yeux. Je me surprenais à crier à mon tour, à sangloter et à couvrir d'insultes les soldats de Pilate. Mon âme fondait dans l'âme collective de mon peuple. Je ne sentais plus ni ma fatigue ni mon corps. Une exaltation frénétique me gagnait. Je n'avais plus de voix ; mes jambes refusaient de me porter. Et je courais et criais au-delà de mes forces, entraînée par une vague plus puissante vers de mystérieux rivages.

Le Vendredi Saint l'atmosphère de la ville s'épaissit. Les tuniques blanches disparurent. L'heure de la Mort sonnait pour l'Andalousie. Des Christs, ruisselants de sang, le visage déformé par la souffrance, sillonnaient les rues de la ville. La musique se tut. Un silence angoissant régnait sur les différents quartiers. Sur les bâtiments publics, les drapeaux étaient en berne.

J'écoutais, le cœur serré, le sinistre roulement des tambours. Autour de moi la foule arborait un visage grave. Des femmes pleuraient.

Le Christ des Douleurs passait. Sur son corps amaigri, le sang ruisselait. Son visage était trempé de sueur, de larmes

et de sang. Sa tête et son buste penchaient en avant. A ses
pieds la Vierge de la Solitude levait vers son Fils un regard
étonné de douleur. Quatre lanternes, une à chaque
extrémitié du *paso,* éclairaient la scène. Sur la plate-
forme, recouverte de velours noir, des œillets incarnats
semblaient des gouttes de sang.

Le silence devint insoutenable. J'entendais les battements de mon cœur. Le roulement des tambours m'arrachait des frissons. Je me sentais mourir avec la foule qui
m'entourait. Mon père m'entoura la taille de son bas droit
et murmura fébrilement :

— Il ressuscitera, ma petite… Il ressuscitera…

Je me tournai vers lui. Ses prunelles étaient luisantes ; sa
mâchoire se crispait. Sa figure semblait prise de tremblements. Il fixait l'image du Christ avec une sorte de
désespoir farouche. Je sentis qu'il refusait cette Mort, qu'il
la vomissait.

Une voix soudain se fit entendre. Une voix ni d'homme
ni de femme : une voix qui n'était qu'un sanglot.

> *Regardez-le venir*
> *Lui, le meilleur de tous,*
> *Agonisant sur la Croix,*
> *Sanglant et bafoué…*

Et quand la voix se tut et que le roulement des tambours
reprit, quand je vis s'éloigner cette image de la Douleur et
de la Mort, mes nerfs flanchèrent et je me jetai dans les
bras de mon père, brisée par l'émotion. Lui, me caressait
les cheveux et me répétait sur un ton monocorde et comme
s'il s'adressait à lui-même :

— Il ressuscitera, ma petite… C'est écrit…

Tard dans la nuit, nous nous rendîmes sur une vaste
place, noire de monde, pour assister à la Rencontre. C'est
le moment le plus impressionnant de cette fête : celui où le
drame rejoint la vie et où la foule le revit. Là, le théâtre et
la foi se rejoignent.

Deux *pasos* quittent à la même heure deux églises

différentes. L'un représente le Christ tombant sous le
poids de la Croix ; l'autre, la Vierge des Angoisses qui
tient dans ses mains son cœur transpercé d'épées. Les deux
pasos sillonnent, la nuit durant, Séville et se rendent, par
des chemins différents, vers cette place où la Rencontre
aura lieu.

L'aube pointait. Un fin brouillard montait du Guadalquivir. L'air était frais.

Soudain, les roulements des tambours se firent entendre
aux deux extrémités de la place. A droite, la Vierge des
Angoisses, sous son dais cramoisi, s'avançait au-dessus de
la marée humaine qui semblait la porter ; à gauche, le
Christ, épuisé, face contre terre, entouré de gardes qui
lèvent leurs fouets, semblait se traîner à genoux vers Celle
qui, de l'autre bout de la ville, venait à sa rencontre.

Enfin les deux *pasos* se trouvèrent face à face. La
musique se tut. Il n'y avait plus, dans la lumière incertaine
du jour levant, que ces deux images douloureuses tournées
l'une vers l'autre. Le drame atteignait son paroxysme. Des
sanglots, entrecoupés de cris, de vivats et de prières,
montèrent de cette foule cependant que les deux images
reprenaient, l'une derrière l'autre, leur calme cheminement.

Après la procession du Christ au Tombeau, la ville
retrouva son rythme habituel. J'étais courbatue, ivre de
fatigue et d'énervement, mais transportée de bonheur.
Ces journées de Pâques me rappelaient celles de ma
convalescence. Je venais de vivre tant d'heures tournée
vers la douleur et la mort, qu'une folle envie de vivre
s'emparait de moi. Je m'éveillais d'un long cauchemar ;
j'aspirais avidement l'air imprégné d'odeurs ; je passais
des heures assise dans le patio fleuri et fermé par des
grilles en fer forgé savamment ciselées.

Je ne faisais rien. Je somnolais et me laissais bercer par
le murmure de l'eau.

Nos amis habitaient un vieux palais sévillan, secret et
replié sur lui-même, dont le patio était l'âme. Notre hôte

— un Sévillan de Séville, aimait-il à préciser — n'arrêtait pas de rire et de plaisanter. Petit, rond, avec un visage étonnamment mobile, il semblait ne vivre que pour son plaisir. Mon père et lui s'entendaient à merveille. Ils passaient leur temps à fumer de gros cigares, à boire du xérès et à évoquer leurs souvenirs tauromachiques. Car il n'y avait pas pour eux d'affaire plus sérieuse que la corrida.

Elle — Dolorès — brodait sans cesse des napperons pour sa paroisse. Quand elle en finissait un, elle en commençait un autre. C'était à croire que le curé les mangeait en guise de hors-d'œuvre. Souvent je la plaisantais :

— Mais que peut bien faire ton curé de tous ces napperons, Dolorès ?...

— Et que ferais-je, moi, si je ne les brodais pas ? « L'oisiveté est mauvaise conseillère », ma petite. « Femme qui brode reste honnête. »

Dolorès aimait à parler par sentences qui lui tenaient lieu de philosophie et, parfois, de pensée. Elle en possédait des centaines adaptées à tous les usages et à toutes les circonstances.

C'était une femme qui avait dû être belle mais que l'obésité déformait. La gourmandise était son péché mignon. Elle avalait un nombre incalculable de bonbons et de sucreries, tout en soupirant et gémissant :

— Quel malheur, Vierge des Angoisses, que d'aimer à tel point les gâteaux... Regarde, Tara ; je ne tiens déjà plus dans cette robe. Elle craque de partout. Mon curé, qui, soit dit en passant, est le plus charmant des êtres, prétend que la gourmandise est un péché capital... « Femme qui se prive de manger — lui réponds-je — rumine de mauvaises pensées »... Cela le fait rire... Jésus ! comme j'aimerais manger des dattes farcies !

Le temps s'écoulait ainsi en conversations sans importance et en vagues rêveries. Dolorès ne pouvait s'arrêter, ne fût-ce qu'un instant, de parler. Mais comme elle faisait les questions et les réponses, cela ne me gênait pas. C'était une brave femme, au cœur généreux. Il était impossible d'aborder devant elle un sujet triste, car elle fondait en sanglots. Elle aimait les romans « qui finissent bien ». Elle vivait intensément les histoires inventées par Delly, qu'elle plaçait plus haut que Cervantès. Chaque jour elle lisait un roman. Elle éprouvait, hélas ! le besoin de le raconter.

— Alors elle lui dit... Pas la sœur, mais l'autre, celle qui n'était pas belle... Elle lui dit donc : « Mon amour... »

De temps à autre, Dolorès interrompait son récit pour me contempler.

— Que tu es belle ! s'écriait-elle naïvement. Une vraie poupée... Et ces yeux, Seigneur !... Je n'en ai jamais vu de pareils. Ils rappellent la couleur de la mer, le long de la côte galicienne... Ni verte ni bleue... Tu en feras des malheureux, ma colombe, c'est moi qui te le dis. Quand mon fils te verra, il en perdra la tête. C'est un vrai gitan, tu sais ?... Il a des yeux noirs comme un ciel d'orage et des lèvres pulpeuses. Quand il sourit, on a envie de s'agenouiller et de l'adorer... Il s'appelle Joselito, comme l'autre, le grand [1]... Un vrai petit dieu sorti de Guadalquivir... Il s'éprendra de toi et voudra devenir ton chevalier servant pour les journées de la Feria... Quel beau couple vous ferez, Jésus !... Souligne donc un peu mieux ta lèvre inférieure... Là, comme cela... N'est-ce pas mieux ?... A ton âge, quinze ans passés, j'étais déjà fiancée. Les filles, chez nous, c'est comme les fleurs : une nuit leur suffit pour s'épanouir...

C'est vrai que je devenais une femme. Dolorès m'apprenait à me farder. Je portais des robes claires, sans manches. Je regardais gravement l'image que me renvoyait la glace. Était-ce moi cette jeune femme au teint hâlé, aux yeux bleu-vert, aux cheveux d'un noir profond ? Cette gorge et ces épaules, les hommes les voyaient ainsi ? J'étais bien forcée de reconnaître que j'étais belle. Mais quelque chose, dans ma figure, m'effrayait. Mon regard avait cette insistance, cette gravité mélancolique qu'on voit aux grands malades. Une sorte d'effroi s'y lisait. Parfois, au contraire, des lueurs mauvaises les éclairaient.

1. Joselito, célèbre torero *(N.d.A.)*.

Mais je me contentais de discerner ces signes sans chercher
à les interpréter.

Mon sourire avait cette même gravité et cette même
mélancolie. Dolorès m'en faisait la remarque :

— Tu as un tout pauvre sourire de gosse malheureux,
ma colombe ! Ce n'est pas bien. Que te manque-t-il ?

Je me le demandais aussi. Et comment expliquer ces
brusques crises de cafard qui s'abattaient sur moi et me
plongeaient dans une nuit noire et profonde ? Dolorès, qui
avait trop lu Delly, les expliquait par l'âge.

— C'est l'adolescence, ma petite... Nous sommes tous
passés par là... On attend l'amour, on tourne en rond, puis
tout finit par rentrer dans l'ordre...

Je me rendais déjà compte que son ordre ne pourrait pas
me satisfaire. Mais qu'attendais-je gravement assise au
seuil de ma vie de femme ? L'amour ? Ce mot n'avait pas
de sens pour moi.

Mon père riait de ces transformations que Dolorès
imposait à mon visage. Il la moquait avec tendresse.

— Alors, femme, tu joues les entremetteuses ?...
J'avoue, sacrée Célestine [1], que tu me la rends jolie, ma
fille...

— Ta fille !... Une femme, oui, voilà ce qu'elle est !
Regarde donc ces seins fermes et cette gorge coulée dans
du miel !... Tu dois la marier, ta fille...

La figure de mon père se rembrunissait. Il posait sur moi
un regard chargé d'inquiétude.

— Tu désires te marier, petite reine ?

— Oui... Avec toi...

Dolorès criait que c'était indécent ; qu'on n'avait pas le
droit de dire des choses pareilles ; qu'une perle comme
moi n'était pas faite pour vivre cachée. Xavier, son mari,
intervenait d'un air philosophe :

— Les filles, Manuel, c'est comme les fleuves ; ça ne
grandit que pour s'en aller vers la mer... Ainsi Rosita...

---

1. « La Célestine », entremetteuse qui donne son nom à l'une des plus
belles pièces du théâtre espagnol *(N.d.A.)*.

En entendant ce nom, Dolorès éclatait en sanglots. Mon père et son mari cherchaient à la consoler.

— Un malheur, geignait Dolorès, un malheur, Manuel ! La plus belle fille de Séville entrer au Carmel... Jamais je ne pardonnerai cela au Bon Dieu...

Xavier essayait de la raisonner :

— C'est la volonté de Dieu, femme... Il faut s'incliner...

— Jamais, tu m'entends ? jamais... Quel besoin avait-il d'une fille belle comme le jour ?... Le couvent devrait être réservé aux moches, aux laissés-pour-compte... Mais elle...

Cela nous faisait rire. Il m'arrivait pourtant de songer à cette jeune fille dont j'avais vu des photographies. Elle avait, un jour, tout quitté. Il m'arrivait de l'envier. Je me disais qu'au couvent, rien de mauvais ne la pouvait atteindre. J'aurais voulu, moi aussi, élever entre le monde et moi un mur de prières et de mortifications. Une peur étrange m'étreignait devant cette vie qui s'ouvrait devant moi. Car le passé souvent me tourmentait. J'essayais de l'oublier comme mon père feignait de ne pas y songer. Mais que peut la volonté contre les souvenirs ? Ils pesaient sur mon âme. Ils éveillaient des regrets et des craintes... Je ne puis pourtant t'en entretenir. Cela viendra. Laisse-moi d'abord revivre, en pensée, les deux uniques années heureuses de mon existence. Toute ma vie aurait pu n'être que cela : un long rêve éveillé...

VII

C'était le mercredi suivant le dimanche de Pâques. Il faisait une chaleur humide. Le soleil évaporait les eaux du Guadalquivir ; une brume gluante enveloppait la ville. La lumière blessait les yeux. Le blanc des murs et des façades devenait insoutenable.

J'étais assise dans le patio. Je rêvassais, somnolais ;

parfois, j'entrouvrais les yeux pour contempler les cyprès immobiles dans l'air pesant. Des géraniums rouges et roses tombaient en lourdes grappes le long des *azulejos*. Leurs feuilles rappelaient celles du lierre. Les orangers et les citronniers, plantés dans des caisses en bois remplies de terreau, n'avaient pas l'air vrais. Le jet d'eau montait et descendait ; le trop-plein de la vasque débordait doucement dans le bassin dont il troublait la surface lisse. Dans la galerie du premier étage qui entoure le patio, des femmes bavardaient. Le murmure incessant de l'eau couvrait leur piaillement. C'était un instant calme et paisible, et je le goûtais avec volupté. J'étais seule dans la maison livrée au silence de la canicule. Mon père était parti avec nos hôtes — Dolorès et Xavier de Hartos — et ne rentrerait pas avant cinq heures. Un long après-midi s'ouvrait devant moi. Je me sentais heureuse ; je sombrais dans un monde irréel. C'était comme ces rêves qui vous assaillent alors qu'on n'est pas tout à fait endormi. La conscience se débat encore pour ensuite s'abandonner aux images de l'inconscient. Toute la ville avait d'ailleurs ce même aspect d'irréalité. La chaleur semblait l'arracher à elle-même ; la brume en amortissait les bruits.

Soudain je tressaillis. Quelqu'un se tenait derrière moi. Je me retournai vivement. J'eus l'impression qu'on venait de me frapper à la poitrine. Une douleur aiguë m'envahit. J'éprouvais de la peine à respirer. Je buvais l'air comme ces poissons qu'on tire de l'eau et qui ouvrent leur gueule. Je me sentis rougir et pâlir.

— Je te dérange ?... Tu es Tara, n'est-ce pas ?... Ma mère m'a beaucoup parlé de toi dans ses lettres... Elle me disait que tu étais belle.

Il me dévisageait avec insistance. Un sourire très pâle errait sur ses lèvres.

J'aurais aimé calmer mon agitation et trouver quelque chose à répondre. Mon cœur battait à se rompre. Il faisait, dans ma poitrine, un vacarme assourdissant.

— Je suis Joselito... Mes parents ne t'ont pas annoncé mon arrivée ?...

Je fis non de la tête. Je le dévorais des yeux. Une absurde envie de fuir s'empara de moi.

— Asseyons-nous... C'est idiot de rester debout... Je peux fumer ?

— Évidemment.

Ma voix rendait un son étrange. Je m'entendis parler avec ébahissement. On aurait dit que la terre s'entrouvrait devant moi. « Mais qu'ai-je donc ? qu'ai-je donc ? » J'avais la fièvre ; je frissonnais. L'angoisse montait de mon corps. Ce n'était pas l'angoisse de l'esprit, qui s'apparente à la peur, mais l'angoisse physique. C'était l'angoisse du chien qui flaire l'orage, tourne en rond, cherche un coin où se tapir et jette des regards affolés autour de lui. Tout mon corps me faisait mal. Je me sentais, comme disent les gens de la campagne, « mal dans ma peau ».

Je ne parvenais pas à détacher mon regard de son visage. La beauté m'était toujours apparue sous les traits de mon père. Maintenant, pour la première fois, je la rencontrais.

Joselito n'était pas beau. Il était mieux que cela. Il avait, sous ses cheveux noirs et bouclés, un visage taillé dans le bois. Tout y était dur et tranchant. Mais les yeux, presque trop grands, démentaient cette apparente dureté. Ils riaient sans cesse. Et les lèvres, éclatées, de gitan mauresque, me donnaient le vertige.

— Tu es mieux que belle, me dit-il soudain. Tu ressembles à la Macarena.

Il y eut un silence. Je ne savais où poser mon regard. J'évitais instinctivement le sien de peur de m'y brûler.

— Tu connais Triana ? me demanda-t-il.

J'acquiesçai de la tête. Il sourit. Son sourire creusait deux fossettes, de chaque côté du visage. De nouveau, je ressentis cette douleur aiguë qui m'avait envahie tout à l'heure. Et cette gêne, ce malaise inexplicables...

— J'aimerais t'y conduire... Je connais bien Séville ; j'y suis né... Es-tu déjà montée à la Giralda ?... Non ?... C'est de là-haut pourtant que le caractère mauresque de la ville apparaît avec le plus de netteté. On domine les maisons blanches, écrasées, les ruelles étroites où l'ombre se réfugie, le fleuve et la Tour de l'Or. Séville est une cité toute plate. L'as-tu remarqué ?... Elle vit au niveau de son fleuve ; plus bas que celui de la mer. En été, la chaleur s'y concentre ; j'ai connu des nuits où il faisait plus de trente degrés et où l'air demeurait brûlant. En automne, les pluies grossissent le Guadalquivir qui, parfois, déborde de son lit. Séville est une cité malsaine. Comme Rome. Tu connais Rome ? Dommage. Elle ressemble à Séville...

Il parlait d'une voix calme et douce. Je l'écoutais avec un tremblement de l'âme. J'aurais voulu qu'il continuât de parler, que sa voix m'imprégnât tout entière et m'enveloppât, comme la brise enveloppe la campagne et l'arrache à sa torpeur.

— Je t'ennuie ?

Il m'interrogeait du regard. Je secouai la tête :

— Au contraire !

Ce cri m'échappa. Je le regrettai aussitôt. Je pensai que j'avais tort de me livrer si vite et qu'il ne fallait pas lui montrer de quel terrible pouvoir il disposait sur moi. J'ajoutai donc avec un sourire ironique :

— J'ai l'habitude des bavardages de ta mère...

Joselito parut surpris. Il me fixa sans comprendre. Puis il dit sur un ton de doux reproche :

— Tu as voulu me blesser...

Cette simple remarque me fit mal. Je me sentis rougir. Quel droit avait-il de me parler de la sorte ?

— Pourquoi voudrais-je te blesser ?

J'avais mon ton glacé des mauvais jours. Je disais le contraire de ce que je pensais et voulais dire. Réellement, je me sentais mal à l'aise. Je cédais au penchant de me faire du mal de peur qu'il ne m'en fît. Toujours, entre moi et le bonheur, cette peur s'est interposée. J'aurais pu me moquer de lui, le déchirer à belles dents, provoquer sa colère, mériter son mépris — et tout cela pour que les choses fussent enfin claires et tranchées. Alors, je me serais abandonnée à ma douleur.

Lui, semblait réfléchir. Il me dévisagea avec une soudaine gravité et finit par sourire :

— Veux-tu que nous fassions un tour jusqu'à la Giralda et que nous y montions ?

Son sourire me désarma. J'acceptai. Il me tendit la main. J'eus le sentiment que ma peau, brune et veloutée, me brûlait.

Nous marchions côte à côte. Sa présence éveillait en moi des sentiments contradictoires. Une joie surhumaine me transfigurait. Je regardais la ville, les passants avec ivresse. L'envie me prenait de presser tous ces inconnus contre ma poitrine et de leur dire : « Je suis heureuse. » Mais, en même temps, la vieille peur m'étreignait. J'essayais en vain de me raisonner. Qu'avais-je à craindre de Joselito ? Mais rien n'y faisait. Mon angoisse collait à ma peau.

Parfois la foule nous bousculait et projetait Joselito contre moi. Nos corps se frôlaient. Joselito s'excusait avec un sourire. Je ne vivais plus que suspendue à ces trop brefs instants où nos peaux se touchaient et s'enflammaient. Je redoutais et désirais ardemment ces contacts. Je priais tout bas le Seigneur qu'ils se répétassent et, aussitôt après, qu'ils cessassent. Que voulais-je, mon Dieu, que voulais-je ? J'avais le cœur serré comme un homme qui débarque en pays étranger, sans argent et sans amis, et qui appréhende l'avenir. Que me réservait-il ?

Enfin nous arrivâmes en haut de la Giralda. La ville s'étendait à nos pieds. On voyait l'infini des ruelles et des maisons blanches, serrées les unes contre les autres, adoptant le dessin d'une vaste toile d'araignée, les clochers des églises, le fleuve, large et tranquille, sûr désormais de sa puissance, sillonné de bateaux de plaisance et de cargos ; on apercevait, plus loin encore, la ligne ocre de la campagne. La brume flottait au-dessus de la cité, gaze transparente, qui filtrait la lumière et assourdissait le vacarme. Je regardais intensément. Ce spectacle m'envahissait de bonheur. J'aurais voulu remercier Dieu de m'avoir accordé de vivre un tel instant. Il contenait à lui seul la justification de toute ma vie. Il portait en soi la plénitude. Rien n'existait plus que cette heure, que cette

lumière et que cette cité, blanche et secrète, langoureuse-
ment étendue à mes pieds. Et au milieu de cette joie qui
étreignait ma poitrine, dilatait mes narines et plongeait
tout mon corps dans un néant de bonheur, au plus profond
de cette joie qui arrachait à mon âme des cris et des pleurs,
je retrouvais pourtant cette sensation d'intense souffrance,
de désespoir sombre qui me terrassaient quand Joselito
s'approchait de moi. C'était comme si l'exaspération de la
joie provoquait une brûlure. Je ne saurais dire ce qu'il y
avait au fond de cette sensation. Il me semble parfois que
c'est l'idée du temps qui passe qui me faisait ainsi souffrir.
Je souffrais de ne pas mourir de joie, à l'instant même, de
manière à l'étreindre plus fortement encore...

Le lendemain matin, nous nous rendîmes au parc Marie-
Louise. Nous suivîmes une allée que des palmiers, des
peupliers, des saules et des pins ombrageaient ; des
parterres de fleurs la bordaient. Derrière l'épais rideau de
verdure l'eau bruissait dans des canaux.

Joselito était plus grand que moi. Mon front atteignait la
hauteur de son épaule. Il parlait calmement, d'une voix
douce et tranquille. J'étais surprise qu'il me traitât en
amie. La plupart des garçons que j'avais jusqu'alors
approchés se montraient volontiers grossiers envers les
filles.

Je me sentais bien auprès de lui. Je m'habituais à sa
présence et à sa voix. Il me parlait de ses études de
médecine qu'il achevait à Grenade. La médecine l'ennuyait ; Grenade l'accablait.

— Il n'y a que l'Alhambra qu'on puisse admirer...
Grenade est un village sale dans un paradis terrestre...

Je l'écoutais avec intérêt et sympathie. Son assurance
me surprenait. Je me disais que je l'aimais déjà. Je savais
que s'il venait à me manquer, j'en ressentirais une vive
souffrance.

Nous atteignîmes le bout de l'allée. Nous nous trouvâmes dans une sorte de rond-point cerné par les arbres.

Joselito s'arrêta ; il me regarda. Ses mains frôlèrent mes bras nus. J'eus l'impression de suffoquer. J'esquissai un mouvement de recul.

La *calina* voilait le ciel. Le soleil éclairait les sommets des arbres.

— Je te déplais ?

Il y eut un long silence. La peur raidissait mes membres. Je m'identifiais aux battements saccadés de mon cœur. Je me disais que c'était mal que de tant et si violemment désirer un être. Car j'avais faim de Joselito.

— Non, tu ne me déplais pas...

Il sourit avec gratitude comme s'il me remerciait de l'aimer, puis posa ses mains sur mes épaules nues et, fermement, en sculpta les contours. Je sentais ses doigts trembler et ma peau s'enflammer sous cette pression.

Il me fit asseoir sur un banc et là, sa tête posée sur ma poitrine haletante, effleura mon cou de ses lèvres tièdes et parfumées. Je voyais ses cheveux noirs et bouclés. Je voulais les caresser mais ne pouvais esquisser un mouvement. On aurait dit que la foudre s'était abattue sur moi.

— Tu fais de l'arythmie..., dit-il soudain, avec un sourire.

— De l'arythmie ?

— Oui. Un pas en avant, deux pas en arrière... On dirait que le bonheur t'emplit d'effroi... Regarde-moi : tu es toute raide.

Je ne trouvai rien à répondre. Car Joselito avait raison : le bonheur m'effrayait. Je pensais à ces légendes qu'Angustias me contait, le soir, dans le patio. J'étais obsédée par cette idée que le plaisir s'achève en sanglot et que la trop grande joie appelle la mort. Je regardais les yeux de Joselito. « *Yeux noirs, très noirs, et noirceur du sort...* » Et puis... Il y avait mon passé.

— Si nous allions retrouver mon père rue de Las Sierpes ?

Joselito accepta ma proposition. Nous partîmes en courant. Un absurde sentiment de bonheur m'envahit. Je courais, riais... Je voyais les palmiers immobiles dans la *calina*, les massifs de lauriers-roses, les énormes cactus aux

fleurs délicates ; j'entendais sourdre l'eau, derrière l'épais
rideau de verdure. Mon âme exultait. J'aurais voulu
danser.

Joselito me poursuivait, me rattrapa. Je sentis contre
mes lèvres son haleine chaude et contre ma poitrine la
sienne, agitée par la course.

La *tertulia* languissait. Mon père buvait du xérès en
plissant ses yeux. Son visage reflétait le bien-être. Il sourit
en nous apercevant. Santos dit :

— Voilà les amoureux...

Tous se mirent à rire. Cette remarque me rendit grave.
« Suis-je amoureuse ? » Je ne pus trouver de réponse car
je n'avais jamais aimé que mon père. Aussi demeurai-je
silencieuse. Une tristesse indéfinissable fondit sur moi. Je
me demandai, une fois encore, si j'amais Joselito. C'était
une question absurde. Je ne pouvais plus me passer de sa
présence ; j'avais besoin de le voir et de l'entendre.
N'était-ce pas suffisant ?

Le soleil brûlait. La chaleur devenait suffocante. L'air,
imprégné de l'humidité du fleuve, collait à la peau. Petit à
petit mon agitation tomba. Je sombrai, comme les adultes,
dans un engourdissement de tout l'être. Était-ce cela,
l'amour, cette brûlure et cette odeur ? Allais-je devenir,
comme ma mère, la proie d'amours éphémères ? Mon
passé me hantait et surtout ces années que j'avais vécues
sous l'influence de celle dont nous feignions d'ignorer
l'existence.

VIII

La journée fut accablante. Nous la passâmes dans le
patio, au-dessus duquel une bâche avait été tendue. Mais
le soleil transperçait la toile et desséchait l'air. Un silence
pesant régnait dans la maison. Bêtes et gens se plaquaient
au sol. Les femmes soupiraient et geignaient. Dolorès

transpirait à grosses gouttes. Elle agitait son éventail, le rejetait, poussait des soupirs à fendre l'âme :

— Jésus ! Quel malheur !... Et nous ne sommes qu'en avril !... Que sera-ce en juin ?...

Elle tirait sur sa robe noire, qui collait à sa graisse, hochait la tête, levait les yeux au ciel :

— Si seulement le vent d'est pouvait souffler. Nous aurions l'air de la mer... Quelle chaleur, Seigneur, quelle chaleur ! Mais que fait donc Joselito ?... Il étudie par ce temps ?... C'est de la démence !... De la démence !...

Elle s'agitait, n'arrêtait pas de parler. Mon père et moi, étendus sur des chaises longues, évitions de faire le moindre mouvement. Nous avions l'habitude de ces journées caniculaires et savions nous en protéger. « Boire et dormir », disait mon père lorsque le soleil brûlait les terres de « La Parra ».

J'écoutais le bruit plaintif de l'eau s'écoulant de la vasque. De temps à autre j'ouvrais les yeux.

La chambre de Joselito donnait sur le patio. A travers les grilles en fer forgé qui protégeaient les fenêtres, j'apercevais la tache blanche que faisait la chemise, le noir des cheveux et le dessin de la nuque. Voyais-je tout cela ou le rêvais-je ? Ce serait difficile à dire. Car Joselito hantait ma pensée. Je ne voyais que lui, ne pensais que par lui et ne vivais qu'en lui. Les bavardages de sa mère ne me dérangeaient pas. Dolorès faisait les questions et les réponses. On pouvait l'écouter en pensant à autre chose.

Soudain une porte grinça. Joselito parut dans le patio. Il avait défait les boutons de sa chemise. Je voyais sa poitrine nue, brune et veloutée. Il portait autour du cou une médaille retenue par une chaîne en or. Son teint de maure s'arrêtait à la base de son cou. Le reste du corps, on le devinait, était d'un brun doré.

Sa poitrine et cette médaille qui en soulignait la beauté me plongèrent dans un état de douloureux désir. J'avais l'impression que cette petite partie de son corps se mettait à vivre. Je désirais Joselito à travers ce triangle de peau qui me troublait. On peut désirer un être de mille manières différentes ; on peut même ne s'éprendre que d'un genou.

J'étais amoureuse de cette peau. Mon désir noyait le jour dans une brume dense.

Je tendis une main hésitante :

— Qu'est-ce que cette médaille ?

J'effleurai du bout des doigts la peau de Joselito et en ressentis une vive brûlure. Tout en feignant d'examiner la médaille, j'exerçais une légère et douce pression sur cette poitrine ferme et délicate. Ma vue se brouillait. Je croyais défaillir de plaisir et de souffrance.

La médaille était des plus ordinaires : une face représentait le Sacré-Cœur, l'autre Notre-Dame du Pilar. J'enviais cette médaille parce qu'il lui était donné de vivre, nuit et jour, contre la poitrine de Joselito. Lui, me laissait faire en souriant. Ses yeux noirs me fixaient. Je baissai les miens. Mon corps était pris de tremblements. Je sentais mes genoux s'entrechoquer. J'eus envie de m'en aller, de m'enfermer dans ma chambre. Je restai pourtant, car c'est cela que je voulais : me trouver auprès de lui et trembler d'angoisse et de bonheur.

Joselito me désirait, cela se devinait. Je le désirais aussi et violemment, mais sans le savoir tout à fait. Mon corps réclamait le sien. La violence de mon désir m'emplissait de frayeur. Un incendie dévastait mon âme. Tout en moi se consumait de désir.

La nuit tomba. Pas un souffle. L'air restait immobile. La chaleur, moite et humide, enveloppait la ville. Je me jetai à plat ventre sur mon lit. Je pensais à Joselito. Je sentais, jusque dans mes draps, son odeur de jeune fauve. Son ombre errait autour de moi. J'avais ouvert la fenêtre donnant sur le patio.

L'eau bruissait. Les arbres et les fleurs respiraient avec peine. La chaleur de la nuit noyait leurs émanations. Rien ne troublait le silence, hormis le bruit de l'eau. Les cloches de la cathédrale sonnèrent deux heures. Je ne parvenais pas à m'endormir. L'image de Joselito m'obsédait. Je revoyais son cou, sa poitrine — cela m'arrachait des gémissements de bête. Je pressentais que, de l'autre côté du patio, il regardait ma chambre. Peut-être attendait-il un signe ? Je dus me cramponner aux draps pour ne pas bouger. Mon pauvre corps hurlait de famine. J'étais nue. Je caressais mes seins et mon ventre, paupières closes, tâchant de m'imaginer ce que seraient ces caresses si c'étaient les siennes.

Une heure s'écoula ainsi. L'air enfin se détendit. Un très fin brouillard monta du Guadalquivir et noya la ville. Les plantes du patio se mirent à respirer, avidement. Cette détente de l'air me fit du bien. Je crus renaître. Je buvais l'air. Ma fièvre tomba ; mon délire s'apaisa ; une vague de mélancolie fondit sur moi : il ne s'était rien passé.

Soudain je tressaillis. Quelqu'un marchait dans le patio. Mon cœur cessa, l'espace d'un instant, de battre. J'étais tendue vers ce frôlement, qui épousait le silence de la nuit. Le bruit se rapprocha. J'eus l'impression que mes nerfs allaient lâcher. Je retins mon souffle. Une voix me parvint. C'était un chuchotement qui se confondait avec le bruissement de l'eau.

— Tara... Tu dors ?

Tout mon être criait. Je ne répondis pas. Des instants s'écoulèrent qui me parurent des siècles. Enfin le bruit s'éloigna. Alors je crus mourir... J'aurais voulu l'appeler, me lever, le rejoindre ; je frappais le matelas de mes poings fermés. Et deux larmes mouillèrent mes yeux, roulèrent sur mes joues et s'écrasèrent sur mes lèvres. J'eus l'impression que ma vie s'échappait. J'étais trop jeune pour savoir qu'on ne meurt jamais d'amour. Je ne pouvais pas deviner qu'il y a quelque chose de pire que de mourir : se survivre à soi-même...

Le lendemain, en me levant, je ne pus réprimer un instinctif mouvement de recul. La glace de l'armoire me renvoyait mon image. J'avais du mal à la reconnaître. Des cernes mauves entouraient mes yeux ; mon teint était livide. J'avais les lèvres gercées. Il me fallut plus d'une heure pour réparer ces dégâts par un maquillage habile.

Mon père s'en aperçut. Il fronça les sourcils et fit une moue de dégoût :

— Tu as l'air d'une guenon... pourquoi tous ces fards ?

Dolorès, Xavier et Joselito me regardaient aussi. Je sentis tous ces yeux braqués sur moi et rougis violemment. Mon regard se durcit. J'eus un mouvement de révolte.

Mon père se leva. Il prit son mouchoir et, avec une sorte de rage, essuya mes lèvres, mes joues et mes paupières. Puis il jeta le mouchoir et déclara avec sécheresse :

— Va te laver, maintenant...

Dolorès vint à mon secours. Elle quitta sa place, s'approcha de moi et dit :

— Vous êtes bien tous les mêmes, les hommes !... Tu ne te rends pas compte qu'elle a mauvaise mine ?... C'est pour cela qu'elle s'est fardée... N'est-ce pas, mon ange ?

J'acquiesçai. J'aurais voulu que la terre s'entrouvrît sous mes pas. La rage et la honte se disputaient mon cœur.

— Tu es malade ?...

L'inquiétude voilait la voix de mon père. Je fis non de la tête.

— C'est la chaleur, murmurai-je. J'ai mal dormi...

— Nous avons tous mal dormi... J'étouffais dans mon lit. J'ai bien cru que j'allais mourir..., surenchérissait Dolorès.

Mon père paraissait gêné. Il ne savait quelle attitude prendre. Joselito me fixait. Son regard brûlant s'appesantissait sur moi.

— Séville te fatigue peut-être. Désires-tu que nous rentrions à « La Parra » ? demanda mon père.

— Oh ! non...

Tous se mirent à rire. Mon père s'écria joyeusement :

— Ça, c'est de la franchise... Nous restons jusqu'à la Feria, ma petite. Je veux voir toréer Belmonte.

Et d'une voix radoucie, il ajouta :

— Mais ne te farde pas trop. Même fatiguée, tu restes belle...

Joselito sourit. Son sourire voulait dire : « C'est vrai. » Cela me rendit heureuse.

Nous vécûmes une semaine de rêve. Joselito et moi ne

nous quittions pas. J'étais habituée à sa présence. Près de lui je me sentais heureuse et détendue. Mon angoisse se calmait. Sous un ciel inaltérablement bleu, nous parcourions à pied les ruelles étroites, blanches et fleuries, du quartier de Santa Cruz. Parfois nous poussions jusqu'à Triana dont la foule pittoresque nous séduisait. D'autres jours, nous suivions le Guadalquivir. Nous nous promenions le long des quais. Les vaisseaux qui partaient pour les Canaries attendaient, immobiles, l'heure de la marée. Les voyageurs s'embarquaient; les hommes s'affairaient autour des grues qui chargeaient ou déchargeaient des marchandises. Des mouettes remontaient le fleuve et planaient au-dessus des eaux glauques. Les sirènes ululaient. Leurs gémissements déchiraient le silence. De minuscules embarcations s'agitaient autour des paquebots qui, majestueusement, manœuvraient pour s'éloigner des quais. Nous assistions à ces départs. Ce spectacle me rendait triste. Je rêvais de voyages. Mon cœur se serrait quand je voyais les blancs navires descendre, sans hâte, le Guadalquivir. J'essayais de m'imaginer les terres qu'ils allaient découvrir. L'inconnu me tentait. J'avais l'esprit romanesque.

Joselito ne se lassait pas de me contempler.

— Tu es la plus belle, me disait-il avec tendresse. Il n'y a pas de fille, à Séville, qui te puisse être comparée... Nous pourrions nous aimer, sais-tu?... J'ai vingt-cinq ans; tu en as seize. C'est l'âge auquel ma mère a épousé mon père...

Je ne répondais pas, me contentant de sourire. Je goûtais le bonheur de sa présence. Je m'étonnais de l'aimer tant : plus que « La Parra ». Et cette pensée me rendait mélancolique. Tournais-je le dos à mon enfance ?...

La Feria approchait. Nous dûmes nous occuper de la décoration de la *caseta*. Dolorès n'arrêtait pas de geindre. L'approche de la Feria la mettait dans un état d'incompréhensible énervement. Elle piquait de véritables crises de nerfs, prétendait que la *caseta* ne serait jamais prête. Un

incident vint encore aggraver son appréhension. Les
Doscos — une vieille famille sévillane que Dolorès considérait comme ses rivaux — avaient, pour leur *caseta*, fait
venir un ensemble de meubles du XVIIIe siècle français. En
l'apprenant, Dolorès pleura d'humiliation.

— Ils veulent nous ridiculiser, gémissait-elle. C'est pour
cela qu'ils l'ont fait... Nous sommes déshonorés, ma
petite.

Dolorès plaçait sa vanité dans des détails sans importance. Elle vivait dans un monde où les préséances, les
racontars et les commérages prenaient l'allure de véritables catastrophes. Xavier riait et s'en moquait :

— Nous pourrions reconstituer la chambre à coucher de
Guillaume le Conquérant... Ce serait original, non ?

— Tu as tort d'en rire, Xavier... Toute la ville va se
gausser de nous...

Et Dolorès reprenait ses jérémiades. C'était une femme
simple et bonne mais qui perdait son temps en des affaires
où elle croyait que son amour-propre était en jeu.

La Feria de Séville n'a plus rien d'une foire. On y vend
et on y achète du bétail, certes. Mais le spectacle est
ailleurs. La Feria n'est plus qu'un prétexte à des festivités
brillantes.

La bonne société loue des stands dans l'enceinte du
Réal. Ce sont plutôt des loges ouvertes, placées sur une
estrade. On les appelle *casetas*. Chaque famille décore la
sienne. On doit y faire preuve d'ingéniosité et de raffine-
ment. Les membres de la famille y passent la journée. Ils y
reçoivent des amis. On mange du jambon *serrano* et l'on
boit du manzanilla. Les cavaliers passent et repassent
devant les *casetas*. Des jeunes filles, vêtues du costume
traditionnel, montent en croupe. Les femmes mariées,
assises devant leurs *casetas,* observent le va-et-vient. Là,
on danse des *sevillanas* ; plus loin, un homme chante des
fandangos de Huelva, cependant que les haut-parleurs
déversent, sur cette foule joyeuse, des flots de musique.

La Feria, c'est la fête de la joie de vivre. Après la Semaine Sainte, la ville célèbre, dans l'allégresse, l'arrivée du printemps. Le jour, la ville retentit de cris, de musiques et de chants. Le soir se déroulent les *corridas*. La nuit, les ampoules électriques s'allument dans l'enceinte du Réal et c'est alors une interminable réjouissance qui dure jusqu'à l'aube.

De Madrid et de toutes les provinces la bonne société afflue. Rien ne peut donner une idée de la somptuosité de ces fêtes.

Joselito et moi hésitions. Comment décorer la *caseta* de Dolorès, afin qu'elle n'eût rien à redouter des meubles français de ses rivaux ? Enfin une idée me vint. La sœur de mon père habitait Grenade. C'était une vieille dame pour qui l'histoire s'était arrêtée à la Guerre de l'Indépendance. Elle haïssait les Français et possédait l'un des plus riches ensembles de style Isabelle II dont on pût rêver.

Mon projet enthousiasma Dolorès. Mon père l'approuva. A ma grande stupeur, il refusa de nous accompagner. Les préparatifs des *corridas* de la Feria l'accaparaient. C'est dire qu'il passait son temps rue de Las Sierpes à boire des *cañas* et à discuter tauromachie.

— Joselito partira avec toi. Vous prendrez mon auto et Ramon vous conduira.

Puis il ajouta à l'adresse de Joselito :

— Tu es un homme d'honneur. Je te la confie. Je peux, n'est-ce pas ?

Joselito rougit, sourit et promit. Je ne savais que penser. L'idée de voyager seule avec lui m'emplissait de bonheur et de crainte. L'inconscience de mon père m'étonnait. Il me semblait que notre amour devait être connu de tous. Or je découvrais qu'il n'en était rien. J'en voulais presque à mon père de n'avoir pas deviné mon trouble.

IX

Ma tante était une vieille dame aux cheveux blancs, au visage ridé et au regard de feu. Elle se tenait toujours très droite, parlait du bout des lèvres et cachait un cœur d'or sous des dehors revêches. Elle prenait un malin plaisir à houspiller son entourage et à terroriser ses domestiques, qui, pourtant, l'adoraient. Je l'aimais tendrement et ne la craignais pas. Cela la flattait. Elle se livrait avec moi à des escarmouches qui la comblaient de bonheur. Car elle souffrait de ne pas trouver d'adversaire à sa taille. Nous nous disputions sans cesse. Les étrangers auraient pu croire que nous nous détestions. En fait, une douce complicité nous liait. Je savais que tante Alice avait besoin de se convaincre qu'elle était une femme dure et lui permettais de jouer son jeu. Elle le pratiquait depuis sa plus tendre enfance. Ce m'était un plaisir que de la voir s'en prendre à ses confesseurs qui étaient, je ne sais pourquoi, ses bêtes noires. Les malheureux prêtres tremblaient devant cette femme vêtue de noir, un collier de perles autour du cou, qui brandissait sa canne d'un air menaçant :

— Tous les mêmes ! leur lançait-elle d'une voix terrible. Vous attendez ma mort en espérant que je léguerai mes biens à la paroisse. Et d'abord, pourquoi prenez-vous des airs aussi hypocrites ? Avouez-le donc, mon Père, que vous espérez cela ?

— Madame… Réellement…

— Réellement, quoi ?… Vous vous dites : « Elle est vieille, n'a pas d'enfant et risque de devenir gâteuse… » Vous vous trompez, mon Père, je ne deviendrai pas gâteuse… Et puis cessez de vous agiter de la sorte, voulez-vous ?… Très mauvais, votre dernier sermon ! J'ai failli dormir. Pourquoi, diable, citez-vous Cicéron ? Primo, vous ne l'avez jamais lu, secundo, c'est un païen…

— Mais, madame…

— Quoi, madame ?... Un sermon, cela se prépare, monsieur le curé... Cela s'écrit même. On ne s'improvise pas orateur du jour au lendemain, n'en déplaise au Saint-Esprit qui devrait vous inspirer... D'ailleurs, le son de votre voix m'énerve. On dirait d'un castrat : ni haute ni basse... Exercez-vous, mon Père. Ce n'est pas avec une telle voix que vous convertirez les incroyants... Ah ! si vous aviez entendu votre prédécesseur !...

Tante Alice avait dit la même chose au prédécesseur, comme elle la répéterait au successeur. Elle cherchait des prétextes pour se fâcher et en trouvait sans peine. Au besoin, elle les inventait. Sa vitalité s'exprimait ainsi. Je souriais intérieurement car je devinais qu'elle-même était tentée de sourire. Elle se raidissait pour n'en rien laisser paraître. Mais elle exultait quand elle voyait son confesseur rougir et pâlir. Alors nous échangions, elle et moi, un regard complice. Le sien voulait dire : « Bien joué, n'est-ce pas ? »

Tante Alice habitait l'une de ces villas particulières qu'on appelle des *carmenes*. La maison, accrochée à la colline de l'Alhambra, était entourée de hauts murs blancs sur lesquels de lourdes grappes de glycine mauve grimpaient et débordaient. On n'apercevait, de la ruelle en pente, que le mur de hauteur inégale et le vaste portail. Cette porte à peine franchie, commençait l'envoûtement.

Trois jardins, surélevés les uns par rapport aux autres, touffus et secrets, cachaient la villa. On n'en voyait, du bas des escaliers en brique, que le toit rose-brun. Il fallait gravir quatre-vingts marches pour y accéder. Le premier jardin, celui du rez-de-chaussée, était planté de cyprès, de glycines et de rosiers grimpants ; le second était réservé aux fleurs. Il y en avait de toutes sortes. Le regard s'enivrait de leurs formes et de leurs couleurs délicates. Les jasmins dominaient. Ils formaient des bosquets blancs et jaunes. Des allées, bordées de rosiers, partaient à droite et à gauche. Mais le dernier jardin surpassait par son charme les deux autres. Ce n'était qu'une vaste terrasse ombragée. Arbustes et arbres formaient une épaisse voûte sous laquelle l'eau bruissait et cascadait le long de canaux. Les amandiers, les orangers, les citronniers et les palmiers alternaient avec les chênes, les peupliers et les saules pleureurs. Un tilleul argenté étendait ses hautes branches au-dessus de la villa. Des milliers d'oiseaux se réfugiaient dans ce jardin. On avait soudainement l'impression de revenir de plusieurs siècles en arrière. Tout dans ce *carmen* [1] parlait de l'Orient.

La maison — une bâtisse blanche, très simple, coiffée d'un toit rose-brun — vivait tournée vers les jardins et vers la ville qu'on apercevait en contrebas, comme dans un songe. Un silence ouaté la cernait. On n'entendait que le chant des oiseaux et le murmure de l'eau. Elle cascadait dans les étroits canaux, se perdait sous les bosquets touffus, bruissait dans les vasques et les fontaines. La chaleur elle-même s'en imprégnait.

Ce n'était pas la chaleur sèche et poussiéreuse de « La Parra », qui brûle la terre et pétrifie la campagne, ni celle, moite et gluante, de Séville. C'était une chaleur douce et forte. On y glissait comme dans un bain. On s'abandonnait à elle avec volupté. La continuelle plainte de l'eau la rendait supportable. On sombrait dans un rêve tranquille que rien ne venait troubler.

La nuit surtout semblait irréelle. Du haut de la terrasse on dominait la ville. Une mer de lumières scintillantes s'étendait à nos pieds. Sa lointaine rumeur nous parvenait, comme amortie, recouverte par le chant de l'eau dans les jardins voués au mystère. Nous retenions nos souffles. Nous n'osions ni bouger ni parler. Nous étions assoupis et las comme des amants comblés. Et l'air s'imprégnait d'odeurs presque trop fortes.

Tante Alice, assise devant la fenêtre, nous regardait monter. Elle nous attendait dans son salon. Son accueil glacial décontenança Joselito. J'avais du mal à garder mon sérieux.

— Alors, jeune homme, il paraît que vous voulez mes

1. Propriété privée à Grenade *(N.d.A.)*.

meubles ? Décidément les Sévillans manquent de tact. Ma
nièce aurait pu vous épargner les fatigues du voyage. Je ne
prêterai rien — vous m'entendez ? — rien !... D'ailleurs, je
déteste Séville et sa Feria... C'est une horrible ville qui vit
de mendicité. Parfaitement, jeune homme ! De mendicité !
Elle racole les touristes comme les filles publiques des
clients.

Joselito devint écarlate. Il balbutia des excuses. On le
sentait au bord des larmes. La situation m'amusait. Enfin
je volai à son secours :

— C'est moi la responsable, tante Alice... Je me suis dit
que tu étais gentille...

Le coup porta. Tante Alice frappa le plancher avec sa
canne.

— Moi, gentille ?... Je n'ai jamais été gentille, tu
m'entends ? jamais !... Et d'abord pourquoi mets-tu du
rouge à lèvres ? Tu as tout à fait l'air d'une danseuse...

— Parce que cela me sied bien, tante Alice...

— Bravo ! Décidément, mon frère m'a tout l'air de
prendre grand soin de ton éducation... (Et, changeant de
voix :) Il joue toujours les fermiers ?

Elle affectait de détester « La Parra », qu'elle appelait,
dédaigneusement, la « ferme ». En réalité elle en conservait de merveilleux souvenirs et serait morte de tristesse si
nous l'avions vendue.

Joselito nous observait, stupéfait. Il devait se demander
quel genre de femme était tante Alice et me plaindre
d'avoir affaire à elle. Les règles du jeu lui échappaient.

— Toujours, tante Alice... Nous avons vendu quinze
taureaux à Séville...

— Il ne manquait plus que cela !... Un marchand de
bœufs, voilà ce qu'est devenu ton père !... Mais, ma
pauvre petite, tu ne pourras jamais te marier. Qui voudra
de la fille d'un homme qui vend du bétail dans les
foires ?... Enfin, ça vous regarde.

Je la laissai se dépenser. J'attendais de discerner dans
ses yeux cette lueur de satisfaction qui signalait que le jeu
avait assez duré et que l'heure était arrivée de parler de
choses sérieuses.

— Et pourquoi veux-tu mes meubles, si je puis le savoir ?

Je pris un ton indifférent :

— Pour rien... Ce n'est pas bien grave, tout compte fait. Des amis des Hartos ont fait venir des meubles français pour décorer leur *caseta*... J'avais pensé...

Tante Alice bondit hors de son siège. Sa voix tremblait :

— Français ? Des meubles français ?... C'est une honte, ma petite !... Ces gens-là méritent une bonne leçon. Et c'est moi qui vais la leur donner... Ah ! ils veulent jouer les plus malins, hein ?... Ils veulent des meubles étrangers ?... Eh bien ! ils en auront, et de plus beaux que les leurs !... Vous allez prendre le mobilier du salon florentin. Je vous prête également mon Véronèse. Ils pâliront de rage, ma petite ! C'est moi qui te le dis...

J'esquissai un sourire. Les yeux de ma tante luisaient de joie. Joselito voulut intervenir pour la remercier.

— Vous, taisez-vous !... Je déteste les remerciements hypocrites. Vous êtes ravi, n'est-ce pas ? Alors, bondissez de joie !...

Joselito quitta, le premier, le salon. J'allais le suivre. Tante Alice me rappela :

— Tara ?

— Oui ?...

Elle posait sur moi son regard de feu. Sa voix s'était faite douce et tendre.

— Ce garçon te plaît, n'est-ce pas ?...

Je rougis. Tante Alice parut hésiter :

— Il ne faut pas que tu deviennes l'esclave d'un homme, ma petite. *Souviens-toi de ta mère...*

Je ne trouvai rien à répondre. Une vague mélancolie noyait les prunelles de ses yeux. Je crus qu'elle allait pleurer. Mais elle ajouta d'un ton bourru :

— Va le retrouver, va !

La nuit tomba. Une nuit noire et profonde. A nos pieds les lumières de la ville palpitaient. Nous étions assis sur la

terrasse, l'un auprès de l'autre. Tante Alice s'était retirée
dans sa chambre. Les jardins et la nuit nous appartenaient.

Soudain la main de Joselito frôla la mienne. Un frisson
me parcourut. Je n'osai pas résister à ma joie. J'abandon-
nai cette main qu'il se mit alors à couvrir de baisers. Nous
ne parlions pas. Joselito se leva et me fit signe de le suivre.
J'obéis sans savoir ce que je faisais.

Ce n'est d'ailleurs pas vrai : je savais parfaitement ce
que je faisais. Tout mon corps haletait de désir. C'était
une faim de tout l'être. J'avais faim de sa peau, soif de ses
lèvres. J'aurais voulu me perdre et m'anéantir dans ce
corps si douloureusement, si tragiquement loin du mien.
J'aurais voulu me dissoudre avec lui dans l'impalpable
sérénité de cette nuit. Je me haïssais moi-même ; je me
heurtais à mes membres comme le prisonnier aux murs de
sa cellule. J'aurais souhaité cesser d'être moi-même pour
devenir l'*autre*. La violence de mon désir dépassait mes
forces. Cette nuit-là, je le jure, j'aurais pu mourir comme
ces insectes qui, lors de l'accouplement, s'entre-dévorent.

Nous suivîmes une allée tout odorante du parfum du
jasmin. Nous nous couchâmes sur la terre. Le bruissement
de l'eau nous berçait. La lune se leva. Le visage de Joselito
émergea, brusquement, de la nuit.

Alors nous fûmes comme pris d'une subite folie. Nous
nous roulâmes l'un sur l'autre. Ses mains tremblantes
s'acharnèrent sur ma robe. Mes seins se raidissaient ; une
chaleur animale montait le long de mon corps. Nous ne
parlions pas. Nous râlions. Nous murmurions fiévreusement nos prénoms. J'avais entrouvert sa chemise. Mes
mains avides labouraient son dos, ses épaules, son cou ;
mes lèvres glissaient sur sa peau, cherchant en vain à s'y
désaltérer. Je m'enivrais de son odeur, de ce satin qu'était
sa peau, de la rudesse de sa chevelure où mes doigts,
rageusement, s'accrochaient...

X

Je ne sais pourquoi j'attache tant d'importance à cette liaison qui ne dura que dix jours. Je dois faire un effort pour m'en rappeler certains détails. Je me souviens seulement de cette nuit, à Grenade, où ma propre ivresse se confondait avec celle de la terre. Je ne suis même pas sûre d'avoir aimé Joselito. Il ne fut pour moi qu'un prétexte. J'adorais en lui la beauté — toute la beauté. Je l'aimais comme on aime une trop belle statue et cessai de l'aimer dès qu'il voulut devenir un être humain. Ni ses pensées ni ses paroles ne m'intéressaient. J'ignore même s'il pensait ! J'aimais un rêve et refusais de le voir s'incarner. Mais, au bout de tant d'années, je revois sa peau brune et veloutée, je caresse, en imagination, son corps lisse et ferme, mince et musclé. Je n'ai rien oublié de ce qui chez lui m'attira.

Nous regagnâmes Séville. Je me sentais heureuse et comme soulagée d'un trop pesant fardeau. Tout au long du voyage, je n'arrêtai pas de rire et de plaisanter. Joselito semblait accablé. Il ne comprenait pas. Il avait cru, parce que je m'étais offerte à lui, posséder des droits sur ma personne. Il découvrait, avec étonnement, qu'il n'en était rien. Cela le fâchait. Il boudait et s'enfermait dans un silence hostile. Ma gaieté blessait son amour-propre. Je prenais, pour ma part, un malin plaisir à le faire souffrir.

Comme nous arrivions à Séville, il me lança d'un ton amer :

— Tu n'as pas de cœur.

Je pris cela pour un compliment.

Les journées de la Feria m'apparaissaient maintenant comme un long rêve. Je les avais vécues dans un état second.

Je n'aimais plus Joselito, mais l'idée qu'il pourrait, lui aussi, se lasser de moi, m'était insupportable. Je me livrais avec lui à un jeu dur et cruel. Je feignais de l'ignorer, redoublais de tendresse envers mon père, en épiant ses moindres réactions. Le malheureux garçon ne parvenait pas à cacher son dépit. Il me plaisait de le voir souffrir. J'entretenais savamment sa souffrance. Parfois j'appesantissais mon regard sur lui et mes yeux mentaient : « Tu me plais », lui disaient-ils. Et Joselito tombait dans le panneau, se reprenait à espérer, pour sombrer à nouveau. J'exultais de faire sur lui l'expérience de mon pouvoir.

Nous passâmes les quatre journées de la Feria dans la *caseta*. Les meubles de tante Alice éveillaient la curiosité d'un défilé ininterrompu de visiteurs. Le vin coulait à flots. Il faisait beau, mais la chaleur demeurait supportable. Nous restions des heures assis devant des verres de xérès ou de manzanilla.

Les cavaliers, en costume andalou, défilaient devant l'estrade. Ils nous souriaient. Je m'amusais à fixer certains d'entre eux ; mes yeux pétillaient de malice. Beaucoup m'adressaient des *piropos* et me lançaient des fleurs. Je les portais à mes lèvres, les effleurais d'un baiser et les relançais. Joselito pâlissait de rage. Il me traitait de « vicieuse » et cela me mettait en gaieté. Alors, il se levait, furieux, et je le rappelais d'une voix caressante :

— Ne te fâche pas, José... Tu sais bien que je n'aime que toi...

Il me dévisageait, souriait et se rasseyait, docile comme un lévrier.

Ne crois surtout pas que j'étais seule à jouer. Les hommes aiment souffrir. Cela peut paraître absurde, mais c'est vrai. Ils ont besoin de souffrir pour se sentir vivre. Car l'habitude finit par tout noyer dans un brouillard dense et par effacer jusqu'au temps qui passe. Joselito recherchait obscurément cette souffrance. Bientôt, je le sentais, il ne pourrait plus s'en passer. Cela devenait comme une drogue. Il passait d'un sentiment à l'autre et, ce faisant, prenait conscience de son existence. Comment saurions-nous que nous vivons si nous n'avions pas, pour nous en convaincre, ces brusques variations d'état d'âme ? Vivre n'est rien d'autre que désirer et l'on vit d'autant plus intensément que l'on désire plus ardemment. C'est pour-

quoi, sans doute, les peuples repus s'ennuient si profondément ; parce qu'ils n'ont plus de désirs. C'est la faim qui
donne sa saveur à toute nourriture.

Le soir j'accompagnais mon père aux *corridas*. Il coiffait
son chapeau cordouan et fumait un cigare. Je jetais un
châle sur mes épaules et plantais la *peineta* dans mes
cheveux. Nous nous installions au premier rang et refu-
sions les loges, car mon père prétendait avec raison qu'on
ne pouvait assister à une *corrida* du haut des loges. Nous
étions ainsi tout près de l'arène.

J'aimais cet instant solennel où, les banderilles posées,
le matador s'avançait, seul, dans l'arène soudainement
vide, pour se mesurer avec la mort. La foule retenait son
souffle. Le fauve observait l'homme qui venait à sa
rencontre. Le matador abaissait sa *muleta*. La bête et lui se
mesuraient en silence. On n'aurait su dire s'ils s'aimaient
ou se haïssaient. L'homme s'approchait lentement, se
livrait, pour exciter son adversaire, à un véritable ballet :
se hissant sur la pointe des pieds, rejetant le buste,
frappant du pied le sable doré. Soudain, le taureau
fonçait. Une immense clameur s'élevait : la *faena*
commençait ponctuée de ces *olés* dont le déferlement
régulier soulevait la foule.

J'avais l'impression de participer à un rite, je sentais
l'ivresse du danger m'envahir. Mon cœur battait de plus en
plus vite ; le sang martelait mes tempes. Je cessais de
m'appartenir. Mon âme se fondait en cette âme collective
dont le *diestro* était la plus haute expression. A chaque
pase, mon pouls s'accélérait.

L'homme et la bête, isolés dans l'immensité de l'arène,
pivotaient ensemble, comme soudés l'un à l'autre. Un
frisson de plaisir parcourait mon dos quand je voyais les
vêtements du *diestro* tachés du sang noirâtre de son
ennemi. Et ce frisson de volupté ressemblait à un acte
d'amour. C'est d'ailleurs ainsi que je comprenais l'amour :
un jeu cruel, plein de risques, que la menace de la mort
rendait plus intense...

Deuxième partie

I

L'aube se lève. Le ciel est d'un vert très pâle. Des lueurs
roses s'allument derrière la Sierra, qu'on devine à peine.
Elle forme une masse imposante, d'un bleu sombre. Elle
bouche l'horizon. La terre a la couleur de la rouille. Le
Guadalquivir n'est ni vert ni rose. Il reflète les pâles
couleurs du ciel.

Cordoue émerge de l'ombre. On distingue les tours et
les clochers de ses églises. On l'aperçoit, tassée sur elle-
même, comme repliée dans son rêve millénaire.

Cordoue est une ville triste, faite pour la méditation et
pour la volupté. Elle ne sourit jamais. Son passé l'écrase.
Elle semble sans cesse se souvenir de ce qu'elle fut et de ce
qu'elle incarnait. Elle dégage une impression de profonde
mélancolie. Cordoue, plus qu'aucune autre ville de l'Andalousie, appartient à l'Islam. Elle étouffe, cette vieille
cité islamique, sous tant de clochers et de croix. On dirait
qu'elle va pleurer. Le jour levant lui arrache une sourde
plainte. Son âme s'est réfugiée dans le dédale de ces
ruelles étroites, blanches et fleuries et dans ces patios
secrets que le visiteur ne voit pas. Là se survit l'Islam.
Cordoue se souvient d'un Orient grave et passionné.
L'exubérance de Séville lui demeure étrangère ; la tranquille jouissance de Grenade l'indispose. Cordoue n'aime
pas à se livrer. C'est une ville toute frémissante de rage et
de passion contenues. Elle se tient à l'écart, comme
effacée, avalant jusqu'à la lie le calice que lui tendent ses

profanateurs. Parfois, un gémissement lui échappe. Le plus souvent elle se tait. Ah ! Juan, que n'as-tu plus souvent et plus intensément regardé cette ville ! Peut-être aurais-tu découvert le secret de mon silence et de cette froideur extérieure que démentaient mes prunelles de feu ? Te souvient-il de ce mot bizarre de Ruiz : « Tara est une omelette norvégienne à l'envers ? » Tu aurais dû prendre garde que le feu ne fît fondre la glace et ne finît par nous consumer. Car j'ai peur, Juan. Peur que la vérité ne te brûle. Mais il est trop tard, vois-tu. Je ne peux plus reculer. Les souvenirs sont comme les eaux contenues par un barrage ; dès qu'il cède, elles entraînent tout avec elles. Et ne pense surtout pas qu'en te les livrant, je cherche à me sauver. Je sais que j'en mourrai, Juan. Ce n'est pas une exagération. C'est ma vie que je brûle en les brûlant. Car ils tiennent à ma peau. En les arrachant, je l'arrache. Les hommes ne survivent pas à leurs souvenirs. Sans eux ils cessent d'exister. Je ne te les écris même pas dans l'espoir de me soulager. Ce n'est pas vrai que les confessions soulagent : elles dévastent. Si je te fais ces aveux, c'est pour te perdre et me perdre avec toi.

J'hésite pourtant à poursuivre ce récit. Car il me faut te parler d'*elle*. Les confessions les plus sincères sont pleines de ces restrictions. L'âme refuse de se dessaisir de ce qui la blesse. Et je ne sais par où commencer. Nous observions à son sujet un si profond et si total silence ! Il était convenu entre nous qu'elle était morte. Ce mensonge facilitait nos rapports. Nous en parlions au passé ! La vie des familles est remplie de ces mensonges, qui ne trompent personne, mais qui permettent de survivre. Nous citions rarement son nom. Quand il tombait dans la conversation, cela jetait un froid. Je ne sais si nous avons bien agi, Juan. Mais tu n'aurais pas supporté de regarder le Mal en face. Tu as passé ta vie à le nier. Tu t'entretenais dans une douce illusion. Et le temps est venu, pour moi, de détruire tes illusions avec les miennes.

Pour te parler de cette femme, je voudrais oublier qu'il s'agit de ma mère. J'aimerais t'en entretenir calmement.

Je crains que cela ne me soit impossible. Je l'ai tant aimée, cette femme, et nous en avons tant souffert !

C'était une très belle femme. Je n'emploie pas ces mots à la légère. Elle avait un visage d'une perfection inégalable. Tout y était juste ; tout s'y trouvait à sa place. Les yeux, en forme d'amande, avaient la couleur de la mer, en Galice. Ils n'étaient ni bleus ni verts. « Des yeux d'émeraude », disait Angustias. De longs cils les bordaient. Le dessin des sourcils en rehaussait l'éclat. Elle coiffait ses cheveux blonds en chignon. Cette coiffure dégageait son front très pur. Mais le nez surtout attirait tous les regards et donnait au profil une sorte de souveraine majesté : très fin, à peine busqué, avec, au bout, deux ailes frémissantes. Le teint avait la transparence du lis. Mais dois-je te l'avouer ? Cette beauté avait quelque chose d'effrayant : on cherchait en vain, sur ce visage de déesse antique, un défaut qui l'humanisât. Tant de perfection glaçait. Et cette manière qu'elle avait de rejeter la tête, de nous toiser, de nous imposer son autorité…

Son discours lui ressemblait. Elle savait s'adresser à chacun et le charmer. Ses phrases chantantes, pleines d'incidences, de tours et de détours, nous accablaient, littéralement. On était à sa merci. Elle possédait l'art de doser les mots, de les suspendre, de revenir en arrière… Douée d'un sens inné du mimétisme, elle s'accordait à son interlocuteur dont elle violait la conscience. Elle lui lançait à voix haute ce qu'il pensait tout bas. Chacun se faisait ainsi une image différente de cette femme. Mais qui était-elle ? Je ne sais si je pourrai te le faire comprendre. Depuis vingt ans, nuit et jour, j'y pense. J'ai cru tant de fois tenir la bonne explication et dû, par la suite, corriger mon jugement ! Rien n'est plus difficile que de cerner un être. Mais celui-là, je te le jure, plus qu'aucun autre.

Nous sommes chrétiens, Juan. Tu comprendras donc ce que j'entends par là : elle était possédée. Le Mal l'habitait. On avait l'impression qu'à travers elle Satan cherchait à se manifester. Sa beauté, son intelligence, son intuition, toutes ses facultés étaient tournées vers le désir de nuire. Elle n'aimait à conquérir que pour mieux briser. Elle

n'avait qu'une passion : celle du mensonge. Elle mentait
sans but, pour le plaisir. A tout propos. Une force obscure
la poussait en l'entraînant. Elle allait jusqu'à se mentir à
elle-même. C'était comme une drogue. Dès qu'elle rencontrait un être, elle n'avait de cesse qu'elle ne l'eût réduit
à sa merci. Elle déployait pour cela toutes les armes de sa
séduction. Avec une religieuse, elle devenait bigote ; avec
un libre penseur, se disait athée. Et ce qui était effrayant,
Juan, c'est qu'elle devenait *réellement* l'autre. Tout en elle
se transformait et jusqu'à sa voix à laquelle elle savait
imprimer les intonations les plus caressantes ou les plus
dures.

Les premières années de mon enfance furent marquées
par elle. Je l'aimais plus peut-être qu'aucun enfant n'a
jamais aimé sa mère. Du moins le pensais-je. Elle
m'éblouissait. Je tremblais à la seule idée de me séparer
d'elle, ne fût-ce que pour un court instant. Dès qu'elle
s'absentait, toute vie se retirait de moi. Il me semblait que
j'en mourrais.

Je ne me lassais pas de la voir et de l'entendre. Je buvais
ses moindres paroles. Et ses sourires, Juan ! Comment te
les décrire ? Elle retroussait très haut la lèvre supérieure,
découvrant des dents blanches, admirables, cependant que
la lèvre inférieure ne bougeait pas. C'était une sorte de
moue qui donnait à ses narines d'imperceptibles frémissements et froissait sa peau, entre le nez et la bouche.

Ma mère m'aimait. Du moins le croyais-je alors. Elle
n'arrêtait pas de me le dire. En réalité elle aimait l'amour
que je lui portais. A moins qu'elle ne m'ait réellement
aimée ? Comment savoir ? Tout est si difficile, vois-tu !
J'en arrive, à force de vomir ses mensonges, par vomir
tout d'elle-même.

Elle me couvrait de caresses et de baisers. Elle sanglotait en m'embrassant. Souvent, elle s'amusait à m'effrayer
en me faisant le récit d'enfants qui furent, pour toujours,
séparés de leur mère. Elle me contait l'histoire de Marie-

Antoinette ; le destin de Madame Royale et de Louis XVII
hantait mes nuits. Je me disais que je mourrais, si, un jour,
un tel malheur devait m'arriver. Souvent je fondais en
larmes. Alors, elle riait, m'attirait contre sa poitrine :

— Petite sotte ! disait-elle. Jamais nous ne nous quitterons. Tu resteras toujours avec ta maman.

Ces alternatives de peur, d'angoisse et de trop violent
bonheur épuisaient ma sensibilité. Ma mère réussit à faire
de moi une enfant instable, nerveuse, et que tout frappait
avec une violence inouïe. Je t'ai dit l'intensité de mes
joies ; mes chagrins atteignaient au même paroxysme. Je
vivais sur une corde raide qui menaçait, constamment, de
casser. Et mon père, qui m'aimait, souffrait, en silence, de
me voir devenir cette malade, toujours tendue, toujours
prête à éclater en sanglots.

II

Je t'ai dit que mon père paraissait souvent mélancolique. Il aimait ma mère. Cette vérité si simple, longtemps
m'apparut extraordinaire. Car il l'avait percée à jour et,
me semblait-il, chassée de ses pensées. En fait, elle
l'obsédait. Il l'aimait avec une passion farouche et sauvage. Il l'adorait sans cesser de la haïr. En la blessant, il se
blessait lui-même. Mais jamais, jusqu'à sa mort, il ne
parvint à se défaire de son souvenir. Elle hantait ses
pensées et ses rêves. Je me demande jusqu'à quel point il
n'aimait pas en moi l'image de cette femme chérie. L'âme
sait s'inventer des prétextes pour assouvir ses désirs.
Combien des baisers qu'il me donnait allaient à celle qu'il
aimait encore d'amour ?

Il l'avait connue chez des amis, à Londres. Il venait
d'avoir vingt-trois ans. Aussitôt qu'il la vit, il cessa de
vivre. Pour elle, j'ignore ce qu'elle ressentit. Elle arrivait
d'Irlande d'où elle était originaire. Elle y avait eu, ce me
semble, une enfance heureuse. Mon père lui proposa de

l'épouser. Ma mère hésita. Que se passa-t-il en elle, au cours de ces six semaines où elle le voyait chaque jour ? Peut-être l'aima-t-elle ? Je voudrais le croire. J'en doute, pourtant. Ma mère n'a jamais aimé qu'elle-même. Elle cherchait sa propre image dans les yeux de ses amants.

Ils rentrèrent ensemble en Espagne. Tara (nous portons, elle et moi, le même prénom) demeura à Madrid. Mon père se rendit à Grenade où résidait l'« aïeul ». Celui-ci voulut connaître la fiancée. Et c'est ainsi que, par une tiède soirée d'octobre de l'année 1910, Tara débarqua à Grenade, dans ce *carmen* qu'habita plus tard tante Alice.

Elle commença par se faire adorer. Elle fit, en trois jours, la conquête de toute la maison. Les domestiques la vénéraient comme une déesse. Mon père rayonnait. L'« aïeul » ne pipait mot. Il observait sa future bru avec une attention soutenue. Celle-ci déployait toutes les armes de sa séduction pour le conquérir. Et ne va pas penser qu'elle le faisait par intérêt. Ce n'est pas la fortune qui l'intéressait, mais de trouver une scène à sa mesure. Car déjà le Mal l'habitait.

Mon père m'a souvent parlé, dans les dernières années de sa vie, de cette époque. Rien que de l'évoquer transformait son visage. Il fut pleinement heureux. L'avenir lui paraissait lumineux. Il aimait et se croyait aimé. Il admirait passionnément sa future femme.

Le soir ma mère s'asseyait au piano. Elle en jouait en virtuose. Il n'y avait dans son jeu nulle mièvrerie, aucun de ces épanchements que les femmes d'habitude aiment à y introduire. Il avait la rigueur et la fermeté de son âme. Aussi ses préférences allaient-elles à Bach et, chose étrange, à la musique espagnole. L'« aïeul » exultait, car la musique était son seul délassement, avec la tauromachie. Il ne se lassait pas d'entendre la jeune femme. Elle interprétait pour lui des mélodies de Granados et de Falla. Quand la musique se taisait, l'« aïeul » courait embrasser l'interprète.

Tu ne peux imaginer ce que c'était d'entendre cette femme jouer du piano. Elle tirait de son instrument des sonorités d'une bouleversante beauté. Mais il fallait aussi la voir !

Elle se tenait très droite, ses mains fines et longues posées sur le clavier. Son buste demeurait immobile. Elle ne traduisait par aucun geste brusque les états d'âme qui l'agitaient. Seuls ses yeux, qu'elle levait au plafond ou baissait soudainement, témoignaient de sa sensibilité. Car elle en avait, Juan ! Te rends-tu compte de ce que cela signifie : être capable de comprendre et de traduire les inspirations d'un Bach et pouvoir, chaque jour, avec une totale lucidité, se livrer au plaisir de détruire et d'anéantir ?

C'était un peu avant Noël. Il faisait froid. La Sierra Nevada enveloppait Grenade dans son grand manteau blanc. Un soleil tiède éclairait la ville. Les jardins de l'Alhambra, sans feuilles, étaient tristes.

L'« aïeul » convoqua mon père dans son bureau. C'était la première fois qu'il le faisait. Il se tenait assis près de la fenêtre et regardait les jardins. Son visage exprimait une immense lassitude. Il fit signe à mon père de s'asseoir près de lui.

Il y eut un long silence. L'« aïeul » paraissait hésiter.

— Pour la première fois, dit-il avec mélancolie, je vais te parler en père, Manuel. Ce sera sans doute aussi la dernière...

Mon père voulut intervenir. L'« aïeul » l'en empêcha.

— J'aimerais que tu entendes ce que j'ai à te dire. Je ne te demande pas d'y répondre. Tu y réfléchiras si tu le peux. Sans cela...

Il laissa sa phrase en suspens et fit un geste de découragement.

— J'ai attentivement observé Tara, Manuel. Tu sais que j'ai du flair pour les gens comme pour les bêtes. Cette femme ne me plaît pas. Trop intelligente, trop avide de plaire, trop sûre d'elle-même et de son autorité.

Il posa sur son fils un regard chargé d'une tendresse mélancolique.

— Nous sommes d'ici, mon petit. Nous aimons cette terre, les taureaux, les bons vins et les femmes. Nous nous sommes toujours entendus sans paroles. Maintenant, je dois parler. N'épouse pas cette femme, Manuel. Renvoie-la vite chez elle. Empresse-toi de l'oublier. Elle sent le malheur...

Mon père en demeurait abasourdi. Il osait à peine y croire. Il posa sur l'« aïeul » un regard étonné.

— Mais..., balbutia-t-il.

— Je sais, Manuel : tu l'aimes. Comment ne pas l'aimer d'ailleurs ? Elle est belle, intelligente, charmeuse...

Il se tut avant d'ajouter sur un ton pathétique :

— Il ne le faut pas, mon petit. Tara *est* le malheur. Elle le sécrète par tous les pores de la peau ; elle sue le malheur. C'est... c'est...

La voix se cassa.

— Je ne suis plus jeune, Manuel. J'ai toujours été heureux avec ta mère — que Dieu ait son âme ! — Je voudrais tant, avant de mourir, te savoir en de bonnes mains !... Je le voudrais tant, Manuel !...

Mon père eut l'impression que l'« aïeul » allait pleurer. Mais une rage froide l'étouffait.

— Je l'épouserai, père... Je l'épouserai coûte que coûte...

Il sifflait presque, prêt à se battre pour son amour. Mais l'« aïeul » se leva et le regarda.

— C'est bien, Manuel, je n'ai pas l'intention de m'opposer à ta volonté. Je vous donne « La Parra ».

Mon père m'a souvent décrit sa stupeur. Il s'attendait à une résistance. L'« aïeul » n'en opposait aucune. Il leur offrait, au contraire, « La Parra », cette terre qu'il chérissait plus que tout au monde. Mon père ne trouvait plus rien à dire. Et l'« aïeul » quitta son bureau, le laissant plongé dans l'incertitude et la tristesse.

La soirée fut morose. Le ciel se couvrit de gros nuages noirs. Une pluie fine se mit à tomber. Elle noyait la ville et

les jardins. Mon père se sentait accablé de lassitude. Il
regardait cette bruine qui se diluait dans l'air.

Ma mère devina sa tristesse. Peut-être avait-elle toujours su les sentiments de l'« aïeul » ?

— Ton père t'a parlé, n'est-ce pas ?

— Comment le sais-tu ?

— Je le devine. J'étais sûre que cela arriverait et qu'il
s'opposerait à notre mariage.

— Il ne s'y oppose pas.

— Alors là, il est plus fort que je ne le pensais !

Mon père ne put cacher sa surprise. Les paroles de ma
mère l'intriguaient.

— Que veux-tu dire ?

— Rien, mon chéri... rien, je t'assure...

Elle disait cela d'une voix faussement convaincante.
Mais tout, dans son attitude, laissait entendre qu'elle avait
un secret, qu'elle saurait garder. Mon père tomba dans le
panneau. Une longue scène s'ensuivit. Il voulait connaître
la vérité ; ma mère pleurait... Elle pleurait, Juan !... Elle
versait de vraies larmes qui glissaient sur ses joues et
accablaient mon père !

— Je t'aime trop, mon chéri, pour te faire du mal. Je
n'ai pas le droit... ne me torture pas... c'est trop horrible...

— Mais qu'est-ce qui est horrible ?... Parle, à la fin !

— ... C'est ton père... je n'ai pas le droit... il... tu
l'aimes...

C'est ce soir-là que le mensonge est entré dans la
maison. Il est tombé comme la foudre. Et depuis lors il n'a
plus cessé de faire des ravages.

— Jure-moi, Manuel, que cela restera un secret entre
nous. Jure-le-moi...

Mon père céda. Alors, en baissant la tête et en
continuant de pleurer :

— C'était peu après mon arrivée. Un soir, comme je
dormais... Je ne sais comment poursuivre... C'est... ton
père est entré dans ma chambre. Il a essayé...

Mon père ne réagit pas. Il se sentit soudainement las et
vieilli. Une douloureuse stupeur emplissait son âme. Il
osait à peine regarder ma mère. Celle-ci s'empressait de

corriger ce que cette révélation avait de trop affreux pour
son fiancé. Elle exploitait avec art sa souffrance et
s'acharnait sur lui. Tout en ayant l'air de le consoler, elle
l'achevait. Lui, se taisait. Il n'avait aimé que deux choses
dans sa vie : « La Parra » et ses parents. Il aimait
l'« aïeul » comme seuls certains hommes savent aimer :
entièrement, pleinement, sans restriction. Ma mère venait
de l'atteindre dans ce qu'il avait de plus précieux. Il en
demeurait comme interdit. Une jalousie démoniaque le
rongeait. Quelque chose en lui résistait à croire à un tel
mensonge. Ma mère le sentait, et distillait petit à petit son
poison. Lui, sombrait dans un abîme de souffrance. Il
haïssait cette femme mais ne pouvait en même temps
s'empêcher de la croire. Sa passion pour elle s'exaspérait
de cette douleur ; son sens inné de la justice se révoltait
devant tant de perfidie. Il est des choses qui désarment les
hommes ; l'une d'elles est le Mal à l'état pur. Ils répugnent
à le reconnaître. Le mensonge de ma mère acculait cet
homme au plus terrible des choix : rejeter celle qu'il
aimait ou renier son père.

— Remarque, ajoutait-elle, entre deux sanglots, qu'il
ne faut pas le juger. Tout homme connaît une minute
d'égarement. Tu dois lui pardonner et ne plus y songer.
Moi, je lui pardonne...

Ces propos atteignaient mon père au plus vif de son
âme. Il croyait devenir fou. Soudain, il s'écria :

— Dehors, va-t'en... Dehors !...

Ma mère partit. Alors mon père s'approcha de la
fenêtre. Il pleuvait toujours sur Grenade. La pluie faisait
un bruit étouffé. Elle tombait avec mélancolie sur le jardin
livré à l'hiver. Mon père brusquement renifla. Il s'aperçut
avec étonnement qu'il pleurait, et n'osa plus contenir les
sanglots qui l'étouffaient. Peut-être comprit-il obscurément que cette femme venait d'introduire les germes de la
haine dans son cœur ? Il ne put pourtant se résigner à la
condamner et alla tristement la rejoindre. Dès lors rien
n'arrêta plus le long, l'insidieux cheminement du mensonge.

Sans doute t'étonnes-tu qu'un homme comme mon père
ait pu tomber dans un piège aussi grossier. C'est parce que
tu n'as pas connu cette femme. Il était impossible de ne
pas la croire. Elle posait sur vous un tel regard et savait
trouver un si touchant accent ! On regardait ses beaux
yeux emplis de larmes ; on laissait ses phrases habiles et
caressantes vous pénétrer... Comment aurait-on pu deviner que la folie du mensonge l'habitait ? Qu'elle n'aimait
rien tant que convaincre et détruire ?

La vie n'est pas simple, Juan. Je me méfie de ceux qui
ont réponse à tout. Des questions demeurent, qui atten-
dront jusqu'à la fin des temps de trouver une réponse.
Nous côtoyons chaque jour des abîmes. Nos explications
nous permettent de vivre, non d'expliquer la vie. Car que
saurons-nous de plus lorsque nous aurons dit de cette
femme qu'elle était possédée ? Pourquoi elle ? Et
comment ? Notre raison se refuse à admettre ceci : qu'il y
ait des êtres voués au Mal. Et cependant le Mal existe. Je
le sais. J'en ai la certitude. Je l'ai touché du doigt. Il se
propage comme ces épidémies qui, brusquement, déci-
ment une région. Rien ne l'annonce ; rien ne semble
pouvoir l'arrêter. Pas même la prière. Parfois il s'étend
d'un continent à l'autre ; il recouvre la terre et déferle,
avec l'horrible soudaineté d'un fleuve en crue, qui brise
toute résistance, fait s'effondrer les ponts et ne s'arrête
qu'épuisé, dans l'éternité des eaux : la mer.
Nous avons connu, rappelle-toi, ces temps où le Mal se
propage par contagion et atteint les têtes les mieux faites.
Les esprits les plus lucides cédèrent alors à la folie du sang.
La haine engendrait la haine et le crime appelait le crime.
Il n'y avait plus d'espoir, Juan. Et qu'est-ce qu'un monde
sans espoir ?... Car le Mal fascine. Il attire, par moments,
comme le vide attire certains êtres. Son pouvoir semble
sans bornes. Et ne souris surtout pas. Je sais de quoi je
parle. Rien ne dit que tu sois à l'abri de cette folie. Peut-

être te guette-t-elle ? Peut-être portes-tu le Mal en toi,
pareil à ces ignobles tumeurs qui soudainement se mettent
à proliférer jusqu'à dévorer le corps ? Il n'est pas en notre
pouvoir de nous préserver. Ne condamne jamais ceux qui
succombent. Tu ne peux savoir quels chemins détournés le
Mal a pris pour les vaincre. Sans doute ont-ils lutté. A leur
manière, certes. Mais qu'importe la manière ? On lutte
comme on peut.

III

Mon père, après ce drame, décida de se retirer à « La
Parra » et refusa de revoir l'« aïeul ». Ma mère triomphait. Elle allait jusqu'à plaider en sa faveur. Mon père se
raidissait. Il avait fini par céder au mensonge et s'inventait
des raisons d'accabler l'« aïeul ». Il se jouait à lui-même la
comédie de l'indignation. Qui sait d'ailleurs s'il n'y croyait
pas ? Les hommes sont ainsi faits que le Mal les surprend
moins que le Bien. Peut-être redoutait-il également
d'avoir à croire son père ? Car il aimait ma mère. Il est
difficile, vois-tu, de démêler l'exacte raison de certains
agissements !

Ils se marièrent peu de temps après. Ils connurent
à « La Parra » quelques mois d'un rare bonheur.
L'« aïeul » s'était retiré à Málaga où il possédait une
maison. Il ne donnait pas de ses nouvelles et se tenait,
volontairement, à l'écart. Mon père m'a avoué, avec
honte, qu'il avait fini par presque l'oublier.

On ne l'avait pas invité au mariage ; on ne l'invita pas
non plus à mon baptême, un an plus tard.

Ma naissance ravit mon père qui avait le respect des
Espagnols pour tout ce qui concerne l'enfance. Il voulut y
voir une bénédiction du ciel. Souvent il se levait au milieu
de la nuit pour m'admirer dans mon berceau. Il me
trouvait belle. L'étais-je ?... Je ne sais. J'ai vu la photographie d'un bébé joufflu, qui ressemblait à tous les bébés du

monde. Mais pour mon père je n'étais justement pas un bébé parmi les autres. J'étais le fruit de ses amours avec une femme qu'il adorait. Il reporta sur moi une grande part de cette passion. Ma mère en conçut un violent dépit qu'elle sut cependant cacher.

Je dois te dire qu'elle pouvait traverser de longues périodes d'accalmie. On avait l'impression que le Mal brusquement relâchait son étreinte. Elle restait alors tranquille. Elle agissait comme n'importe qui. On pouvait, à ces moments-là, se méprendre sur sa véritable nature. On découvrait une femme douce, éprise de musique et de bonnes lectures, soucieuse de son intérieur et capable de dévouement. Puis l'inquiétude la gagnait. Elle se mettait à haïr l'endroit où elle vivait ; le besoin de mentir s'emparait d'elle ; ses familiers lui devenaient insupportables. Elle semblait prise d'une sorte de fièvre. Nulle part elle ne trouvait de répit. Une force obscure la poussait à détruire son bonheur. Elle n'avait de cesse qu'elle n'eût tout dévasté autour d'elle. On aurait alors dit d'une folle que rien ne semblait pouvoir retenir.

C'était cinq mois après ma naissance. L'été battait son plein. Une chaleur suffocante régnait à « La Parra ». Même les nuits étaient torrides. Ma mère semblait « bizarre ». Elle se plaignait de tout et de rien. Elle accablait mon père de sarcasmes. Celui-ci n'y comprenait rien. Il rendait l'extrême chaleur responsable d'une telle attitude et proposa de partir pour Saint-Sébastien.

— Cela ne changerait rien, mon ami. Nous y serions tout de même ensemble !...

Il la dévisageait sans comprendre. Il devait y avoir une telle expression de douleur sur son visage qu'elle lui dit avec rage :

— Ne me regarde pas ainsi ! Tu ne me fais pas peur. Oui, je ne peux plus te supporter ! Oui, je souffre de te voir chaque jour !

Mon père blêmit. Ses traits s'altérèrent. Il se leva de table. Ma mère riait d'un rire méchant. Il chancelait. Elle venait de lui porter un coup mortel. Dix ans plus tard il s'en souvenait encore. Il se rappelait cette scène dans ses moindres détails. Il la revivait. Toute la puissance de son amour se heurtait à cette journée torride où ma mère lui lança, entre deux hoquets de rire :

— Non, je ne t'aime plus !... Je ne t'ai jamais aimé. Tu m'entends ? Jamais !

Il eut l'impression que quelque chose se brisait en lui. Il eut la nette intuition qu'il ne connaîtrait jamais plus de bonheur. Toute la journée, il la passa à parcourir « La Parra », châtiant sa jument et déversant sur elle le flot de désespoir qui le submergeait.

Le soir, en rentrant, il trouva la maison vide. Ma mère était partie. Angustias pleurait. C'était une brave fille qui n'avait d'yeux que pour sa maîtresse et qui ne comprenait pas comment un tel malheur avait pu se produire. Lui, croyait perdre la raison. Il la cherchait partout. Il errait de pièce en pièce, comme une âme en peine. *Sa* chambre, *son* parfum, *son* piano — tout ravivait la douleur de cet homme.

Angustias m'a souvent parlé de cette nuit que mon père passa à se promener dans la maison. Il poussait de véritables rugissements. Les domestiques n'osaient intervenir. Il se roulait sur le lit de ma mère et blasphémait avec rage. On eût dit qu'il devenait fou. Personne ne dormait. Angustias guettait ses pas affolés. Elle décida de le calmer.

— Il faisait pitié à voir, mademoiselle. Ce n'était plus un homme. Il avait l'air d'une bête malade. Quand il m'a vue, il m'a abreuvée d'injures. J'ai cru qu'il allait me tuer. Il prétendait que j'aurais dû la retenir, l'empêcher de partir... C'était terrible à voir... Une bête, mademoiselle, une bête !... Hagard, décoiffé, pâle à faire peur, les yeux cernés..., un fou, mademoiselle, un fou...

J'ai souvent pensé à cette nuit que mon père passa, seul, dans la maison soudainement vide. J'ai trop bien connu cet homme, par la suite, pour ne pas me représenter ce qu'elle dut être. Car mon père n'aimait pas se plaindre. Il avait la

pudeur de ses sentiments. Il m'a pourtant assuré qu'il crut
mourir. Ce n'est pas une image, Juan. Je n'aime pas les
images. Réellement la vie l'abandonnait, se retirait de lui
comme la mer, avec la marée qui baisse, se retire d'une
plage. Il se sentait seul. Ce mot me fait peur. Je sais trop
ce qu'est la solitude pour ne pas la redouter. Il cherchait sa
femme ; *il ne comprenait pas* ; il demeurait effondré ; il
était étonné de douleur. Sans doute s'interrogeait-il pour
découvrir quelle faute il avait pu commettre. Il s'accusait
de péchés imaginaires envers ma mère, se promettait, au
cas où elle reviendrait, de l'entourer de plus de soins et
d'attentions. La première pensée qui vient à l'amant
délaissé est qu'il n'a pas assez aimé.

L'aube le surprit dans la chambre conjugale. Angustias,
assise sur une chaise, dans le couloir, attendait. Elle
pleurait. Elle avait pitié de son maître et de sa douleur.
Elle aurait voulu le consoler. Mais que peut la pitié d'une
fidèle servante ? C'est alors qu'Angustias eut une idée de
femme. Elle frappa discrètement à la porte. Mon père lui
cria de le laisser en paix. Angustias craignait que, dans sa
démence, il n'attentât à ses jours.

— J'ai peur que la petite ne soit malade, *señorito*. Elle
pleure dans son berceau.

Le miracle eut lieu : mon père ouvrit la porte. Il
regardait Angustias sans comprendre. Peut-être avait-il
oublié qu'il avait une fille ? Il se précipita dans ma
chambre et là, m'a raconté Angustias, il fondit en sanglots,
me prit dans ses bras, me couvrit de baisers, cependant
qu'il répétait mon nom qui était aussi celui de la femme
qu'il aimait.

Les jours passèrent. La vie reprenait à « La Parra » son
rythme majestueux. Mon père s'occupait de ses bêtes et de
ses récoltes. Il semblait ne plus penser à l'absente. Son
visage avait une expression fermée. On n'y lisait aucun
sentiment. Le soir, après une journée passée au grand air,
il s'asseyait dans le patio. On mettait mon berceau près de
lui. Déjà nous partagions une même solitude.

Angustias, dans un coin, tricotait ou brodait. Elle était
devenue ma nourrice et faisait partie de la famille. C'est
elle qui, le jeudi, distribuait l'aumône aux pauvres venus
des villages les plus proches. Elle prenait ainsi la place de
ma mère. Ne t'étonne pas de cette intimité. Nos maisons
ressemblaient à de vastes tribus. Maîtres et domestiques
vivaient très près les uns des autres. Ils servaient « La
Parra », chacun à sa place. Il ne serait jamais venu à l'idée
de mon père de considérer ses domestiques comme des
salariés. C'étaient des parents. Un peu frustes, peut-être,
mais qu'on devait respecter. Quelque chose unissait ces
hommes et ces femmes à leur maître : un même amour
pour une terre qui les avait vus naître et qui, au jour de leur
mort, recueillerait leurs pauvres dépouilles. Tous se sentaient liés à cette terre rouge, plantée d'oliviers, où
paissaient des troupeaux de taureaux noirs. Et cet amour
qu'ils vouaient à « La Parra » faisait qu'ils partageaient
aussi la douleur de mon père.

Je ne sais comment te parler d'Angustias. Tu connais
son dévouement. Malgré son âge et ses rhumatismes, elle
te soigne comme elle a soigné mon père et moi-même. Il
faudrait pour en parler retrouver un langage d'enfant. Je
n'essaierai pas. Je sais qu'on ne retrouve jamais son
enfance sauf — je l'espère — au moment de notre mort.
Nous redevenons alors les pauvres petites bêtes que nous
fûmes, désarmées, capables seulement de confiance et
d'amour.

Angustias, pour moi, se confond avec « La Parra ». Elle
faisait étroitement partie de cette terre et de cette maison.
Elle participait à sa vie secrète et mystérieuse. Car les
maisons vivent, Juan. Elles ont leur odeur et leur saveur.
Elles possèdent même un langage. La nôtre s'exprimait
d'une voix douce et discrète, choisissant de préférence la
nuit pour faire ses confidences. Angustias lui ressemblait.
Angustias [1] — ne trouves-tu pas que ce prénom est
significatif ? Elle avait la gravité et l'imperceptible frémissement de l'angoisse. On l'entendait rarement. Elle n'es-

---

1. Angustias : angoisses de Notre-Dame des Angoisses *(N.d.A.)*.

quissait que les gestes indispensables et ne prononçait que les mots nécessaires. Je la revois penchée sur un ouvrage de broderie, ses cheveux noirs coiffés en bandeau, ses yeux d'ébène éternellement baissés. J'ai parfois l'impression qu'elle a toute sa vie travaillé à un seul et même ouvrage. Elle était comme cette parfaite servante dont parle l'Évangile : toujours là où elle devait être. On finissait par ne même plus la remarquer. On s'habituait à sa discrétion comme on s'habitue à un paysage. En fait, elle veillait à tout. Depuis cette fugue de sa maîtresse, elle prit l'habitude de diriger la maison. Tous lui obéissaient. Personne ne lui demandait d'où elle tirait son autorité. Elle la tenait des murs de « La Parra » dont elle semblait issue.

Angustias était une très belle femme. Tu as sans doute de la peine à le croire, en la voyant vieille et parcheminée, tassée sur elle-même et toujours accablée de maux. Elle a quatre-vingts ans, Juan. Je viens seulement de m'en apercevoir. Elle en avait dix-huit quand elle arriva à « La Parra » dans les bagages de l'« aïeul » et n'a rien connu d'autre que cette maison, que cette terre. Soixante-deux ans à la même place ! Tâche de te représenter cela ! C'est plus qu'une vie : un avant-goût de l'éternité.

Elle aurait pu se marier. Des soupirants lui chantèrent l'aubade. Angustias les repoussa. Pourquoi ? Cela demeure un mystère. Ou plutôt, non : elle aimait « La Parra ». Elle l'aimait d'amour. Dès lors son cœur était pris. Elle n'a connu aucun homme. Je ne pense pas qu'elle le regrette. Du moins n'en laisse-t-elle rien deviner. Je ne saurais te dire à quel point elle a aimé cette maison et ceux qui l'ont habitée. Il y avait chez Angustias du chien de garde. Elle aurait voulu éloigner de nous le malheur et aurait, pour cela, donné sa vie. Elle l'aurait offerte, sans hésitation. Je l'ai vue mêler ses rires aux nôtres et ses sanglots à ceux qui nous étouffaient. Et ce regard de feu qu'elle posait sur la terre comme l'aube se levait et qu'un élan irrésistible semblait soulever l'étendue sans fin des oliviers ! Cette passion exclusive, farouche, qu'elle vouait au *cortijo* ! Je sais, grâce à elle, qu'on peut chérir une terre

plus qu'un homme. Car il n'y a qu'un amour : le dépasse-
ment de soi-même.

Angustias ressemblait encore en ceci à « La Parra »
qu'elle n'était ni gaie ni triste. Elle avait la millénaire
sagesse des pierres. Parfois — le soir surtout — une vague
mélancolie l'étreignait : celle des maisons qui se savent
condamnées à devenir des ruines. Alors elle parlait de sa
voix rocailleuse, aux intonations gitanes. Elle contait des
légendes fantastiques où toujours revenait, comme dans
une marche funèbre, le sinistre accord de la mort. Car
Angustias redoutait de mourir. La mort l'obsédait. Et
pour chasser cette obsession, elle en parlait beaucoup.
C'était une sorte d'exorcisme.

Les enterrements, par exemple, l'attiraient. Elle s'y
rendait toujours et même à ceux d'inconnus. Elle se
penchait sur la mort avec un frémissement de tout l'être.
En cela, elle était andalouse. Mais Angustias n'aurait pu
être de nulle part ailleurs. Elle tenait de cette terre son
courage, sa sagesse et sa passion de vivre que traduisait
cette hantise du néant. Car n'est-ce pas l'amour de la vie
qui nous fait tant redouter la mort ?

Elle a beaucoup aimé ma mère jusqu'au jour où elle a
vu la douleur de son maître. Dès lors, elle l'a reniée. Ma
mère — qui ne pardonnait rien à personne — n'a jamais
osé s'attaquer à elle. Pourquoi ? Je ne sais. Peut-être a-t-
elle deviné que ce serait vain ? Et l'on vit cette servante
exemplaire refuser d'adresser la parole à sa maîtresse et
appesantir sur elle un regard qui voulait dire : « Ma petite,
je t'ai percée à jour. »

Les jours succédaient aux jours. Les premières pluies
automnales tombèrent vers la fin octobre. Les nuages
remontaient le Guadalquivir. Le fleuve charriait des eaux
troublées. Il pleuvait dans le patio et le bruit de la pluie
recouvrait celui du jet d'eau. C'étaient des journées
mélancoliques. La terre regorgeait d'eau. Les bottes
s'enfonçaient dans une boue d'un rouge sombre. Bêtes et

gens regardaient tomber cette pluie lancinante. La nuit le vent soufflait, qui dépouillait les arbres de leurs feuilles. La température demeurait clémente. Mais le froid de l'hiver s'installait d'abord dans l'âme.

Personne ne parlait de l'absente. Mon père menait une existence de veuf. Il sortait peu et passait ses journées dans la bibliothèque ou bien, dehors, pour surveiller la récolte de l'olive qui donnait lieu à des réjouissances. C'est toujours une fête, pour les pauvres, que de trouver du travail.

Dans chaque ville, dès l'aube, les chômeurs s'installaient sur les marchés. Ils se tenaient assis sur des bancs ou debout contre un mur. Ils attendaient là, des heures durant, avec la résignation de ceux qui n'ont rien connu d'autre.

Pablo — le *capataz* — faisait la tournée des villages. Audujar, Ubeda, Baeza, Linarès — partout c'était le même désolant spectacle. Des vieillards, des jeunes gens, des femmes et des enfants vêtus de haillons, chaussés d'espadrilles trouées, tendaient leurs visages de madones et de Christ émaciés pour réclamer non du pain mais du travail. Pablo choisissait les plus forts ; les plus vieux retournaient à leurs places avec, dans leurs yeux, le même vide, la même tragique absence de révolte. Et aux portes de « La Parra » des familles s'agglutinaient qu'il fallait, parfois, chasser à coups de bâton.

Les pluies ne duraient guère. Une semaine, tout au plus. Alors la récolte commençait. Dès l'aube, hommes et femmes s'empressaient autour des arbres faméliques, aussi tragiquement maigres qu'eux-mêmes. « La Parra » devenait une ruche affairée, bourdonnante, emplie de cris et de chants. Car le travail rendait ces gens joyeux. Ils chantaient de bonheur. Souvent, il est vrai, c'est de douleur qu'ils chantaient. Car dès la fin novembre le chômage reprendrait ses droits. Il leur faudrait redevenir ce bétail — toujours debout le long des murs chauffés par le soleil — en quête d'un hypothétique labeur.

Ne crois pas que je te raconte ceci pour t'attendrir. Tu as toujours eu la larme facile. Tu appartiens à la race de ceux qui versent, dans leur compartiment de wagon-lit, des larmes hypocrites sur la misère des pauvres. Je ne te juge d'ailleurs pas. Chacun prend dans l'Évangile ce qu'il peut. Mais j'ai trop le respect de la dignité des pauvres pour oser les plaindre. Je préfère encore leur révolte à leur soumission. J'appartiens à une très vieille race, Juan, élevée dans le respect de la misère et des pauvres gens. Aussi fais-moi grâce, je t'en prie, de ta charité. J'espère qu'une sainte fureur soulèvera un jour cette troupe fourbue, harassée, et que cette fureur se retournera contre vous autant que contre nous. Car il n'est pas vrai que tu sois de leur bord. Ni du mien, d'ailleurs. Tu es du bord de ceux qui survivent à tout, y compris à leur honte. Il est vrai qu'on ne t'a jamais appris ce qu'était l'honneur...

Le soir, des feux s'allumaient sur les terres de « La Parra ». L'air sentait le bois d'olivier qu'on brûle, les hommes s'asseyaient en rond autour des feux. Ils chantaient. Ils improvisaient des paroles sur les vieux airs de leur pays. Ces chansons n'étaient point gaies. Ni tristes, d'ailleurs. Tout juste mélancoliques. Souvent, elles s'achevaient en sanglots. Mais je te l'ai déjà dit : les Andalous pleurent de bonheur autant que de douleur. Ils pleuraient donc sur l'amour et sur la mort. Ils évoquaient le visage de leur mère ou celui, plus cruel, de leur fiancée.

Mon père se mêlait à eux. Il ne les gênait pas. Peut-être s'ils l'avaient pu, l'auraient-ils fusillé comme propriétaire. En tant qu'homme, ils l'aimaient et l'estimaient.

Comme j'aimerais, mon ami, pouvoir te décrire la magie de ces nuits d'une impalpable douceur. La noirceur de ce ciel tout plein d'étoiles, l'infinie mélancolie de ces chants, qui, dans l'air odorant, se perdaient comme des sanglots qu'on étouffe, mais qu'une oreille attentive perçoit ! Il me faudrait pour cela faire appel à tous tes sens. Cela m'est impossible. Il aurait fallu que tu voies, que tu entendes. Les chansons, comme le reste, s'insèrent dans un décor. Les nôtres ne s'entendent qu'ici, dans cette vallée fertile, qui n'a jamais pu se résigner à être chrétienne et qui emprunte, pour exprimer sa peine, le langage guttural de l'Orient.

IV

Noël approchait. Un vent froid, venu des hauteurs d'Ubeda et de Baeza, balayait « La Parra ». Les arbres dénudés tremblaient de froid. Le Guadalquivir roulait des eaux jaunâtres. Cordoue, dans le lointain, s'enfermait dans ses souvenirs. Le ciel demeurait bleu. Le soleil ne parvenait pas à réchauffer la terre. Angustias allumait des *braseros* à l'image de nos âmes : la cendre recouvre le feu. La maison sentait le fenouil et les pommes qui mûrissaient dans le grenier. Ce sont ces odeurs qui, pour moi, symbolisent l'hiver : odeurs tièdes, parfumées, de plats longuement mijotés et de fruits qui mûrissent. On sortait des armoires les couvertures bariolées. On accrochait, sur les portemanteaux de l'entrée, les pardessus et les imperméables. La maison se refermait comme pour subir un siège et l'on percevait, derrière les portes closes, la bise mordante. Les jours raccourcissaient ; les soirées s'allongeaient. Les femmes bavardaient autour des *braseros*. Souvent elles récitaient des chapelets et le murmure des prières se confondait avec celui du vent.

Mon père passait ces longues veillées dans sa bibliothèque. Il aimait lire. Je crois qu'il n'a lu, dans sa vie, qu'une centaine d'ouvrages, mais toujours les mêmes. Parfois il les annotait de son écriture menue, arrondie : celle d'un vieil homme généreux. J'ai conservé la plupart de ces ouvrages et me suis souvent penchée sur eux : Sénèque, Marc Aurèle, Cicéron, les tragédies d'Eschyle, des anthologies de poètes, les livres du R.P. Coloma, ceux de Menéndez Pidal, les *Nouvelles exemplaires* de Cervantès... Ce choix continue de me stupéfier. J'y cherche en vain une clé. Peut-être n'y a-t-il rien à chercher d'autre que ses goûts ? En tout cas, toute la littérature tauromachique en faisait partie. Pas un livre qui traitât, de près ou de loin, de la *corrida*, ne lui manquait. Il gardait jusqu'aux comptes rendus des *faenas* qu'il collait sur des feuilles en carton. Et si je comprends qu'il aimât la *corrida* et se découvrît des affinités avec Sénèque et Marc Aurèle, le choix de Cicéron me surprend. Quels secrets rapprochements faisait-il entre les « Pensées », les « Lettres à Lucilius » et la philosophie de ce rhéteur ?...

Mon père écrivait aussi des vers. Rassure-toi : je t'en fais grâce. Ils étaient fort mauvais. Ceux qu'il écrivit au cours de cet hiver s'adressent tous à la même personne. Il continuait donc d'y penser, nuit et jour. Il l'attendait même. Peut-être les amoureux ont-ils un sixième sens ? Il semblait convaincu qu'elle reviendrait. Cet espoir le soutenait. Et cet homme si réservé, si fier de sa race, si plein d'orgueil, acceptait et pardonnait son humiliation.

Le 15 décembre fut une journée pluvieuse. Le ciel était d'un gris uniforme. La campagne était noyée dans la brume et dans la pluie. Les femmes s'affairaient dans la cuisine où elles préparaient les gâteaux de Noël. La maison sentait l'amande et la pâte cuite au four. Soudain il se produisit un remue-ménage. Une dépêche venait d'arriver pour mon père. Angustias la lui porta, le cœur serré.

Mon père se tenait dans la bibliothèque. Il prit la dépêche et la lut. Son visage n'exprimait rien.

— Dis à Pablo de préparer l'auto. Nous partons pour Malaga. L'« aïeul » est malade.

Ce fut tout. Et une heure plus tard mon père quittait « La Parra ».

L'« aïeul », atteint d'une pneumonie, mourut le 20 décembre au matin, par une tiède matinée de cet éternel printemps qu'est l'hiver de Malaga. Il eut la joie de reconnaître mon père. Que se dirent-ils ? C'est leur secret. Mon père m'a seulement confié que l'« aïeul » avait toute sa lucidité. Il s'éteignit comme ces cierges qui se sont consumés jusqu'au bout : avec une infinie douceur. Cet homme, qui avait tant et si passionnément aimé la vie, la

quittait sur la pointe des pieds. Au curé appelé à son
chevet, il dit avec sa gouaille andalouse :

— Aujourd'hui je ne peux pas vous mettre à la porte,
mon Père.

Puis il ne fut qu'un râle, de plus en plus faible, et qui
cessa complètement comme le soleil se levait sur la mer.

Parlèrent-ils, ces deux hommes, de ce qui les avait
séparés ? Mon père là-dessus se taisait. Je sais seulement
que cette mort fut aussi celle de son amour. Le décès de
l'« aïeul » marqua la fin de sa dévorante passion pour
Tara.

Mon père resta à Malaga jusqu'au début de janvier. On
enterra l'« aïeul » dans le caveau de famille, auprès de sa
femme. Ainsi la mort finit-elle presque toujours par réunir
ceux qu'elle sépare.

Tara revint au printemps. Une herbe d'un vert très
tendre poussait sous les oliviers. Des fleurs, jaunes ou
blanches, l'émaillaient. L'air était tiède et transparent. Les
amandiers fleurissaient. La campagne n'était plus qu'une
fête. Le vent d'est soufflait. La Sierra semblait si proche
qu'on avait l'impression qu'il suffirait d'étendre la main
pour la toucher. Les insectes se livraient à une danse
frénétique. La maison se rouvrait sur les terres ensemen-
cées, soulevées par l'irrésistible élan de leur résurrection.

Elle arriva le soir. Un majestueux crépuscule embrasait
la terre et le fleuve. Mon père se trouvait sur la terrasse où
Angustias me surveillait en brodant. Il aperçut l'automobile qui montait la pente qui mène à la maison. Les roues
soulevaient une poussière rougeâtre. Il la vit arriver sans
sourciller.

— C'est ma femme qui revient... Prends la petite,
Angustias. Nous aurons, elle et moi, à parler.

Angustias demeurait comme pétrifiée. Elle m'a souvent
décrit sa stupeur. Le calme de mon père l'impressionnait.

Comment cet homme, qui avait tant aimé sa femme,
pouvait-il demeurer si paisible en la voyant revenir après
une telle absence? J'avoue ne pas partager ce naïf
étonnement. Tout meurt dans la vie et surtout les grandes
passions. Ce soir-là mon père accueillait un souvenir, et les
souvenirs ont parfois cette sorte de sérénité.

Ma mère, en bas, s'inquiétait de savoir où se trouvait
mon père. On le lui dit. Elle fut toute surprise de ne pas le
voir accourir vers elle, les bras ouverts. La naïveté de
certaines âmes perverties est, à proprement parler, stupé-
fiante. Tara se sentait si sûre d'elle et de son pouvoir.

Elle monta. Il la vit arriver sans broncher. Il la regardait
sans rancune ni passion : avec une sorte de curiosité. Ma
mère fondit en sanglots. Lui, ne broncha pas. Elle parla
longuement, comme elle seule savait le faire ; elle décrivit,
en des termes pathétiques, son remords, sa solitude,
l'amour qu'elle lui vouait et dont elle avait pris, petit à
petit, conscience. Lui, ne disait toujours rien. Il écoutait et
regardait « La Parra » glisser dans la nuit. Alors elle fit un
pas en avant comme pour s'approcher de lui. Mon père la
regarda. Tara pâlit. Elle comprit qu'elle n'avait plus
aucune pitié à espérer de cet homme. Pas même celle de
l'amour. Sa rage ne connut plus de bornes. Elle déversa
des torrents d'injures ; elle jeta bas son masque et la haine
succéda, sur son visage, à la comédie qu'elle venait de
jouer. Mon père la laissa parler. Enfin elle se tut.

— Que comptes-tu faire ? demanda-t-il alors.

— Rester ici, auprès de ma fille.

— Je crains que tu ne t'abuses : cette maison n'est plus
la tienne.

— Alors, je demanderai une séparation. J'aurai la
garde de l'enfant. Aucun tribunal n'osera enlever un bébé
à sa mère.

Sa voix sifflait, menaçante. Tara avait deviné ce qui
pouvait encore atteindre mon père. Il posa sur elle un
regard au-delà de la haine : chargé d'un incommensurable
dégoût. Un instant, ils se toisèrent en silence.

— Je dois te prévenir loyalement, Tara. Si jamais tu

essaies de l'emmener hors de cette maison, je te chercherai et t'abattrai comme un chien.

Cela fut dit d'une voix presque douce.

— Tu crois me faire peur ?

Mon père fit un pas en avant. Elle recula et se couvrit instinctivement le visage.

— Rassure-toi : je ne te battrai pas. Je t'ai prévenue. Tu peux rester ou partir. Mais ne t'avise pas de toucher à ma fille.

— C'est aussi la mienne.

Il s'arrêta pour la regarder à nouveau. Tara éclata alors en sanglots. Je crois, mon ami, que ces larmes sont les seules vraiment sincères qu'elle ait jamais versées. Car il est une chose que les âmes les plus basses ne comprennent pas : le mépris.

Elle dut sans doute hésiter, mais décida de s'installer à « La Parra ». Mon père prit une chambre à l'opposé de celle de ma mère. Leur enfer commençait. Il décida de ne jamais adresser la parole à sa femme.

Il tint bon. Douze ans durant, ces deux êtres vécurent sous le même toit sans même échanger le bonjour. Une haine farouche allumait dans les yeux de ma mère des lueurs d'incendie. Mon père semblait ne pas la voir. Il allait et venait, sans prendre garde à cette femme qu'il avait si profondément aimée. Il la laissait parler, l'injurier, trépigner de fureur, sans jamais se départir de son calme. Angustias, folle de terreur, prévoyait les pires catastrophes. Elle suppliait mon père de faire cesser ce supplice.

— La petite en pâtira, *señorito* !... De voir ses parents muets comme des tombeaux, elle en tombera malade.

— Laisse ma fille en paix, Angustias. Son heure viendra de comprendre.

— Mais, *señorito,* Madame va finir par en perdre la raison !...

— Qu'elle la perde, Angustias. Ce serait un bonheur pour elle. D'ailleurs, rassure-toi, elle a les nerfs solides.

— *Señorito,* pour l'amour du ciel !

— Je m'arrangerai avec le ciel, ne t'inquiète pas. Et j'aimerais que nous ne parlions plus de cette créature.

Ma mère aurait pu devenir folle, en effet. Mais une chose la retenait à « La Parra » : moi ! Oh ! Ne va pas croire qu'elle m'aimait. Je te le dis sans haine ni regret : cette femme n'a jamais aimé personne. Elle poursuivait un dessein, tout simplement : celui de me séparer de mon père. Pour y parvenir, il lui fallait s'assurer l'emprise de mon cœur. Cela fut vite fait. Rien n'est plus aisé que de gagner la confiance d'un enfant. Elle s'y employa, nuit et jour, avec une rare constance. Et tout en s'emparant de moi, elle détraquait mes nerfs. Cela aussi fut voulu, prémédité : un crime d'infanticide parfaitement réussi. Elle arracha de mon cœur ce qui fait le prix de l'enfance : l'innocence. Et lentement, jour après jour, elle empoisonna cette source d'eau pure que tout être humain, en remontant le cours d'une vie, retrouve.

Je ne la maudis pas. Je n'ai jamais su maudire. Ni haïr d'ailleurs. Je te confie simplement ceci, en cette heure propice aux aveux les plus douloureux : ma mère m'a tuée.

V

Le ciel noircit. L'orage se forme au-dessus du Guadalquivir. Ce ne sont pas encore des nuages qui couvrent le ciel, mais une sorte de brouillard noir, épais, que le soleil transperce. L'effet de cette lumière sur le fleuve ne se peut décrire. L'eau a la couleur du plomb. Et les rayons du soleil, décomposés par cette brume noirâtre, ont des lueurs d'argent.

La terre respire à peine. On dirait qu'elle suffoque. Peut-être s'étouffe-t-elle ? Nous ignorons tout de ce que la terre ressent. Car la terre vit. Elle vit aussi sûrement que nous-mêmes. Sans doute mourra-t-elle un jour ?

J'écris dans la fièvre. J'en oublie l'heure et le jour. Il me

semble que nous sommes mercredi. J'ai entrepris ce récit
le vendredi après-midi. Depuis cinq jours je suis assise
devant cette hideuse table de cuisine qui me sert de
bureau. Parfois l'envie me prend de laisser choir mon
porte-plume. Ma tentation s'appelle : à quoi bon ? Je dois
lutter contre ma lassitude intérieure autant que contre les
mots. Je sais pourtant que j'irai jusqu'au bout. Alors je
pourrai m'abandonner au pesant sommeil de cette terre
grave, de cette terre majestueuse, et accorder mon souffle
au sien.

Cinq heures viennent de sonner. La maison paraît
morte. Aucun bruit ne la secoue. Les femmes doivent
somnoler dans la cuisine. Angustias se trouve sans doute
auprès de toi. L'approche de l'orage doit te faire souffrir.
Je t'imagine, étendu sur ton lit, baigné de sueur, les traits
tirés, les yeux brûlants de fièvre, le regard tourné vers le
ciel menaçant. Peut-être penses-tu à moi ? Tu ne peux,
bien sûr, te douter que je suis en train de mener avec toi
une longue, une trop longue, conversation. Nous avons si
peu parlé, vois-tu ! Certes, je ne crois pas aux mots. Pas,
du moins, comme y croient ceux qui en vivent et les
exploitent. Les mots ne veulent rien dire, Juan. Ce sont
des signes. Ils devraient s'apparenter à la musique ou à la
poésie, enflammer l'imagination et traduire la mélodie
secrète des âmes.

Mais je m'éloigne de mon récit. J'ai peur, mon ami, que
cette confession ne te paraisse trop longue. Il m'arrive de
tourner en rond au-dedans de moi-même, comme les
renards pris au piège. Parfois je crois entrevoir une lueur.
Non, ne souris pas. J'aime trop le Bon Dieu pour le rendre
complice de nos misérables actions. Mais enfin, je L'aime
et L'appelle de toutes mes forces. S'Il m'entendait, Juan ?
S'Il acceptait de m'entendre ? C'est peut-être pour Lui que
j'entreprends cet interminable récit ? Si c'était ma manière
à moi de prier ?...

Il me faut à présent t'avouer des choses si intimes, si
douloureusement et tragiquement intimes, que je tremble
de les confier au papier. Après le jour, voici la nuit. Mon
horizon, comme celui de « La Parra », s'obscurcit. Pénè-

tre dans cette nuit avec respect. Je vais t'avouer des choses
qu'on ose à peine s'avouer à soi-même, la nuit, dans les
rêves. Car une suprême pudeur préside à nos songes qui
les empêche d'être aussi clairs qu'ils le voudraient. Peut-
être est-ce mieux ainsi, d'ailleurs ? Tant d'hommes
auraient peur de leurs pensées et de leurs désirs
occultes !...

Je t'ai dit que j'avais grandi comme une bête saine et
solide, que le soleil m'enivrait ; que mon souffle s'accordait à celui de « La Parra ». Et peut-être as-tu deviné que
c'était faux.

Je n'ai jamais été saine, Juan. Aussi loin que je remonte
dans mes souvenirs, je retrouve un goût de cendre. Si la
santé c'est l'équilibre, il me faut reconnaître avoir toujours
été malade. Les sentiments pondérés n'ont jamais été mon
fort. Je vivais sur la corde raide.

J'ai aimé ma mère. Laisse-moi me répéter : je l'ai aimée
à en mourir. Réellement j'aurais pu mourir pour elle.
Petite fille, elle m'apparaissait comme une fée. Sa beauté
m'enivrait ; son intelligence me charmait ; sa force de
caractère anéantissait ma volonté. Je la regardais, fascinée ; je l'écoutais, bouche bée. Sa joie suffisait à mon
bonheur ; mon malheur était de la voir triste. Que n'eussé-
je donné pour tarir ces larmes qu'elle versait sur ma
poitrine ? Comment aurais-je pu concevoir qu'elles étaient
fausses ? L'enfance est capable de mensonges mais ne peut
imaginer ce mensonge absolu qui semble réservé aux âmes
d'élite. En réalité, ma mère ne riait et ne pleurait que pour
m'éprouver. En m'éprouvant, elle détraquait mes nerfs.
Ma sensibilité devenait aussi maladive que celle d'un chat.
Je ressentais les choses les plus obscures, les plus inexprimables, avec une violence inouïe. Les changements de
température, les pensées de mes proches, les ondes
mystérieuses qui émanent d'un être, tout me terrassait.
Aussi passais-je du rire le plus fou aux larmes les plus
désespérées. Je connaissais également le sentiment le
moins fait pour les enfants : l'angoisse. Vraiment, par la

faute de cette femme, j'ai connu l'angoisse mortelle : celle qui vous paralyse, vous arrache des frissons, vous donne la fièvre, dilate les prunelles, baigne le corps de sueurs glacées et vous plonge dans une nuit noire et profonde qui semble ne devoir jamais finir.

Ma mère me contait des histoires terrifiantes. Il y était question de sorcières et de vampires qui, la nuit, suçaient le sang des enfants. Souvent, elle me faisait le récit d'enlèvements : des gitans venaient, à la faveur des ténèbres, ravir des fillettes qu'ils emmenaient dans leurs roulottes et qui, jamais plus, ne revoyaient leur mère. Tout cela te paraît sans doute innocent. Mais rien n'est plus grand ni plus beau que la crédulité des enfants. J'y croyais. J'ai vécu, jusqu'à l'âge de dix ans, dans la peur de ces puissances occultes.

La peur!... Comment t'en parler? Chacun en connaît une, à sa mesure. La mienne s'avérait trop lourde pour moi. Elle paralysait mes membres, nouait ma gorge, accélérait les battements de mon cœur, martelait mes tempes et débouchait sur l'angoisse. Je mourais chaque nuit pour ressusciter chaque matin. J'avais, en me couchant, l'impression de pénétrer dans un tombeau. La nuit se refermait sur moi comme une dalle. Je demeurais éveillée, l'oreille aux aguets, raidie, moite de sueur. La nuit s'enflait de menaces, de sinistres frôlements et de glissements de mort. Je frissonnais et claquais des dents. Mes cheveux me faisaient mal. Une main de fer enserrait ma gorge. Je fixais les ténèbres, les yeux dilatés de terreur. Parfois, je m'endormais. Des cauchemars hantaient mon sommeil. Je rêvais qu'un gitan m'arrachait des bras de ma mère, m'éveillais en sursaut, jetais des cris.

Mon père accourait. Il ne comprenait rien à ces terreurs subites. Il croyait les guérir par la fermeté. Aussi interdisait-il qu'on laisse dans ma chambre une lampe allumée.

Ma mère avait le beau rôle. Elle l'exploitait habilement, me couvrant de baisers et de caresses, me consolant et rendant mon père responsable de mes malheurs.

— Tu es un monstre, Manuel!... Tu ne te rends pas

compte que Tara est à moitié morte de peur?... qu'elle
risque de tomber malade?...

Et m'attirant contre sa poitrine tiède et parfumée :

— Ma jolie reine !... Mon ange !... Tu as eu peur, n'est-
ce pas? Tu as cru qu'on voulait te séparer de ta maman.
Mais ce n'est qu'un rêve. Je suis là. Je serai toujours là.
Même ton père ne pourra rien contre cela. Dors, mon
ange, dors ! Maman te veillera. Elle va s'installer là, dans
un fauteuil... Tu es heureuse?

Je souriais, épuisée. Mes forces m'abandonnaient.

Mon père me fixait sans comprendre. Il souffrait. Il
sentait que je lui préférais ma mère. Sa solitude devenait
chaque jour plus grande. Il essayait encore de réagir, mais
avec maladresse.

— J'interdis, disait-il d'une voix sèche, que quelqu'un
reste dans cette chambre. Tara n'a aucune raison d'avoir
peur. Je ne veux pas qu'elle devienne une détraquée.

Alors, sous mes yeux, avaient lieu d'atroces disputes ;
lui, feignait de ne pas s'adresser à ma mère ; elle l'abreu-
vait d'injures savamment choisies. Ils étaient pâles de
fureur.

Une nuit, je crus qu'il allait la tuer. C'était en décembre. Je m'étais réveillée en sursaut, en proie à une
véritable crise de nerfs.

Ma mère arriva. Je me jetai dans ses bras, comme une
folle. J'étais secouée de frissons. La peur me faisait
trembler. J'aspirais avidement le parfum de ma mère ; je
me blottissais contre sa poitrine. Elle s'était assise sur mon
lit. Elle portait un déshabillé d'un bleu très pâle, orné de
rubans en satin. Elle pleurait avec moi et me berçait
comme un bébé tout en me parlant d'une voix douce,
caressante, pareille à la brise qui, l'été, permet aux fleurs
de respirer.

Soudain, mon père parut. Il avait, sur son pyjama à
rayures, revêtu une robe de chambre en cachemire. Je le
vis s'approcher avec un serrement de cœur.

Angustias, à son tour, entra dans ma chambre. Ma mère se tourna vers elle :

— Tu m'installeras un lit de camp dans un coin, Angustias. J'ai peur que Tara ne soit malade.

— Bien, Madame.

Alors la voix de mon père s'éleva, terrifiante :

— Ne bouge pas, Angustias. Ici le maître c'est moi. Tara dormira seule, parce que telle est ma volonté.

Je fus prise de hoquets et de tremblements. Je me cramponnais à ma mère.

— Ne me quitte pas, maman... Ne me quitte pas... Je hais cet homme !... Je le hais !... Je voudrais qu'il meure !

Il y eut un silence interminable. Je restais comme interdite. La gravité de mes paroles m'apparaissait brusquement. Les pensais-je ? Je ne sais. La vérité ne sort pas toujours de la bouche des enfants.

— C'est ton père, Tara... Tu n'as pas le droit...

Ma mère dit cela d'une voix douce. Lui, semblait comme foudroyé. Il me regardait d'un air si étrange que j'eus peur, malgré moi, de ses yeux braqués sur moi.

Ma mère se leva. La haine défigurait ses traits. Sa voix avait des intonations rauques.

— Jamais !... tu ne m'enlèveras cette enfant. C'est pour elle que je supporte de te voir chaque jour ; pour elle que je subis ta présence. Tu me dégoûtes, Manuel. Tu me dégoûtes...

Je les regardais, l'un et l'autre, sans comprendre. J'aurais voulu leur crier de se taire. Ces disputes m'emplissaient d'effroi. Je me disais qu'ils n'avaient pas le droit de se déchaîner ainsi devant moi.

Mon père s'avança, toisa ma mère. Et pour la première et dernière fois lui parla :

— Ton dégoût me laisse de glace. Mais cette enfant est aussi la mienne. Je dois la préserver. Tu es en train de la tuer. Oui, tu veux sa mort. Tu passes ton temps à la dresser contre moi ; cela je pourrais le pardonner. Mais tu l'empêches d'être heureuse. Ça, je ne le tolérerai pas. Demain, je l'emmène...

— Je suis sa mère. Je te traînerai devant les tribunaux...

— Une mère ? Toi, une mère ?... Ne me fais pas rire...

— Ris, mon pauvre, ris. Mais je te préviens : il faudra que tu me tues pour avoir cette enfant. Elle te hait, tu entends ? Elle te hait. Tu lui fais peur.

Mon père devint livide. Son visage était blanc comme un ciel de neige. Il s'approcha de sa femme :

— Je pourrais te tuer, en effet. J'y éprouverais même de la joie. Est-ce un crime que d'écraser la tête d'une vipère ?... Tout en toi me fait horreur. Tu es mauvaise ; mauvaise de la tête aux pieds. Tu pues le mensonge.

Ma mère marchait à reculons ; lui s'avançait toujours. Soudain, elle fut contre la fenêtre. Mon père tendit les mains, la prit à la gorge. Ma mère riait d'un rire hystérique.

— Tue-moi ! Tue-moi !... Ta fille aura un père assassin. Ha, ha, ha !... Vas-y donc !... Qu'est-ce qui te retient ?... Lâche, lâche, lâche !... Tu n'es même pas un homme... Et d'ailleurs, qui te dit que cette enfant soit de toi, hein ?...

Alors, je vis l'éclair du crime passer dans les yeux de mon père. Il serrait, serrait... Ma mère voulait encore parler ; elle bavait, le regard empli d'une joie démoniaque, glissait par terre, tombait à genoux. Lui, râlait. La sueur ruisselait sur son front. Des sons gutturaux s'échappaient de sa gorge.

Je n'en pouvais plus. Je criai :

— Papa... papa !...

Alors il lâcha, se tourna vers moi, d'un air accablé. Il pleurait. Son visage ruisselait, non de sueur, mais de larmes. J'étais épouvantée. Je le fixais sans comprendre. Et le spectacle d'une telle douleur m'arracha un cri :

— C'est pas vrai, papa !... C'est pas vrai !... Je ne te hais pas !... Je t'aime, papa !...

Comme un naufragé qui atteint la terre ferme et retrouve l'espérance, mon père se jeta sur moi, me couvrit de baisers passionnés, me demanda pardon, me parla d'une voix brisée, secouée de sanglots. Et nous avions l'impression d'émerger d'un long tunnel, de revoir la lumière du jour, comme deux amants qui, après une longue séparation, se retrouvent enfin, sur un quai de

gare, et qui, oubliant la foule, s'étreignent en mêlant leurs
larmes.

VI

Dès le jour suivant, ma mère prit le parti de m'ignorer.
Elle s'enferma dans sa chambre et prétendit qu'elle était
malade. « La Parra » glissa dans un silence de clinique.
Même les domestiques parlaient à voix basse. Ma mère
brûlait là sa dernière cartouche. Mon cœur d'enfant
chavira. Je me disais que ma mère allait mourir et que ce
serait ma faute. Je l'aimais encore. Les événements de la
nuit m'apparaissaient irréels. J'avais l'impression de les
avoir rêvés. Je passais mes journées à errer comme un
chien sans maître. Je frappais à cette porte derrière
laquelle, pensais-je, se consumait ma mère. Sa voix me
parvenait, très affaiblie :

— Qui est là ?

— Maman...

— Tu n'as plus de maman... Va retrouver ton père. Je
suis trop malade. Je ne veux voir personne...

Je pleurais, suppliais. La porte demeurait close. Alors je
regagnais ma chambre, me jetais sur mon lit et pensais
mourir de douleur... J'avais neuf ans.

Mon père avait changé de visage. Il semblait grave,
inquiet, lui aussi. Plus tard, j'ai su qu'il avait craint que ma
mère ne se laissât mourir et que je ne le tînsse pour
responsable de sa mort. Il m'observait avec une chaude et
virile pitié. Il laissait s'appesantir sur moi un lourd regard
voilé de tendresse. Peut-être aurait-il voulu me parler ?
Peut-être le redoutait-il ? Les grandes personnes savent si
mal s'adresser aux enfants !

Cet enfer se prolongea huit jours. Ma mère restait
enfermée chez elle, refusant tout soin et toute nourriture.
Une atmosphère de drame pesait sur « La Parra ». Les
préparatifs de Noël se poursuivaient cependant, mais sur
un rythme plus lent. Les gâteaux, les *turrones*, s'entas-

saient dans le garde-manger. La maison avait son odeur
des mois d'hiver et, dans les chambres, les *braseros*
dégageaient une douce tiédeur. Le jet d'eau du *patio* se
taisait. Le froid collait aux vitres son haleine glacée. La
terre se recroquevillait frileusement. Les oliviers évoquaient des corps suppliciés.

Nous nous taisions. Nous chuchotions parfois, mais
demeurions le plus souvent abîmés dans nos pensées. Mon
père vieillissait à vue d'œil. Ses traits restaient jeunes,
mais son dos se voûtait. Il semblait que l'hiver l'accablât
de son poids. Parfois il levait la tête, me regardait, ouvrait
la bouche, se ravisait et se replongeait dans la lecture.

Nos repas ressemblaient à des veillées funèbres. On
n'entendait que le bruit des fourchettes sur les assiettes.
Nous mangions vite, comme des gens qui se débarrassent
d'une corvée. Le moindre bruit nous faisait tressaillir. *Elle*
marchait au-dessus de nos têtes ; *elle* toussait... Nos
pensées se pressaient autour de cette chambre.

Rendais-je mon père responsable de nos malheurs ? Je
ne le pense pas. Mais je souffrais, sans savoir exprimer ma
souffrance. Car je n'étais pas une enfant débile. Instable,
angoissée, détraquée peut-être, mais pas débile. Je pleurais de joie ou de tristesse, mais jamais sur mes malheurs.
L'idée d'être plainte m'était insupportable. Je serais morte
de honte si quelqu'un s'était permis cette insulte : me
plaindre. Un orgueil immense me raidissait. Les émotions
les plus violentes n'affleuraient pas à ma peau ; mon visage
demeurait fermé, étrangement serein. Rien n'y transpirait
de ce qui agitait mon âme. J'étais, enfant, la femme que je
suis : toute glace dehors et tout feu dedans. Et quel feu,
Juan ! Il y avait en moi de quoi embraser la terre entière.

Mon père interprétait mal ce calme. Il y voyait de la
réprobation. Il ne se rendait pas compte que je lui
ressemblais. Il souffrait de ce qui aurait dû le réjouir. Un
soir, il m'en souvient...

Ma mère n'était toujours pas descendue. Il avait plu
toute une nuit et tout un jour avec une accablante

monotonie. Cinq heures venaient de sonner ; déjà les lampes étaient allumées. Dehors un crépuscule sale et triste recouvrait « La Parra ».

Je me tenais dans ma chambre. J'étais assise près d'une fenêtre et regardais la pluie tomber sur le Guadalquivir. De temps à autre le vent se levait et envoyait un gros paquet de pluie contre la vitre. Je ne pensais à rien.

La porte s'ouvrit. Mon père parut. Il avait l'air, dans cette pénombre sale et froide, d'un très vieil homme. Il vint s'asseoir à mes côtés et, dans cette lumière propice aux confidences, commença :

— Je voulais te parler, Tara...

Je compris qu'il avait quelque chose de grave à me confier. Le son de sa voix me parut triste. Et j'eus conscience, très nettement, de mes responsabilités envers cet homme.

— Voilà..., poursuivit-il avec lassitude ; tu n'es plus une enfant. L'as-tu jamais été ?... Ta mère et moi ne nous entendons guère. Cela remonte à... oh ! il y a si long-temps !... D'avant ta naissance...

Je fis un geste. Il s'interrompit.

— Rassure-toi, ma petite. Je n'ai pas l'intention de te parler de ta mère. C'est une affaire entre moi et elle, entre Dieu et elle...

Il prit un temps. J'eus le sentiment qu'il récitait une leçon apprise par cœur.

— Simplement je voudrais que tu comprennes... Je l'ai beaucoup aimée, Tara... Autant que toi... Davantage peut-être... Peut-être l'aimé-je encore ?... Ce sont des affaires d'aultes qui nous séparent... Des histoires que les enfants comprennent mal...

J'écoutais de toutes mes forces tout en regardant la pluie tomber sur « La Parra ». Je me disais, avec justesse, que j'étais en train de devenir une femme.

— Tu as subi les conséquences de nos... dissensions... Nous nous sommes acharnés sur toi, essayant, l'un et l'autre, d'accaparer ton affection. Nous avons mal agi, Tara... Un jour, tu comprendras... Mais je voulais que tu saches... J'ai l'intention de partir, ma petite. Tu aimes ta

mère. Vous resterez ici. Je vais faire un très long voyage.
Quand je reviendrai, tu seras devenue une femme...

Il parlait d'une voix de plus en plus basse et qui se
confondait avec ce crépuscule d'hiver qui recouvrait la
terre. Je dus prendre sur moi pour ne pas pleurer. Je
cherchais les mots qui pourraient le retenir, lui faire
comprendre...

— Il ne faut pas que tu partes, papa ?

— Si, Tara. Cela arrangera tout. Ta mère rouvrira sa
porte...

— Papa ?...

— Oui ?...

— Je t'aime, papa... Je voudrais être heureuse... Seulement, j'ai peur et de n'importe quoi... Reste, papa... Elle
ouvrira. Un jour ou l'autre, elle ouvrira...

Il se taisait. Je voyais, reflété dans la vitre, son beau
visage grave. Son front se plissait.

— Et après, Tara ?... Elle inventera autre chose... Elle
a toujours aimé inventer... Tu es faible, tu la croiras...

Et, comme un gémissement de l'âme, ce cri lui
échappa :

— Je te jure, ma petite, que ton père aurait donné sa
vie pour ta mère... Je l'aimais, Tara... Tu comprendras
plus tard...

— Ne me quitte pas, papa... Ne me quitte pas... J'en
mourrais... Je te promets de te rendre heureux...

Le vent se leva. Il arracha aux murs de la maison une
sourde plainte. Mon père se taisait. Enfin il dit :

— Je n'ai que toi au monde, Tara... Sans toi, je
perdrais la raison...

Je posai ma tête sur ses genoux. Nous n'étions plus
qu'un seul cœur. Il caressa mes cheveux. Soudain une
larme, tiède et salée, vint s'écraser sur mon front. La nuit
s'installa : la longue nuit de l'hiver.

Le lendemain mon père téléphona à tante Alice.
Celle-ci débarquait le soir même d'une longue His-

pano-Suiza ; c'était la première fois que la sœur de l' « aïeul » me voyait. Elle m'examina longuement, puis déclara :

— Pas mal, cette petite... Mais trop maigre et trop pâlotte... Nous allons la remonter, Manuel...

Avec l'arrivée de tante Alice, un vent de tornade balaya « La Parra ». Cette femme avait la vitalité des fauves. Elle allait, venait, donnait des ordres, bousculait nos habitudes et s'installait chez nous comme si elle ne devait jamais nous quitter. Elle inspectait les chambres, fouillait dans les armoires, en vidait le contenu, houspillait Angustias... J'étais ravie, séduite, charmée. C'était, après la chaleur de l'orage, la brusque détente de l'air. Tout s'éclairait pour moi d'une lumière nouvelle.

Tante Alice pouvait avoir cinquante-deux ans ; elle en paraissait quarante. Tout de noir vêtue, un double rang de perles autour du cou, les cheveux blancs coiffés en chignon, le teint très pâle et les yeux malicieux, elle savait, sans être grande, le paraître. Elle redressait sa taille, rejetait la tête et toisait les êtres comme si le monde eût été peuplé de nains. Elle prenait, pour s'adresser à chacun, une voix terrible. Ce qui me faisait rire et l'exaspérait ; la ravissait aussi.

— Qu'as-tu donc à rire de la sorte, petite sotte ?... Suis-je donc si drôle à voir ?...

Et se tournant vers mon père d'un air indigné :

— Ta fille est une oie, Manuel... Parfaitement inepte.

Mon père, ravi de me voir joyeuse, à son tour s'esclaffait de rire. Tante Alice piquait des colères feintes et allait jusqu'à taper du pied.

— Rien ne va dans cette maison !... Rien !... Des draps mal repassés s'entassent dans les placards ; l'argenterie est mal faite ; ta fille est idiote et tu ris... Vraiment, je ne sais pas pourquoi tu m'as fait venir ?

Mon père redevint grave. Il posa sur moi un regard mélancolique, puis :

— Ma femme reste enfermée dans sa chambre. Elle refuse toute nourriture... Je voulais...

Tante Alice fit un geste comme pour dire : « C'est un comble ! »

— Ta femme est idiote, Manuel. Et toi aussi, soit dit en passant. Comment ! Tu la laisses se jouer une tragédie à elle-même sans même oser intervenir ? Tu me déçois, Manuel !...

Sur ce, elle quitta la chambre de mon père où nous nous trouvions, pour se diriger vers celle de ma mère. Je la revois, cette digne tante Alice, marchant du pas d'un colonel de l'armée des Indes à la retraite. Nous la suivions, le cœur serré. Qu'allait-il se passer ? Tante Alice s'arrêta devant la porte et frappa, vigoureusement. La voix de ma mère nous parvint.

— Qui est là ?

— C'est moi : tante Alice... Cessez cette comédie, mon petit. Je vous donne une demi-heure pour vous suicider ou pour ouvrir, de votre plein gré, cette porte. Sans cela, j'appelle la police et vous fais interner dans un asile de fous.

Ce fut dit sur un ton qui n'admettait pas de réplique. Mon père et moi nous regardâmes : tante Alice venait, en une heure, de trouver la seule solution possible. Avec son bon sens de femme qui ne se paie pas de mots, elle avait su dire les phrases qu'il fallait. Sincèrement, nous l'admirions.

La porte s'ouvrit. Ma mère se tenait debout sur le seuil, pâle, amaigrie, mais souverainement belle. On eût dit une revenante.

Elle portait une robe d'intérieur, en soie verte. Ses cheveux blonds lui tombaient sur les épaules. Elle avait les traits tirés. Des cernes mauves entouraient ses yeux. Elle ne disait rien, se contentant de nous regarder. Je me sentis défaillir en la voyant si belle, si majestueuse et sûre d'elle-même.

Tante Alice rompit le charme. D'une voix où pointait une cinglante ironie, elle demanda :

— Alors, vous vouliez mourir ?

Ce n'était pas la même tante Alice que tout à l'heure, qui cachait son cœur sous des dehors brusques. Cette fois,

le mépris recouvrait sa voix. On sentait qu'elle détestait
ma mère et que celle-ci le lui rendait bien. Deux ennemies
s'affrontaient. Malgré moi je prenais le parti de ma mère
et me disais qu'elle ne méritait pas cette haine qui
l'entourait.

— C'est votre neveu qui vous a dit cela ? Les Andalous
ont toujours eu l'imagination débordante...

— Et le cœur trop chaud, mon petit, je suis bien de
votre avis. Sans cela, ils y regarderaient à deux fois avant
d'épouser certaines femmes...

Le ton montait. Il demeurait pourtant poli. Seules les
voix avaient cet imperceptible frémissement de la haine
contenue.

— Mon Dieu ! s'écriait ma mère. Nous vous laissons
debout, chère tante Alice ! Venez donc vous asseoir. Vous
restez longtemps à « La Parra » ?... Dommage que la
saison soit si vilaine !... Vous passerez Noël avec nous,
j'espère ?... Manuel en sera ravi.

Et tout en parlant, elle poussait tante Alice qui se
retrouva assise avant d'avoir pu esquisser un geste. Ma
mère allait et venait avec une aisance de reine. Je suivais
cette scène, comme fascinée.

Mon père se taisait. Sans doute hésitait-il à intervenir. Il
allumait une cigarette et je pus constater que ses mains
tremblaient. J'en sus, beaucoup plus tard, la raison : cette
chambre, ce parfum, tout éveillait en lui des souvenirs.

— Et Manuel vous a dit que je voulais mourir !... Mais
c'est un roman, ma pauvre tante Alice !... Vous a-t-il dit
qu'il a essayé de m'étrangler devant ma fille ?... Vous ne
me croyez pas ?... Est-ce vrai ou non, Tara chérie ?...

Je baissai les yeux.

— Remarquez, poursuivait ma mère, qu'il ne l'aurait
pas fait... Mais enfin, j'en avais la gorge toute bleue. C'est
la raison pour laquelle je me tenais dans cette chambre.
Cela va mieux à présent. Il n'y paraît presque plus rien.
Regarde, mon petit... N'est-ce pas qu'on ne les voit plus,
les traces des mains de ton père ?

Elle se baissait, me tendait son cou ; j'apercevais la peau

fine, presque transparente ; j'aspirais son parfum. La tête
me tournait.

Tante Alice bondit hors de son siège, le visage décom-
posé.

— Vous devriez avoir honte !... Cessez cette comédie,
je vous prie... Il s'agit de votre fille...

Et la fixant dans les yeux avec une expression d'infini
dégoût :

— Vous avez fait assez de mal dans cette maison, vous
ne trouvez pas ?

Ma mère partit d'un grand éclat de rire.

— Comme vous êtes impressionnable, chère tante
Alice !... rétorqua-t-elle sur un ton faussement badin.
Avouez donc que vous ne m'aimez guère.

— Je vous hais !... Je vous hais depuis le premier
jour !... J'ai jugé de votre vraie nature...

— Assez !...

La voix de mon père résonna comme un coup de fouet.
Tante Alice hésita et quitta la chambre. Alors, mon père
me prit par la main et m'entraîna avec lui.

VII

Il fait nuit noire. Pas un souffle d'air. L'orage a éclaté,
derrière Cordoue. Le ciel est zébré d'éclairs. Le tonnerre
gronde sourdement. La terre, secouée d'impatience, fré-
mit dans l'attente de la pluie qui la fécondera.

Tante Alice ne demeura pas longtemps à « La Parra ».
Ma mère avait repris sa place et, dès lors, sa présence
devenait inutile. D'ailleurs, elle souffrait. Tante Alice
était une femme débordante de santé. L'atmosphère
trouble que ma mère réussissait à créer autour d'elle
répugnait à sa nature. Elle nous regardait sans compren-

dre ; son regard nous interrogeait : « Comment supportez-vous cela ? » Nous baissions nos yeux et nous taisions. Comment aurions-nous pu dire à tante Alice que nous aimions cette femme et jusqu'à l'air qu'elle respirait ?

Je ne crois d'ailleurs pas pouvoir te décrire ce qu'était cette atmosphère. Ce sont des choses qu'on sait quand on les a vécues, mais qui demeurent inexprimables. Un trouble malsain envahissait nos âmes. Nous étions comme fascinés. Nous ne songions même pas à nous défendre. Il y avait cette beauté altière, froide et inhumaine comme celle d'une statue de marbre ; ce discours charmeur, gluant, qui nous collait à la peau ; cette voix enjôleuse, capable de traduire les plus subtiles nuances ; ce regard qui nous anéantissait... Nous la subissions comme on subit la chaleur ou la pluie. Nous étions littéralement à sa merci.

Certes, mon père demeurait silencieux. Mais son silence, au lieu de la détruire, renforçait l'équivoque. Car ma mère pouvait monologuer à son aise. Ses discours semblaient ne s'adresser à personne. Ils formaient pourtant comme une musique de fond dans l'alcôve de deux amants. Nous buvions chacune de ses paroles ; notre âme les prolongeait. De quoi parlait-elle ? De tout et de rien. Qu'importe ce que disent les gens. La véritable éloquence pourrait très bien ne rien dire. N'est-ce pas ce que font les politiciens ? Ma mère ne disait rien. Mais il y avait ce *ton*, cet *accent*... Je sais, grâce à elle, ce qu'est violer l'intimité d'un être et sa conscience.

Ma mère s'enivrait de ses propres discours. Littéralement, elle en perdait la tête. Je crois qu'elle aurait pu soutenir les thèses les plus contradictoires rien que pour le plaisir de suivre les méandres de ses phrases. Elle n'hésitait même pas à se contredire trois fois en cinq minutes. Ses discours variaient suivant son auditoire. Elle sentait quelles paroles on attendait d'elle. Elle ne s'y trompait jamais.

Ma mère ne croyait à rien. Pas même aux mots. Elle possédait un redoutable pouvoir dialectique. Elle aimait les discussions byzantines dans la mesure où aucun sujet, aussi grave fût-il, ne l'atteignait réellement. Les mots l'emportaient dans un tourbillon. Elle savait se servir de toutes les formes de l'éloquence, l'ironie comprise. C'était une ironie âpre et blessante, qui arrachait des frissons. La voix se faisait sifflante ; les mots devenaient cinglants. Et c'est à mon père qu'elle décochait les traits les plus cruels.

Celui-ci blêmissait. Ses traits s'altéraient. Il faisait des efforts surhumains pour conserver son sang-froid. Il avait obscurément compris qu'une seule arme pouvait atteindre ma mère : l'indifférence. Souvent, j'ai failli pleurer de honte en le voyant, sans broncher, encaisser les coups les plus blessants. Maintenant, je l'admire. Car il fallait un singulier courage pour se laisser insulter devant une enfant sans opposer la moindre résistance. Parfois, il souriait d'un sourire mélancolique qui semblait vouloir dire : « Ma pauvre !... » Ces sourires mettaient ma mère hors d'elle-même.

Le soir, après le dîner, elle s'asseyait au piano. Elle jouait des Nocturnes de Chopin ou des Cantates de Jean-Sébastien Bach. La musique emplissait la maison et couvrait la voix du jet d'eau dans le patio. Le visage de ma mère prenait alors une expression grave. Il se reflétait sur l'acajou brun foncé de l'instrument, comme sur les eaux d'un étang. Nous fermions les yeux. Nous sombrions dans nos pensées. Certains arpèges nous arrachaient des frissons et aussi certains accords qu'elle plaquait avec une rage contenue.

Je retrouve, dans ma mémoire, le souvenir de ces brefs instants de répit. Ce sont les rares souvenirs heureux de mon enfance. Ils suffisent à racheter le reste.

Mon père s'installait dans un fauteuil, fumait un cigare. Un nuage de fumée grise l'enveloppait. Ses yeux luisaient. Son visage n'exprimait rien. Il demeurait étrangement calme. Il portait le costume andalou, noir, avec une chemise blanche. Le jabot de dentelle se gonflait sur sa poitrine. Son profil mauresque avait la pureté de certaines statues de bois.

Ma mère revêtait, pour le dîner, une robe du soir. Cela

m'étonne, à présent. A l'époque, cela me semblait naturel. Il y en avait une, en velours noir, au large décolleté découvrant les épaules et la poitrine jusqu'à la naissance des seins, que je préférais à toutes les autres. Le noir seyait à ma mère. Il rehaussait sa beauté et soulignait la pâleur délicate de son teint. Ma mère assortissait cette toilette d'une parure d'émeraudes et de diamants. La couleur des émeraudes rappelait celle de ses yeux. Elle coiffait ses cheveux à la grecque. Elle ne portait aucun bracelet. On pouvait, de la sorte, admirer la finesse de ses poignets. Sur ses mains, fines et longues, légèrement déformées par le piano, un diamant étincelait. Je la revois, mon ami, comme si c'était hier. Je n'ai rien oublié. Je retrouve le trouble qui me gagnait ; je crois respirer son parfum au goût d'épices... Mon cancer à moi, c'est la mémoire.

En été, mon père et moi nous installions dans le patio. La musique nous parvenait. Par les fenêtres ouvertes, elle se répandait sur la campagne. Même les domestiques évitaient de parler. Parfois les journaliers se rassemblaient près de la maison pour écouter la musique.

VIII

Après le départ de tante Alice, nous sentîmes que quelque chose allait se passer. Ma mère paraissait plus nerveuse. Elle allait et venait comme un fauve en cage. Nous redoutions confusément qu'elle ne partît pour de bon. Nous n'osions pas parler. L'air était chargé d'électricité. J'étais à bout. Mon père fuyait la maison et passait ses journées dehors, avec Pablo, malgré le froid. Les repas devenaient des cérémonies lugubres. Ma mère se taisait. Son silence inhabituel nous effrayait. Même son piano demeurait muet. Nous l'épiions du coin de l'œil avec une secrète angoisse. Nous attendions. Il fallait que quelque chose arrivât ! L'air devenait irrespirable.

Depuis cette nuit où j'avais crié mon amour à mon père, ma mère avait tenu bon : elle feignait de m'ignorer. Si je lui adressais la parole, elle me toisait et me tournait le dos. Cela me faisait souffrir. Du moins, je le crois. Je finis pourtant par m'y habituer. Je ruminais d'interminables discours et faisais l'apprentissage de la solitude. Ce n'était pas trop dur. On s'habitue à tout, vois-tu, et surtout à ne vivre que de ses pensées. D'ailleurs je n'étais pas seule. La vraie solitude est autre chose et je ne la connus que bien plus tard, auprès de toi. J'étais une enfant solitaire, mais pas seule. Une idée m'emplissait de terreur : celle de perdre ma mère. Car sa présence, même muette, suffisait à mon bonheur. L'amour peut se passer de tout sauf de la présence de l'être aimé.

Cette tendresse menacée me rapprochait de mon père. De cette époque date notre complicité. Nous aimions la même femme. Je commençais à deviner ce qu'avait été la vie de cet homme. Je ne me serais pas permis de le plaindre. Je le comprenais. Parfois, un élan irrésistible me poussait vers lui. Je ne bougeais pourtant pas. Nos regards se rencontraient. Cela suffisait à notre entente. J'ai su, plus tard, que ma tendresse l'avait sauvé du désespoir. Car il était désespéré.

Tâche de t'imaginer ce qu'étaient les nuits de cet homme, jeune encore, et plein d'ardeur ! Il arpentait sa chambre comme un dément. Le désir le tenaillait. Le parfum de ma mère flottait dans la maison, torturant son imagination ; il évoquait les moindres gestes de la femme qu'il aimait. Il avait faim, Juan. Il avait faim de ma mère.

Il quittait sa chambre, sortait. La nuit posait ses mains fraîches sur son front brûlant de fièvre. Mon père respirait, finissait la nuit auprès d'une fille quelconque. Et c'est à *l'autre* qu'allaient ses baisers et ses caresses. Il ne faut jamais sourire du désir d'un homme. Il en meurt parfois ; ou se survit à lui-même, mais avec, au plus profond de l'être, une blessure que rien ne cicatrise.

C'était un soir du mois de mars qui annonçait déjà le printemps. L'air sentait l'herbe et la terre détrempées. Un clair de lune lumineux éclairait « La Parra ».

Mon père se trouvait dehors. Soudain il aperçut, derrière la fenêtre allumée, la silhouette de ma mère. Elle venait de revêtir sa chemise de nuit. Debout devant sa glace, elle brossait ses cheveux dénoués.

Mon père regarda cette silhouette. Son désir s'exaspéra. Il crut en perdre la raison. Il entra dans la maison, gravit l'escalier, pénétra dans la chambre de sa femme. Là, sans un mot, il se jeta sur elle et la couvrit de baisers. Il râlait comme une bête. Ma mère le laissait faire. Il tenait entre ses bras ce corps tant désiré dont il était privé depuis dix ans. Il le broyait. Ils roulèrent sur le lit. Et c'est alors qu'il croyait pouvoir étancher sa soif qu'elle partit d'un immense éclat de rire :

— Jamais, tu m'entends ?... Jamais !... Plutôt mourir que d'être à toi, Manuel !...

Le lendemain, je ne vis pas mon père. Il ne rentra que pour le déjeuner. Son visage me parut fatigué. Ma mère, par contre, rayonnait. Elle arborait un sourire triomphant. Lui, se taisait. Je les observais l'un et l'autre avec la cruauté des enfants. Je ne sais si j'avais compris la signification de la scène à laquelle j'avais assisté. Non, sans doute. Je devinais, plus simplement, qu'il s'agissait de quelque chose de décisif. D'ailleurs mon père semblait si las, si accablé, que j'eus pitié de lui. Comment aurais-je pu savoir que sa solitude lui pesait ? Il mangeait en silence, évitant de rencontrer mon regard. Ma mère parlait pour elle-même. Une joie faite de provocation animait sa voix. Elle prenait un plaisir mauvais à torturer mon père. Toute son attitude semblait dire : « Maintenant, je sais que tu me désires et suis donc la plus forte. » Mais je ne comprenais pas cela. Je ressentais une vague gêne. J'avais l'intuition qu'elle se livrait à un jeu cruel et dangereux. Je n'aurais su dire lequel.

Le repas achevé, ma mère allait se retirer.

— Je voudrais te parler, Tara...

Je crus qu'il s'adressait à moi et fus saisie d'étonnement en constatant qu'il parlait à ma mère. Celle-ci paraissait aussi surprise que moi. Une vague inquiétude se lisait sur son visage.

Mon père restait assis. Je revois son beau visage, empreint d'une soudaine gravité.

— J'ai à m'entretenir avec ta mère, ma petite...

Je quittai la salle à manger. La curiosité me poussa à commettre une fort vilaine action : écouter aux portes. Je m'étais postée dans ce couloir qui fait le tour de la maison et s'ouvre sur le patio. De là où j'étais je pouvais voir et entendre mes parents. Lui, allumait un cigare. Un sourire mélancolique errait sur ses lèvres. Elle demeurait debout, sans trop savoir quelle attitude prendre.

— J'ai longuement réfléchi à notre situation, Tara... La petite a maintenant dix ans passés. Elle est à l'âge de comprendre bien des choses...

Il prit un temps. Il s'exprimait avec lenteur.

— Nous sommes catholiques, poursuivit-il. Un divorce est donc exclu pour nous. Mais je ne veux pas que notre fille puisse à nouveau être témoin de ce qui nous sépare...

Il avait accentué « je ne veux pas »... Son ton n'admettait nulle réplique.

— Nous allons donc nous séparer réellement... Je puis t'offrir la maison de Málaga. La ville te plaît ; tu as des amis là-bas. Il va sans dire que je veillerai à ce qu'aucun souci matériel ne complique ton existence. Tara passera six mois auprès de toi, six autres ici.

Il y eut un silence. Le soleil éclairait le patio. L'eau du bassin scintillait.

— Si je comprends bien, tu me chasses ?...

— Interprète ma décision comme tu le voudras... J'ai vécu neuf ans à tes côtés. Cela n'a pas toujours été facile, crois-le bien. Je l'ai fait pour ne pas priver Tara de sa mère. Elle peut à présent comprendre la situation.

— Et si je refusais de m'en aller ?

— Je ne te demande pas ton avis. Pablo te conduira, ce soir même, où tu voudras. Tu peux, bien entendu, partir ailleurs. Mais alors tu ne verras plus Tara...

Ma mère ricana méchamment.

— Tu as peut-être l'intention de lui donner une belle-mère ? demanda-t-elle.

Mon père leva les yeux. Un mépris infini s'y lisait.

— Je lui ai donné une mère. Cela suffit...

— N'empêche que, depuis trois ans, tu couches avec toutes les filles de ferme et cela sans respect pour ma personne.

Alors, il la regarda... Ah ! Juan, ce regard ! Ce n'était pas un regard de haine. Il la regardait avec une tristesse combien méprisante !

— N'essaie pas de me tromper, Tara... Cela n'en vaut pas la peine. Tu as cherché à me détruire par tous les moyens possibles. Je ne t'en veux pas... Peut-être y serais-tu parvenue si je n'avais eu ma fille ?... Car je t'ai aimée plus que je ne pourrais dire. J'aurais donné ma vie pour toi. Maintenant encore, je me sens incapable de te haïr. J'ai besoin de calme, tout simplement. Je me dis que Tara sera plus heureuse si nous sommes séparés ; elle assiste à nos disputes ; elle apprécie nos silences...

— Le tien, mon ami !... Moi, je parle...

— Certes, rétorqua-t-il avec un sourire. Tu as toujours aimé parler. C'était ta force. Tu pouvais convaincre n'importe qui. Seulement voilà, on se lasse aussi des mots. Les tiens ne m'atteignent plus.

Alors, il se leva et la toisa longuement. Ce n'était ni de la rancune ni de la colère, mais une sorte de lassitude. Il la fixait comme on regarde les lieux qu'on a aimés et qui ont cessé d'être ce qu'ils furent.

— Tu auras tout tué, Tara, jusqu'à l'amour que je te vouais. Rien de ce qui vient de toi ne saura plus me blesser...

— Cette nuit pourtant...

— La nuit est mauvaise conseillère, ma bonne amie. Et je suis homme...

— Si tu l'avais été, tu aurais pu me garder. Tu n'as même pas été capable d'être un amant convenable.

— Encore une fois, Tara : tes insultes me laissent de glace.

— Tu en parles à ton aise !... Et ma vie ?... Je t'ai sacrifié ma jeunesse et ma beauté !... Mais pourquoi t'ai-je épousé ? Pourquoi ?

Elle criait presque. Il baissa la tête.

— Pourquoi ? répéta-t-il d'une voix très douce. Pour me détruire. Tu aimes le mal, Tara. C'est plus fort que toi : tu ne peux résister au besoin de nuire à ceux qui t'entourent.

— Mon ami, je crois avoir été pour ma fille une mère exemplaire.

— Non, Tara. Tu n'es ni mère ni exemplaire. Tu as séduit ta fille comme tu séduis les hommes. Tu aimes à dompter les êtres, à les réduire à ta merci. Avec notre fille c'était chose aisée. Elle t'admirait, te dévorait des yeux, t'aimait... Tu as tout fait pour l'éloigner de moi. Tu as failli réussir.

— Tara ne t'aime pas. Elle ne t'a jamais aimé...

— Si. C'est bien ce qui te révolte. Elle m'aime, malgré toi et, peut-être, malgré elle...

— Tu es bien sûr de toi, mon pauvre !...

La voix de ma mère sifflait.

— Je ne suis pas sûr de moi, Tara. Je suis sûr d'elle. Elle est meilleure que nous.

— Ha, ha !... Tu crois cela ?

Elle riait. Il la dévisagea longuement. Ses mâchoires se serrèrent. Il fit un pas en avant.

— Insulte-moi, si tu veux..., reprit-il d'une voix rauque. Mais ne touche pas à Tara. Tu m'entends ? N'y touche pas. Tu as ébranlé ses nerfs ; tu as failli en faire une malade. J'aurais pu tout pardonner, hormis ce crime. Tu hais ta fille. Tu l'as toujours haïe. Tu aurais voulu en faire un pantin, un être privé de vie et que tu aurais pu modeler à ton image. Tu prenais plaisir à l'effrayer. Elle a sué d'angoisse. Par ta faute et par la mienne. Car j'aurais dû te tuer...

Il prononça cette dernière phrase à voix basse.

— Ta haine t'aveugle, mon pauvre ami. C'est un roman que tu bâtis là. Pourquoi aurais-je haï ma fille ?

Il regarda ma mère de nouveau, longuement, avec une infinie tristesse.

— Parce qu'elle est meilleure que toi... Tu détestes l'innocence. Elle te remet à ta vraie place : la dernière...

— Te prends-tu pour un saint ?

L'ironie de ma mère m'effrayait. Je restais comme clouée sur place. Je percevais le frémissement de la haine sous les propos les plus anodins. Elle aurait voulu blesser mon père ; elle cherchait à l'atteindre. Lui, demeurait étrangement calme.

— Je ne suis pas un saint et n'ai jamais prétendu l'être. Mais je n'ai pas de haine pour le Bien.

— Tu me fais pitié, mon pauvre !... Jamais tu ne pourras m'oublier. Partout tu te heurteras à mon souvenir. Ce sera cela, ta punition : vivre mon absence.

— Je sais cela, Tara.

Il dit cela d'une voix mélancolique. Je frémis. Ma mère demeura comme interdite, s'approcha de mon père.

— Tu le vois bien, nigaud, que tu m'aimes encore !... Tu as besoin de moi et je ne demande pas mieux que de te rendre heureux. Pourquoi ne pas refaire notre vie ?

— On ne refait pas sa vie, Tara. On ne change pas une femme comme toi.

— Tu dis n'importe quoi...

— Non... Je sais que je vivrai de mes souvenirs et qu'ils me consumeront. Mais je sais aussi que tout vaut mieux que ta présence dans cette maison. Tu sèmes le trouble autour de toi. Tu sécrètes le mensonge comme certaines plantes le poison.

— Fais-moi grâce de ta mauvaise poésie, veux-tu !...

— J'ai fini, Tara. A cinq heures Pablo te conduira où tu voudras.

— J'emmène Tara...

Mon père baissa la tête. Et alors je vis, distinctement, deux larmes hésiter au bord de ses cils. Il y eut un silence. Ma mère attendait. Il finit par murmurer :

— Emmène-la...

J'aurais voulu crier. Je m'adossai contre le mur. Je ne savais pas ce que je voulais. Je les aimais, l'un et l'autre. Dix ans, ce n'est pas un âge pour choisir. J'avais mal, Juan. J'avais mal partout. Je me raidissais pour ne pas pleurer. Leur haine m'effrayait. Je me disais qu'ils n'avaient pas le droit de me faire *cela*. Puis j'ai pensé que la vie ne pouvait pas continuer comme par le passé ; que mon père avait raison.

Troisième partie

I

La villa s'appelait « Mar y Sol » : mer et soleil. Ce nom
lui convenait. C'était une maison blanche et carrée, coiffée
d'une terrasse. Bâtie sur un promontoire, au milieu d'une
pinède, elle dominait la mer. Toute les fenêtres s'ouvraient sur cette mer d'un bleu intense, sereine, immobile,
scintillante sous le soleil et sous la lune. Je m'éveillais en
écoutant son doux clapotis et m'endormais bercée par son
murmure. La Méditerranée gronde rarement ; elle ignore
le flux et le reflux de l'Océan. Elle baigne des cités
paisibles, blanches et fleuries ; elle relie des peuples
subtils, commerçants, avides d'apprendre. Des peuples
qui ont la sagesse des vieilles gens. On aime l'Océan avec
passion ; on n'éprouve que de la tendresse pour cette mer
si sage. L'Océan incite à l'aventure ; la Méditerranée berce
des rêves et des regrets.

L'intérieur de la villa ressemblait à tous ceux des villas
méditerranéennes. Un dallage noir et blanc recouvrait le
sol ; les murs étaient blancs. Au rez-de-chaussée se trouvaient un salon, une salle à manger, un fumoir et les
cuisines. Le salon, par une baie vitrée coulissante, s'ouvrait sur une terrasse. On y installait des chaises longues et
des parasols. La vue s'étendait sur le parc, planté de pins,
de palmiers et de figuiers ; des hortensias, des jasmins, des
lilas et des rosiers le fleurissaient. Quelques marches,
taillées dans la roche, conduisaient à une petite plage au

sable fin comme une poussière dorée. Tout autour, la mer.
Car la propriété formait une minuscule presqu'île.

Au premier étage, il y avait cinq chambres avec leurs
salles de bains. Trois donnaient sur une terrasse qui avait
vue sur la mer ; deux n'avaient que des fenêtres donnant
sur le parc.

Ma mère occupait la chambre centrale : la plus vaste.
C'était une grande pièce carrée aux rideaux et aux tentures
roses. Nous l'appelions « la chambre rose ». Il y avait un
lit encadré de deux tables de chevet, un canapé recouvert
d'un tissu à fleurs, deux fauteuils à oreillettes, une table
basse, une coiffeuse et un casier-bibliothèque. Deux
portes-fenêtres s'ouvraient, de plain-pied, sur la terrasse
qu'un store protégeait du soleil.

Ma chambre était contiguë à celle de ma mère. Elles
communiquaient par une porte.

Ce n'était pas une chambre très vaste. Je l'aimais
pourtant. Un papier orné d'oiseaux exotiques en couvrait
les murs ; le lit-divan était recouvert d'un tissu imprimé.
Tout y était gai, clair. De mon lit je voyais la mer et les
bateaux qui manœuvraient pour entrer dans le port de
Málaga. Cela me distrayait. Il y avait aussi des voiliers.
J'aimais à suivre leurs évolutions.

Je passais de longues heures sur la terrasse du premier
étage à ne rien faire que regarder l'eau, les bateaux... Je
me sentais heureuse parce que le monde était beau. Il m'a
toujours suffi d'un rayon de soleil sur la mer pour me
remettre à espérer.

Je voudrais te parler d'une voix douce de ces six mois
passés à Málaga. Je ne sais si j'y parviendrai. Ce fut un
long cauchemar. Les rêves ne se racontent pas. Le langage
leur ôte cet aspect d'irréalité précise qu'ils ont presque
toujours.

Je repense à cette époque, retrouve des souvenirs. Des
images plutôt, des lambeaux de scènes qu'aucun lien ne
relie les uns aux autres. Quelque chose manque à ces
souvenirs. Je ne saurais dire quoi.

J'ai toujours eu, tu le sais, beaucoup de mal à vivre. Je n'ai jamais rien compris à la vie. Ni à la mienne ni à celle des autres. J'ai traversé l'existence comme on traverse une forêt inconnue : me fiant à mon instinct. Peut-être l'ai-je trop aimée, cette vie, pour lui imposer un ordre ? C'est probable. Ce n'est pas certain. Tout m'a toujours paru difficile. J'ignore ce que sont les choses simples. Elles existent sans doute, puisque tu le dis. Mais enfin, je ne les ai pas rencontrées. Je n'ai rien entrepris qui ne m'ait d'abord coûté un effort. J'ai dû tout arracher à la vie, au jour le jour. Aussi ai-je manqué de temps pour lui trouver une justification. Toi, tu l'as fait. Tu sais pourquoi tu vis, comment. Tout s'enchaîne dans ton cerveau avec une rigoureuse logique. Je ne puis, moi, que te livrer des états d'âme. Mais on ne bâtit pas une vie sur des états d'âme. Est-ce ma faute si je n'ai jamais pu me résoudre à enfermer l'infinie richesse du monde dans le cadre étroit d'une pensée ? Car j'ai préféré me soumettre à ses caprices plutôt que de la soumettre aux miens.

Ai-je été heureuse ou malheureuse, à Málaga ? Les deux sans doute. Je me souviens d'avoir vécu si intensément certains instants, d'en avoir retiré un si ineffable bonheur, que j'aurais pu en mourir de joie.

C'était le soir. Ou, parfois, très tôt le matin. Le soleil se levait ou se couchait. La mer se teintait de rose. L'air sentait l'iode et la résine. Pas un souffle. Un silence étonnant régnait que renforçait le chuchotement de l'eau sur la plage. Parfois le vent se levait qui arrachait aux pins de sourdes plaintes. Les palmiers demeuraient immobiles. Au loin croisait un voilier. Ce n'était rien. Ou presque rien. Mais ce spectacle m'arrachait des larmes de bonheur. Comprends-tu, Juan, cet amour inouï, dévorant, que je vouais à la terre, au soleil et à la mer ?

A d'autres moments je songeais à « La Parra ». J'imaginais la maison vide et silencieuse ; je voyais mon père errant de pièce en pièce. Un flot de tristesse me submergeait.

Ma mère pourtant me comblait d'attentions. Elle était redevenue tendre. Sans cesse elle m'embrassait, me câli-

nait... Dois-je te l'avouer, Juan? cela m'indisposait.
J'étais devenue une fillette grave et renfermée. Je n'aimais
pas me livrer à tout venant. Je pouvais passer des jours et
des jours sans desserrer les lèvres. Étais-je triste? Non.
Simplement mélancolique. J'aurais voulu que ma vie, à
l'image de ce monde, s'écoulât calme, sereine, entre des
parents unis, semblables à tous les parents du monde.
Certes je ne me plaignais pas. Je restais silencieuse. Déjà
mon instinct me portait vers ces émotions violentes qu'on
cache parce qu'on ne peut les traduire. Aussi l'attitude de
ma mère m'agaçait-elle un peu. Je note ceci : cette femme
douée d'une si subtile intuition ne sut jamais me deviner.
Elle « en faisait trop », comme on dit. J'aurais préféré plus
de retenue. Mais elle croyait bien agir, car elle poursuivait
un plan qui échoua : me reprendre.

— Ma petite fille, me disait-elle, désormais nous serons
heureuses. Plus personne ne viendra nous importuner.
Nous ne nous quitterons plus un seul instant... Il ne pourra
plus rien contre notre amour...

Ces protestations me déplaisaient. Je ressentais, en les
entendant, une certaine gêne. Je devais me retenir pour ne
pas montrer mon agacement. Et pourtant je l'aimais,
Juan. Mais déjà j'apprenais à vivre de ma propre vie et à
ne tirer que de moi-même les raisons d'être heureuse ou
malheureuse.

Ma pauvre mère revenait sans cesse à la charge :

— Tu ne m'aimes plus, je le sens !... Tu regrettes « La
Parra ».

— Mais non, maman. Je suis heureuse, je t'assure.

— Vraiment? Pourquoi dans ce cas te replies-tu sur toi-
même?

— Je ne sais pas parler...

— Mais il le faut, mon petit. Comment sans cela
saurais-je que tu es heureuse?

Ces remarques m'étonnaient. Faut-il donc crier son
bonheur à tout-venant pour le rendre plus réel? J'y
répugnais. Un malentendu naissait ainsi, qui s'épaississait
d'heure en heure. J'aurais pu aisément le dissiper. Mais
instinctivement je protégeais mon for intérieur. L'idée de

le découvrir me faisait horreur. Aussi ma mère s'impatientait-elle. Elle m'accusait d'être froide et de manquer de cœur. Qu'aurait-elle dit si elle avait pu lire en moi ? Car je mettais à vivre toute la passion sombre, farouche, que je portais en moi. Quelle secrète blessure avait provoqué ce brusque retrait ? Je me le demande encore. Je pense, parfois, que c'est ma solitude forcée. J'avais toujours vécu si seule, si repliée sur moi-même, si attentive à l'atmosphère qui m'entourait, que cela avait fini par déteindre sur mon caractère. Une sorte de panique s'emparait de moi à la seule idée d'avoir à dévoiler mes sentiments. Les âmes les plus brûlantes sont souvent aussi les plus solitaires. Car le monde est tiède et condamne la passion à se consumer elle-même.

Je menais, à « Mar y Sol », une existence paisible. Je me levais de bonne heure et me rendais sur la plage. Je restais étendue sur le sable. Le soleil me chauffait. De temps à autre, je me levais, entrais dans la mer et m'abandonnais à la volupté de nager. Un bien-être grisant m'envahissait. Je fermais les yeux, m'étendais sur le dos, me livrais à l'eau comme on se livre au sommeil. Et la mer me portait avec une infinie douceur.

Puis je retournais à la maison. Je déjeunais sur la terrasse. Ma mère ne se levait jamais avant midi. Aussi bien la maison était-elle calme et silencieuse. Rien que le soleil, la mer, et le tranquille balancement des palmiers dans l'air serein.

A 10 heures précises Miss Burton, mon institutrice, arrivait. Elle était originaire de Birmingham, mais vivait depuis dix ans à Málaga. Son ignorance n'avait d'égale que sa laideur. Petite, maigre, les cheveux hirsutes, les yeux d'un gris sale enfouis derrière d'épaisses lunettes, elle marchait en se déhanchant. Cette claudication provenait des suites d'une poliomyélite contractée dans l'enfance. Mais ni sa laideur ni son ignorance ne l'empêchaient d'être douce et bonne. Elle avait un merveilleux sourire qui éclairait son visage et le transfigurait. Nous nous aimions.

Elle m'apprit l'anglais et le peu d'arithmétique qu'elle savait ; je lui donnai le goût de la lecture. Car Miss Burton n'avait rien lu. J'avais, moi, dévoré la plupart des livres de mon père et même ceux de ma mère. Cette passion de lire me surprend, à présent, car je n'avais que onze ans. Un livre représentait pour moi plus et mieux qu'un délassement. Je l'ouvrais avec un frémissement de l'âme. J'aimais les romans et surtout ceux qui me donnaient le goût de vivre en m'éclairant les mystères de la vie. Tolstoï bouleversa mon enfance. Je lus *Guerre et Paix* avec un indescriptible enthousiasme. La figure du prince André hantait mes nuits. Des scènes entières vivaient en moi d'une vie aussi réelle que la mienne.

Miss Burton ne s'étonnait guère de ma précocité. Nous discutions comme de grandes personnes. Elle était pauvre, mais avec une souveraine dignité. Cela me la rendait proche. Je devinais que sa vie n'était pas facile. Un jour je sus qu'elle avait faim.

Je prenais, ce jour-là, mon petit déjeuner sur la terrasse. Miss Burton était arrivée en avance et s'assit auprès de moi. La table était servie. Il y avait des pots de confitures, des gâteaux, des petits pains blancs, une corbeille de fruits... Miss Burton regarda cela, sans un mot. Son regard me transperça l'âme. Je pris une voix indifférente pour dire :

— Tenez-moi donc compagnie, Miss Burton. Je n'aime pas manger toute seule.

Elle eut un sourire effacé comme sa personne.

— J'ai déjà mangé, Tara...

— Juste une tasse de thé et un petit gâteau, Miss Burton. Cela me paraîtra moins triste.

Je la vis alors tendre la main cependant que s'allumait dans ses yeux la convoitise de la faim. Un imperceptible tremblement l'agita. Elle s'efforçait de dominer ses impulsions. Et je crois que cette dignité dans la misère me la rendit plus chère encore.

Dès lors je pris l'habitude de prendre mon déjeuner *après* son arrivée. Sans doute en devina-t-elle la raison. Mais il n'en fut jamais question entre nous.

Un jour elle me dit :

— J'ai peur pour vous, Tara...

— Pourquoi cela, Miss Burton ?

— Vous êtes si sensible et réservée !... Ne riez pas, Tara : la vie risque de vous blesser cruellement... Je vous aime beaucoup, voyez-vous. Je sais que je ne vous apprends pas grand-chose. Vous êtes une fillette grave et très instruite... Mais vous me gardez par pitié...

— Par sympathie, Miss Burton... Et puis vous m'apprenez l'anglais.

— Oh ! bien sûr, je connais ma langue...

Elle rougit, baissa la tête, puis, comme on se jette à l'eau :

— Est-ce que vous croyez en Dieu, Tara ?

— Oui, Miss Burton, j'y crois.

— Lui seul, voyez-vous, ne vous décevra pas. Il y a chez vous... une telle passion... une telle flamme !... Cela doit vous paraître ridicule, j'ai parfois l'impression que vous êtes *marquée*... Vous comprenez ?

— Oui, Miss Burton...

Après le petit déjeuner nous montions dans ma chambre et y restions jusqu'à une heure. Miss Burton me faisait lire à haute voix des passages de Dickens. Aussi me fut-il doux d'apprendre l'anglais. D'autres jours nous faisions des exercices de calcul. Parfois encore une dictée. Puis Miss Burton repartait. Je la voyais s'éloigner de son pas incertain. Cela me serrait le cœur. Pourquoi *elle* ? Dieu, hélas ! ne répond jamais aux questions des enfants.

Ma mère s'éveillait vers midi. J'allais la rejoindre après le départ de Miss Burton. Je l'embrassais puis m'asseyais dans un fauteuil pendant qu'elle faisait sa toilette. Elle y passait deux heures.

Elle s'installait devant la coiffeuse, s'enduisait le visage de crème, nouait une serviette autour de ses cheveux pour les protéger de la poudre. Ensuite venaient le rimmel, le vernis à ongles, le fond de teint, le crayon à cils... Je la regardais, fascinée. Qu'elle était belle !

Quand elle se levait, enfin prête, on ne pouvait s'empêcher de l'admirer. Il me fallait alors l'aider à choisir une robe ou un tailleur. La femme de chambre étalait une vingtaine de robes sur le lit. Je regardais, écartais l'une, choisissais une autre.

— Celle-ci, maman. Elle te sied bien...

— Je te fais confiance, mon ange. Il n'y a que toi pour savoir choisir une robe...

Cela me flattait. C'était vrai, d'ailleurs. Car quel amant regarde sa bien-aimée comme je regardais ma mère ?

II

Une immense lassitude me gagne. Je viens de relire ce récit. J'en retire une impression qui m'accable : il me semble, Juan, que j'ai omis l'essentiel. Je sais pourtant que l'*essentiel* demeure intraduisible. Je me heurte, avec rage, à l'opacité des mots. J'aurais aimé les faire éclater, comme on casse un jouet : pour « voir ». Mais on ne peut traduire les mots qu'à l'aide des mots. Ils nous échappent, vivent d'une vie indépendante, étrangère à la nôtre. Rien ne peut les soumettre. Or, c'est de moi qu'il s'agit tout au long de ces pages. De ces jours et de ces nuits qui composent mon existence. Je les ai vécus, Juan. J'ai senti sur mes joues la tiède caresse du vent par les chaudes nuits de l'été cordouan ; j'ai respiré les parfums de la terre ; j'ai brûlé mes lèvres à celles de Joselito ; je me suis déchirée en essayant de comprendre et d'aimer mes parents. Mais comment te faire pénétrer à l'intérieur de mon âme ? Les mots que j'aligne ne sauraient t'y aider. Ils sont aussi froids et aussi impersonnels que des chiffres. Et je n'ai pourtant que ces mots pour essayer de te faire comprendre ce qu'a été mon enfance. J'aurais pu, bien sûr, tâcher de te parler au nom de la fillette que je fus. C'eût été te duper et me tromper. On ne revit pas son enfance. Nos yeux d'adultes la déforment. Les années qui ont passé ont tué l'enfant que je fus. Je n'en garde que des souvenirs confus semblables à ceux que j'aurais conservé d'une étrangère. J'exagère d'ailleurs. Il me suffit de regarder en moi-même pour retrouver cette enfant.

Seulement cette fillette, que je vois et sur laquelle je me penche, n'est plus moi-même. Dès lors il m'apparaît vain d'usurper son identité. Je ne m'en sens pas le droit. Car j'ai entrepris ce long récit, non pour me mentir et te gruger, mais pour rassembler ma vie, la replacer sous tes yeux, afin que tu prennes, à travers elle, conscience de la force et du pouvoir du Destin. Il n'est pas vrai que nous soyons libres de choisir notre vie. Nous pouvons l'assumer, non la transformer. Notre passé pèse sur chacune de nos décisions. Il est présent à chacune des minutes décisives de notre existence et c'est toujours par fidélité à notre passé que nous effectuons un choix. Par fidélité ou par révolte — cela revient au même. On n'échappe pas à son enfance : on la fuit. Mais cette fuite ressemble étrangement à celle de ces amants qui cherchent l'oubli en entreprenant de longs voyages et qui, partout où ils sont, retrouvent le souvenir obsédant de l'être auquel ils croient échapper. Aussi ai-je renoncé à fuir mes souvenirs. Il me faut au contraire les épuiser. Je désire pénétrer mon enfance, la fixer imperturbablement, au risque d'en perdre la raison. Je veux aller jusqu'au bout de mon obsession. Mais comment te la décrire ? Les mots ne peuvent recréer une atmosphère, reconstituer un décor, faire revivre une odeur. Je porte en moi un univers qui m'est propre. Je cherche à le partager et m'aperçois que cela est impossible. Il te faudrait *voir*, *sentir* et *toucher*, Juan. Ce n'est pas de la littérature que je voudrais faire, mais de la peinture, de la sculpture et de la musique. Je rêve d'un art qui pourrait renouveler le monde.

Au fur et à mesure que j'avance dans ce récit, j'ai conscience de l'abîme qui sépare mes sensations de l'expression que j'en donne. Aucune vie n'est simple, Juan, et il faut beaucoup se méfier de ceux qui définissent

la leur en quelques phrases bien tournées. Toute vie est en
deçà et au-delà de la parole. Elle résiste à toutes les
définitions et à toutes les analyses. Et même ce *je*, que
j'emploie si souvent, m'apparaît comme le plus subtil des
mensonges. *Je* n'est rien, Juan. C'est une facilité qu'on
s'accorde. Je ne suis plus ni la fillette qui aimait passionnément sa mère ni celle qui comprenait si bien son père. *Je*
n'est rien qu'une multitude de personnages aux états
d'âme sans cesse changeants. Même mon visage s'est
transformé avec le temps. Qu'ai-je de commun avec la
petite fille au sourire mélancolique et au regard chargé de
tendresse que je vois sur des photographies jaunies ? *Je* est
devenu cette femme âpre et brûlante, que la passion
consume et qu'une haine implacable dévore. Qui suis-je,
Juan ? Qui suis-je ?... Celle qui a voulu ta mort ou celle qui
voudrait t'aimer ? Ou les deux à la fois ? Suis-je cet être
que le spectacle du monde et de la terre met en transe et
qui s'identifie à cette campagne rouge et grasse, ou bien
cette femme qu'on dit sèche et sans cœur et qui désire le
pire pourvu que le pire ne soit pas le repos ? Et si ce *je*
n'était rien d'autre que cette force aveugle, incapable de
trouver nulle part le repos, même dans l'amour ? Tu le
vois, ma propre vie m'échappe. Je n'y comprends rien. Je
ne la vis même pas : je la brûle.

Ma mère ne se levait jamais avant midi. Du coup toute
la journée était décalée. Je perdais la notion de l'heure. Je
cherchais en vain de nouveaux points de repère. Rien n'y
faisait. La journée me paraissait trop courte ou trop
longue. Je me sentais perdue dans le temps. Cela provoquait en moi un trouble profond. J'étais mal à mon aise,
nerveuse, irritable. J'éprouvais obscurément le besoin
d'un ordre. Ma mère, par contre, n'aimait rien tant que le
désordre. Elle s'y mouvait comme un poisson dans l'eau.
Elle vivait au gré de ses caprices et de ses fantaisies,
refusant toute discipline, aussi minime fût-elle.
    Souvent elle passait l'après-midi en robe de chambre.
Elle s'installait dans une chaise longue, sur la terrasse, à

n'y rien faire. Elle somnolait, rêvait, se grisait de discours. Cela m'écœurait. Non, le mot n'est pas trop fort. Un écœurement sans bornes m'envahissait en la voyant étendue, le visage barbouillé de crème, les cheveux défaits, le bord de son col sale de graisse et de poudre. Ce laisser-aller me soulevait le cœur. J'en ressentais de la honte. J'évitais de regarder ma mère de peur qu'elle pût lire dans mes yeux le dégoût qu'elle m'inspirait. Je serrais rageusement les poings. J'avais beau me dire que c'était ma mère : j'eusse préféré qu'elle ne le fût pas.

Ses paroles aussi m'indisposaient. Ce n'étaient pas des discours, mais des rêves qu'elle racontait à voix haute. Les mots lui ôtaient toute faculté de jugement et l'emportaient comme, dit-on, la musique emporte. Rien, alors, n'aurait pu l'arrêter. Elle était prise d'un vertige verbal. Elle y sombrait comme dans un abîme et n'hésitait même pas à calomnier les êtres qui lui étaient le plus proches. On aurait dit d'une folle. D'ailleurs, elle *était* folle. Ses discours n'étaient même pas cohérents. Souvent elle s'y égarait elle-même au point de me conter une histoire identique de trois manières différentes. Le plus souvent elle se contentait de faire des projets. Un jour, elle allait m'emmener au Mexique ; le lendemain au Gabon ; un autre, en Chine. Et, grisée par ses propres paroles, elle me décrivait chacun de ces pays, les villes que nous visiterions, nos diverses étapes, les types d'hommes que nous découvririons. Une pluie de phrases, douces et sirupeuses, s'abattait sur moi. Je ne cherchais même pas à l'en défendre. Comment l'aurais-je pu ? Ma mère s'exprimait avec un tel accent de conviction ! Car — et cela m'étonne encore — elle *croyait* ce qu'elle disait. Elle vivait réellement ses mensonges. Elle y adhérait avec une obscure bonne foi. Là ne se bornait pas son maléfice ; non seulement elle y croyait, mais encore voulait-elle convaincre les autres. Elle y mettait toute sa fougue, tout son charme, tout son dynamisme. On ne savait comment se soustraire à une telle force. On était comme fasciné par cette femme qui dardait sur vous ses prunelles profondes et semblait lire en vous comme dans un livre. Elle

n'admettait d'ailleurs nulle contradiction, ni la plus petite
réserve. Elle sentait la moindre résistance et n'avait de
cesse qu'elle ne l'eût brisée.

Ma mère et moi nous trouvions sur la terrasse. Le soir
déclinait. Le soleil se couchait dans la mer. Derrière
l'horizon, des lueurs rouges persistaient. Les arbres du
parc demeuraient immobiles. De temps à autre, l'air
bougeait et arrachait aux pins des gémissements confus.

On n'entendait, comme dans un rêve, que le doux
clapotis des vagues sur le sable et les frissons des pins à
chaque secousse de l'air. Un merle penché sur un sapin
jeta trois notes, puis se tut.

— Tu m'écoutes, Tara ?

Il y avait de l'impatience dans la voix de ma mère. Elle
détestait qu'on cessât de boire ses paroles. Or elle parlait
sans arrêt.

— Je parlais de ton père... Il m'a donc — et cela, je te
le répète, se passait le jour même de notre départ pour
Málaga —, il m'a donc priée (tu vois ce qu'il entendait par
là) de quitter « La Parra » sur-le-champ et d'aller où bon
me semblerait. « Fort bien, mon ami — lui ai-je répondu
— mais je ne partirai pas sans ma fille. C'est pour elle,
uniquement pour elle, que je suis restée auprès de toi
et que j'ai enduré tes sarcasmes et tes silences. — Jamais
tu ne l'auras. » Là, ma petite, j'ai cru que je perdais
la raison. Je me suis mise à l'injurier, à...

— Ce n'est pas vrai !

J'étais devenue toute pâle. La tête me tournait. J'avais
honte pour elle. Le mensonge de ma mère me brûlait
comme s'il était mien.

Il y eut un court silence. Ma mère me regardait.
Soudain, il y eut dans son regard une lueur. Cela ne dura
qu'une seconde. Mais je pus y lire une haine incommensurable. Ce regard me fit peur.

— Tu disais, ma chérie ?

La voix était douce, étrangement calme. Je me redressai
pour dire :

— Cela ne s'est pas passé ainsi. Je m'étais postée dans le couloir. J'ai tout entendu. Papa n'a jamais prononcé ces mots-là.

Je crus qu'elle allait me tuer. Puis elle eut un sourire crispé et répondit d'un ton sec :

— Tu as dû mal entendre, ma petite. Ta mère ne ment pas. Et je te prie de me parler sur un autre ton. C'est compris ?

Je baissai la tête. Je me sentais incapable de lutter contre elle. Je ne pouvais pas résister. Je crus que j'allais fondre en sanglots. Elle me dominait. J'avais l'impression d'être à sa merci.

Elle ne commençait à vivre qu'avec le crépuscule. La nuit la tirait de sa torpeur. Elle semblait alors renaître, montait dans sa chambre, se maquillait, se coiffait et revêtait une robe du soir. Son visage rayonnait. Son humeur se transformait.

Dès neuf heures la maison s'emplissait d'amis. C'étaient des gens bizarres comme je n'en avais jamais vu à « La Parra ». Ils parlaient et riaient trop fort, manquaient de la plus élémentaire politesse et faisaient preuve, à mon égard, d'une désinvolture qui me révoltait. Certains eurent d'ailleurs à s'en repentir. Je ne leur adressais pas la parole, mais les toisais avec une telle expression de dédain que cela coupait court à leurs épanchements. Car ces gens avaient la fâcheuse habitude de me caresser et de m'embrasser. Ces démonstrations me soulevaient le cœur. Je ne sais d'ailleurs pas pourquoi je les reprochais à ces amis de ma mère. C'étaient, pour la plupart, des artistes. L'un d'eux surtout m'indisposait physiquement. Il s'appelait Vargas et publiait des poèmes dans une revue madrilène. C'était un petit homme brun, au regard mouillé, aux cheveux crépus et au nez important. Ma mère le surnommait « l'aubergine » à cause justement de ce nez trop gros, trop rouge, veiné de bleu, qui semblait vouloir absorber le visage. Avec cela, une manière de marcher et de parler qui aurait exaspéré mon père. Vargas ne parlait pas ; il gazouillait. Il ne marchait pas ; il esquissait des pas de danse, d'autant plus ridicules que ses fesses étaient plus rondes. Ce personnage m'inspirait une répugnance indicible. Il avait la fâcheuse manie de s'extasier devant tout et rien, de lever les bras au ciel, et d'égrener, de sa voix fluette, un chapelet d'adjectifs aussi vains qu'insipides.

— Merveilleuse !... Divine !... Ravissante !... Féerique !... s'écriait-il en voyant apparaître ma mère.

Ou bien, se postant devant la baie et considérant la mer :

— Regardez... N'est-ce pas insensé ?... Un prodige, un miracle ! On dirait un décor.

De telles inepties me rendaient méchante. Je devais faire des efforts pour ne pas dire à ce poète de brasserie l'infini mépris qu'il m'inspirait. Cela n'aurait d'ailleurs servi à rien. Car Vargas avait la plus haute opinion de lui-même. Ce qui m'étonnait, c'était de constater que ma mère la partageait. Je mis longtemps à comprendre la raison d'un tel aveuglement : elle feignait d'admirer tous ceux qui la flattaient, et personne n'alla jamais si loin dans la flagornerie que ce personnage falot.

Vargas me valut la seule gifle que j'aie jamais reçue de ma mère. C'était peu après notre arrivée à Málaga. A minuit, dans le salon, je prenais congé de ma mère et de ses invités. Tous s'extasiaient avec des rires niais sur ma bonne mine et mes excellentes manières. Je tendis ma main au poète et lui fis, comme aux autres une révérence. Alors il m'attira contre sa poitrine et je sentis ses lèvres humides effleurer mes joues. Je reculai en jetant un cri de frayeur. J'avais l'impression qu'un serpent venait de me frôler. Lui, ne comprenait pas.

— Mais tu pourrais être ma fille !...

Je ne pus me contenir.

— Certainement pas, monsieur. Si je l'étais, je ne me ressemblerais plus.

Il en demeurait interdit, jetant des regards affolés autour de lui. Ma mère accourut et me pria d'une voix sèche de présenter des excuses à ce *caballero*[1]. Je fixai Vargas avec un inexprimable dégoût.

— Ça, un *caballero*?

Ma mère pâlit de rage et m'assena une gifle qui faillit me faire perdre l'équilibre. Je ne versai pas une larme et montai me coucher.

Comme je quittais le salon, je perçus un murmure de désapprobation. La voix de ma mère me parvint :

— C'est de l'orgueil, mon pauvre ami ! Elle est comme son père qui se croit issu de la cuisse de Jupiter.

Ce soir-là, je pleurai longtemps d'humiliation.

Ma mère et ses amis ne se couchaient pas avant l'aube. Ils passaient la nuit à boire, à rire et surtout à parler. Parfois, au beau milieu de la nuit, ma mère s'asseyait au piano. La musique de Jean-Sébastien Bach inondait la maison. J'aimais cette rigueur dans l'expression de cette sérénité dans l'émotion. Je ne comprenais pas très bien de quoi cet ordre était fait ni quelle science cachait cette apparente tranquillité. Mais cette musique me consolait et m'apaisait. C'était comme une mer étale dont les remous profonds n'affleurent pas à la surface. Il fallait une longue habitude pour percevoir, sous cette discipline librement consentie, la secrète inquiétude.

Ces trêves ne duraient guère. Les amis de ma mère détestaient le silence ou ce qui lui ressemble. Bientôt les conversations reprenaient. De mon lit l'écho m'en parvenait, comme amorti. Cela me faisait mal. Je serrais les poings de rage. « La paix… la paix », me répétais-je. Je détestais surtout ces discours pour ne rien dire et cette peur du silence. On eût dit que ces gens cherchaient à s'étourdir en disant n'importe quoi. D'ailleurs ils *disaient* n'importe quoi. Ils galvaudaient les sujets les plus graves, moquaient les choses les plus sérieuses. En fait, je manquais d'ironie et de compréhension. J'avais l'intransigeance des enfants. Un mensonge m'horrifiait. Or, leurs conversations m'apparaissaient comme un flot ininter-

---

1. *Caballero* a le sens de monsieur mais aussi et surtout d'homme de bien *(N.d.A.)*.

rompu de mensonges. Intérieurement je comparais ces soirées à celles de « La Parra » si pleines de bonheur et de vérité.

Mon père avait un sens vrai de l'amitié. Il aimait ses amis. Son bonheur était de les voir et de les sentir à ses côtés. Certains étaient des personnages fort pittoresques. Il y avait Ruiz, par exemple : un grand diable, sec et nerveux, qui avait exercé tous les métiers, parcouru les cinq continents, et finissait sa vie à Cordoue. Ma mère l'avait toujours haï. Elle le traitait de « sale ivrogne », ce qu'il était.

Ruiz venait chaque soir à « La Parra ». Il s'installait dans le patio, après le dîner, et là buvait en racontant ses souvenirs. Des villes aux noms magiques surgissaient devant nous : Santiago du Chili, Hong Kong, Valparaiso... Je l'écoutais, bouche bée. Il avait un admirable visage, noir et parcheminé, d'où émergeaient deux yeux d'un gris très clair que la tendresse éclairait. Il avait eu une enfance pauvre et malheureuse, dont il ne se plaignait jamais. La vie lui apparaissait comme une surprenante aventure. La sienne l'avait été. Il avait travaillé comme docker au Chili, avait pêché le thon le long des côtes d'Islande ; il avait vécu en Chine d'obscurs trafics ; au Japon, il avait enseigné l'espagnol à des jeunes filles aux yeux bridés. Ruiz ne connaissait pas la peur. Tout l'attirait et surtout l'inconnu. On le sentait curieux, avide de s'instruire et de comprendre. Il s'était même engagé dans une *cuadrilla* de toreros avec laquelle il avait sillonné l'Espagne. Nous ne pûmes jamais savoir ce qu'il y faisait. Picador ? Valet du matador ? Valet d'arène ? Ruiz, là-dessus, gardait un obstiné silence.

Cet homme, prématurément vieilli, conservait un cœur d'enfant. Il aimait mon père avec passion. Doué d'une résistance peu commune, il pouvait ingurgiter d'incroyables quantités d'alcool et cela sans que l'ivresse brouillât sa raison. Il connaissait les bars du monde entier et trouvait, pour les dépeindre, des termes d'amoureux. Ruiz savait, n'importe où, découvrir des hommes aussi originaux que lui-même. C'est ainsi qu'il emmena à « La Parra » un professeur allemand converti au bouddhisme, une chanteuse d'opéra devenue tenancière d'une maison close et un illuminé, d'origine écossaise, qui se prenait pour le Christ réincarné.

Mon père accueillait les amis de Ruiz à bras ouverts. Car il vouait à Ruiz une amitié ombrageuse et jalouse. Souvent, il me disait en parlant de lui :

— Regarde-le, ma petite. Ruiz est le dernier des hommes libres. Il a vécu pour et dans le bonheur. Ça, c'est un homme !

Je partageais d'ailleurs ce sentiment. Ruiz m'éblouissait. J'aimais l'entendre parler. Il commençait par boire une vingtaine de verres, dans un mutisme complet. Il se recueillait, pour boire, comme s'il se fût agi d'un rite. Puis il partait d'un grand éclat de rire :

— Je me souviens d'une nuit à Shanghai...

Aussitôt je me sentais transportée dans un monde enchanté, peuplé de « coolies » et de « gauchos », de serpents pythons et d'éléphants blancs. Peut-être Ruiz exagérait-il quelque peu ? Cela n'avait aucune importance. Car il ne cherchait pas à tromper, mais à rêver. Nous naviguions avec lui sur l'Atlantique ou la mer des Caraïbes, nous voyions le soleil se coucher sur Rio de Janeiro... Les heures passaient. Nous étions attentifs à cette voix rocailleuse qui évoquait, pêle-mêle, des songes et des souvenirs pour, brusquement, s'écrier :

— Le vin, Manuel, il n'y a que ça ! Je déteste les alcools barbares. N'est-ce pas avec du vin que notre père Noé s'est enivré ? En voilà un drôle !

Ruiz et mon père faisaient des paris.

— Je parie — disait mon père — que tu ne peux pas boire deux mètres de vin de la Rioja ?

— Non ? Mets-les, tes deux mètres de vin...

On étalait des verres sur une longueur de deux mètres ; on les emplissait de vin. Ruiz se levait, se concentrait et, l'un après l'autre, les vidait. Mon père exultait.

— Ça, c'est un homme !

Mentalement je comparais Ruiz à ces gens dont ma mère s'entourait. Il n'y avait personne parmi eux qu'on pût appeler un « ami ». L'amitié échappait à ma mère. Ce qu'elle voulait, c'était un public. Elle le trouvait parmi les affamés de Málaga. Ils venaient à « Mar y Sol » pour boire et manger. Ils agitaient des idées aussi médiocres qu'eux-mêmes, mais sur un ton doctoral. Ils avaient des opinions sur tout. Rien ne les arrêtait. Pas même leur ignorance. Ils discutaient philosophie de l'art, théâtre, littérature et politique. Leur plus grand bonheur était de rabaisser les esprits supérieurs. Ils plaisantaient sur Cervantès, Dostoïevski, Tolstoï et, du coup, croyaient se hausser jusqu'à eux.

— Si on y réfléchit bien, disait Vargas avec emphase, *Anna Karenine* n'est rien qu'une très banale histoire d'adultère...

— Sans compter, surenchérissait ma mère, que le personnage de Lévine est le plus ennuyeux que je connaisse...

— Je voudrais bien, ajoutait un autre, rencontrer quelqu'un qui ait réellement lu *Don Quichotte*...

— Et Balzac donc ! C'est de la littérature bourgeoise et souverainement ennuyeuse.

— Le plus grand écrivain, s'écriait Vargas, est Érasme. Je ne connais rien de plus beau que l'*Éloge de la folie*. Tout y est.

— J'ai essayé de lire *L'Idiot* en montagne, reprenait ma mère. Eh bien ! Cela ne tient pas. Il n'y a que Benjamin Constant qu'on puisse lire dans la neige.

Tous s'écriaient que c'était la justesse même. Ils saluaient par de grands éclats de rire de telles inepties. Cela me donnait envie de pleurer. Ce n'était pas tant leurs propos qui me faisaient souffrir que leur ton. Ils feignaient le badinage et la désinvolture. C'était triste à en pleurer. De plus, ils s'abreuvaient mutuellement de compliments. J'en rougissais pour eux.

— Jamais, disait Vargas, jamais je n'ai entendu jouer ce Nocturne comme vous le jouez. Tout y est : l'émotion, le rythme, la justesse du ton et de la frappe...

« Comment peut-on supporter cela ? » me demandais-
je. Ma mère semblait ravie, protestait faiblement, prétendait qu'elle avait les doigts « rouillés », qu'elle n'étudiait
plus son piano... Je haïssais cette hypocrisie.

Le matin, quand je me levais, le salon était en désordre.
Les domestiques essayaient de réparer les dégâts. Des
mégots et des verres traînaient un peu partout. Les tapis et
les fauteuils étaient brûlés. La pièce sentait la fumée. Tout
cela me soulevait le cœur.

Je descendais sur la plage ; je regrettais « La Parra ».
J'éprouvais l'impérieux besoin de me retrouver dans mon
élément, de me décoller de cette glu. Mais une force
supérieure à ma volonté m'empêchait d'écrire à mon père.
Je ne savais plus ce que je voulais. Tantôt je haïssais ma
mère, tantôt encore je l'adorais. Souvent je me disais que
j'avais hâte de partir, de retrouver « La Parra », d'oublier.
Mais aussitôt je me reprenais. Pourrais-je vivre sans ma
mère ? Je crois bien que j'aimais ce qu'elle était et
détestais ce qu'elle faisait. Il me semblait qu'il y avait deux
personnages en elle. L'un me subjuguait ; l'autre me
révoltait. Je ne pouvais savoir encore qu'un être est plus
peut-être ce qu'il fait que ce qu'il est. De plus, j'aimais ma
mère, passionnément et comme malgré moi. Je me
sentais, entre ses mains, devenir un objet. Toute ma
révolte se brisait, dès qu'elle survenait.

III

Les premières semaines de notre séjour à Málaga furent
relativement paisibles. Ma mère restait la plupart du
temps à la villa. Elle y menait, certes, une existence
désordonnée. Mais je pensais que cela changerait avec le
temps. J'incriminais le désarroi où la séparation d'avec
mon père l'avait plongée. Je me disais qu'elle cherchait à
s'étourdir. Je crois même l'avoir plainte. Elle faisait
d'ailleurs tout pour renforcer ce sentiment. Souvent son

visage se teintait de mélancolie. Elle paraissait absente et
rêveuse. Je m'en inquiétais.

— Ce n'est rien, ma petite. Je pensais à ton père...

Ces propos m'inspiraient une grande pitié. Je croyais
sincèrement qu'elle avait aimé son mari et qu'elle souffrait
d'en être éloignée. Parfois je rêvais de les réconcilier.
J'écrivis même une lettre à mon père dans ce sens, lui
dépeignant la tristesse de ma mère et lui disant qu'elle
pensait sans cesse à lui. La réponse vint, brutale. Mon
père me priait de ne pas échafauder des romans. *Ta mère
n'a jamais aimé qu'elle-même. Je regrette de te le dire, mais
c'est la vérité. Il est possible qu'elle s'attendrisse momenta-
nément sur son sort. Mais rassure-toi : cela ne durera pas.
Ses ressources sont inépuisables...* Cette lettre m'attrista.
Je la trouvai injuste. Je commis l'imprudence de la
montrer à ma mère qui fondit en sanglots.

— Il me hait, Tara !... Il m'a toujours haïe ! Tu ne peux
savoir combien je l'ai aimé. Il était toute ma vie...

Ces larmes me touchèrent. Je m'y laissai prendre. Du
coup, mes rapports épistolaires avec mon père se firent de
plus en plus distants. Il ne se plaignait pas. Il hasarda
quelques allusions sur l'influence que ma mère semblait
prendre sur moi ; je lui rétorquai qu'elle n'avait jamais
essayé d'en prendre et faisait preuve de beaucoup de tact
en ne me parlant jamais de lui. Mon père n'insista plus.

Ma mère suivait avec passion la dégradation de mes
rapports avec mon père. Sans doute s'en réjouissait-elle.
Elle sut, en tout cas, n'en rien montrer, feignant, au
contraire, d'en être affectée. Un jour elle alla jusqu'à me
proposer d'écrire elle-même à mon père pour dissiper le
malentendu. Je déclinai cette offre avec attendrissement.
Ce geste me bouleversa et me rapprocha plus encore de
ma mère. Elle en témoigna une joie qui m'accabla de
confusion. Je me reprochai de l'avoir mal jugée et le lui
avouai.

Nous traversâmes alors une période de douce intimité.
Ma mère sut gagner ma confiance. Je finis par lui avouer
combien ses amis me déplaisaient.

— Ma fille !... Que ne l'as-tu dit plus tôt ! Tu ne les

aimes pas? Eh bien! nous cesserons de les voir! C'est
parce que je me sentais seule et croyais que tu ne m'aimais
pas, que je cherchais à me distraire. Car mon bonheur,
c'est toi, petite sotte. Viens embrasser ta maman!...
D'ailleurs, tu as raison : Vargas n'est qu'un fat.

Une telle réaction acheva de m'attendrir. Quoi! Elle me
sacrifiait ses amis? Je protestai avec force que telle n'était
pas mon intention et qu'elle devait se distraire. Mais elle
n'en voulait pas démordre. Le soir même elle écrivait à ses
amis pour leur dire qu'elle se sentait lasse et avait besoin
de quelques semaines de tranquillité. Elle poussa son souci
de bien faire jusqu'à me lire ces lettres.

Je vécus quelques semaines de rêve. Ma mère et moi ne
nous quittions plus. Elle faisait même l'effort de se lever
plus tôt pour me rejoindre sur la plage. Là, nous nagions,
devisions, lisions à haute voix mes auteurs favoris. J'étais
plus heureuse que je ne l'avais jamais été. Je dévorais ma
mère des yeux, l'écoutais parler, la suivais comme un
chien docile. L'excès même de sa transformation n'éveilla
pas ma méfiance. J'étais toute à mon bonheur et ne voyais
rien au-delà.

Ma mère jurait qu'elle n'avait jamais été plus heureuse.
Je la croyais puisque moi-même l'étais. Elle devenait
« femme d'intérieur » et s'intéressait à la cuisine. Le soir,
elle me préparait des plats succulents. Nous mangions en
tête à tête sur la terrasse. Nous regardions la mer
saupoudrée d'argent. Nous écoutions le doux chuchotement des vagues et le murmure frissonnant des pins.

— Maintenant que nous nous sommes retrouvées, nous
ne nous quitterons plus. Nous vivrons comme deux
amoureux. N'est-ce pas que nous sommes bien, l'une avec
l'autre? Mais il faut me promettre de ne plus rien me
cacher. Tu peux tout dire à ta maman qui t'aime plus
qu'elle ne sait le dire. Tu le feras?

Je promettais tout ce qu'elle voulait. J'étais envahie
d'un bonheur si grand qu'il brouillait ma raison et faisait
chavirer mon cœur.

— Comme tu es belle, maman! m'écriais-je parfois.
Elle souriait, m'embrassait :

— Je te plais, petite reine ? Tant mieux ! Je voudrais que tu puisses être fière de ta maman !

Je l'étais plus que jamais. Je la regardais comme on regarde une déesse.

Après le dîner elle s'installait à son piano. Je m'asseyais à ses pieds. Elle jouait pour moi. J'écoutais, avec un frémissement de l'âme, cette musique qu'elle faisait naître. Le temps semblait s'arrêter. Je me sentais transportée dans un monde d'ordre et de beauté.

Vers minuit nous montions nous coucher. Notre intimité se prolongeait encore. Je me glissais dans les draps de ma mère, pendant qu'elle faisait sa toilette. Tout en brossant ses cheveux elle me parlait d'elle-même, de son enfance en Irlande, de ses fiançailles, de l'« aïeul ». Je l'aimais tant que ses mensonges ne m'atteignaient plus. Je commençais à m'installer dans son univers. Insidieusement le mal entrait en moi et choisissait, pour ce faire, le chemin de l'amour. Je ne m'apercevais même pas de ce lent glissement vers la nuit. Je commençais à aimer jusqu'à ce trouble qui m'envahissait devant certains récits de ma mère.

Elle me parlait beaucoup de l'amour. Elle m'entretenait de sa vie intime avec mon père. Je ne comprenais pas très bien ce qu'elle disait, mais j'aimais cette gêne que je ressentais en écoutant ses confidences. Mon père prenait pour moi le visage d'un amant. Et, à travers lui, c'était l'homme que je découvrais.

Ces aveux m'apparaissent à présent monstrueux. Alors, je ne m'en rendais pas compte. Ils me semblaient inoffensifs. Je me disais que je devais être pour ma mère une grande amie. Sa confiance me touchait. En réalité je n'étais qu'un prétexte. Ma mère se parlait à elle-même. Elle rêvait d'un amant. Je devenais sa complice. Elle se servait de moi pour évoquer les images qui la hantaient.

Elle se couchait auprès de moi. Je sentais contre moi la tiédeur de sa peau ; je me blottissais contre elle. J'évitais de bouger et retenais mon souffle. Son parfum m'enveloppait. Petit à petit je m'endormais, grisée par sa présence, par son odeur et ses paroles. Dans mes rêves j'apercevais mon père. Il était beau ; il souriait cruellement ; il tendait la main pour caresser mes épaules. Je m'éveillais dans un état bizarre. Un trouble malsain me gagnait, que j'apprenais à chérir et à rechercher. Je relisais certains passages des romans que j'avais aimés. J'y découvrais des choses nouvelles. Certaines descriptions me procuraient cette même sensation de gêne et d'attirance. Le corps de l'homme éveillait ma curiosité. L'amour physique ne signifiait encore rien pour moi ; mais ses symboles me procuraient des frissons. Des images venaient hanter mon cerveau. Je découvrais la volupté à travers des rêves. Je m'habituais à façonner des fantômes et à rechercher dans la vie ce qui s'en rapproche. J'idéalisais le réel et cherchais à concrétiser l'imaginaire. Mon cerveau les confondait l'un avec l'autre.

Ce bonheur ne dura que quelques semaines. Bientôt l'inquiétude recommença d'agiter ma mère. L'atmosphère s'épaissit. Vargas et ses amis revinrent. Ma mère errait dans la villa sans trouver de repos. Tout l'indisposait. Ma présence lui pesait. Ce brusque changement m'emplit de tristesse. Je passais mes journées seule, sans savoir que faire. Tout s'assombrissait pour moi. Je comprenais que je ne pouvais plus me passer de l'amour de ma mère et sa froideur me faisait souffrir. Je cherchais par tous les moyens à lui montrer combien son attitude à mon égard me peinait. Mais elle refusait de tenir compte de ma souffrance. J'avais la vague impression qu'elle essayait au contraire de me blesser. Sans cesse elle me rabrouait et me faisait comprendre que j'étais pour elle un fardeau. Je croyais en perdre la raison. La nuit je cherchais en vain le sommeil. La vieille peur m'étreignait à nouveau. Je redoutais que ma mère ne partît en m'abandonnant, comme elle l'avait fait avec mon père. Cette idée m'était insupportable. J'étais prête à tout accepter plutôt que de la perdre. J'allais jusqu'à me montrer aimable envers Vargas et ses amis. Rien n'y faisait. Ma mère se détachait de moi.

Parfois elle me fixait avec mépris. J'essayais de découvrir la raison d'un si brusque changement. Je ne pouvais évidemment pas deviner qu'elle prenait plaisir à éprouver mon amour. « Qu'ai-je fait ? » me demandais-je avec angoisse. J'avais beau chercher et torturer mon esprit : je ne trouvais rien. Cette situation intolérable se prolongea jusqu'à la fin de juillet.

Il faisait une chaleur torride. Le sable de la plage brûlait. Le ciel s'enveloppait d'une brume violacée. La mer semblait un lac. Sur sa surface lisse des voiliers croisaient. Au loin un paquebot se dirigeait vers Málaga. Un filet de fumée s'échappait de ses cheminées.

J'étais étendue sur un matelas. Un parasol me protégeait du soleil. Je gardais les paupières closes, la réverbération blessant mes yeux. Une sensation de chaud bien-être m'envahissait. J'écoutais le silence que renforçait l'imperceptible clapotis de l'eau sur le sable. Le moindre bruit prenait, dans ce silence, des proportions démesurées. Je ne pensais à rien. La chaleur engourdissait mon corps et plongeait mon esprit dans un néant calme et serein.

— Tu dors ?

Ma mère se tenait à mes côtés. Elle portait une robe blanche, sans manches. Cette couleur la rajeunissait. Elle me parut plus belle que jamais. Mon cœur aussitôt se mit à battre violemment.

Je fis non de la tête. Ma mère s'assit. Le soleil jouait sur ses cheveux d'un blond très pâle. Un sourire errait sur ses lèvres. Je l'observais à la dérobée, attendant de savoir ce qu'elle avait à me dire.

— Je crois, Tara, que je me suis montrée un peu brusque envers toi ces derniers temps.

Elle prit un temps, avant de poursuivre :

— Je traverse une mauvaise période et voulais te demander pardon...

Je fondais dans une joie dense. Ma mère me revenait ! Je buvais ses paroles ; je dévorais son visage des yeux.

— Ce n'est pas facile pour une femme de vivre seule..., ajouta-t-elle avec mélancolie. Certes, tu es trop jeune pour comprendre certaines choses. Ton père m'a abandonnée. Rassure-toi : mon intention n'est pas de le juger. Peut-être a-t-il souffert, lui aussi ? Les amants se blessent sans même y prendre garde...

Elle tournait son regard vers la mer immobile. Je détaillais son admirable profil. L'envie me prenait de me jeter dans ses bras, de m'y nicher et d'y verser des larmes de bonheur.

— Toujours est-il que je me sens seule, ma petite. J'ai besoin d'une présence... Tu es là, certes... Mais ce n'est pas la même chose. Tu me comprends ?

Je crus comprendre qu'elle aimait quelqu'un. J'étais si heureuse de la retrouver que je fondis en larmes, bêtement. Ma mère m'attira contre sa poitrine. Elle me consolait, m'embrassait et m'appelait « petite perle ». J'aspirais son parfum, effleurais son cou, caressais ses bras...

— Tu voudrais que je reste seule et malheureuse ?

Je secouai violemment la tête. Je ne savais pas ce que je voulais. J'étais trop heureuse pour penser. Ah ! comme elle devait triompher !

Petit à petit mes nerfs se détendirent. Il n'y eut plus que le soleil, les pins et la mer.

— J'ai rencontré quelqu'un, Tara, mais n'ai pas voulu te le présenter. Je comprends que cela puisse t'être désagréable. Aussi te laissé-je libre. Si tu préfères vivre auprès de ton père, tu peux me le dire. Nous lui écrirons ensemble...

Je posai ma tête sur la poitrine de ma mère.

— Je préfère rester avec toi. Je suis sûre que je l'aimerai.

Son visage s'illumina.

— Réellement ? Tu veux le connaître ?

Je souris.

— Vraiment...

Ma mère se leva, secoua sa robe, éclata de rire. Je la suivis, ivre de joie. Nous courûmes vers la villa, prîmes la voiture et nous rendîmes à Málaga...

IV

Ricardo Fuentès habitait un hôtel de troisième ordre, sis près du port, dans une ruelle étroite dont les façades semblaient se toucher. Les maisons étaient peintes en rose. Du linge pendait aux fenêtres. Sur la chaussée des gosses jouaient. L'air sentait la friture et l'iode. Les postes de TSF diffusaient des musiques tonitruantes. On entendait des cris, des jurons, des blasphèmes. J'avais l'impression de pénétrer dans un monde inconnu.

Nous grimpâmes un escalier sombre et malodorant. Le patron de l'hôtel nous avait regardées avec, au fond des yeux, une lueur ironique.

— Ricardo Fuentès ?... Chambre 34. Troisième étage. étage.

Un trouble m'envahissait. Ma mère parut hésiter devant la porte. Elle frappa. Nous entendîmes : « Entrez ! » Ma mère ouvrit.

Je ne vis d'abord que la chambre misérable, aux murs recouverts d'un papier à fleurs. A gauche, se trouvait un lit métallique ; face à la porte s'ouvrait une fenêtre. Les volets étaient clos. Une pénombre triste régnait dans cette chambre dont le mobilier rappelait celui de tous les hôtels de cette catégorie : une armoire à glace, un fauteuil crasseux et un paravent troué qui cachait mal le lavabo surmonté d'un miroir. Tout, dans cette pièce, respirait la misère. Elle sentait le tabac noir, la sueur et l'hôpital.

Ricardo était étendu sur le lit. Je ne vis d'abord que ses pieds appuyés sur le bas du lit. Il fumait. Il nous aperçut et se leva.

Ma mère paraissait gênée. Se rendait-elle compte de ce qu'elle faisait ?

— C'est toi ? Je ne t'attendais pas avant trois heures ?...

Il s'approcha d'elle et l'embrassa. Je m'aperçus alors qu'il était jeune. Ricardo devait avoir trente ans, mais en paraissait vingt-cinq. Grand et mince, ses cheveux noirs et

lisses, partagés par une raie, encadraient son visage
régulier. Ses yeux étaient noirs. En souriant il montrait des
dents menues et pointues, légèrement jaunies par le tabac.
C'était un très beau jeune homme. Il y avait chez lui du
fauve. On devinait sous ses vêtements un corps souple et
musclé.

— C'est ta fille ?... Elle est bien jolie !... Comment
s'appelle-t-elle ?... Tara aussi... Décidément !...

Il me fixait avec insistance. Son regard me troublait.
Tout, dans cette chambre, me frappait. Un malaise
profond me gagnait.

Ricardo sourit :

— Elle n'est pas très bavarde, dis donc !

J'essayai de sourire, mais ne pus qu'esquisser une
grimace. Ma mère dit avec douceur :

— Elle est très timide.

Ricardo me dévisagea de nouveau. Je n'osais pas le
regarder. Je retrouvais cette impression de gêne que je
ressentais lorsque ma mère me parlait de mon père.

— Il ne faut pas être timide. Si tu le veux, nous serons
de bons amis. J'aime beaucoup ta maman, sais-tu ?...

Cette fois je pus sourire. Nous nous serrâmes la main.
La sienne était forte et tiède.

Ma mère respira, soulagée.

— Nous sommes venues te chercher, dit-elle joyeusement. Tu vas t'installer avec nous à « Mar y Sol »...

Ricardo s'agenouilla devant moi. Je voyais son beau
visage félin, ses prunelles noires, veinées d'or.

— Tu le veux aussi ? me demanda-t-il.

Je fis oui de la tête. Ma mère rit. Il m'embrassa. Je crus
défaillir.

Nous déjeunâmes dans un restaurant sur le port. Je
regardais les quais, les cargos, les badauds ; sur l'eau,
flottaient des immondices.

Le restaurant se trouvait au premier étage. J'étais assise
près de la baie, qu'un balcon prolongeait. Nous mangions
des fritures et buvions du vin blanc, très sec. Ma mère était

assise à côté de moi, sur la banquette ; Ricardo en face de nous. Il semblait connaître tout le monde dans ce restaurant. Le patron le tutoyait. Des clients lui adressaient des sourires. Lui, buvait, en fermant à demi les yeux. Il étirait ses jambes qui venaient, sous la table, frôler les miennes. Je ne bougeais pas. Ma mère semblait au comble de la félicité. Jamais je ne l'avais vue aussi détendue. Ses yeux luisaient. Sans cesse elle m'embrassait. Ricardo me fixait avec une tendre ironie. A un moment donné, je sentis ses cuisses musclées exercer une pression sur les miennes. Je le regardai. Il dévisageait ma mère en souriant.

J'eus pourtant la très nette impression que c'est moi qu'il regardait. Une soudaine envie de pleurer s'empara de moi. Je me sentais mal à l'aise. Je me dis que c'était le vin. Mais je savais que c'était la présence de Ricardo qui m'énervait.

Ma mère ne s'aperçut de rien. Nous quittâmes le restaurant et montâmes dans la voiture. Ma mère conduisait. Je m'assis au milieu. Ricardo, pour parler à ma mère, se penchait sur moi. Son corps s'appuyait sur le mien. J'avais l'impression de tromper ma mère et de commettre un péché. Je finissais par me dire que tout cela était trop compliqué pour moi.

Ricardo s'installa à « Mar y Sol ». On aurait dit qu'il y avait toujours vécu. Il parlait et agissait en maître. Il commença par évincer Vargas et sa bande. Cela me rapprocha de lui. Ma mère semblait ravie de s'en remettre à lui. Elle continuait d'ailleurs de mener son existence désordonnée.

Le matin Ricardo venait me rejoindre. La première fois où je le vis en maillot de bain, je crus me trouver mal. Son corps, long et musclé, hâlé par le soleil, conservait la sveltesse d'une adolescence prolongée.

Ricardo aimait la vie au grand air. Il s'étendait auprès de moi sur le sable et demeurait immobile, sans parler. J'aimais ce silence qui s'installait entre nous. J'entendais les battements de mon cœur et, comme dans un rêve, la respiration tranquille de la mer. Parfois, nous nous levions pour nager. Ricardo était un excellent nageur. Nous nagions en silence et, loin de la côte, sur le dos. La mer nous portait, nous soulevait, nous rapprochait insensiblement de la plage, avec une calme indifférence. Le soleil brûlait nos peaux imprégnées de sel. Nous plongions pour nous rafraîchir, émergions, échangions un sourire et reprenions notre brasse qui, petit à petit, nous ramenait vers le sable sur lequel nous nous laissions choir, en riant. Parfois, en sortant de l'eau, Ricardo s'appuyait sur moi. Ses mains fortes pressaient mes épaules.

Les heures s'écoulaient ainsi, calmes et paisibles. Je m'habituais à la présence de Ricardo. J'attendais son arrivée. Le moindre retard de sa part me rendait nerveuse. Il s'en rendait d'ailleurs compte et s'excusait :

— Je me suis réveillé trop tard...

Il dépliait sa serviette de bain, s'étendait près de moi, prenait le livre que je lisais, le feuilletait.

— Qu'est-ce que c'est ?

— Un roman...

— D'amour ?

— Si l'on veut...

Il le reposait, fermait les yeux et disait :

— Je n'aime pas lire. Ça fatigue.

Je souriais intérieurement. Je n'avais jamais rencontré quelqu'un à tel point indifférent à la vie de l'esprit. Ricardo était une bête solide et saine pour qui la vie était le plus beau des romans. Il ne se lassait pas de le relire. Souvent il plaisantait ma soif de lecture. Je répondais évasivement. D'ailleurs je lisais de moins en moins. Je ne vivais plus que pour ces heures que nous partagions et qui nous appartenaient. L'aimais-je ? Oui et non. Les amours les plus dangereuses sont celles qui s'ignorent. Je croyais l'aimer comme on aime un père ; c'était déjà l'homme que je chérissais. J'évitais d'ailleurs de me poser trop de questions à son sujet. Je me sentais heureuse et détendue auprès de lui. Cela me suffisait.

Ricardo faisait preuve d'une rare discrétion. Le matin il

le passait auprès de moi. L'après-midi, il le consacrait à ma
mère. Ils partaient ensemble pour de longues randonnées
dans la campagne qui les menaient à Torremolinos, à
Motril et, parfois, jusqu'à Grenade. Ils ne déjeunaient pas
avec moi, car ma mère ne voulait pas que Miss Burton
aperçût Ricardo. Elle m'avait fait jurer de ne pas lui
souffler mot de sa présence parmi nous et j'avais tenu ma
promesse.

Miss Burton ne se doutait de rien et pensait que ma
mère dormait. Je me gardais bien de la détromper. Parfois
elle s'étonnait de me voir si heureuse. Je lui disais que l'été
me rendait joyeuse et Miss Burton me croyait. Nous
travaillions jusqu'à cinq heures. Je retournais alors à la
plage. Ma mère et Ricardo venaient m'y rejoindre. Nous
restions sur le sable jusqu'au crépuscule. Nous aimions à
nous baigner après le coucher du soleil.

Un calme absolu régnait à cette heure. L'air se déten-
dait et s'imprégnait des odeurs de la terre et des arbres. La
mer restait tiède. L'eau, dense et tranquille, avait la
couleur du plomb. C'était réellement une « mer d'huile ».
Une immense sensation de bien-être m'envahissait quand
j'y pénétrais. Je me livrais à elle sans peur ni méfiance,
sûre qu'elle me porterait.

Les oiseaux piaillaient. Les fenêtres de la villa reflé-
taient la lumière du crépuscule. Le ciel verdissait. Nous
rentrions à la maison, comme la nuit s'installait.

Nous dînions tous les trois sur la terrasse. Les grillons
chantaient sous les pins. La lune éclairait la mer. Au loin,
les lumières de Málaga palpitaient.

Ma mère et Ricardo s'asseyaient côte à côte. Elle
tendait sa main qu'il prenait. L'obscurité rendait leurs
gestes plus intimes. J'aspirais avidement l'air de la mer et
laissais mon regard errer sur sa surface tranquille. La lune
y traçait un chemin d'argent qui semblait se perdre au loin.
Je me disais que j'aimais la mer et sa sagesse. Je fermais
les yeux. Ma mère et Ricardo chuchotaient. De temps à

autre le bruit d'un baiser me faisait tressaillir. Puis je sombrais à nouveau dans un engourdissement béat.

Je n'étais pas jalouse. J'aimais trop ma mère pour pouvoir l'être. D'ailleurs la seule présence de Ricardo me plongeait dans un état d'ineffable bien-être. J'entendais sa voix, j'apercevais son visage...

Il y avait trois semaines que Ricardo vivait avec nous. Le jour venait à peine de se lever. Je m'étais réveillée très tôt et m'étais rendue sur la plage. Le spectacle du soleil surgissant brusquement de la mer exaltait mon esprit. Il faisait très doux. Des centaines d'oiseaux chantaient. La côte émergeait insensiblement des ténèbres. Il devait être quatre ou cinq heures.

Soudain j'entendis un bruit. Ricardo descendait les marches qui mènent à la plage. La lumière très tendre du jour levant auréolait son visage. Il se dirigea vers moi et, sans un mot, s'assit près de moi.

— Tu ne dormais pas ?

Sa voix était douce. Je fis non de la tête. Nous tournâmes ensemble la tête vers la mer. Sur le ciel vert un bateau glissait. La fumée de ses cheminées traînait entre mer et ciel. Des mouettes s'envolèrent non loin de nous.

— Tu aimes les bateaux ?

— Bien sûr, répondis-je.

— Un bateau, c'est la liberté..., dit Ricardo.

Il parut réfléchir.

— Si nous demandions à ta mère d'en acheter un ? J'ai été marin, dans le temps. Nous pourrions longer la côte. Cela te plairait ?

Je le regardai avec éblouissement et me jetai dans ses bras. Il me serra contre sa poitrine, prit ma tête entre ses mains, embrassa mon visage.

Je le jure, Juan, je ne croyais pas mal faire. Je ne savais pas ce qui m'arrivait. Je respirais son parfum, âpre et violent, pliais dans ses bras, m'abandonnais... Et nous remontâmes vers la maison, ivres de joie. Que pouvais-je redouter ? Je pensais sincèrement que l'amour n'était que cela : cet échange de caresses et cette émotion qui m'étreignait.

Ma mère accepta d'acheter pour nous un bateau : un joli voilier en acajou brun foncé que nous baptisâmes *L'Intrépide*. Il était pourvu d'un moteur et avait une belle silhouette effilée.

Dès lors, Ricardo et moi prîmes l'habitude de nous lever à l'aube. Nous nous retrouvions sur la plage, grimpions sur *L'Intrépide,* hissions la voile ou, si aucun vent ne soufflait, faisions tourner le moteur.

La mer, avec un bruit très doux, venait heurter la coque. Lorsque nous étions assez éloignés, nous hissions la voile et nous étendions l'un auprès de l'autre. Je posais ma tête sur sa poitrine ou sur son ventre. L'air de la mer dilatait mes narines et caressait mon visage. J'épiais les battements du cœur de Ricardo. Sa poitrine se soulevait et s'abaissait au rythme du balancement de *L'Intrépide.*

Les mains de Ricardo frôlaient mes bras, mon ventre. J'aimais ces caresses tendres et chaudes. Lui, semblait hésiter. Il devinait mon ignorance et cherchait, d'abord, à me mettre en confiance.

Nous passions sur *L'Intrépide* des heures d'une douce sérénité. Rien ne troublait le silence, hormis l'incessant chuchotement de l'eau contre le bateau. Au large l'air s'imprégnait d'iode ; la brise nous envoyait des gouttelettes d'eau salée à la figure. La mer devenait un miroir scintillant, d'un bleu soutenu. Mais en se penchant sur elle, on pouvait, à certains endroits, en apercevoir le fond tant elle était limpide. Des rochers sombres, des plantes aux formes étranges défilaient sous nos yeux. Nous immobilisions *L'Intrépide* et plongions. Puis nous regagnions nos places, au soleil. La voile claquait et gémissait.

Nous regardions la côte qui disparaissait derrière un brouillard mauve et dense. Le ciel lui-même se teintait de violet. Aux masses sombres des pinèdes succédaient les taches très blanches des villes et des villages. Les plages

avaient la couleur du très vieil or. Nous ne disions rien.
Nous n'esquissions aucun geste. Une complicité muette
nous unissait. Je ne posais jamais de questions à Ricardo.
J'ignorais tout de lui : d'où il venait, ce qu'il faisait *avant*,
ce qu'il ferait plus tard. Je n'ai jamais su conjuguer le
futur ; le passé et le présent suffisent à remplir ma vie. Lui,
de temps à autre, me faisait des confidences. J'appris qu'il
était né à Torremolinos, que ses parents étaient pauvres et
qu'il s'était engagé à l'âge de treize ans comme mousse sur
un cargo desservant l'Atlantique Sud. Il connaissait l'Argentine, le Chili, le Brésil et le Venezuela. Il me décrivait
la baie de Rio de Janeiro. Cela me rappelait Ruiz et ses
récits fantastiques.

Les souvenirs de Ricardo avaient l'apparente absurdité
du cinéma muet. Sans détailler ces années de vagabon-
dage, il me parlait d'une maison de redressement puis
d'une prison. Comment y avait-il échoué ? J'avoue ne m'y
être jamais intéressée. Je l'écoutais glaner des souvenirs et
sentais que cela lui faisait du bien, d'avoir quelqu'un à qui
les raconter. Aussi évitais-je de l'interrompre ou de
l'interroger. Il disait ce qu'il voulait et quand il le voulait.
Parfois, je demandais une précision : sur la flore du Brésil,
par exemple. Mais le plus souvent je gardais le silence.
Agée d'à peine douze ans, je savais déjà me montrer
attentive aux êtres et respectueuse de leurs secrets.

Ricardo m'était reconnaissant de cet intérêt que je lui
portais. Un jour il me dit :

— Dommage que tu ne sois qu'une enfant...

— Pourquoi ?

— Parce que tu es quelqu'un de bien. Tu ne ressembles
pas à ta mère qui ne s'intéresse à personne, sauf à elle-
même.

Cette réflexion me peina.

— Ma mère t'aime beaucoup...

Il fixa sur moi un regard ironique dont le sens, alors,
m'échappa.

— Elle m'aime comme un beau meuble ou un objet.
Elle ignore tout de moi. Je suis, pour elle, une bête dont
on s'amuse...

Il dit cela sans mélancolie. Je rougis pour ma mère. Je
n'aimais pas qu'on la jugeât. Ricardo sentit qu'il m'avait
blessée et ajouta sur un ton plus doux :

— Excuse-moi. C'est ta mère... Mais tu sais que j'ai
raison.

Et avec un sourire :

— Cela n'a d'ailleurs aucune importance. Je ne lui ai
jamais demandé de m'aimer...

Cette conversation me troubla. J'étais partagée entre
l'amour que je vouais à ma mère et la tendresse qui
m'unissait à Ricardo. J'aurais voulu qu'il fût heureux.
J'étais contente quand je le voyais étendu sur le pont du
bateau, les yeux fermés, un indéfinissable sourire errant
sur ses lèvres très minces. J'évitais de me poser des
questions. Je ne savais ni *pourquoi* ni *comment* je l'aimais.
Je jouissais du don qu'il me faisait de sa présence et de son
amitié, n'aspirant à rien d'autre qu'à ce calme dans lequel
nous sombrions. Nous aimions le soleil et la mer et cet
amour créait entre nous le plus solide des liens. Nous
pouvions passer des heures à rêvasser, sans éprouver le
besoin de desserrer les lèvres. J'ai toujours mesuré la
qualité d'un amour à cette capacité de supporter le silence.
Les amours bavardes relèvent toujours de la littérature et
du romanesque ; seul le silence partagé unit vraiment deux
êtres.

A midi nous regagnions « Mar y Sol ». Ricardo s'en
allait réveiller ma mère. Je restais sur la plage jusqu'à deux
heures et demie, heure à laquelle je montais déjeuner avec
Miss Burton. Mais toute la journée je vivais du souvenir
de cette matinée passée en pleine mer...

V

L'été finissait. L'air devenait léger et transparent. Le
ciel, inaltérablement bleu, semblait inaccessible. L'horizon s'élargissait. On pouvait maintenant apercevoir dis-

tinctement la côte. La mer elle-même cessait d'aveugler.
Elle s'éclaircissait, verdissait par endroits, et, au lieu de
réfléchir la lumière, paraissait s'en nourrir.

Des hélianthes, d'un jaune éclatant, ornaient le parc.
Une agréable fraîcheur régnait sous les pins.

J'avais abandonné le parasol et pouvais, à présent, offrir
mon corps aux rayons du soleil. Une chaleur tiède
m'enveloppait. Je ne me lassais pas de contempler la mer
ni de promener mon regard sur les côtes qui se décou-
paient sur l'horizon. Je me sentais revivre. Tout mon corps
éprouvait l'insensible détente de l'air.

Le jour se levait plus tard, ce qui écourtait nos matinées.
Aussi prîmes-nous l'habitude de partir avant l'aube. Nous
quittions « Mar y Sol » dans la nuit. *L'Intrépide* faisait, en
avançant, un bruit sourd.

Ricardo s'habillait d'une marinière à rayures bleues et
blanches. L'arrondi du col s'arrêtait à la naissance des
épaules. Nous emportions des provisions dans un panier.
Le bruit du moteur faisait un vacarme à ne rien entendre.
Ricardo tenait la barre. Le bateau fendait la mer qui se
déchirait avec rage et nous envoyait des paquets d'eau à la
figure. Je restais debout auprès de Ricardo. Nous devions
crier pour nous entendre. Cela nous faisait rire.

La côte s'estompait. Les lumières de Málaga s'étiraient
en tremblant. Le phare du port, à intervalles réguliers,
balayait le ciel. Celui de Torremolinos lui répondait. Deux
faisceaux lumineux trouaient ainsi l'obscurité. Enfin nous
arrêtions le moteur. Ricardo s'asseyait et allumait une
cigarette. Son regard fixait la nuit qui nous entourait.
Nous attendions que le jour se lève. D'abord, le ciel
verdissait et pâlissait. L'horizon semblait basculer comme
s'il allait brusquement éclater. La mer émergeait, petit à
petit, autour de nous, d'un gris très pâle. Une lumière
blafarde l'éclairait, l'air rafraîchissait, se tendait comme
s'il allait se déchirer. Un silence angoissant s'installait. Les
premières lueurs roses surgissaient derrière la ligne de
l'horizon. Et soudain, avec une majestueuse lenteur,
irradiant la mer et le ciel, les striant de pourpre, le soleil se

levait, de plus en plus haut, cependant que l'eau se colorait
d'un rouge violent.

Ce spectacle nous coupait le souffle. Nous demeurions
immobiles et silencieux. Les mouettes volaient au ras des
flots. Des chalutiers rentraient, leurs feux encore allumés.
Un paquebot mugissait. Puis le silence, à nouveau,
recouvrait la mer immobile. Je me disais que j'aimais cette
terre et cette mer à la folie. Et la conscience que j'avais de
cet amour l'exaspérait encore.

Le jour s'installait sans hâte. Il dévoilait, petit à petit, la
côte, la parant de couleurs tendres et délicates. Les pins,
les plages, les villages et la ville apparaissaient.

Je déballais les provisions. Dans une bouteille thermos,
j'avais emporté du café au lait. Nous le buvions et
mangions des fruits. Ricardo me regardait et souriait. Je
lui rendais son sourire. Parfois il faisait une remarque sur
ma mère.

— Je me demande si elle a jamais vu le jour se lever.
Elle n'aime que la nuit.

Je n'aimais pas qu'il parlât de la sorte. Il s'en rendait
compte et souriait en hochant la tête.

— J'oublie toujours que tu es sa fille, ajoutait-il avec
amertume. Je me demande comment elle a fait pour avoir
une fille comme toi.

Mais je l'arrêtais sur cette voie. Nous reprenions notre
navigation silencieuse. Ses mains parfois s'emparaient des
miennes. Ces gestes me troublaient moins que certaines
confidences de ma mère.

Septembre touchait à sa fin. Déjà l'air avait la transparence de l'automne de Málaga. Le moindre bruit y prenait
des résonances démesurées.

Ma mère et Ricardo s'aimaient depuis juillet et semblaient heureux. J'ignorais l'exacte nature de leurs rapports. L'imagination des enfants hésite à franchir certains
seuils et je n'étais pas curieuse. Je savais seulement qu'ils
partageaient le même lit. Cela me semblait naturel. Je

confondais l'amour avec les gestes de tendresse. J'étais d'ailleurs contente que ma mère ne fût plus seule et qu'elle connût le bonheur. J'aimais tant cette femme et si aveuglément que je prenais l'habitude de m'identifier à elle. C'est à travers son regard que je voyais Ricardo. Cela est sans doute obscur, mais vrai. L'amour que m'inspirait Ricardo me rapprochait de ma mère.

Ma mère accentuait cette impression. Elle me rendait complice de ses amours et cela sans que je m'en rendisse compte. Elle me parlait, le plus librement du monde, de sa vie intime. Le sens de ses propos m'échappait. Mais ils créaient en moi un malaise profond. On aurait dit qu'elle cherchait à m'affranchir et à me pousser dans les bras de son amant. J'ai besoin de croire qu'elle agissait par inconscience. Sans cela, ce serait vraiment trop horrible. Sans cesse elle m'entretenait de lui, attirait mon attention sur sa beauté ou sur son charme. Elle en parlait fiévreusement, comme une démente des problèmes qui l'obsèdent.

— Tu as remarqué ses dents, Tara ?... Quel sourire !... On dirait, quand il sourit, qu'il va vous manger... Et sa peau !... un velours sombre.

Souvent son inconscience frôlait le crime.

— Je suis morte de fatigue, ma petite. Cet homme n'est pas un amant ; c'est un fauve. Je crois que j'en deviens folle. Crois-tu qu'il m'aime ?

— Bien sûr, maman...

— Il te l'a dit ?

— Souvent.

— Comment te parle-t-il de moi ? en quels termes ?

— Il t'aime. Il te trouve belle, intelligente, sensible...

Ma mère rayonnait. De telles conversations, si elles introduisaient le trouble dans mon âme, n'arrivaient pourtant pas tout à fait à élucider le problème de l'amour. Je tournais autour du mystère de la chair sans parvenir à le percer.

Ricardo, malgré son passé, faisait preuve d'une surprenante délicatesse à mon égard. Ses caresses ne franchissaient pas les limites du permis. Je le provoquais, par jeu :

— Tu as de beaux yeux... Et de belles mains..., lui disais-je en embrassant ses doigts.

Il souriait, gêné. Parfois sa figure se rembrunissait et prenait une expression sévère. Un jour, il se fâcha...

J'avais posé ma tête sur ses genoux. J'embrassai son ventre. Je voyais son visage penché au-dessus du mien. Nous étions seuls sur le bateau. Soudain, je dis :

— J'aime ton sourire...

Il se leva d'un bond et me jeta un regard furieux. Je le regardais sans comprendre.

— C'est *elle* qui t'apprend à dire de telles âneries, hein ?

Je rougis violemment, puis rétorquai avec rage :

— *Elle,* c'est ma mère...

— Ta mère ?... Ha, ha, ha !... Tu sais ce qu'elle fait, cette salope ? Tu sais ce qu'elle veut ?... Que tu deviennes ma maîtresse !... Parfaitement !...

— Ma mère ne veut rien...

— Si. Seulement, elle se trompe. Elle te croit plus délurée et plus vicieuse que tu ne l'es et me prend pour plus dégoûtant que je ne suis. J'en ai marre d'elle ! Marre, tu m'entends ? J'en ai par-dessus la tête de ses crèmes, de ses fards, de ses peignoirs dégoulinants de graisse et de ses phrases à dormir debout. Si tu n'étais pas là je l'aurais cent fois plaquée. C'est pour cela qu'elle te jette dans mes bras : pour me garder. Car je t'aime et parce que je t'aime, te respecte. Cela échappe à ta mère, ma petite. Elle voit les gens à son image. Elle croit que le monde est peuplé de cochons de son espèce...

Il s'arrêta interdit. Je devais être pâle comme une morte. Je ne voyais rien. Un voile s'interposait entre mon regard et les choses. Ce n'était pas un voile, mais des larmes. Je pleurais sans le savoir.

Ricardo me regarda, stupéfait. Son visage exprimait un étonnement infini. Il prit mes mains et, d'une voix étranglée, murmura :

— Pardonne-moi, Tara... J'oubliais que tu l'aimes malgré tout. Je suis une brute. Ne m'en veux pas. Je t'ai dit des choses dures... Mais je ne les pensais pas... J'étais comme fou... J'ai besoin que tu m'aimes... Je ne pourrais pas rester ici sans cela... C'est... J'ai besoin de toi... Je suis heureux quand tu es là... Si tu le veux, je serai gentil avec elle... Je te le jure... Pardonne-moi, Tara...

Nous gardâmes le silence. Petit à petit, mon agitation tomba. Mes nerfs se détendirent. J'embrassai ses mains. Lui, caressa ma nuque.

Le soir même Ricardo et ma mère eurent une dispute atroce. Ils échangeaient des injures. Une porte séparait nos chambres. Je pouvais tout entendre. Ricardo disait des choses épouvantables. Ma mère se défendait âprement. La haine faisait siffler leurs voix. J'écoutais, le cœur battant. J'aurais voulu les arrêter, les obliger à se taire.

— Ordure ! criait Ricardo. Non contente d'introduire un amant sous le toit de ta fille, tu voudrais encore la salir. Tu m'écœures... Tu m'entends ? Tu me dégoûtes !

— Cela te va bien à toi de défendre la morale. Quand on est un ancien bagnard, on fait preuve de moins de délicatesse, mon cher...

— L'ancien bagnard, tu as été trop contente de le mettre dans ton lit, hein ?...

— Parce que tu te crois irremplaçable ? Je peux te rejeter dans la boue quand et comme je voudrai.

— Et moi je pourrais t'écraser. Rien que pour le plaisir. Non mais, regarde-toi. Tu crois qu'un homme, un vrai, peut rester auprès de cet amas de poudre et de rimmel. Même les putains du port sont plus discrètes...

Alors je ne pus résister. Je me mis à frapper violemment la porte et à hurler : « Assez !... Assez !... » Je sanglotais. J'éprouvais du mal à avaler ma salive. Dans la chambre de ma mère un silence étrange régnait. Enfin, je m'arrêtai. La voix de ma mère me parvint.

— C'est fini, mon ange. Ne t'inquiète pas. Dors...

J'eus du mal à m'endormir. J'étouffais. J'ouvris la fenêtre donnant sur la terrasse. Le bruit de la mer me parvenait. La lune éclairait ma chambre. Le vent arrachait des soupirs aux masses sombres des arbres.

Soudain une ombre se profila dans l'encadrement de la fenêtre. Ricardo s'avança. Il était vêtu d'un pyjama à rayures verticales et marchait nu-pieds. Il s'assit sans un mot sur mon lit. Je me sentais prête à pleurer et me raidissais pour ne pas succomber à cette envie.

Ricardo paraissait ému, passa sa main droite dans ses cheveux en désordre et dit d'une voix très douce :

— Je ne suis pas un bagnard, Tara... J'ai été en prison. J'y suis resté deux ans. J'avais trafiqué entre l'Argentine et l'Espagne. Les matelots font souvent cela...

Il s'exprimait avec difficulté. Le son de sa voix m'effraya. J'avais pitié de cet homme. J'aurais voulu lui dire que je l'aimais. Mais je ne parvins pas à desserrer mes lèvres.

— Je ne me suis même pas épris de ta mère pour son argent. Au début, je l'aimais... Elle est belle... Après, je me suis lassé...

Je pus enfin tendre ma main pour m'emparer de la sienne. Nous demeurâmes longtemps ainsi. Je me sentais triste. Je me disais que Ricardo était bon, que je l'aimais, qu'il ne méritait pas d'être traité de la sorte.

Les heures passaient. Nous restions l'un contre l'autre. Nous regardions la mer et le long sillage d'argent que la lune y traçait. Les sommets des pins se balançaient dans la nuit.

Soudain, il dit d'une voix triste :

— Si tu le veux je partirai...

Je n'arrivais pas à parler. Enfin je me soulevai et me jetai dans ses bras :

— Je veux que tu restes... Ne pars pas... Ne pars pas, Ricardo...

Ce cri le rendit à la vie. Il m'attira contre lui, m'embrassa.

— Je resterai... Je te le jure, Tara : je resterai. J'aurai la force de tout supporter...

Le ciel pâlit, l'horizon verdit. Je me levai. Lui, alla s'habiller. Nous nous retrouvâmes à bord de *L'Intrépide*.

Ricardo manœuvrait calmement. Le vent soufflait dans les voiles. Soudain je dis :

— Elle te chassera. Elle ne te pardonnera pas. Je la connais.

Alors il eut un sourire qui me serra le cœur :

— Je sais comment la reprendre...

Le jour se levait. La villa, toute blanche, surgissait de la nuit. Les pins la cernaient de toutes parts.

VI

La vie reprit à « Mar y Sol » comme par le passé. Les jours avaient la luminosité transparente de l'arrière-saison. L'automne de Málaga ressemble au printemps de Cordoue. La température reste clémente. Le soleil chauffe sans brûler.

Les nuits, par contre, fraîchissaient. Je dormais la fenêtre fermée. Il faisait bon, le matin, flâner sur la terrasse. Nous avions, Ricardo et moi, abandonné le bateau. Nous restions sur la terrasse à regarder la mer qui moutonnait. Elle avait, certains jours, la couleur de l'encre noire.

Après cet incident qui nous avait à bord de *L'Intrépide* dressés l'un contre l'autre, nous éprouvions maintenant le bonheur de nous retrouver. Cet orage avait nettoyé notre ciel et crevé l'abcès. Nous avions l'impression d'avoir frôlé un danger. Cela ravivait notre joie. Nous étions comme deux convalescents qui ont failli mourir d'un même mal et qui réapprennent à vivre.

Notre tendresse ne s'exprimait pas par des paroles, mais par des gestes. Ricardo veillait sur moi, cherchait ce qui pouvait me faire plaisir, me protégeait contre moi-même.

Je n'avais pas la notion du danger. Je faisais à la mer une confiance aveugle. Elle me paraissait inoffensive, parce qu'elle semblait assoupie. Chaque jour je me baignais.

Le ciel était d'un gris sombre. Pour la première fois,

depuis quatre mois, la pluie menaçait de tomber. La mer
était houleuse. Je m'y plongeai et commençai de nager.
Soudain une peur panique me saisit. J'avais beau nager, je
n'avançais pas. La mer m'entraînait. Une vague m'englou-
tit. Je luttais de toutes mes forces. Je voulus crier. Je sentis
que j'étais vaincue. Un courant irrésistible m'attirait loin
de la plage.

C'est alors que j'entendis la voix de Ricardo.

— Accroche-toi à mon cou... Ne lâche surtout pas. Ne
bouge pas, Tara. Fais la morte.

J'obéis. Ricardo peinait. Il nageait et avançait lentement. Je m'accrochais à lui de toutes mes forces. Nous
haletions. La plage nous paraissait inaccessible. Lui,
soufflait, reprenait sa nage.

Enfin nous atteignîmes la plage. Ricardo m'étendit
délicatement sur le sable et frictionna mon corps. Il
balbutiait des mots sans suite. Et, à sa peur, je compris
l'immensité de son amour pour moi. J'esquissai un sourire.
Son visage s'illumina.

— Ne commets plus jamais d'imprudence, Tara. J'ai
vraiment eu trop peur...

L'après-midi Ricardo restait enfermé dans la chambre
de ma mère. Celle-ci ne voulait pas que Miss Burton
soupçonnât sa présence à la villa. Nous déjeunions toutes
les trois sur la terrasse, Ricardo mangeait seul, évitant de
faire du bruit.

Cela m'attristait. Je me disais que ce n'était pas bien que
d'avoir honte de lui. Souvent je pensais à lui. Je trouvais
toujours un prétexte pour m'éclipser un instant. J'allais le
rejoindre. Il demeurait étendu sur son lit, vêtu d'une
marinière et d'un pantalon en toile blanche. En m'apercevant, il souriait gentiment.

— Sois prudente, Tara. Il ne faudrait pas que Miss Burton devine ma présence.

— Rassure-toi, Ricardo. Elle me croit aux toilettes.

Cela nous faisait rire. Je le fixais avec tendresse.

— Tu ne te sens pas trop seul ?

— Non... Parfois, j'entends ta voix. Cela m'aide à supporter ton absence.

— Tu n'as besoin de rien ?

— De rien, merci. J'ai des cigarettes, du vin.

— Je te quitte. Sans cela, Miss Burton pourrait s'inquiéter.

Nous échangions un dernier sourire. Il refermait la porte à clé.

L'après-midi me semblait interminable. Je m'efforçais pourtant de me montrer aimable envers Miss Burton. Cela me coûtait un effort. Je pensais que ce n'était pas de sa faute. Rien n'y faisait. Mon esprit n'était occupé que de celui que nous cachions et que nul ne devait voir.

A six heures, Ricardo pouvait descendre. Il s'ébrouait alors comme un chiot, courant et sautant dans le jardin. Ma mère et moi riions à en pleurer.

Ricardo avait, au plus haut point, cette gouaille andalouse. Il n'arrêtait pas de raconter des histoires et des plaisanteries, imitait des personnages célèbres, se hissait sur une table pour danser un *fandango* et, parfois, nous chantait des *malagueñas* qui sentaient la mer et le vin. Sa gaieté avait l'insouciance de l'enfance. Souvent je me demandais comment il pouvait vivre sans rien faire et à quoi il s'occupait. Quand je lui posais cette question, il répondait en riant :

— A vivre, ma petite. Tu crois que ça ne suffit pas ? On ne vit jamais assez ni trop intensément. La moitié du bonheur nous échappe. C'est pas triste, ça ?

Il détestait la religion, la philosophie et la politique. Il n'y entendait d'ailleurs rien, ce dont il tirait une fierté puérile. Il regardait les livres avec une méfiance instinctive.

— Tu as tort de lire, me disait-il souvent. Les romans te bourrent le crâne d'idées folles. Ceux qui lisent trop, finissent par ne plus rien savoir. Ils cherchent partout ce qui se trouve dans les livres. Et comme ils ne le découvrent pas, cela les rend malheureux.

Il se tournait vers la mer, esquissait un geste large et s'écriait :

— C'est pas le plus beau des livres, ça ?

Les livres l'intriguaient pourtant, et je le surpris, à plusieurs reprises, en train d'en feuilleter un. Il rougissait alors comme un écolier pris en faute.

— Je regardais un bouquin... C'est tout bourré de mensonges. On ne parle pas comme cela dans la vie...

Nous avions fêté Noël à la villa. Ce fut un Noël morose. J'avais reçu une longue lettre de mon père où il me disait la joie de me retrouver bientôt. Le 1er janvier, il viendrait me chercher. Je relus plusieurs fois cette lettre.

Des souvenirs m'assaillaient. Je me rappelais ces Noëls à « La Parra », qui sentaient l'amande pilée et le sucre brûlé. Je revoyais la maison, les oliviers, le Guadalquivir. Mon père attelait une voiture. Toute la maisonnée se rendait à la messe de minuit. Dans la petite église du *cortijo,* les tambourins et les castagnettes célébraient la naissance de Jésus. Des chants de Noël joyeux fusaient. Noël, en Andalousie, n'a rien de cette mélancolie brumeuse venue d'Allemagne. On danse et on chante pour fêter l'avènement de la chrétienté. Le 24 au soir, après la messe, un interminable souper a lieu qui se prolonge jusqu'à l'aube. Les victuailles s'entassent sur la table. On mange de la dinde, du *turrón,* des gâteaux, des châtaignes et de la confiture de coings.

Ma mère n'attachait aucune importance aux fêtes. Il n'y eut ni crèche ni dinde. Nous mangeâmes simplement un peu de *turrón* et bûmes du champagne.

Mon père m'avait envoyé un riche bracelet. Ma mère s'en était étonnée.

— Je croyais que les cadeaux se faisaient pour les Rois mages ?

— Je ne suis plus une enfant [1]...

— C'est vrai. Je n'ai pas pensé à t'acheter un cadeau. Tant pis, ma chérie ! Ce sera pour une autre fois.

Je remontai tristement me coucher. Une angoisse m'envahissait. Je me demandais ce que je devais faire. J'avais beau me dire que c'était mon père, je n'avais nul désir de le revoir. Ces six mois passés avec ma mère avaient suffi à estomper son souvenir. Je me disais que je ne pourrais jamais vivre six mois sans revoir ma mère. Toute la nuit, je me tournai et retournai dans mon lit.

Soudain la porte de ma chambre s'ouvrit. Ricardo parut. J'allumai ma lampe de chevet. Il avait jeté une robe de chambre sur ses épaules. Il me fit signe de me taire, s'assit sur mon lit et tira d'une poche un petit paquet enrubanné.

— C'est pour toi, murmura-t-il. Un petit cadeau de Noël...

J'ouvris fiévreusement le paquet et faillis pousser un cri. Dans un écrin, se trouvait une montre-bracelet en or, ornée de minuscules brillants. Je restai sans voix. Puis je me jetai dans les bras de Ricardo.

— Je t'aime, je t'aime..., murmurai-je, je t'aime plus que tout au monde !

Il m'étreignait contre sa poitrine en souriant. Puis il m'embrassa tendrement. Je tendis mon poignet.

— Que va dire maman ?

— Rien.

— Tu en es sûr ?

— Elle ne le verra même pas.

Cette réponse me rendit toute joyeuse.

— Elle n'est tout de même pas aveugle, Ricardo !

— Non, Tara. Mais presque. Je parie qu'elle ne la remarquera pas.

— Et si elle la voyait ?

— Tu lui diras que c'est un cadeau de ton père. Elle te croira.

---

1. Les Rois mages sont, pour les enfants espagnols, l'équivalent du Père Noël (*N.d.A.*).

Je levai le bras pour admirer la montre.

— Elle te plaît ?

— J'en rêve depuis deux ans.

Nous parlions à voix très basse.

— Tu es sûr qu'elle dort ?

— Sûr et certain. Elle a lu un bouquin jusqu'à deux heures. Elle ne se réveillera pas avant midi.

Je dus étouffer un rire. J'étais folle de joie. Je regardais ma montre, Ricardo. Tout cela me paraissait un rêve. Nous étions là comme deux complices, pendant que ma mère, dans la chambre voisine, dormait. Lui, me dévisageait avec tendresse. Il me parut ce soir-là plus beau que jamais. Il semblait transfiguré comme les personnages d'un vitrail lorsque le soleil les éclaire.

— Pourquoi ne dormais-tu pas ?

J'hésitai. Je fouillai dans mon tiroir et lui tendis la lettre.

— Lis-la. C'est papa...

Ricardo la parcourut. Son visage restait impénétrable. Il me la rendit sans un mot.

— Je n'ai pas envie d'y aller, Ricardo... Il faut que je reste avec vous...

— Non, Tara. Tu *dois* aller chez ton père.

Cette réponse me laissa abasourdie. Je ne m'y attendais pas. Un long moment s'écoula. Ricardo se taisait. Il avait baissé la tête. La lumière de la lune jouait avec ses cheveux. Je ne savais plus que dire. Alors il leva la tête et me regarda avec douceur.

— Je serai très malheureux sans toi, Tara. Tu le sais ; mais tu n'es encore qu'une enfant... Ta mère et moi... Enfin, la vie que nous menons... Ce n'est pas fait pour toi...

Je crus qu'il allait pleurer. Ma poitrine se gonflait d'une tendre mélancolie. Ses paroles me faisaient souffrir. Je cherchais à me consoler en me disant que Ricardo plaisantait. Mais celui-ci n'avait pas l'air moqueur. Alors, je pris peur. Je compris qu'il envisageait sérieusement que nous nous séparions.

— Je ne peux pas partir, Ricardo... Ce n'est pas

possible... Sans ma mère, je mourrai... Je te jure que j'en mourrai...

J'essayais de l'attendrir. Instinctivement, je déployais toute ma séduction féminine. Je me blottissais contre lui, j'appuyais ma tête contre son épaule. Ricardo ne bougeait pas. Enfin il murmura :

— Tu es la plus forte, Tara... Je ne peux pas lutter contre toi. Mais je ne ferai rien. C'est ta mère et toi qui déciderez...

Une pensée romanesque me traversa l'esprit : s'il allait nous quitter ?

— Promets-moi que tu ne partiras pas, Ricardo... Jure-le-moi.

Il sourit. Son regard s'appesantit sur moi. Il me caressa longuement le cou.

— Pourquoi veux-tu que je m'en aille ?... Non, je ne partirai pas. Rassure-toi.

Je reposai la tête sur l'oreiller et contemplai ma montre. Petit à petit mes paupières se firent lourdes. Je fermai les yeux. Ricardo restait à mes côtés. Dans un demi-sommeil, j'entrevoyais son visage penché sur le mien. Un sourire errait sur ses lèvres. Je tenais l'une de ses mains entre les miennes et, brusquement, la portai à mes lèvres. Lui, n'esquissa pas un geste. Je m'endormis paisiblement sans lâcher cette main tiède, forte et virile.

VII

Le lendemain, jour de Noël, ma mère se leva plus tard encore que d'habitude. Ricardo et moi passâmes la matinée, étendus sur la terrasse. Il faisait beau, mais frais. Le soleil parvenait à peine à tiédir l'air. La mer roulait de petites vagues qui se brisaient sur l'étroite plage. Pas une voile sur l'horizon. Un grand cargo quittait Málaga. Ses cheminées fumaient.

Ce spectacle dégageait une impression de profonde

mélancolie. Il y avait, certes, du soleil, mais un soleil pâle
et sans force. Une lumière triste éclairait faiblement le
parc. L'hiver sévissait. Ce n'était pas l'hiver de Cordoue
où le vent soufflait et où la pluie tombait, dense et serrée,
mais un hiver d'une tristesse plus poignante encore.

Nous avions installé les chaises longues près du mur à
l'abri du vent. Ricardo semblait fatigué. Il portait une
chemise blanche et une veste bleue. Il avait même noué
une cravate à rayures horizontales, rouges et vertes. Cela
lui donnait un air de fausse respectabilité qui m'amusa. Je
ne l'avais jamais vu habillé de la sorte. Ricardo semblait
fait pour porter des marinières et des pantalons en toile.
Ces vêtements semblaient le gêner. Il tripotait sa cravate
qu'il finit par dénouer. Il ouvrit le bouton qui fermait le col
de sa chemise et soupira, soulagé.

Une vague mélancolie nous étreignait, comme si nous
devinions que notre bonheur touchait à sa fin. Ricardo
fixait la mer. J'observais son beau profil et ses yeux noirs,
bordés de longs cils. Nos pensées se rencontraient. Nous
pressentions confusément qu'un événement imprévu allait
survenir. Je retrouvais une sensation que j'avais souvent
éprouvée, au cours de mon enfance : une fatigue surhumaine. Des frissons parcouraient mon dos. J'aurais voulu
pleurer, mais savais que je n'y parviendrais pas. J'évitais
de penser. J'attendais et j'espérais. J'avais la très nette
intuition qu'un changement allait se produire. Cette
perspective m'effrayait. J'en avais assez de cette perpé-
tuelle incertitude dans laquelle je vivais. J'ignorais ce que
je voulais vraiment. Tantôt je me disais que je désirais
vivre avec ma mère, tantôt que je souhaitais retourner à
« La Parra ». Je finissais par penser que je voulais surtout
retrouver une existence paisible. La vie me semblait
compliquée. J'aurais aimé vivre auprès de mes parents et,
en même temps, l'idée de me séparer de Ricardo m'était
insupportable. J'aspirais à un bonheur absolu d'où personne ne serait exclu. Tout choix me paralysait. Je rêvais
d'un bonheur qui ne serait bâti sur aucune souffrance. Or,
Ricardo souffrait.

La journée fut morne. Même ma mère paraissait

mélancolique. L'après-midi, elle s'installa au piano et joua deux Nocturnes de Chopin. Cette musique s'accordait avec l'atmosphère de la villa. Je crus entendre une voix exprimer de façon audible ce que nous pensions tout bas.

Ricardo partit se promener. Je ne lui proposai pas de l'accompagner.

Ma mère et moi nous trouvâmes seules dans le salon. Elle étudiait une partition de Brahms. Elle jouait quelques mesures, s'arrêtait, se penchait en avant, chantonnait tout bas, reprenait la même phrase musicale, hochait la tête et souriait enfin comme son jeu devenait plus sûr.

Je m'approchai d'elle et m'appuyai au piano. Un fardeau écrasant pesait sur ma poitrine.

— Maman ?...

Le piano couvrit ma voix.

— Maman ?...

— Oui ?...

J'hésitais. Enfin, je dis :

— J'ai reçu une lettre de papa. Il vient me chercher le 1er janvier.

Ma mère plaqua un faux accord. Elle me regardait, interdite. On aurait dit qu'elle ne comprenait pas. Elle posait sur moi un regard plein de détresse. Un long moment s'écoula avant qu'elle ne brisât le silence.

— Tu en es sûre ?

— Il me l'a écrit. Les six mois sont écoulés. C'est son tour de m'avoir.

Ma mère paraissait stupéfaite. Sa lèvre inférieure tremblait.

— Tu as la lettre ?

Je la lui tendis. Elle se leva, marcha vers la baie qui s'ouvrait sur la terrasse et lut la lettre qu'elle plia ensuite, sans un mot.

Le jour déclinait. Une lumière pâle éclairait le ciel et la mer.

— Tu as envie de retrouver ton père, Tara ?

La voix de ma mère m'étonna. Douce et grave. Comme frappée d'hébétement. J'eus peur. Une immense pitié m'étreignit.

— Non !... Non !... Je veux rester avec toi !...

Ce fut un véritable cri. Je m'étais précipitée dans ses bras, je m'accrochais à son cou, je sanglotais. J'avais froid. Je me sentais lasse.

Alors ma mère se tourna vers moi. Si je ne l'avais tant aimée, j'aurais dû avoir peur. Son visage exultait. Son regard avait des lueurs de triomphe. Elle riait d'un rire sauvage et saccadé qui la secouait tout entière. Ah ! ce rire !...

— Il ne t'aura pas, ma petite. Nous partirons ensemble. Jamais il ne pourra nous trouver. Nous ne nous quitterons plus. Je ne le laisserai pas t'éloigner de moi...

Je buvais ses paroles, me blottissais contre sa poitrine. Son parfum me tournait la tête. Mon visage ruisselait de larmes. Je pleurai si longtemps et si fort que j'eus l'impression que quelque chose se déchirait à l'intérieur de mon être. Ma mère me couvrait de baisers et de caresses, déversait sur moi un flot de paroles.

Je fus enfin plus calme. Alors elle m'attira vers un canapé.

— Si tu veux rester avec moi, il faudra que tu fasses ce que je te dirai. C'est d'accord ?

J'acquiesçai.

— Pour commencer, poursuivit-elle, tu vas me promettre une chose : tu ne diras rien de ce qui vient de se passer ici à Ricardo. C'est promis ?

Elle épiait mes réactions. J'avalai péniblement ma salive et fis oui de la tête.

— Il faut que personne, tu m'entends ? *personne*, ne sache quand nous partirons et où nous irons. Sans cela, ton père finirait par l'apprendre. Il nous ferait rechercher. Je le connais, ma petite ! Ton père est fou d'orgueil. Il lancera toutes les polices à nos trousses. Alors, nous devons agir avec prudence. Ricardo ne doit se douter de rien. Après-demain, je lui demanderai, sous un prétexte quelconque, de se rendre à Grenade. Nous filerons à Málaga d'où nous embarquerons vers le Maroc et, de là, vers la France. Là, ton père ne pourra rien contre nous. Nous serons libres. Nous pourrons être heureuses.

Je ne dis rien. Une sensation de lassitude m'accablait. J'étais triste à l'idée de quitter l'Espagne. Je me disais que nous n'avions pas le droit d'agir de la sorte envers Ricardo. Je l'aimais. J'étais habituée à sa présence. Des souvenirs heureux hantaient mon cerveau : ceux de nos randonnées en mer, alors que le jour, lentement, se levait. Mais je n'osais rien dire. Ma mère avait gagné. Je n'étais plus qu'une loque, qu'un amas de nerfs détraqués dont elle pouvait faire ce qu'elle voulait.

Ma mère avait retrouvé son entrain. Elle riait et plaisantait avec Ricardo. Cela me révolta. Je la regardais, stupéfaite. Elle redoublait d'attentions envers Ricardo. Celui-ci semblait mal à l'aise. Il coulait vers moi des regards anxieux. Je ne répondis pas à ces appels muets de détresse. J'aurais voulu fermer les yeux et mourir.

En me levant de table il se trouva près de moi. Ma mère avait quitté la salle à manger.

— Je t'attends ce soir..., dis-je fiévreusement.

Il m'interrogea du regard. J'entrai dans le salon. Je ne savais pas pourquoi je désirais lui parler ni ce que je voulais lui dire.

Les heures passaient. J'attendais, assise sur mon lit. La lumière était éteinte dans la chambre voisine.

La lune répandait sur le parc une lumière éclatante. La cime des arbres luisait. On voyait peu d'étoiles. Le halo de la lune masquait le ciel.

Je me levai, n'en pouvant plus d'attendre, et m'assis près de la fenêtre. Je voyais les arbres, les allées luisantes, la plage, en contrebas, et la mer comme un lac immobile. Le phare de Málaga balayait le ciel.

Soudain le bouton de la porte tourna. La porte s'ouvrit. Ricardo s'avança vers moi. Il me parut très ému. Un sourire triste errait sur ses lèvres. Nous étions debout, l'un devant l'autre. Je haletais. Une immense lassitude pesait sur mes épaules.

— Ricardo ?

— Oui ?...

— Je voulais te dire... Si nous ne devions plus nous revoir... Si... Je t'aime, Ricardo... Je ne suis pas méchante...

Il semblait prêt à fondre en sanglots. Ses mains furent prises de tremblements. Il m'attira doucement vers sa poitrine.

— Pourquoi dis-tu « Si nous ne devions plus nous revoir » ?

J'hésitai. Je fus tentée de tout lui avouer, de lui demander pardon, de me jeter à ses pieds. J'étouffais. Toutes ces choses étaient au-dessus de mes forces. J'avais l'impression de rêver. Je me disais que j'en avais assez, mais n'aurais su dire de quoi ou de qui.

— Je pense à mon départ pour « La Parra »...

C'était mon premier mensonge grave. Je rougis. Ricardo me serra contre lui. Je calai ma tête sous son menton.

— Tara ?

— Oui ?

— Ne parle surtout pas...

Il prit un temps. Il s'exprimait péniblement, comme si chaque mot qu'il disait lui coûtait un effort. Ma tête reposait sur sa poitrine et j'entendais les battements de son cœur.

— Je sais que tu m'as menti... Je ne t'en veux pas... Non, ne bouge surtout pas. Détends-toi...

Il y eut un long silence. Je souffrais. Sa voix était brisée comme celle d'un grand malade. Parfois, elle se cassait. A sa gravité succédait, par moments, ce ton de fausset.

— ... Ta mère va t'emmener. Je le sens. Elle me quittera sans peine... Je voudrais que tu saches...

Sa voix se raffermissait. Elle était à présent secouée d'une haine contenue.

— ... Je ne suis pas un homme qu'on quitte. Je l'aurais plaquée depuis longtemps. Mais tu étais là... Je n'arrive pas à comprendre ce qui m'est arrivé. J'étais comme une bête. Je t'aimais... Je t'aime... J'aurais pu t'avoir... Je ne voyais pas le danger... Seulement...

Il renifla. La douleur m'étouffait.

— ... Si ta mère savait !... Elle me prend pour un salaud. Toi, tu as réussi à me prouver... Je t'aime, Tara, et te respecte plus que tout au monde... Non, ne m'interromps pas. Reste là, contre ma poitrine. Je voulais simplement que tu saches que je vais partir tout à l'heure. Il n'est pas bon qu'une femme quitte un homme. Je ne l'estime pas assez pour lui donner cette satisfaction-là... Quand elle te parlera de moi, tu sauras qui j'étais... Je ne t'oublierai jamais, Tara... Je...

Il s'étrangla et quitta précipitamment la chambre. Je ne parvins pas à esquisser un mouvement. Un interminable frisson parcourut mon corps, de la tête aux pieds. J'eus l'impression que mes cheveux se dressaient sur ma tête.

Je restai longuement devant la fenêtre. Un bruit me parvint. Quelqu'un descendait l'escalier. Une porte grinça. Le moteur de la voiture ronfla. L'automobile descendit la longue allée bordée de pins et de massifs d'hortensias.

Puis je vis la voiture s'éloigner et disparaître. J'avais froid. Je claquais des dents. Je me tenais recroquevillée sur moi-même, le nez collé à la vitre. Un silence angoissant se faisait en moi. Mes nerfs étaient tendus. Un rien aurait pu les casser. Je serrais mes mâchoires. Une sueur moite baignait mes aisselles.

Un jour, pâle et blême, se leva. L'horizon s'éclaircit et devint d'un gris sale. La mer, couleur de plomb, déchira la brume qui la recouvrait.

Quatrième partie

I

Le jour se lève. Une lumière tendre et mélancolique éclaire les coteaux rouges, plantés d'oliviers. Le Guadalquivir poursuit sa route millénaire vers la mer qu'il s'obstine à grossir. N'est-ce pas absurde, cette fidélité du fleuve à une mer qui peut, aisément, se passer de lui ?

A l'horizon les tours des églises de Cordoue se profilent sur un ciel d'un vert très pâle. L'air a la fraîcheur des heures qui suivent l'orage. Le thym, le romarin, le narcisse et le chèvrefeuille exhalent leurs odeurs fortes et poivrées. Elles se mélangent l'une à l'autre sans tout à fait se détruire. La brise matinale les brasse, les confond un instant puis les sépare à nouveau.

« La Parra » s'agite et renaît à la vie. Des cris et des mugissements me parviennent, par la fenêtre ouverte sur ses terres. Les taureaux descendent la pente abrupte qui mène au bord du Guadalquivir. Des cavaliers armés de longues piques entourent les troupeaux. De partout montent des cris, des appels, des mugissements et des hennissements. Ces bruits chauds et familiers me ramènent en arrière, vers cette époque heureuse où je les entendais, le cœur battant, et où l'aube apportait avec elle l'espérance et la promesse d'un jour qui ne finirait pas. Maintenant, ils me serrent le cœur. Une angoisse mortelle m'étreint. Le jour levant me rend mélancolique, comme si le message qu'il transmet ne pouvait plus m'émouvoir. On se lasse de tout, dans la vie : même d'espérer.

Je mens d'ailleurs. Mon cœur n'a jamais été aussi rempli d'espoir que ce matin. Mais l'espérance qui m'habite n'a plus rien à voir avec ce sentiment confus qui m'étreignait alors. J'ai cessé d'attendre mon salut. Encore une fois je m'aperçois que j'exagère. Rien n'est plus difficile que de nommer ce sentiment de reconnaissance qui m'envahit, chaque matin, en voyant les terres de « La Parra » soulevées par un élan irrésistible et en contemplant, du haut de ma chambre, l'étonnant spectacle qui s'offre à mes yeux. Ce doit être cela, l'espérance : cette gratitude que vous inspire le retour de la lumière et cette exaltation qui vous gagne en constatant que nulle nuit, aussi longue fût-elle, ne parvient à triompher de la timide aurore. Car toutes les nuits s'achèvent. Il est toujours une heure où l'on peut dire : « Le jour est revenu... » C'est l'espoir de ce jour qui m'aide à vivre. C'est cet éternel matin que j'attends. Peut-être que la mort elle-même débouche sur une aube triomphante ?

Ma fièvre est tombée. Une lassitude étrange pèse sur mes épaules. Je me rends compte, Juan, que je n'avais rien de bien important à te dire. Mais je n'ai pas entrepris cette confession avec l'idée de t'apprendre quoi que ce soit d'intéressant ni de nouveau. Ceux qui croient dire des choses nouvelles ont bien de la chance ; cela prouve qu'ils n'ont jamais rien lu. Mon ambition est plus modeste. Je souhaite, plus simplement, que tu comprennes ce qu'a été ma vie et par quels chemins détournés le Mal est entré dans mon âme. Il est vrai que rien ne te prouve que les choses se soient réellement passées comme je le dis. Après tout, ce récit n'est qu'une interprétation, parmi bien d'autres. Peut-être étais-je, depuis toujours, promise à ce destin qui fut le mien ? Peut-être que le Mal n'avait pas besoin de ma mère pour s'emparer de mon âme ? J'ai connu tant de familles exemplaires et qui semblaient à l'abri du Malin, soudainement ravagées par le mensonge et par la haine ! Aussi n'attache pas à ce récit plus d'importance qu'il ne convient de lui en accorder. Car rien ne prouve qu'il corresponde à la réalité. La vie se moque de nos explications et de nos interprétations, qu'un seul de ses caprices réduit, brusquement, à néant. Mais je sens, pourtant, que je détiens une parcelle de vérité. Je n'arrive pas à la transmettre ni à la saisir moi-même ; il me semble la tenir là, à portée de ma main. Il faudrait, pour que tu en prennes à ton tour conscience, que tu oublies les mots que j'aligne pour n'être sensible qu'à ce qu'ils essaient de traduire. Certes, je ne le sais pas moi-même. C'est comme une musique dont on vous dit qu'elle exprime tel sentiment, mais qui n'exprime rien d'autre que son propre chant. Ce ne sont pas des sentiments que j'essaie de te faire partager, mais des états d'âme. Tâche de communier avec moi dans ce que j'aime et dans ce que je hais. Ne crains pas d'être injuste. L'injustice ne m'a jamais effrayée. Il faut une grande part d'injustice pour faire les choses les plus belles et les plus pures. Oh ! je crois voir d'ici ton sourire crispé et légèrement dédaigneux ! Tu es tellement sûr du pouvoir de la raison et de la logique !... Mais la raison n'a jamais aidé personne à vivre et à mourir, alors que la folie a poussé les hommes, même les plus médiocres, à se dépasser eux-mêmes ; je voudrais, Juan, que tu acceptes de partager ma folie. Ne crains pas qu'elle te tue. La folie n'a jamais tué que les êtres supérieurs. Pour nous, elle nous sauve de la médiocrité. Elle est cet ingrédient qui relève les mets les plus fades. Sans elle le monde périrait d'ennui. Il finira d'ailleurs fatalement par mourir d'ennui, ce pauvre monde voué aux professeurs... Car comment les hommes ne se lasseraient-ils pas d'être d'éternels écoliers et d'écouter les péroraisons fastidieuses d'êtres dépourvus de fantaisie ?

Je divague à nouveau et je ne le veux pourtant pas. Mais je pense à toi, je t'imagine, le visage grave, le nez chaussé de lunettes, un crayon à la main pour parcourir ce récit et cela suffit à me jeter hors de moi-même. Car plus j'avance dans cette confession et plus ma haine pour toi devient tenace, implacable. Je m'aperçois brusquement de tout ce dont tu m'as privée : la joie, le bonheur... Tu as réussi cet exploit de rendre mon existence terne et sans éclat. Est-il Dieu possible que j'aie accepté de me plier à ton vouloir de médiocrité et que j'aie pu, à un moment donné, admirer ta vertu qui n'est rien d'autre qu'une frayeur animale du danger ? Ai-je réellement pu m'imaginer que tu étais un saint, toi qui n'es capable que des actions les plus modérées ? Où donc avais-je la tête ? Je voudrais te prendre à la gorge et te contraindre à vomir chacune de ces dix années que tu m'as volées ! Hélas ! tu as l'estomac solide ! Tu les as digérées. Aussi bien ne me reste-t-il que cette unique vengeance : te dire et te redire le mépris et la haine que tu m'inspires, toi, et tout ce que tu représentes...

Les mois qui suivirent notre départ pour le Maroc furent mornes. Nous traînions de ville en ville, vivant sous de faux noms de peur que mon père ne réussît à découvrir notre refuge. L'exaltation des premiers jours avait cédé la place chez ma mère à une frayeur que rien ne pouvait calmer. Elle croyait partout découvrir des policiers et des détectives soudoyés par mon père. Cette terreur ne la quittait ni de jour ni de nuit. Le soir, avant de nous coucher, nous vérifiions la serrure de notre porte. Souvent, nous inspections jusque sous les lits. Au moindre bruit ma mère tressaillait. Elle se rendait brusquement compte de ce qu'elle avait fait et aussi que mon père, s'il la retrouvait, serait capable de la tuer. Cette idée la hantait. Elle m'en entretenait sans cesse essayant, par des discours, de dissiper ses craintes. Notre fuite prenait l'allure d'une course éperdue. Nous allions de ville en ville, sans nous attarder nulle part. Rabat, Casablanca, Oran, Alger, Marseille, Paris, Berlin... Ma mémoire finissait par les confondre toutes. Une chambre d'hôtel symbolise encore pour moi ce que furent ces trois mois d'incessants voyages.

Je dis bien : *une* chambre. Car elles se ressemblaient toutes. Également sales et tristes. Nous évitions les établissements de luxe où nous aurions risqué de rencontrer des amis de mon père.

Je revois en imagination ces hôtels sordides, aux couloirs sombres et suintants d'humidité. Leur odeur me poursuit encore. Une odeur fade, écœurante, faite de mégots mal éteints, de linge mal lavé, de café de mauvaise qualité. Invariablement la chasse d'eau des cabinets était détraquée. Parfois c'était un robinet d'eau chaude qui ne fonctionnait pas. Toute la nuit j'entendais, du fond de mon lit, le mince filet d'eau s'écoulant goutte à goutte. Je ne dormais pas. Je crois bien ne m'être pas endormie une seule fois avant l'aube, en l'espace de trois mois. Car ces hôtels devenaient de véritables caisses de résonance. Des portes claquaient ; des hommes juraient et blasphémaient ; des postes de TSF diffusaient une musique criarde et vulgaire. Vers deux heures du matin, quelqu'un s'avisait, comme par un fait exprès, de prendre un bain. La robinetterie faisait un vacarme infernal. Je serrais les poings, maudissais en silence ceux qui troublaient mon repos... Je finissais par m'habituer et me résigner.

Le mobilier de toutes ces chambres semblait avoir été conçu pour inspirer des idées de suicide. Il y avait, au centre, un lit en fer forgé, surmonté d'un globe où une ampoule électrique diffusait une lumière jaunâtre. Deux tables de chevet encadraient le lit. En face, adossé au mur recouvert d'un papier de tenture jauni, une armoire à glace. Deux fauteuils tapissés de velours marron, tachés de graisse, complétaient ce décor. Les rideaux étaient déchirés, répugnants de saleté. Mais ce qui m'écœurait surtout c'était la douteuse propreté des draps. Je m'y glissais avec appréhension. J'inspectais longuement le matelas, car il m'était arrivé, à Marseille, d'y découvrir des cafards. A moins que ce ne fussent des punaises ? D'immondes bestioles grouillaient sur la toile du matelas et les ressorts du sommier métallique.

Ma mère ne souffrait pas de vivre dans ces décors sinistres. Je crois bien qu'elle ne les voyait pas. La saleté ne l'effrayait pas. Je me demandais souvent comment elle pouvait se résigner à loger dans des bouges aussi sordides. La réponse était pourtant toute simple : ma mère ne prêtait attention à rien qui ne fût elle-même.

Elle menait une existence que je ne parviens pas à comprendre. Elle sortait tous les soirs pour dîner au restaurant et me laissait seule. Jamais elle ne rentrait avant

trois ou quatre heures du matin. Elle avait complètement
oublié Ricardo. Elle changeait sans cesse d'amant. Elle me
les présentait tous avec une inconscience qui frôlait la
provocation. J'étais obligée de les saluer, de les supporter
et de tolérer qu'ils nous accompagnassent partout. C'étaient
des hommes frustes et vulgaires. Je renonce à te les décrire
et même à te citer leurs noms. Cela ne t'apprendrait rien
sur eux. D'ailleurs je ne me les rappelle pas tous.

Ma mère m'en parlait avec extase, m'en vantait les
charmes et les talents. Car malgré tant de tristesses, je ne
savais toujours pas avec précision quelle était la nature
exacte des rapports qu'ils entretenaient avec mère. Il se
peut également que je fusse vraiment très bête. Ou bien
était-ce l'amour qui m'aveuglait ? Car j'aimais ma mère. Je
l'aimais et la plaignais. J'étais devenue une fillette
sérieuse, grave, trop réfléchie pour mon âge. Je n'aimais
pas à me livrer. Je pouvais passer des heures et des heures,
assise devant une fenêtre, à contempler une ruelle, grise et
mal éclairée, où des ombres glissaient comme des fantômes. Je ne pensais à rien. Une infinie tristesse me
submergeait dont la raison m'échappait. Tristesse vague,
indéfinissable, mélancolique comme la lumière de l'hiver
berlinois. Je frissonnais, me recroquevillais sur moi-même
et demeurais immobile sans oser esquisser un mouvement.
Parfois l'envie me prenait d'éclater en sanglots. Mais je me
raidissais fièrement contre moi-même.

L'argent s'amenuisait. Ma mère avait toujours vécu en
voulant ignorer tout des soucis matériels. Maintenant que
mon père ne lui versait plus aucune pension, elle continuait de dépenser sans compter. Cela nous créait des
difficultés sans nombre. Elle s'habituait à s'endetter. J'en
rougissais pour elle. Dans le quartier, il me semblait que
les gens nous montraient du doigt. Je n'osais plus quitter la
chambre. Le patron de l'hôtel nous guettait dans l'escalier
pour nous réclamer le montant de la pension. Cela ne
gênait aucunement ma mère. Elle inventait mille mensonges qui me confondaient de honte.

— Ne vous inquiétez donc pas, Herr Wegner... J'attendais un mandat fort important qui ne m'est pas encore

parvenu. J'ai d'ailleurs l'intention d'aller voir à ma banque ce qu'il en advient. Nous n'avons pas des têtes à partir sans payer, n'est-ce pas ?...

Herr Wegner la croyait, grommelait quelques phrases et se taisait.

Petit homme trapu, carré d'épaules, aux cheveux d'un blond sale, presque jaune, et aux yeux gris-bleu, il était originaire de Poméranie. Son hôtel se trouvait dans un quartier pauvre de Berlin. Notre chambre donnait sur un canal. Je regardais passer les trains de péniches. L'eau glauque demeurait étrangement calme, semblable à un miroir terni. Les façades des immeubles s'y réfléchissaient et, le soir, quelques lumières s'y allongeaient en tremblant. Les péniches glissaient sur l'eau où elles enfonçaient profondément.

Parfois, l'après-midi, je prenais le S-bahn. Cela m'amusait de voir Berlin défiler sous mes yeux. Je descendais non loin de la *Kurfürstendamm*[1] et marchais dans le centre de la ville. Berlin me séduisait et m'effrayait. Cette ville m'apparaissait immense, monumentale, d'une grandeur triste et inhumaine. Sa démesure même finissait pourtant par m'envoûter. L'hiver un vent glacial balayait les rues et la neige s'entassait le long des trottoirs. Un brouillard sale enveloppait toutes choses. Cette nappe de brume jaunâtre coloriait les immeubles. Mais ce qui me subjuguait surtout, c'était de constater combien la capitale de l'Allemagne était plate. Le ciel et les toits se touchaient presque. Ils formaient deux lignes parallèles entre lesquelles Berlin s'inscrivait. Tout y était grave et sérieux. Pas une façade ne souriait. Cette gravité pesante serrait le cœur. Petit à petit, je finissais pourtant par m'y habituer et même par la chérir. Car toute ville possède un secret qu'il suffit de percer pour se mettre à l'aimer.

La situation financière de ma mère allait en empirant. Le peu d'argent qui nous restait, elle le dépensait en un superflu coûteux : parfums, fards, robes et fourrures. Elle avait l'habitude de l'argent et fréquentait les endroits les

1. Célèbre artère berlinoise *(N.d.A.)*.

plus élégants, et donc les plus onéreux, de la capitale. Elle offrait du champagne à des inconnus qu'elle ne reverrait jamais. Ensuite, regagnant notre chambre, elle fondait en sanglots et s'accusait d'être trop prodigue. Ses larmes ne me touchaient plus. Je la laissais pleurer sans intervenir ni la consoler. Car je savais que le lendemain elle recommencerait à dépenser et à pleurer.

Herr Wegner commençait à s'impatienter et à se fâcher. Il nous faisait subir mille humiliations dont j'étais seule à payer les conséquences. Dès trois heures de l'après-midi, il nous coupait l'électricité. Je restais donc dans une pénombre triste à regarder les eaux du canal, les enfants qui jouaient le long des berges, parmi les tas de charbon et de ferraille, les façades des immeubles, sur l'autre rive, et le lent glissement des péniches. Je ne pouvais plus lire et cela me faisait souffrir. Je ne faisais donc rien d'autre que d'observer les jeux de lumière sur l'eau stagnante. Souvent des souvenirs m'assaillaient. Je revoyais « La Parra » ou le visage de Ricardo. Ces souvenirs me faisaient si mal que je m'efforçais de les chasser.

Je ne sais si j'en voulais à ma mère. Il me semble que non. Mais l'amour que je lui vouais se mourait lentement, au fur et à mesure que j'apprenais à la mieux connaître. S'en apercevait-elle ? Peut-être que non. Elle continuait de vivre dans un monde de mensonges...

C'est à Berlin que j'appris ce qu'est la faim. Il m'est d'ailleurs difficile de t'en parler. Seuls ceux qui ont eu faim me comprendront. Ils savent ce qu'est rêver, jour et nuit, d'un peu de nourriture ; de n'importe quoi, qu'on pourrait mâcher indéfiniment pour calmer cette douleur insidieuse, lancinante, qui donne des vertiges et des nausées. Cette faim animale me tenaillait dès mon réveil. Je ne parvenais pas à l'oublier. Tout l'exaspérait, jusqu'à l'odeur écœurante du café que Herr Wegner prenait vers quatre heures. Elle me tirait des larmes, tournait à l'obsession. Je ne pensais plus qu'à cela : manger, manger... Je restais le plus longtemps possible au lit car j'avais découvert que, couchée, cette obsession se calmait. En me levant j'avais des vertiges. Je me disais : « Je vais tomber, je vais tomber... » Mais je ne tombais pas. Je me sentais vide et sans force. Le moindre geste me coûtait un effort. Une apathie étrange s'emparait de moi.

Parfois on frappait à la porte. Des livreurs apportaient des cartons contenant des robes ou des chapeaux. Je les regardais avec une rage froide et contenue. Herr Wegner penchait son horrible figure dans l'entrebâillement de la porte et s'écriait méchamment :

— Vous devriez dire à votre mère qu'au lieu de se commander des colifichets, elle ferait mieux de me payer sa note. Sans cela, je finirai par déposer une plainte... C'est une honte !

Je ne répondais rien. Qu'aurais-je pu dire à cet homme et à tous ces créanciers qu'il me fallait recevoir et qui nous menaçaient de poursuites ? Mon visage demeurait de marbre. Mais mon cœur battait à se rompre et une surhumaine lassitude s'emparait de moi quand ils partaient et que je me retrouvais seule.

Ma mère ne se rendait compte de rien. Pas même que j'avais faim. Elle dînait tous les soirs au restaurant et l'idée ne lui venait pas que je pouvais, moi, souffrir de la faim. Or elle ne me donnait jamais d'argent. Quand je lui en demandais, elle se mettait à pleurer et me déclarait qu'elle n'en avait point et que cela était de la faute de mon père. Je me taisais. Je finis même par ne plus rien lui demander, afin de ne pas avoir à supporter ces crises de larmes qui me soulevaient le cœur d'un insurmontable dégoût. Parfois, pendant son sommeil, je fouillais dans son sac et lui prenais de la menue monnaie avec laquelle je me nourrissais de sandwiches. Je buvais une eau minérale que j'appelais « l'eau qui pique ». Cela amusait l'épicière, et me faisait rire aussi. Je portais ma bouteille et mon sandwich contre ma poitrine comme s'il se fût agi d'un trésor, m'installais près de ma fenêtre et mangeais consciencieusement pour faire durer, le plus longtemps possible, le plaisir merveilleux de mâcher.

Ma faim pourtant ne se calmait pas. Elle s'exaspérait au contraire. Elle aurait pu m'arracher des cris. Je n'exagère pas, Juan : certains jours j'aurais pu, comme ces chiens

abandonnés qui errent dans nos campagnes, me mettre à
hurler de faim. C'est une sensation qui ne peut se décrire.
Tout le corps devient douloureux ; un poids écrasant vous
broie l'estomac ; le sang afflue au cerveau. On se sent
défaillir, on frissonne, on transpire, on chancelle. Une
sueur moite ruisselle le long de vos côtes ; on a la paume
des mains humide. Le regard reste fixe comme celui d'un
halluciné. Une seule idée vous possède : manger. On
passe son temps à imaginer des menus, à rêver de plats
succulents. On croit sentir l'odeur de la viande grillée. Et
cette odeur finit par devenir réelle, par envahir la chambre
et imprégner vos vêtements...

Ma mère, suivant son habitude, ne se levait pas avant
midi. Elle faisait alors sa toilette qui durait plusieurs
heures. Une fois prête, nous sortions nous promener.
Nous prenions un taxi pour nous rendre dans le centre de
Berlin. Je me disais qu'elle n'avait pas le droit de s'offrir
des taxis et des robes, cependant que sa fille mourait de
faim. Mais je ne soufflais mot à ma mère de cette révolte
car elle ne m'aurait pas comprise. Vraiment, elle ne me
voyait pas. Elle ne se rendait même pas compte de ma
haine, d'abord timide, mais qui allait sans cesse grossis-
sant. Sans cela elle aurait eu peur. Parfois je détournais la
tête pour qu'elle ne pût lire les pensées qui m'agitaient.
Elles auraient pu l'effrayer et je ne le voulais pas. Une
idée d'enfant se faisait jour en moi : me venger. L'imagination des enfants est cruelle. Jour et nuit je cherchais la
vengeance la plus raffinée. Je finis par prendre la décision
d'écrire à mon père, de tout lui avouer et de lui demander
de venir me chercher. Mais je me disais que cette
vengeance ne serait pas encore assez complète ni assez
cruelle. Je décidai donc d'attendre que ma mère eût un
nouvel amant. Je voulais que mon père, arrivant à
l'improviste, la surprît avec un autre homme. Je pressentais confusément quelle fureur cela déchaînerait en lui.
Jour et nuit, je me délectais de ce projet. J'imaginais la
scène, inventais des détails nouveaux. J'espérais qu'il la
tuerait. Même cela ne m'horrifiait pas.

La nuit je restais seule avec ces pensées. Ma mère

mettait une robe du soir et sortait souper. Les heures passaient. Je demeurais immobile sur mon lit, raidie par la peur. Je laissais les rideaux ouverts, pour que la lumière du dehors éclairât la pièce. Le moindre bruit me faisait tressaillir. J'attendais. Toute la nuit, j'attendais le retour de ma mère. Parfois je connaissais des moments de faiblesse. Je me rappelais l'amour dévorant que je lui avais voué. Mais je me reprenais vite et me persuadais que je la haïssais de toutes mes forces. Cette haine me nourrissait. C'était comme un abîme dans lequel je sombrais avec volupté. Je m'abandonnais au plaisir démoniaque de haïr et d'imaginer ma vengeance. Mais ne va pas croire que c'était gai. La haine est un sentiment farouche qui assombrit l'âme. Il n'y a rien de plus atroce que de souhaiter la mort de ce que l'on a profondément aimé...

Elle rentrait et aussitôt une traînée de parfum imprégnait la chambre. Je la regardais en silence. Elle riait, plaisantait, s'asseyait sur le lit et commençait de me raconter sa soirée, me décrivant le décor des restaurants luxueux, les gens qu'elle y avait vus... Je l'écoutais gravement. Elle m'attirait contre sa poitrine, m'embrassait. Je me raidissais et me taisais. C'était plus fort que moi : pour rien au monde je n'aurais voulu qu'elle me plaignît. Je me disais, tout simplement, qu'un jour viendrait où elle verserait des larmes amères. J'exultais à l'idée de la voir, un jour, humiliée, anéantie.

II

Nous demeurâmes un peu plus d'un mois à Berlin. Cela peut te paraître court. Cela me parut, à moi, un siècle. Ce furent les journées les plus sombres de mon enfance.

J'y connus la solitude. Non pas cette solitude romantique que décrivent les romanciers, mais celle, noire et désespérante, qui broie le cœur et laisse dans la bouche un arrière-goût de cendre. J'étais seule avec mes pensées,

seule avec ma déception, seule avec ma faim. Ce n'était
même pas triste, mais pire : une longue nuit, qui semblait
ne devoir jamais finir. Certes, j'aurais pu me décider à
écrire à mon père qui serait aussitôt accouru me chercher.
Je ne le fis pas. La raison va t'en paraître bien étrange :
j'aimais encore ma mère. Je la haïssais à force d'amour.
Quelque chose en elle me fascinait et me retenait. Sa
volonté me subjuguait. J'avais beau me dire et me répéter
que je la détestais ; j'avais beau imaginer quelle vengeance
je tirerais d'elle. Je restais enchaînée à cette femme qui
m'envoûtait. Toutes mes pensées tournaient autour d'elle
et ma haine elle-même avait besoin de sa présence pour
s'en nourrir. C'est pour cela, uniquement pour cela, que
j'ai accepté de subir ce qu'aucun être humain n'aurait
supporté. Je dois même faire un effort sur moi-même et
t'avouer quelque chose qui m'est pénible : je cherchais
obscurément cette souffrance qu'elle m'infligeait et qui me
devenait nécessaire. Non, je n'exagère pas : j'aimais
jusqu'aux humiliations qu'elle me faisait subir.

Ma mère possédait une garde-robe fastueuse. Je n'avais,
moi, que deux vilaines robes. Le soir, je devais laver mon
linge dans le lavabo de la chambre car je n'en avais pas de
rechange. Cela aurait dû m'indigner. J'étais fière, au
contraire, que ma mère fût élégante et pût dépenser pour
elle-même des sommes folles. J'avais un peu l'impression
de me sacrifier pour elle. J'accentuais volontairement tout
ce qui pouvait m'abaisser afin de ressentir cette jouissance
que donne l'effacement devant un être. Je vivais dans
l'ombre de cette femme ; je la buvais des yeux. Et dans la
haine que je lui vouais survivait un amour bafoué qui
s'exaspérait sans cesse de l'être, mais qui, en même temps,
s'enivrait de mesurer le fond de sa déchéance.

Elle rencontrait des hommes qui lui faisaient la cour et
qu'elle désirait. Il fallait donc que je libérasse la chambre.
Je le faisais sans rechigner. Je me promenais des heures
durant, le ventre creux, dans cette ville immense, d'une
tristesse accablante. Je grelottais de froid et de faim.
Parfois, n'en pouvant plus, je me réfugiais dans le hall de
la gare centrale, à Tiergarten. Je m'installais sur un banc et

observais les voyageurs qui allaient et venaient d'un guichet à un autre. Les Allemands se ressemblaient tous et avaient l'air de porter un uniforme tant leurs tenues étaient semblables. Je m'amusais à compter les hommes coiffés d'un béret marron. La proportion était de un sur trois. Ce résultat m'égayait. Il m'arrivait de sourire bêtement, parce que je ne m'étais pas trompée dans mes prévisions.

Dans le hall de la gare une douce tiédeur m'enveloppait. Dehors une neige sale se diluait dans l'air. Un brouillard froid noyait la ville. Tous les malchanceux venaient donc se réfugier dans la gare. Une foule dense s'y pressait. Il y avait de tout dans cette foule : des mendiants et de riches bourgeois qui venaient prendre un train. Les pauvres achetaient des saucisses chaudes qu'ils mangeaient debout. Quand j'avais un peu d'argent, je faisais comme eux. Les riches entraient dans un salon de thé bien décoré où ils buvaient du chocolat en avalant des gâteaux à la crème. Cela me paraissait le comble du luxe et du bonheur.

J'attendais deux ou trois heures, assise sur mon banc, puis prenais le S-bahn pour regagner l'hôtel. Herr Wegner, en me voyant arriver, ricanait d'un air plein de sous-entendus :

— Vous pouvez monter, ma petite. Ils ont fini...

Ces remarques me remplissaient de confusion. J'ignorais toujours ce que ma mère pouvait faire dans la chambre, mais je devinais que c'était quelque chose de mal. Cela me laissait d'ailleurs de glace. Je n'étais ni curieuse ni jalouse. Je crois même que cela me réjouissait. Car j'aimais ma mère au point de préférer son bonheur au mien propre.

Tout n'est pourtant pas aussi clair que je le dis. J'ignorais, il est vrai, ce qu'était l'acte sexuel. Mais je n'étais pas une fillette innocente. Il me semble que, d'une manière ou d'une autre, je participais aux aventures galantes de ma mère. Je ne sais comment t'expliquer cela. Je m'identifiais à tel point avec elle que son trouble devenait mien. Je partageais ses amants en pensée et si je n'allais pas plus loin c'est, tout simplement, parce que je manquais d'imagination... Ne te récrie pas, Juan. N'essaie pas de jouer l'indignation... Nous agissons tous de la même manière. Sans cela, pourquoi lirions-nous des romans d'amour ou verrions-nous des pièces de théâtre ? La plupart de nos amours demeurent imaginaires. Et ce n'est pas, crois-le bien, parce que nous sommes honnêtes. C'est tout simplement parce que nous manquons de courage. Il y a plus d'une Phèdre de par le monde, mais qui n'ose pas avouer ses penchants. Pour moi, je n'ai plus rien à perdre. Je te dis ce qui est, non pour te scandaliser, mais parce que j'ai décidé de t'avouer la vérité.

C'était à Marseille. Nous avions quitté Berlin vers la mi-février. Le printemps précoce tiédissait l'air. Nous déjeunions, ma mère et moi, dans un restaurant, sur le port. C'était l'un de ces « bistrots » comme il y en a dans tous les ports, décorés d'ancres et de filets de pêcheurs.

Le soleil brillait sur la mer. Des voiliers et des bateaux de pêche formaient une forêt de mâts. L'air sentait l'iode. J'étais heureuse parce que nous avions quitté Berlin et que je revoyais la mer. J'aspirais avidement les odeurs d'iode et de poisson.

Il y avait une foule dans ce restaurant dont je revois les tables, recouvertes de nappes en papier, les murs peints à fresques où l'on voyait des scènes marines, et les lanternes accrochées au plafond. Nous mangions une bouillabaisse et buvions un vin rosé, doux et parfumé. Ma mère portait un tailleur blanc, très strict, et un chapeau aux larges bords relevés. Jamais elle ne me parut aussi belle. Elle avait réussi à obtenir un prêt assez important sur une maison qu'elle possédait en Irlande et, comme toujours lorsqu'elle avait de l'argent, elle était d'excellente humeur. Je l'étais aussi parce que je mangeais à ma faim et que j'avais pu m'acheter trois robes et deux paires de souliers.

J'écoutais comme dans un songe les paroles de ma mère. Je ne saurais plus dire de quoi elle parlait. Cela n'avait d'ailleurs aucune importance. J'étais trop occupée à regarder le port, les bateaux, et la foule le long des quais. Je me grisais de cette lumière qui avait bercé mon enfance : celle de la Méditerranée.

Soudain je sentis que quelque chose agitait ma mère. Elle parlait trop fort, riait trop nerveusement ; ses propos se faisaient de plus en plus décousus. Je tournai la tête vers elle. Ses yeux étincelaient. On l'aurait crue folle. Sans cesse son regard se tournait vers un coin de la salle. Je cherchai à découvrir ce qui la mettait dans cet état. Je fus vite renseignée. Assis sur la banquette, face à nous, un officier de marine déjeunait en compagnie de deux femmes. L'une d'elles, blonde et timide, devait être son épouse car elle le couvait d'un œil langoureux.

Lui, pouvait avoir entre trente et trente-cinq ans. Grand, mince, sa beauté me frappa comme elle avait dû frapper ma mère. Ce n'était pas une beauté qu'on puisse décrire, mais un charme infini qui émanait de toute sa personne. Ses yeux marron avaient une extrême douceur, avec, par moments, des lueurs ironiques. En souriant il découvrait des dents menues et pointues comme celles d'un chiot. Il y avait, répandue sur toute sa figure, comme la lumière d'une adolescence qui se refuse à mourir. Et le contraste entre ce visage d'homme et cette expression enfantine semblait être le secret de son charme.

Il parlait avec les deux femmes qui l'accompagnaient, mais n'arrêtait pas de regarder ma mère. Celle-ci le dévorait des yeux. Un dialogue muet se poursuivait par-dessus la foule qui envahissait ce restaurant. Ma mère leva son verre ; l'officier l'imita. Je sentis qu'ils se disaient les choses les plus tendres et les plus douces. Une tiédeur singulière envahissait mon corps. Je me dis que c'était le vin, mais savais que c'était l'officier. Je ne me lassais pas de le regarder. J'inscrivais chacun de ses traits dans ma mémoire et pourrais encore, si je savais dessiner, faire de lui un portrait fidèle. Je n'ai rien oublié. Ni sa manière de fumer ni sa façon de sourire.

Ma mère ne tenait plus en place. Elle s'aperçut que

j'avais compris ce qui l'agitait et se mit à discourir fébrilement :

— Qu'il est beau, Tara !... Pourvu qu'il ne parte pas sans que nous ayons pu fixer un rendez-vous !... Je lui plais, je le sens... Son idiote de femme ne le lâche pas des yeux. Elle risque de tout gâcher... Dieu ! qu'elle est insignifiante ! As-tu observé son sourire, ma petite fille chérie ?... On dirait un ange !...

J'écoutais le cœur battant. Chacune des paroles de ma mère me faisait mal. Mais c'était une douleur ensorcelante.

L'épouse appela le garçon. Je compris qu'elle réclamait l'addition. L'officier fit à ma mère un sourire mélancolique qui traduisait son regret. Celle-ci s'agita :

— Il ne faut pas qu'il s'en aille... Comment faire ?... Mon Dieu ! que pourrais-je faire ?... Sa femme a dû s'apercevoir de quelque chose car elle me regarde d'un œil mauvais... Qu'elle est sotte !...

Soudain elle se tourna vers moi, avec une expression d'angoisse et me prit les mains :

— Tara chérie, voudrais-tu rendre un service à ta maman ? Je vais griffonner quelques mots. Tu iras aux toilettes. Il t'y suivra sûrement. Tu pourras lui remettre ce billet... Tu veux faire cela pour moi, mon ange ?...

Son regard me fit peur. J'eus vraiment peur de cette fièvre et de cette angoisse qui déformaient ses traits. Était-ce donc cela, l'amour ? Cette peur et cette souffrance ?...

Ma mère sortit son calepin et griffonna quelques mots. Puis elle plia la feuille en regardant l'officier qui sourit d'un air qui semblait dire : « J'ai compris... »

Je me levai et traversai la salle. Je dus passer tout près des deux femmes. Mes jambes tremblaient. Une peur panique me secouait. Je pus atteindre les toilettes où j'attendis, le cœur battant.

Il arriva, me sourit. Je ne prononçai pas un mot. Sa beauté me terrassait. J'eus envie de m'enfuir en le voyant devant moi, si tranquille et sûr de lui, avec un sourire timide sur ses lèvres d'adolescent. Je lui tendis le billet. Il le prit et murmura :

— Merci… Tu es gentille…

Puis il caressa mes cheveux. Je faillis pousser un cri.
Cette caresse me faisait l'effet d'une brûlure. Peut-être en
était-ce une ?…

Je regagnai ma place et ma mère aussitôt m'interrogea
fébrilement. Elle voulait des détails. Je ne pouvais lui
en donner. Avait-il dit quelque chose ? Semblait-il
content ?… Je répondis oui.

J'observai le visage de l'officier, lorsqu'il revint s'asseoir. Une joie enfantine s'y lisait. Cela me rendit
heureuse. Il me semblait que c'était un peu grâce à mon
intervention qu'ils allaient pouvoir s'aimer. Je ne demandais rien d'autre que de le voir sourire et de caresser du
regard sa peau lisse, brune, douce sans doute…

Ils se revirent le soir même. Quant à moi, je descendis,
machinalement, la Canebière vers le port et retournai au
restaurant où « nous » l'avions connu. Sept heures
venaient de sonner. La salle était vide. Je m'assis à la place
qu'il occupait à midi. Je pensais qu'il ne se doutait pas que
la fillette timide qui lui avait remis le billet l'aimait
d'amour. Mais que m'importait cela ? Je n'espérais pas
qu'il m'aimât. Je n'espérais rien du tout. Les enfants
gardent le privilège de ces amours violentes jalousement
cachées. Personne ne devinerait jamais l'intensité de mon
amour.

Je passai la soirée à me rappeler chaque geste, chaque
détail qui m'avaient frappée. Son image prenait corps. Il
devenait aussi réel que s'il s'était trouvé là, auprès de moi.
Rien ne pourrait plus l'effacer de ma mémoire. Il me
suffirait, les soirs de trop grande solitude, de l'évoquer
pour qu'aussitôt il se remît à vivre. Ma mémoire le
protégerait du vieillissement. Pas une ride ne s'inscrirait
sur sa peau d'ambre. Il aurait éternellement trente ans. Il
gardera jusqu'à ma mort ce visage où l'adolescence
s'obstine à survivre. Je sais que cet homme est, à présent,
presque un vieillard et que les années ont abîmé sa beauté
et fané son sourire. Peu m'importe ! Je suis la seule

personne à pouvoir le ressusciter tel qu'il était ce jour-là, et tel qu'il doit essayer de s'imaginer lorsqu'il lui arrive de repenser à sa jeunesse et à ces années où sa beauté mélancolique le plaçait pour moi au rang des dieux. Nul ne l'aima jamais comme je l'ai aimé. Ma mère, voracement, s'est jetée sur ce qu'il y avait en lui de périssable ; sa femme l'a chéri avec sagesse. Moi, je l'ai sauvé de la déchéance. J'ai choisi de n'aimer en lui que ce qui méritait de survivre et qui était ce par quoi il se rattachait au divin. J'ai aimé sa beauté et j'en ai fait, dans mon souvenir, une œuvre d'art. Elle sera là jusqu'à la fin de ma vie, comme la plénitude d'une minute à laquelle, volontairement, j'ai conféré une valeur d'éternité. Je l'ai fait gratuitement, sans rien demander en échange, et parce que toute beauté mériterait qu'on meure pour elle.

Je voudrais, Juan, pouvoir te décrire cette nuit où je devins une femme. J'aimerais entonner un hymne capable de traduire ma reconnaissance et mon bonheur.

C'était une nuit très calme, toute constellée d'étoiles, qui sentait la mer et le printemps.

J'étais rentrée me coucher. Nous habitions un hôtel sis à quelques mètres de la Canebière. Notre chambre était vaste. J'étais si fatiguée que je m'endormis aussitôt, dans le lit que je partageais avec ma mère. Je crus rêver que les jambes nues d'un homme frôlaient les miennes, mais ce n'était pas un rêve.

La lumière des réverbères éclairait faiblement la chambre. Et c'est alors, dans cette lumière incertaine, dans cette pâle pénombre, qu'il m'apparut dans sa splendide nudité. Son corps long et musclé avait la fermeté du marbre et la couleur délicate de l'albâtre. Ses cheveux étaient en désordre. Il gratta une allumette et j'aperçus son visage baigné de sueur. La chambre sentait le tabac noir et cette odeur, nouvelle pour moi, de l'homme et de sa sueur. Il s'approcha du lit, s'y assit et murmura :

— Tu es sûre que la petite dort ?

— Sûre et certaine, répondit ma mère. Regarde-la !...

Il était tout près de moi et la tiédeur de son corps se communiquait à moi. Je détaillais ses épaules, sa poitrine, ferme et bien dessinée, tous ses muscles sculptés avec art, sa taille fine. Ce soir-là je sus ce qu'était la beauté ; je compris brusquement qu'on pût décider de ne vivre que pour elle et qu'on acceptât de tout lui sacrifier. Je vécus l'une de ces minutes qui vous jettent hors de vous-même et vous permettent d'atteindre ces rives paisibles sur lesquelles luit un éternel soleil. J'étais inondée de bonheur. Je venais enfin de percer le secret de l'amour et du désir. Cela n'eut rien de triste... Et mon enfance mourut, en cette heure grave et douce, où je compris enfin quel merveilleux destin serait le mien...

Le lendemain ma mère se réveilla toujours aussi joyeuse. Elle me décrivit longuement la beauté de cet officier dont j'appris qu'il se nommait Renaud. J'écoutai ce discours en silence. Comment aurait-elle pu se douter que j'en savais plus qu'elle-même sur la beauté de Renaud ? D'ailleurs elle ne parlait pas pour m'apprendre quoi que ce fût, mais pour soulager son émoi.

Leur amour ne dura guère. Au bout de trois semaines, ma mère se lassa de lui, comme elle se lassait de tout. Pourtant Renaud l'aimait. Je crois d'ailleurs que c'est cela qui le perdit : de trop vouloir prouver son amour. Il voulait divorcer pour l'épouser ; il rêvait à voix haute d'une existence tranquille partagée avec ma mère. Je ne disais rien. Je savais déjà que ma mère détestait le repos et le quitterait comme elle en avait quitté tant d'autres. Mais il faut croire que l'amour est aveugle, car Renaud ne s'apercevait encore de rien. J'assistai au cours de ces trois semaines à la comédie la plus triste qu'il m'ait été donné de voir.

Ma mère cherchait à se convaincre qu'elle aimait Renaud. Elle allait jusqu'à lui faire des scènes de jalousie.

— Tu es bonne et gentille, disait-il. Nous serons heureux, tu verras. Madeleine a accepté l'idée du divorce. Tout ira vite, à présent...

Ma mère avait de véritables crises de mythomanie.

— Nous aurons une petite maison au bord de la mer, lui répondait-elle. Je ferai la cuisine pour toi. J'attendrai sagement ton retour, lorsque tu partiras...

Il souriait, l'embrassait. Pour moi, je décidai de quitter la salle avant le dernier acte. Je pris cette décision sans hâte ni rancune. J'en avais assez, tout simplement. J'étais du jour au lendemain devenue une vraie femme : une femme de près de quatorze ans...

J'écrivis enfin une longue lettre à mon père. Je ne lui touchais mot de ma mère ni de l'existence que nous avions menée. Je lui disais simplement que j'avais un grand besoin de calme et désirais retourner à « La Parra » et ne plus jamais revoir ma mère.

J'écrivis cette lettre dans une brasserie, sur la Canebière.

Ma mère ne se douta de rien. Je ne la prévins pas non plus lorsque m'arriva, par dépêche, la réponse de mon père : « *Je bénis le Seigneur qui te ramène vers moi. J'ai cru mourir de douleur et renais à la vie. Je te remercie du plus profond du cœur de la joie immense que tu me donnes. Je cours vers toi et t'embrasse mille fois — Papa.* »

Je me trouvais seule dans la chambre. C'était la fin de l'après-midi. Une foule grouillante déambulait sur la Canebière. Le ciel, au-dessus de la ville, était d'un bleu très pâle. Des mouettes volaient très haut. Marseille s'enflait de mille rumeurs chaudes et rassurantes. Un parfum de mer et de fritures flottait dans l'air.

Soudain j'entendis frapper à la porte et dis : « Entrez. » Mon père parut. Il portait un costume sombre, une chemise blanche et une cravate à rayures. Il demeurait immobile avec un sourire crispé sur les lèvres. L'émotion me cloua sur place. Nous demeurâmes un long moment immobiles à nous dévorer des yeux. Je ne l'avais pas revu depuis neuf mois. Cette période avait suffi à bouleverser toute mon existence. Lui me fixait avec une tendresse plus forte que lui. Ses yeux brillaient. Enfin nous nous précipitâmes l'un vers l'autre et je sentis sur ma nuque et mon dos la caresse de ses mains rugueuses. Il pleurait et criait, m'étouffait de baisers comme s'il eût voulu me manger. Des mots sans suite lui échappaient :

— Ma beauté... Ma reine... Je croyais ne plus te revoir... C'est fou... Tu es toute changée... Tu as grandi... Mais tu demeures ma princesse... Oh ! ma belle petite jument !... Ce que j'ai pu souffrir...

Je ne disais rien. Des tremblements secouaient mon corps. J'atteignais enfin le port de son affection sans faille. Il me tenait contre lui comme s'il avait craint que je ne m'échappasse encore.

— C'est fini, balbutia-t-il. C'est fini, ma reine. Elle ne te fera plus de mal. Elle ne peut plus rien contre nous. C'est « La Parra » qui a gagné... Les lilas commencent de fleurir... Tu te souviens de la belle jument grise, « Gitana » ?... Elle est mère à présent et ses poulains sont beaux comme des dieux... Pablo et Angustias pleuraient comme des gamins lorsque je leur ai dit que tu arrivais... La maison était si vide, si vide !... Tu ne sauras jamais !... Oh ! ma reine !... Pourquoi ?... pourquoi ?...

Il me touchait comme pour s'assurer que j'étais intacte, me serrait à nouveau contre sa poitrine... C'était tout le parfum de mon enfance qui, brusquement, m'enveloppait et me reprenait.

— Tu es là, Tara ?... Il y a quelqu'un ?

Ma mère entra, les bras chargés de paquets. Elle vit mon père et jeta un cri d'effroi. Lui, ne dit rien. Il la regarda, et, se tournant vers moi :

— As-tu des affaires que tu désires emporter ?

Je fis non de la tête. Alors il me prit par la main et nous quittâmes la chambre.

III

Le lendemain nous nous embarquions à bord d'un paquebot français faisant escale à Valence. Nous y passâmes, mon père et moi, des heures à célébrer nos retrouvailles. Il me mettait au courant de toutes les démarches qu'il avait effectuées pour me retrouver ; il me décrivait sa douleur et sa rage lorsque, arrivant à Málaga, il avait appris que nous étions parties. Par un domestique de « Mar y Sol », il était parvenu à découvrir l'adresse de Ricardo, auquel il avait rendu visite. Mais celui-ci ignorait tout des plans de ma mère. Son instinct de marin lui suggéra l'idée que nous avions pu nous embarquer pour Oran. Aussitôt mon père se mit en contact avec la police française. Elle nous y manqua de peu. Mon père perdit alors nos traces. Il crut devenir fou, se rendit à Madrid où il vit plusieurs détectives privés, qui ne purent nous retrouver... Puis il regagna « La Parra » et commença d'attendre. Quelque chose en lui se refusait à désespérer ; il avait l'intuition qu'un jour ou l'autre je lui reviendrais. Cet espoir l'aidait à vivre. La maison lui parut si vide qu'il pria Ruiz de s'installer à « La Parra ».

— Quel homme, ma petite ! Sans lui, je ne serais peut-être pas en vie. Il réussit à me redonner confiance lorsque je craignais de ne plus te revoir. Il ne me lâchait pas d'une semelle et n'arrêtait pas de plaisanter. Pense donc ! Il en oubliait de boire !... C'est quelqu'un, Ruiz, je t'assure !...

J'étais heureuse de reprendre contact avec tout ce qui avait été mon enfance ; j'écoutais indéfiniment mon père me parler de « La Parra ». L'idée que j'avais pu vivre séparée de cette maison me paraissait absurde. Une tendresse sans bornes m'envahissait rien qu'à l'imaginer, plantée sur sa colline, dominant les coteaux plantés d'oliviers, le fleuve et toute la vallée du Guadalquivir. Je me rendais soudainement compte que j'appartenais à cette terre et à cette maison ; qu'elles faisaient partie de mon âme au point que, définitivement privée d'elles, je dépérirais à coup sûr.

— Angustias a vieilli, tu verras. Elle se rongeait intérieurement et je ne parvenais pas à la calmer. « Quelle pitié, Seigneur Jésus ! Quelle pitié ! » murmurait-elle. Jour et nuit, elle pensait à toi. Même Pablo a versé des larmes en apprenant que ta mère t'avait emmenée... Il y a huit jours nous avons eu une *tienta*[1]. Tous les invités me demandaient de tes nouvelles ; je leur répondais que tu étais en voyage mais que tu allais bientôt revenir... Ma petite reine, je n'aurais pas pu tenir plus longtemps !... J'étais à bout, vois-tu !... Tu te rappelles notre coin, là où se dresse l'ermitage ?... Je m'y rendais chaque jour... Je pleurais, ma fille, je pleurais à en mourir...

Il riait maintenant de ses frayeurs passées et m'embrassais avec rage :

— J'ai une belle jument pour toi, poursuivait-il. C'est la plus belle : noire comme l'ébène et fougueuse comme un taureau... Si tu voyais le troupeau ! Tu le verras bientôt, d'ailleurs... Ce sont les plus beaux taureaux que nous ayons jamais eus à « La Parra »... Lors de la dernière *tienta*, j'éclatais de fierté. Ils chargeaient bravement. Ils fixaient les cavaliers droit dans les yeux et fonçaient comme l'orage...

La mer était calme... Pas une vague. Nous restions assis sur le pont. Des oiseaux marins tournoyaient autour du bateau.

Mon père revenait sans cesse sur « La Parra ». Je brûlais du désir de revoir cette terre qui m'avait vue naître. J'oubliais déjà le cauchemar de ces neuf mois d'humiliation et de misère. Que m'importait maintenant Tara puisque au bout de ma route il y avait « La Parra », ses bêtes et ses visages familiers ? Je reprenais goût à la vie ; je respirais avidement, emplissant mes poumons de cet air chargé d'iode. Je me disais que j'étais enfin libre. Je me répétais ce mot dix et cent fois, avec une volupté secrète :

1. Épreuve qu'on fait subir aux jeunes taureaux pour juger de leur bravoure *(N:d.A.)*.

« Libre ! Libre ! » Certes Tara vivait. Mais pour nous, elle faisait partie d'un passé que nous désirions oublier au plus vite. La longue nuit de mon enfance touchait à sa fin ; elle débouchait sur une aurore empourprée : « La Parra »...

Nous passâmes encore trois jours à Madrid. Mon père m'entraînait dans des magasins de luxe où il me contraignait à acheter des toilettes que je ne devais jamais porter. Le soir nous dînions au restaurant et son regard brûlant déchiffrait mon visage. De temps à autre il soupirait, me prenait la main et me disait :

— Je n'ose pas y croire, ma petite... Il me semble parfois que tout ceci n'est qu'un rêve et que je vais bientôt me réveiller et me retrouver seul... Que tu es belle !...

Un jour il murmura d'une voix mélancolique :

— Tu lui ressembles... Elle avait tes yeux et ton teint lorsque je l'ai connue...

Je ne relevai pas sa remarque. Elle m'étonna tout simplement. Comment aurais-je pu me douter qu'il aimait encore cette femme et que c'est son visage qu'il entrevoyait, la nuit, dans ses rêves ?

Nous évitions de parler d'elle. Souvent son nom nous brûlait les lèvres. Nous disions « elle » comme s'il ne pouvait y avoir, de par le monde, qu'une seule femme digne qu'on en parlât. Nous en parlions à l'imparfait comme s'il se fût agi d'une morte. Cela devint une habitude entre nous.

Mon père s'était toujours montré très réservé. Il détestait les épanchements, car il redoutait la pitié. Ayant compris que je n'aurais pas l'indécence de le plaindre, il se montra plus loquace. C'est au cours de ce voyage qu'il me livra la plupart de ces souvenirs que je t'ai retracés. Je pus mesurer alors la force et la violence de son amour. Il portait, au plus secret de son être, une blessure que rien ne pourrait cicatriser. En parlant d'*elle*, son visage se voilait de mélancolie et son regard luisait de larmes refoulées. Il n'était pas encore parvenu à comprendre. Avec une

obstination farouche, il brossait des portraits contradictoires de cette femme comme s'il avait pu, en refusant la
réalité, remodeler son propre destin. Elle le blessait
encore.

C'est de préférence le soir qu'il me faisait ses confidences. Nous habitions, au Ritz, deux chambres communi-
cantes. Avant de nous coucher, je restais un long moment
avec lui.

Nous éteignions toutes les lumières à l'exception d'une
lampe basse qui éclairait faiblement la chambre. Mon père
laissait la fenêtre ouverte. J'aspirais, en l'écoutant parler,
ces odeurs indéfinissables qui sont celles de Madrid : le
goudron, l'essence brûlée, le thym et la marjolaine de la
toute proche campagne... Je m'étais éprise de cette ville.
J'aimais à la contempler de la Casa del Campo, le soir,
alors que le soleil couchant pose sur ses façades roses des
lueurs d'incendie.

Madrid était alors une ville faite pour le plaisir et pour le
luxe. Dans ses artères larges et ombragées, des terrasses
de café réunissaient une foule apparemment oisive, dont la
seule activité semblait être la conversation. La capitale de
l'Espagne n'avait rien d'une métropole bruyante et inhumaine. C'était une ville aérée, ouverte sur la campagne et
la montagne environnantes, tout emplie d'odeurs, avec
encore des quartiers paisibles qui conservaient des allures
provinciales. L'été, les Madrilènes s'asseyaient dès le
crépuscule sur le pas de leurs portes. De Madrid émanait
un charme secret et mélancolique, fait d'une seigneuriale
distinction et d'une douce intimité.

Mon père, de sa voix aux inflexions graves et profondes,
évoquait ses souvenirs. Il me parlait de ce jour où dans une
réunion mondaine, à Londres, il avait aperçu ma mère
pour la première fois.

— Aussitôt je l'ai aimée, ma petite... Tu ne peux savoir
ce qu'elle était alors. Il n'y a pas assez de mots pour te la
décrire... Je crois que je serais devenu fou si je ne l'avais
pas revue. Mes amis essayaient de me raisonner. Rien à
faire. J'aimais comme on aimait jadis : totalement, farouchement...

Il souriait, buvait une gorgée, esquissait un geste comme pour chasser une pensée mélancolique et enchaînait :

— Elle n'était pas mauvaise. Je crois qu'elle était malade. C'est cela. Il n'y a pas d'autre explication... Tu étais trop petite et tu ne peux pas te souvenir de ce qu'a été notre vie à « La Parra »...

Il poussait un soupir, comme un homme qui, dans ses rêves, se débat contre un fantôme :

— C'est fini, concluait-il avec mélancolie. Elle aura gâché toute ma vie. Elle l'aura brisée...

Ses mains se crispaient et se refermaient sur le vide.

— Quel effroyable gâchis, ma petite !... Si nous disions à des gens raisonnables ce que nous avons supporté, ils nous riraient au nez... Et d'ailleurs — chose étrange ! — je ne regrette rien. Ni de l'avoir connue ni de l'avoir aimée. C'était un être exceptionnel, vois-tu ! Une sorte de monstre. Mais il n'y a guère que les monstres qui méritent réellement qu'on les aime.

Je regardais mon père avec tristesse. Se pouvait-il qu'il en fût encore à vouloir justifier Tara ? J'étais trop jeune pour comprendre qu'il cherchait surtout à préserver ses souvenirs. Car que deviendrions-nous si nous n'avions même plus cela pour nous consoler : nos souvenirs ?...

Un soir, la veille de notre départ pour « La Parra », il m'avoua :

— Ce qui serait affreux, c'est qu'elle ne m'ait jamais aimé. Tout mon passé s'écroulerait d'un coup. Il n'aurait plus aucun sens...

Et, sur un ton plus doux :

— Pour nous, elle est morte, ma petite. Car il vaut mieux ne pas la suivre jusqu'au bout. Elle descendra de plus en plus bas. C'est sa nature. Elle n'a jamais rien fait à demi...

Nous quittâmes enfin Madrid pour « La Parra » par le train du soir. Le paysage plat et denudé de la Mancha défila sous nos yeux. Je n'y tenais plus d'impatience. Il me semblait que le train n'avançait pas.

Toute la nuit je la passai assise sur la couchette du wagon-lit. Je ne voulais pas m'endormir afin d'apercevoir les gorges et les défilés de Despañaperros [1].

Minuit. La lune éclairait les rochers gigantesques. Le train siffla. Son allure s'accéléra. Il dévalait à toute vitesse les dernières fortifications de la Sierra. Je ne pus plus tenir et ouvris la fenêtre de mon compartiment. L'air avait déjà cette impalpable légèreté du ciel d'Andalousie. Je serrais les poings, pleurais intérieurement de bonheur et me disais : « C'est ma terre... ma terre. » J'aurais voulu l'embrasser, l'étreindre contre ma poitrine, lui dire et lui répéter quelle immense et farouche passion je lui vouais.

Et soudain je demeurai comme pétrifiée. A perte de vue la forêt d'oliviers de Ubeda et de Baeza s'étendait devant moi. Les coteaux oscillaient et ondoyaient comme des moissons secouées par le vent. Les arbres scintillaient. La lune arrachait à leur feuillage des lueurs argentées. L'air sentait la terre humaine, familière, fraîchement labourée ; cette odeur vous prenait à la gorge. L'herbe, détrempée par la rosée, exhalait son parfum timide. Chacune de ces odeurs, chacun de ces arbres, m'arrachait des frissons de bonheur et de volupté...

Juan, mon doux et tendre ami, je sais que tu n'as jamais vu cette terre avec les yeux de l'amour et que mon exaltation doit te paraître ridicule. Mais, je te le jure, s'il est une chose au monde pour laquelle j'aurais, le cœur léger, accepté de donner ma vie, c'est bien pour cette campagne grasse, pleine de la gravité de l'âge, lourde de la sueur et des larmes des hommes qui, depuis des millénaires, la labourent et l'ensemencent, avec, au plus profond de leur cœur, une douce et virile tendresse ; c'est sur elle que je souhaiterais mourir en la tenant embrassée. Cette terre vit, Juan. Elle vit aussi sûrement que je vis. Peut-être même pleure-t-elle ? Qu'est sinon ce frisson qui la secoue quand la nuit succède à la journée torride ? Elle pleure et rit. C'est au printemps qu'elle rit, alors que

---

1. Despañaperros. Ce défilé marque la frontière entre la Nouvelle-Castille et l'Andalousie *(N.d.A.)*.

l'herbe nouvelle la pare d'un tapis de fleurs et que l'air
s'emplit de nuages d'insectes qui dansent au son d'une
musique qui nous échappe. En automne, elle sourit avec
mélancolie. La lumière se voile d'or et la terre, malade,
entre dans une douce agonie. Chaque saison a sa couleur
et son odeur, comme chaque âge a les siennes. Nous ne
sommes pas différents de la terre ; nous en sommes issus ;
nous y retournerons et c'est elle qui nous ensevelira. Je
suis d'ici, Juan, et de nulle part ailleurs. Ce silence pesant
que tu entends du fond de ton lit est celui-là même de mon
âme ; et cette angoisse qui l'étreint est celle-là même qui
m'habite. C'est le silence et l'angoisse d'une passion trop
longtemps contenue et qui, soudainement, se donne libre
cours. Alors l'orage grondera ; les oliviers plieront sous le
vent ; la terre gémira et les eaux du Guadalquivir rouleront
sombrement au creux de la vallée, entraînant sur leur
passage des troncs d'arbres et de rochers. Il fera nuit en
plein jour. La haine du ciel foudroiera la campagne,
comme ma propre haine, depuis six semaines, s'acharne à
te détruire. Car tu ne supporteras pas d'aller jusqu'au
bout, Juan, et moi je ne puis revenir en arrière. Je veux
que tu meures en sachant à quoi je t'ai sacrifié. Cela seul
m'importe maintenant : que tu comprennes...

IV

Je t'ai longuement parlé de ce que furent les deux
années qui suivirent mon retour à « La Parra » : un
bonheur, que rien ne venait troubler. Nous menions, mon
père et moi, une vie retirée du monde. Nous passions nos
journées à chevaucher à travers la campagne, et le soir
demeurions assis dans le patio, dont le jet d'eau mesurait
calmement les heures. Nous ne parlions plus de ma mère.
Tous respectaient notre silence. Même Angustias, pourtant bavarde à ses heures, évitait d'aborder ce sujet.

Mon père avait retrouvé le bonheur. Il était ce cavalier

sombre et grave, au regard d'un noir profond, dont je t'ai déjà parlé. Il ne se passait d'ailleurs rien dans notre vie. Le bonheur est plus difficile à décrire que le malheur, car on ne sait jamais de quoi le bonheur est fait, tandis que l'on sait toujours ce qui provoque le malheur.

Notre seule distraction était la visite de Ruiz, tous les soirs. Il s'asseyait dans le patio, près de nous, et, confortablement installé, se laissait aller à boire et à vagabonder dans la mer de ses souvenirs. Il avait vieilli ; son dos s'était voûté ; son visage s'était ridé et parcheminé. Mais il conservait moralement la fraîcheur et la spontanéité de ses vingt ans. J'aimais l'entendre parler et le voir sourire, en clignant des yeux pour mieux saisir la nuance des reflets que la lumière arrachait à son verre.

Deux années s'écoulèrent ainsi. Le souvenir de Tara s'estompait. Je fus malade ; je guéris. Mon père me conduisit à Séville pour la Feria et dans un *carmen* de Grenade, parmi les bosquets de jasmin, j'offris à Joselito ce qu'il me restait de virginité : celle de mon corps. J'étais du coup devenue une vraie femme. Cela ne changea rien à ma vie. Pourquoi aurais-je quitté « La Parra » puisque j'y étais heureuse ? Une secrète inquiétude se faisait pourtant jour en moi.

Je regardais les journaliers qui travaillaient à « La Parra ». Parmi eux, il en était de très jeunes. Leurs corps, couverts de haillons, avaient la splendeur de certaines sculptures de l'antique Athènes. Je voyais leurs peaux hâlées par le soleil, leurs membres longs et souples... Cela me procurait un frisson de plaisir. J'aimais leur beauté. Elle m'effrayait et m'attirait en même temps. Et la vieille peur revenait qui raidissait mes membres. « Serais-je comme elle ? » me demandais-je. Cette pensée tournait à l'obsession. Je n'osais plus sortir de peur de croiser l'un de ces démons à tête d'archange.

Peu de temps après notre retour de Séville, mon père dut s'absenter pendant trois semaines. Je demeurai seule à « La Parra ». Je m'étais promis de ne quitter la maison qu'escortée de Pablo, afin de ne pas succomber à la tentation. Je ne concevais aucun remords de ma nuit passée avec Joselito. Mais je redoutais de devenir l'esclave de la beauté et de ne plus pouvoir m'en passer. Le souvenir de ma mère et de ses amants me hantait. Je ne voulais surtout pas devenir pareille à elle. J'essayais naïvement de fuir mon destin, comme s'il suffisait de fermer les yeux sur certaines choses pour qu'elles cessent d'exister.

La maladie s'inscrit, hélas ! sur le visage. Le mien devait refléter le trouble qui m'habitait. Les hommes de « La Parra » se mirent à tourner autour de la maison, comme les chiens autour d'une chienne en rut. Ils venaient sous mille prétextes m'importuner ou me demander conseil. Ils me fixaient de leurs prunelles de feu. Certains arboraient un sourire cynique qui me révoltait. Quel droit avaient-ils de chercher à profiter de ma détresse ?

Pablo avait un fils de vingt-trois ans, qui travaillait aux écuries. Il s'appelait Sérafin. Souvent, malgré moi, je le regardais comme il traversait la maison pour se rendre aux cuisines. C'était un grand garçon, solidement bâti. Ses cheveux noirs et bouclés lui faisaient une épaisse crinière. Les traits de son visage avaient la dureté de la roche. Tout son corps semblait d'ailleurs taillé dans un granit sombre. Il avait un nez court et aplati au bout, des lèvres épaisses, des yeux noirs et profonds comme un puits. Il ne me regardait jamais. Cela d'abord m'étonna ; puis cela me vexa. Je commençai, par jeu, à essayer d'attirer son attention. Lui persistait à me voir à peine. Parfois il me dévisageait d'un air calme comme pour dire : « Qu'avez-vous à tant vous agiter ? » Son indifférence me blessait. N'étais-je pas la fille du maître ? J'allais sous mille prétextes rôder autour des écuries. Pour laver les chevaux, Sérafin ôtait sa chemise. La sueur ruisselait sur son buste large, fortement sculpté. On aurait dit qu'à force de vivre avec les bêtes, il avait fini par en adopter le mutisme et la farouche indépendance. J'étais blessée dans mon amour-propre de ce qu'il ne me complimentât jamais.

C'était un après-midi du mois de juin. La *calina* voilait le ciel et noyait la campagne. Pas un souffle d'air. Le soleil brûlait la terre ; les plantes, assoiffées, s'aplatissaient. Les bêtes somnolaient à l'ombre des oliviers. Une brume très dense flottait au-dessus du Guadalquivir. Le fleuve semblait fumer. Les clochers de Cordoue se noyaient dans ce brouillard doré. Pas un bruit. La maison semblait déserte. Une pénombre torride régnait à l'intérieur de ses murs surchauffés par le soleil. On se sentait comme dans un four. Parfois l'air bougeait et vous envoyait au visage son haleine brûlante.

Angustias et les autres femmes dormaient dans la cuisine. Le jet d'eau égrenait une plainte très douce. C'était une de ces journées, tant redoutées des Cordouans, où toute la force du soleil semble se concentrer dans la vallée. Je ne parvenais pas à faire la sieste. Les draps collaient à ma peau. J'avais fait couler un bain d'eau tiède où j'allais, de temps à autre, me tremper.

Je m'accoudais un instant à la fenêtre. Sérafin, en plein soleil, un chapeau enfoncé jusqu'aux yeux, étrillait une jument. De temps à autre il l'arrosait d'un seau d'eau ; la bête s'ébrouait. Ils formaient, dans cette lumière aveuglante, un couple dont on devinait la secrète entente. Lui, baigné de sueur, noirci par le soleil, avait l'air d'un de ces guerriers maures comme il devait y en avoir, en ce même lieu, au temps du Khalifat. Il semblait ne se soucier ni du soleil ni de la chaleur. De temps à autre il allait jusqu'au robinet, emplissait d'eau son seau et, avec un rire, l'envoyait sur le dos de la jument qui hennissait de satisfaction. Je restai un long moment à contempler leur jeu, puis mis une robe et descendis.

Sérafin me vit venir sans faire un mouvement. Le soleil m'aveuglait. Je ne voyais que ce buste et ce visage.

— Tu dois avoir chaud à travailler par ce temps ?

Il me fixa comme s'il ne comprenait pas très bien mon propos et répondit :

— Je ne travaille pas...

Je rougis bêtement. Cette réponse n'était-elle pas impertinente ?

— Tu ne m'aimes pas beaucoup, hein ?

Il s'arrêta, me dévisagea longuement, puis :

— Qui vous a dit cela ?

— Personne. Seulement, chaque fois que je viens, tu as l'air mécontent.

— Pourquoi serais-je mécontent ? Vous pouvez aller où bon vous semble puisque vous êtes chez vous...

J'hésitai. Sérafin alla remplir son seau et, d'un ton bref, me dit :

— Écartez-vous, je vais arroser *la Niña*...

Au lieu d'obtempérer, j'éclatai de rire et m'approchai plus encore de la jument. Alors, sans un mot, il lança la douche et tourna les talons. J'étais trempée et humiliée. J'aurais voulu le punir mais ne le pouvais pas, car il était le fils de Pablo. Je demeurai donc confuse et tout emplie de colère.

— Tu n'es pas très galant avec les dames...

Je dis cela avec rage. Sérafin me détailla d'un regard averti et grommela :

— Vous n'êtes pas encore une femme...

— Ah ! tu crois ça ?

Son regard se fit plus insistant. Il avait le soleil dans les yeux, ce qui l'obligeait à les cligner. Il y eut un long silence, au bout duquel il me demanda à brûle-pourpoint :

— Qu'est-ce que vous voulez, au juste ?

Je dus ravaler ma colère et, d'un ton détaché :

— Moi ?... Rien. J'ai de la sympathie pour toi et j'aime les chevaux.

— Toi, aimer les chevaux ?... Ha, ha, ha !

Son rire secouait sa poitrine robuste et faisait trembler les muscles de ses bras. Il venait de me tutoyer pour la première fois.

— Pourquoi ris-tu ?

— Sais-tu seulement ce que mange un cheval ?

— De l'avoine...

— Ouais. Et quand il n'y a pas d'avoine ?

Je le fixai méchamment. Son impertinence m'énervait. J'aurais voulu le gifler, car je sentais qu'il cherchait à me provoquer. Alors je m'approchai de lui et tendis une main tremblante. Du bout des doigts, j'effleurai sa peau et dis avec hésitation :

— Tu es fort...

Le temps semblait suspendu. Rien ne bougea. Je sentais son regard s'appesantir sur moi. J'entendais, au milieu de ce silence de mort, sa respiration haletante.

— Tu ne veux pas me montrer le poulain de *la Niña*?

Il ne dit rien. Je me dirigeai vers les écuries. Il m'y suivit. Son visage était empreint d'une gravité soudaine. Il ne me quittait pas des yeux, épiant le moindre de mes mouvements.

Une chaleur suffocante régnait à l'intérieur des écuries. Il y faisait noir. Cela sentait la paille et le foin. Sérafin se tenait immobile, adossé contre une poutre qui en soutenait d'autres. J'allai doucement vers lui, essayant de cacher le trouble qui m'envahissait. Il se taisait et me regardait venir, avec, au fond des yeux, une lueur ironique. J'eus très nettement l'impression qu'il me méprisait. Mais que m'importait son mépris? C'était ce corps que je voulais toucher et dont la vue me faisait mal. Je n'en pouvais plus de le voir passer et repasser sans me regarder.

Je posai mes mains sur sa poitrine, frôlai ses épaules, dessinai le contour de son buste. Sérafin ne bougeait toujours pas; il demeurait là, raide, silencieux. Alors je fus prise d'une véritable crise de démence et me mis à l'injurier.

Il sembla qu'il n'attendît que cela pour me prendre dans ses bras. Je crus étouffer. Il me serrait comme s'il voulait me broyer. Il ne prononça pas un mot. Je n'entendais que son souffle de plus en plus rauque. Ses caresses m'arrachaient des frissons. Ce n'était pas de l'amour mais un combat. Nous nous mordions, griffions, roulions dans la paille...

Une heure après je quittai les écuries au bord des larmes...

Angustias m'attendait devant la porte de ma chambre. Elle vit mon visage défait, ruisselant de larmes, ma robe chiffonnée, déchirée par endroits et sur laquelle des brins de paille demeuraient accrochés... Elle me toisa avec dédain.

— D'où viens-tu ?...

Je la bravai du regard. Un instant, nous fûmes dressées l'une contre l'autre.

— De l'écurie...

Angustias rapprocha son visage du mien.

— *Desgraciada*[1] ! grommela-t-elle. Si ton père savait !...

— Je l'aime !

— Non, tu ne l'aimes pas. Tu es une femelle et tu n'as pas pu résister à l'envie d'aller tourner autour de lui. Je t'ai observée tous ces jours-ci. Je t'ai vue le poursuivre et le relancer... Tu as ça dans le sang, malheureuse !... Tu es maudite, comme l'autre !... Tu vas apporter le malheur dans cette maison. Je l'ai toujours senti...

— Non, je ne suis pas comme elle !... Pas comme elle !...

Je sanglotais ; je trépignais de rage et de honte. Mais Angustias ne me lâchait pas.

— Regarde-toi, malheureuse !... Mais regarde-toi donc !...

Elle me traînait devant une armoire à glace qui me renvoyait l'image de mon humiliation. J'aurais voulu mourir ou la tuer. J'étouffais.

— Tu es comme elle, poursuivait Angustias. Tous ces jours-ci, tu avais *son* même regard. Tu devenais folle comme elle quand elle voulait quelqu'un. Elle ne pouvait se dominer. Elle aurait tué — tu m'entends ? —, elle aurait tué pour aller rejoindre l'homme... Car c'est cela qui t'attire : l'homme !... Pas l'amour, non, mais l'odeur et la sueur de l'homme !...

— Laisse-moi !... Je te hais... Tu n'as pas le droit...

— Ici j'ai tous les droits, ma petite. Demande donc à ton père de me renvoyer. Tu aimerais bien, hein ? pouvoir te débarrasser de moi ?... Je te gêne parce que je vois clair en toi. Ça gênait l'autre aussi. Mais je n'ai pas peur de vous, ma petite... Fais ce que tu veux... Va te vautrer dans les étables au milieu des juments, si le cœur t'en dit. Ce

---

1. *Desgraciada* : malheureuse et coupable *(N.d.A.)*.

n'est pas moi qui t'en empêcherai... Mais prends garde,
Tara !... Prends garde !... Chacune de ces minutes, tu les
paieras de tes larmes. Tu verseras des larmes de sang, ma
petite. Car tu te faneras, tu deviendras vieille et ridée
comme je suis en train de le devenir, et tu courras encore
après l'homme. Mais il ne voudra plus de toi, Tara. Il te
rira au nez. Tu subiras le mépris accablant des hommes ; tu
ne seras plus qu'une épave... Comme l'autre... Tu finiras
comme l'autre...

Je ne voulais plus rien entendre. Je criais, appelais au
secours. Angustias m'obligeait à rester, ses yeux flam-
boyants dans les miens.

— Prends garde ! répétait-elle. Prends garde. Tara !...
Ton père n'a déjà que trop souffert. Si à ton tour tu lui
faisais du mal, je saurais me venger... Je te jure sur le Très
Saint Christ des Réverbères[1] qu'aussi loin que tu ailles je
saurais te retrouver... Et maintenant, va te laver. Ote de
ton corps toute cette boue. Tu pues l'homme !...

Je me crus malade. Oui, j'étais malade. Je souhaitai
soudain me coucher comme je le faisais, dans mon
enfance, lorsque quelque chose me contrariait.

Angustias ne m'en laissa pas le temps. Elle déchira
rageusement ma robe et je me trouvai toute nue devant
elle.

— Malade ?... Je la connais, moi, ta maladie. Des
malades comme toi, ça se soigne au fouet, ma petite...
Comme les juments rebelles : au fouet... Lave-toi et
descends. Je veux que toute la maison sache que tu n'as
pas honte de toi. Il ne te reste plus que cela à défendre : ta
dignité. L'*autre* savait la conserver. Fais comme elle.
Abaisse-toi devant toi-même et devant tes amants mais,
du moins, n'excite pas le mépris des étrangers. Ce serait
trop triste et trop bête. Allez !... Va !

Elle se rapprocha encore de moi et, d'une voix sifflante,
ajouta :

— Tout à l'heure, tu iras chez Pablo. Sérafin sera là. Tu
le toiseras. Tu m'entends ?... Tu vas aller chez lui et tu le

1. *El Cristo de los Faroles* : qu'on vénère à Cordoue *(N.d.A.)*.

toiseras de haut, pour qu'il comprenne qu'ici, c'est toi la
maîtresse.

J'obéis. Je mis ma plus belle robe et me rendis chez
Pablo. Il vint me saluer. Son fils restait assis, son chapeau
enfoncé sur le crâne. Je le fixai avec hauteur. Pablo
comprit mon regard et se tournant vers Sérafin :

— On se lève et on se découvre devant une demoiselle !

Sérafin pâlit et rougit. Il ôta son chapeau. Nos regards
se rencontrèrent. Le mien était lourd de mépris. Le sien
redevenait humble. Angustias avait raison.

V

Mon père revint. J'allai l'accueillir à Cordoue et redou-
blai de tendresse envers lui. Je craignais qu'il ne devinât ce
qui s'était passé pendant son absence. Je n'avais pas peur
de lui, mais je l'aimais et, pour rien au monde, je n'aurais
voulu qu'il souffrît.

Il ne se douta de rien. Il semblait préoccupé. Cela
m'intrigua. Le soir même j'en connus la raison : il avait
eu, à Madrid, une longue conversation avec ma mère, qui
lui avait écrit trois jours auparavant. Elle manquait
d'argent, avait fait de nombreuses dettes et l'appelait à son
secours. Il avait répondu à cet appel et était sorti
bouleversé de cette entrevue. J'avais trop souvent éprouvé
moi-même ce malaise pour ne pas le comprendre.

Ruiz vint passer la soirée avec nous. Il arriva déjà ivre,
car il avait fait le tour des bars de Cordoue. Il appelait cela
« faire le tour du monde en quatre-vingts *tascas*[1] ». Il était
d'excellente humeur parce qu'il avait rencontré, dans l'une
de ces *tascas,* une ancienne chanteuse de la Scala qui lui
avait chanté l'air célèbre d'*Aïda, Addio terra...*

— Mes enfants, nous dit-il, il n'y a rien de tel que de
boire en écoutant du Verdi. C'est prodigieux, ce que cela

---

1. *Tasca :* bistrots mal famés *(N.d.A.).*

peut aider. D'ailleurs je soupçonne Verdi de n'avoir écrit que pour les ivrognes. La preuve ? Dès qu'on n'est pas saoul sa musique devient inécoutable...

Pourquoi te parler de Ruiz ? Tu l'as connu. Tu l'as jugé comme tu juges tous ceux que tu approches, du haut de ta médiocrité. Tu aimais à dire que c'était un homme qui ne ferait jamais rien de bon. Sans doute as-tu raison. Ruiz ne faisait rien. Il avait, en un certain sens, gâché sa vie.

— A quoi lui servent tous ses dons puisque aussi bien il n'en fait rien ? me demandais-tu avec mépris.

Je ne répondais pas. C'eût été trop difficile. Je me taisais parce que je savais. Les gens qui savent parlent peu. Même aujourd'hui, il me paraît difficile de t'expliquer les raisons profondes que j'avais d'aimer cet homme.

Ruiz était mieux que bon : essentiellement humain. Il comprenait tout et ne s'indignait de rien. Il avait long-temps, et en dix pays différents, observé les hommes et en avait tiré une philosophie aimable, teintée de cynisme. Il professait à l'égard des idées une méfiance d'autant plus justifiée qu'il s'était intéressé à beaucoup de systèmes. Mais il était rebelle à l'illusion. Les discours l'effrayaient. La politique et la religion l'ennuyaient. C'était un homme « fatigué ». Je ne sais si tu comprends ce que je veux dire par là. Il était le produit d'une très vieille race et d'une très ancienne civilisation. Comme l'Europe, sa patrie, il se sentait las. Il aimait encore cependant la vie avec passion ; tout éveillait sa curiosité. Mais l'idée ne lui serait jamais venue de transformer le monde ou de le corriger. Les révolutionnaires le faisaient sourire. Les fanatiques lui donnaient la nausée. Il détestait, par-dessus tout, cette race des professeurs qu'il traitait de « cuistres ». On pourrait penser que Ruiz était un libéral intelligent. Ce mot l'aurait mis en colère. Car il haïssait le libéralisme, bien que sa culture lui interdît de rejeter une partie, si minime fût-elle, de l'héritage commun. Son rêve eût été, me semble-t-il, de vivre à Florence, sous les Médicis. Encore n'est-ce pas sûr. Car il ne se laissait pas enfermer dans une définition. Il m'apparaît qu'il ne croyait qu'à une chose : l'amitié. Il la cultivait avec amour. Il savait, à l'égard de ses amis, faire preuve d'une délicatesse presque féminine, surgissant ou disparaissant juste au moment où il le fallait. Cela finissait par paraître naturel. On ne s'étonnait même plus de le trouver là, quand on avait besoin de lui, et de l'entendre dire les mots qu'on en attendait.

J'étais habituée à sa présence depuis ma plus tendre enfance. Je n'avais jamais prêté attention à lui. Je l'aimais, certes, mais comme on aime un objet familier, il faisait pour moi partie de la maison. Je ne sais ce que je pensais de lui. Je crois que je le jugeais sévèrement. N'était-il pas un peu ivrogne ? Souvent, ses sarcasmes me blessaient. Il se moquait de tout, à commencer de lui-même. Cela ne me paraissait pas sérieux. J'étais à l'âge où l'on juge les gens d'après leur mine. Or Ruiz souriait sans cesse et son sourire, détaché de tout, me semblait le comble de la frivolité.

A mon retour de Séville, je commençai à m'intéresser à lui. Je devenais une femme et pouvais mieux comprendre ce caractère altier et désinvolte. Aussi prenions-nous l'habitude de bavarder ensemble. J'aimais ces instants de détente où Ruiz et moi demeurions seuls.

Un soir du mois d'août, il faisait une chaleur suffocante. Pas un souffle d'air. « La Parra » se taisait. Même les grillons avaient cessé de chanter.

Mon père était monté se coucher. Ruiz était resté dans le patio, assis dans son fauteuil, un verre entre les mains. Une bouteille était posée par terre. C'était la pleine lune ; sa lumière blafarde éclairait le visage parcheminé de Ruiz. « Un visage de vieux Chinois rusé », disait mon père.

Il tourna la tête vers moi. Je revois encore son visage illuminé par la lumière de la lune. Je crus qu'il allait pleurer. Mais Ruiz ne pleurait jamais. Il était fatigué, tout simplement. Fatigué de tout : de vivre, de vieillir, et

d'attendre la mort. Quel âge avait-il ? Cinquante ans ?
Quarante-cinq ? Il avait toujours eu ce visage grave et
ridé.

— Regarde-moi, ma petite... Tu crois me connaître ;
ton père aussi pense me connaître. Savez-vous seulement
ce que je suis, qui je suis ?... Non. D'ailleurs, qu'importe ?... On peut aimer un homme sans rien savoir de lui
et je sais que ton père m'aime...

Il garda un instant le silence avant de poursuivre sur un
ton monocorde :

— J'étais médecin. Je le suis toujours d'ailleurs. Mais je
n'exerce plus... Pourquoi ?... Ce serait difficile à expliquer. Mettons que j'aie eu peur. Peur de mourir sans avoir
épuisé le monde. Alors, je me suis embarqué sur un cargo
qui partait pour le Brésil. Vous croyez que l'aventure me
tentait ?... Erreur !... Ce n'était pas l'aventure, mais les
hommes...

Il prit un nouveau temps, plus long que les précédents,
but une gorgée et continua :

— J'ai eu la passion des hommes, ma petite. J'ai voulu
les voir vivre sous toutes les latitudes et j'y ai réussi.
Maintenant je me demande si cela valait la peine d'aller si
loin pour retrouver partout les mêmes types. Des gros, des
minces, des sentimentaux et des cyniques... Il n'y a rien de
plus ennuyeux que les hommes. Ni rien de plus exaltant.
Ce sont d'étranges animaux. On ne se lasse pas de les
observer. Ils veulent toujours ce qu'ils n'ont pas...

J'entendais ces confidences avec un profond étonnement. Je découvrais en Ruiz un inconnu.

— Tu es médecin ? demandai-je incrédule.

— Parfaitement !... J'ai soigné des marquises hystéri-
ques et des Américains complexés. Et je me suis même
lassé de soigner les autres. A présent, c'est moi que je
soigne...

Il rit nerveusement. Son rire me fit mal. Il but encore
avant de reprendre :

— Je t'aime beaucoup, ma petite Tara. Je n'ai jamais
autant regretté d'être une loque que depuis que je te vois
grandir. Il me semble que j'aurais fait pour toi un mari très

convenable. Car je t'aurais comprise... C'est cela, ma maladie : trop comprendre les gens... On ne devrait jamais comprendre. Il faudrait avoir le courage de juger, de condamner... Mais je manque de courage.

Je restai interloquée. Se pouvait-il que Ruiz m'aimât ? Je pris l'une de ses mains :

— Je t'aime aussi, Ruiz... Je voudrais tellement devenir meilleure !

— Meilleure ?... Pour quoi faire ?... Cela ne sert à rien, la bonté. D'ailleurs c'est toujours ennuyeux et je déteste l'ennui. Non, Tara, ce que j'aime en toi c'est ta force et ta faiblesse. Tu es virilement faible. Tu tiens de « La Parra » tout ton courage et de ton corps toute ta faiblesse.

Je restai un long moment silencieuse et lui demandai, enfin, à brûle-pourpoint :

— Suis-je folle, Ruiz ?...

Il me regarda sans un mot. Puis son visage s'éclaira d'un sourire :

— Folle ? demanda-t-il. Qu'est-ce que cela veut dire ? Nous sommes tous fous, ma petite. Tu n'es pas à enfermer, si c'est ce que tu veux savoir. Tu es folle d'amour, folle de passion, folle de rage et de désespoir... Pour le reste...

Il haussa les épaules comme pour dire : « Cela m'est égal. »

— Touche mon front, Ruiz... Je brûle... J'ai la fièvre... Je crois en Dieu, Ruiz... J'y crois fermement, aveuglément... J'aime Dieu... Et pourtant...

— Et pourtant ?...

Il fixait sur moi un regard brûlant. J'hésitai.

— J'ai peur de me damner...

Il ne répondit pas. Nous restâmes silencieux. Le jet d'eau montait et descendait. Je regardais Ruiz avec étonnement. Je n'arrivais pas à comprendre comment un médecin en était arrivé là. Il buvait consciencieusement, le regard absent. La lumière de la lune jouait avec les fleurs du patio.

VI

Mon père vieillissait. Je ne m'en apercevais pas, parce que je le voyais chaque jour. Je remarquais, tout simplement, qu'il se sentait plus fatigué et qu'il restait plus volontiers à la maison. Ses cheveux grisonnaient. Il demeurait beau, mais d'une beauté plus mélancolique, comme celle de l'automne. Souvent il me disait en riant :

— Il faut te marier, ma petite. Je ne vivrai pas éternellement et je ne voudrais pas te laisser seule...

Je ne répondais pas. Me marier ? Cela me paraissait absurde. Je me savais malade.

Mon père fixait sur moi ses yeux noirs et profonds et ajoutait d'une voix douce :

— J'aimerais que tu épouses quelqu'un qui comprenne cette terre. « La Parra », vois-tu, devrait pouvoir me survivre. J'y ai mis toute ma passion de vivre... C'est... Cette terre est notre justification, Tara.

Je me taisais et contemplais l'étendue sans fin des coteaux plantés d'oliviers. Que pouvais-je répondre à mon père ? Il ne me voyait pas dans ma vérité. Il me croyait pure. Savait-il seulement combien je souffrais ? S'il l'avait appris, cela l'aurait tué. Car il voulait oublier ma mère et tout ce qui se rattachait à elle. Nous n'en parlions plus. Comment aurait-il pu deviner, cet homme généreux, que Tara revivait dans sa fille ?

Seule Angustias veillait ; elle avait toujours su que je deviendrais comme l'*autre*. Son regard s'appesantissait sur moi. J'évitais de la regarder à mon tour. Sa présence me gênait. Je me sentais épiée. Il n'est rien de plus douloureux que de sentir sur soi un regard qui vous perce à jour.

Je venais d'avoir dix-neuf ans et traversais une crise intérieure fort pénible. Jamais je ne m'étais sentie si seule et si démunie. Il me semblait que j'allais mourir. Je n'en

pouvais plus de dissimuler. Mon corps me faisait mal.
J'hésitais entre le ciel et l'enfer. C'est à cette époque-là
que je pris l'habitude de porter un cilice. Le soir je me
fouettais avec une ceinture de cuir fin, afin de réduire mon
corps au silence. J'aurais voulu l'anéantir... Chaque vendredi, je me rendais à Cordoue pour me confesser à un
vieux prêtre aux cheveux blancs.

C'était un homme d'une soixantaine d'années environ,
aux yeux bleus et au visage long, émacié. Un sourire
indulgent creusait ses joues. Il m'écoutait avec bienveil-
lance. Je voulais entrer au Carmel. Le souvenir de la fille
de Remedios hantait mes nuits. Je me disais naïvement
qu'au couvent je serais à l'abri. Je souhaitais échapper à
mon destin.

Padre Rey fixait sur moi ses prunelles d'un bleu lavé.

— Il ne faut pas forcer la nature, ma fille. Ce n'est pas
cela que Dieu attend de nous. Vous devez vous abandonner à Lui...

J'aurais aimé partager la confiance de mon confesseur.
Mais je pressentais que Dieu ne répond pas toujours à nos
appels. Je me faisais peur. Il y avait en moi une force qui
m'effrayait. Je le disais à Padre Rey qui souriait avec
bonté et répondait d'une voix chuchotante :

— Vous vous écoutez trop, ma fille. Vous n'êtes
attentive qu'à vous-même. Il y a dix commandements,
voyez-vous, et c'est toujours du même que vous m'entrete-
nez. Il ne faut pas tomber dans l'obsession des sens... C'est
un péché parmi les autres. Mais n'oubliez pas que c'est
l'orgueil qui a précipité la chute de Lucifer. L'orgueil et
non la concupiscence...

Je repartais vers « La Parra » aussi seule que je l'avais
quittée. Padre Rey ne voyait pas le danger. Je priais le
Seigneur de me préserver du Mal. Mais avais-je le droit
d'exiger cela ?

L'été arriva. Mon père tomba pour la première fois
malade.

Un mercredi, alors qu'il galopait avec Pablo le long du Guadalquivir, il glissa de sa selle et tomba. Le cheval le traîna pendant plus de deux cents mètres. On le rapporta sur une civière. Il respirait à peine. Son visage était pâle comme un ciel d'hiver. Plus blanc que la neige. Deux cernes mauves entouraient ses yeux.

J'accourus affolée et crus qu'il allait mourir. Je sanglotais, trépignais. L'idée de le perdre m'était insupportable. Que deviendrais-je sans lui? Angustias me calmait :

— Doucement, ma petite fille!... Là! ne pleure plus! Il ne mourra pas. C'est une crise cardiaque. Il lui faudra du repos mais il s'en sortira... Allons!

Elle me parlait comme à une enfant, caressait mes cheveux et, blottie contre sa poitrine, je retrouvais l'odeur de mon enfance.

— Je suis méchante, Angustias... Je porte le mal en moi.

— Mais non, mon ange!... Tu es faible, ce n'est pas la même chose. Les méchants ne pleurent pas. Toi, tu pleures.

— Tu m'aimes encore, Angustias?

Elle soulevait mon menton, me regardait dans les yeux et disait de sa voix cassée :

— Que tu es bête, Seigneur! Comment ne t'aimerais-je pas? Je t'ai toujours aimée... Tu es... Oh! ma fille, tu es toute ma vie!

Je passai toute la nuit à veiller mon père.

Je m'étais installée au chevet de son lit et, au milieu de la nuit, m'aperçus que les rôles étaient inversés. C'est moi maintenant qui veillais mon père. Cette idée m'effraya.

Vers minuit Ruiz arriva, pâle et défait. J'avais envoyé Pablo le chercher. Il avait fini par le dénicher dans une *tasca* mal famée.

Ruiz entra, me regarda et s'excusa :

— Je ne pouvais pas deviner, murmura-t-il.

C'était la première fois qu'il s'excusait. Je lui souris avec tendresse et lui montrai mon père.

— J'aimerais que tu l'examines... Il faut que je sache...

Ruiz baissa la tête. Il hésita et finit par dire :

— Je ne sais pas si je peux...

— J'ai confiance en toi, Ruiz.

Son regard me transperça l'âme. Il exprimait une gratitude infinie. Je compris que, pour la première fois depuis de nombreuses années, quelqu'un faisait appel à lui et que cela le bouleversait. Il se dirigea vers le lavabo, se lava les mains et revint vers le lit. Mon père semblait dormir. Mais son souffle demeurait rauque. On aurait dit une locomotive escaladant la Sierra.

Ruiz l'examina longuement, puis me regarda :

— C'est grave, Tara...

— Il va mourir ?

J'entendais ma propre voix et la reconnaissais à peine. Je souffrais. Il me semblait absurde que mon père pût mourir. Ruiz me regardait avec tendresse.

— Non, il ne mourra pas, me dit-il enfin. Mais il est à la merci d'une nouvelle crise. Il faudrait qu'il se repose.

J'acquiesçai machinalement. Ruiz s'approcha de moi.

— Il faut te faire à l'idée de le perdre, Tara... Cela peut arriver soudainement...

Je ne bougeai pas. Une lassitude surhumaine m'envahissait. Soudain je murmurai d'une voix blanche :

— Ruiz ?...

— Oui ?...

— Je voudrais te demander un service...

Il y eut un silence.

— J'aimerais que tu restes auprès de nous pendant quelque temps pour soigner mon père...

Il regardait ses mains.

— Je n'exerce plus, Tara... Je suis un ivrogne...

— Mon père t'aime. Moi aussi. Je voudrais que ce soit toi qui le soignes... J'ai... J'ai vraiment besoin de ta présence.

Il dit avec un sourire :

— Si tu le veux vraiment !

Nous nous regardâmes. Je ne pus prononcer un mot. Des sanglots étouffés serraient ma gorge. Enfin j'ajoutai :

— Je sais que tu feras tout ton possible, Ruiz... Moi, j'ai besoin de toi... Je n'arrive pas... C'est absurde... Je n'ai jamais imaginé qu'il pourrait mourir... Pas lui... Je l'aime, Ruiz.

— Je sais, ma petite.

Maintenant je pleurais. Des larmes inondaient mon visage. Je ne pouvais les contenir.

— Ruiz... Non, je ne suis pas comme ma mère... J'aurais donné ma vie pour lui...

— Je sais cela aussi...

Je me révoltais contre le sort. « Pourquoi lui ? » Quelque chose se défaisait à l'intérieur de mon corps. Je claquais des dents. Ma tête me faisait mal. J'allai vers la fenêtre, contemplai les horizons de « La Parra ». Puis je repris :

— Veux-tu m'épouser, Ruiz ?

Il vint lentement vers moi, m'attira contre sa poitrine et, d'une voix très douce, murmura :

— Tu souffres, Tara, et tu dis n'importe quoi... Non, je ne peux pas t'épouser. Il est trop tard et tu ne m'aimes pas...

Je voulus protester. Il mit son index sur mes lèvres et poursuivit, en embrassant mes paupières :

— Je te jure, ma petite chérie, que j'aurais donné ma vie pour te connaître plus tôt. J'aurais essayé de te rendre heureuse. Peut-être y serais-je parvenu ? Mais, vois-tu, il ne faut pas se leurrer : tu m'aimes, certes, mais pas comme on doit aimer un homme... un mari... Je n'ai d'ailleurs plus rien d'un homme. Mais je resterai toujours auprès de toi. Tant que tu le voudras, je serai là. Sois-en sûre. Je ne te laisserai pas seule...

L'aube se leva. Mon père revint à lui, m'aperçut, parut surpris et demanda :

— Que s'est-il passé ?

Je m'efforçai de sourire.

— Rien de grave, papa. Tu as eu un malaise. Nous t'avons transporté dans ta chambre.

Il hocha la tête comme s'il approuvait. Puis il vit Ruiz et m'interrogea du regard :

— J'ai fait venir Ruiz, répondis-je. Il est médecin...

Le visage de mon père s'illumina.

— Sacré farceur ! murmura-t-il. Tu aurais pu le dire plus tôt...

Puis, avec angoisse :

— C'est grave ?

Ruiz s'approcha du lit. Les deux amis échangèrent un regard d'amour.

— Pas trop, non. Une crise cardiaque. Angine de poitrine, si tu préfères.

Mon père dévisageait son ami avec gravité comme pour se convaincre que celui-ci ne lui mentait pas.

— Cela peut recommencer ?

Ruiz haussa les épaules. Il semblait las.

— Cela dépend de toi, Manuel. Plus de cigares, pas d'alcool, du repos...

— La mort, quoi !

Ils sourirent ensemble, comme s'ils se comprenaient sans paroles.

— Nous ne boirons plus de vin, reprit Ruiz d'une voix enjouée.

C'est la première fois de ma vie où j'eus envie d'embrasser un homme sans arrière-pensée.

Mon père se rétablit assez vite. Il passait ses journées étendu sur une chaise longue dans le patio ou sur la terrasse. Je restais à ses côtés. Parfois je le laissais avec Ruiz pour aller m'occuper de « La Parra ».

J'étais devenue le maître du *cortijo* et devais veiller sur lui. Pablo m'aidait de ses conseils et de son expérience. Je m'en remettais à son jugement, qui était infaillible.

Mon père souriait, me demandait des nouvelles de « La Parra », s'inquiétait des taureaux et des chevaux.

— Ma fille, tu ne sauras jamais t'occuper toute seule de ces choses-là. Ici, il faudrait un homme...

Je souriais. Je rétorquais que j'avais toujours su gérer le *cortijo* et que cela m'amusait. Mon père hochait gravement la tête.

— Oui, oui... On dit cela. Mais bientôt ce sera l'automne et il faudra embaucher des journaliers pour la récolte de l'olive. Ce n'est pas le rôle d'une femme.

Je comprenais ses allusions et répondis un jour :

— Je me marierai, papa. Ne t'inquiète pas de cela. D'ailleurs, tu n'es pas mort que je sache.

— Presque, ma petite fille. Ruiz m'empêche de boire.

C'était vrai, Ruiz respectait sa parole. Il ne buvait plus une goutte d'alcool. A table il réclamait de l'eau, afin de ne pas tenter mon père. J'admirais cet homme. Je regrettais qu'il ne voulût pas m'épouser, mais je savais qu'il avait raison. Je ne l'aimais pas d'amour.

VII

Peu de temps après nous décidâmes de nous rendre au Pays basque dont le climat tempéré favoriserait la convalescence de mon père. Nous hésitâmes longtemps sur l'endroit où nous passerions ces vacances et finîmes, un peu au hasard, par choisir Zarauz. Je ne savais pas encore quelles conséquences ce choix allait avoir sur ma vie. Car le hasard n'est rien d'autre que le vouloir du Destin.

Nous quittâmes « La Parra » le 4 septembre de cette année 1931. Ce départ ressemblait à un exode. Jamais encore nous n'avions effectué un long séjour hors de l'Andalousie. La maison était sens dessus dessous. Angustias s'affolait. L'idée de s'en aller si loin l'emplissait d'une vague frayeur. Elle entassait dans les malles les objets les plus hétéroclites et n'arrêtait pas de nous poser des questions sur ce Pays basque, qui lui semblait le bout du monde.

— Quel temps fait-il là-bas, *señorita* ?

— Il pleut, Angustias. Il pleut presque chaque jour. Tout y est vert. Il y a des champs, des prés et des vaches dans les prés...

Angustias nous regardait avec incrédulité :

— Il pleut tant que ça ?

— Et plus encore, Angustias !

— Mais alors, il nous faut acheter des parapluies ! Il n'y en a qu'un, dans le grenier, mais qui n'a pas servi depuis... Oh ! depuis bien longtemps, ça je peux vous le dire...

Et sur un ton chargé d'angoisse :

— Mon Dieu ! comment ferons-nous pour transporter toutes ces malles ?

Je riais.

— Ne te fais donc pas de souci. Nous achèterons les parapluies à Zarauz...

Angustias faisait une moue dédaigneuse et hochait gravement la tête :

— Un parapluie, ça ne s'achète pas comme ça, ma petite. Qui te dit que les Basques en ont de bonne qualité ?

Elle disait « les Basques » comme elle aurait dit « les Papous ». Toute sa méfiance de paysanne andalouse s'éveillait à l'idée d'avoir à traiter avec des « étrangers ».

— Et la nourriture ? interrogeait-elle. Trouverons-nous seulement de la bonne viande, dans ce pays-là ?

— C'est le pays des vaches et des bœufs, Angustias.

— Ou-ais. On dit ça. Mais qui te dit que leurs bœufs ne sont pas malades, hein ?... Ma petite, ce départ ne me dit rien qui vaille. Je me méfie des étrangers. Ils vont savoir que nous sommes andalous et chercheront, par tous les moyens, à nous gruger. Remarque que j'ai l'œil. Celui qui doit me duper n'est pas encore né, ça je peux te le jurer... Mais pourquoi faut-il partir si loin, Seigneur Jésus ? Et juste en ce moment où tout va de travers. Sait-on seulement si nous arriverons à traverser les Espagnes sans encombre ?... Je n'aime pas ça... Pas du tout ça...

Elle parlait des Espagnes comme s'il y en avait plusieurs. Elle n'avait pas tort d'ailleurs.

Mais ce qui inquiétait par-dessus tout Angustias, c'était la situation politique. Elle n'y entendait rien et cela l'inquiétait doublement. Elle avait appris, comme nous tous, le départ du roi Alphonse XIII et l'avènement de la République. Elle avait sangloté ce jour-là. Pour Angustias, le roi et la famille royale conservaient un pouvoir mythique. Elle croyait vivre elle-même une révolution et prévoyait les pires malheurs. Le sort des infants surtout lui arrachait des larmes.

— Pauvres petits anges! s'écriait-elle entre deux sanglots. Qu'est-ce qu'ils vont devenir dans ces pays étrangers dont ils ne parlent même pas la langue?... C'est un crime que d'avoir chassé ces innocents. Nous le paìerons chèrement, c'est moi qui vous le dis. Dieu nous punira d'avoir toléré qu'une bande de va-nu-pieds ait pu détrôner le roi.

Angustias parlait ainsi par fidélité plus encore que par conviction monarchiste. Cette femme avait besoin de servir le même maître. Elle était habituée à prier pour le roi. Son départ dérangeait ses habitudes. Elle tenait des propos du plus pur style réactionnaire et décida d'exercer une étroite surveillance sur les domestiques de la maison. Elle croyait qu'il n'y avait pas de pire crime que de sympathiser avec la République et soupçonnait certains serviteurs de mon père d'avoir applaudi au départ du roi et d'être des espions à la solde d'Alcalá Zamora. Car Angustias pensait, naïvement, que les Républicains formaient une secte particulièrement dangereuse et qu'il convenait de réduire au plus tôt. Elle brandissait dans sa cuisine un rouleau à pâtisserie et déclarait de sa voix rauque :

— Si jamais je découvre que l'un d'entre vous est pour ce brigand d'Alcalá Zamora, je lui casse mon rouleau sur le crâne aussi sûrement que je m'appelle Angustias...

Mon père et moi en souriions. Ruiz disait avec philosophie :

— Cette brave Angustias sera sans doute la dernière monarchiste d'Espagne. Le roi devrait lui envoyer un diplôme comme le pape le fait aux chefs de famille exemplaires...

Pour moi la chute de la monarchie ne m'affectait aucunement. Je m'intéressais fort peu à la politique. Je n'y entendais d'ailleurs rien. Je partageais sur ce point les opinions de mon milieu. Or mon père n'aimait pas la République, mais ne regrettait pas le roi. Il disait qu'un monarque qui abdique ne mérite pas de régner. Cela me semblait très juste.

La situation du pays inquiétait sérieusement mon père. Il lisait plusieurs journaux dont l'*A.B.C.*[1] et entrait, pour des raisons qui m'échappaient, en de violentes colères. Ruiz essayait de le calmer.

— Pense à ton cœur, Manuel...

— Mon cœur, c'est l'Espagne ! déclarait mon père avec emphase.

— Tiens ! on croirait entendre un député !

Ces répliques de Ruiz faisaient tomber l'exaltation de mon père, qui finissait par rire. Du coup, je croyais que la politique n'était qu'un jeu comme les autres : un jeu d'adultes. Ruiz paraissait partager mon point de vue, car il disait d'une voix ironique :

— Quelle farce !...

Je partis pour Zarauz, le cœur léger. Le pays semblait calme. Que pouvait-il se passer ? « La Parra » continuerait de vivre à l'écart du monde et les disputes des députés ne sauraient en rien troubler son rythme paisible. Les événements semblaient me donner raison. La seule différence était qu'on parlait plus qu'auparavant. Sans cesse, des réunions politiques avaient lieu. Dans les villages les plus isolés, des *Maisons du peuple* s'ouvraient où les paysans se rassemblaient pour discuter. Mon père regardait ces choses avec indifférence et disait avec dédain :

— Des palabres, des palabres !...

J'aurais dû me méfier de tant de discours ; j'en connaissais le danger. Mais la politique faisait partie d'un univers trop éloigné du mien. Je me disais donc que ces changements-là ne sauraient m'affecter et que l'Espagne resterait ce qu'elle avait toujours été.

Nous arrivâmes à Zarauz et nous installâmes dans une villa prêtée par un ami de mon père. Elle s'appelait « La Fiesta » et se trouvait un peu à l'écart de la ville, sur un promontoire d'où la vue s'étendait sur la mer et sur la plage. Un étroit jardin l'entourait, planté d'hortensias ;

---

1. Journal monarchiste *(N.d.A.).*

quelques chênes la cernaient. Le soir, la brise marine en froissait les feuilles.

A peine débarqués, Angustias commença d'organiser notre vie. Elle ne voulut pas changer les heures des repas, malgré la différence sensible de température, et nous dînions comme nos voisins se couchaient. Cela nous rassurait, en un certain sens, de retrouver le même horaire. Nous avions l'impression de mener la même vie dans un décor différent.

Angustias semblait déçue. Nous lui avions annoncé qu'il pleuvait chaque jour. Or, le temps était au beau fixe. Le soleil brillait sur une mer calme. Elle dessinait le long de la plage, qui s'étirait pendant plusieurs kilomètres, un ruban d'écume. La nuit, de ma chambre, j'entendis à nouveau sa respiration tranquille. Mais ici elle avait plus de vigueur.

Je ne me lassais pas de la contempler. Je l'aimais d'amour, avec passion. Sa vue m'exaltait. Sa voix me berçait. Souvent j'allais me promener au crépuscule, le long de la plage. Je marchais sur le sable que la marée venait de découvrir. Il était ferme et malléable comme de la cire. Mes pieds y dessinaient des fleurs étranges. Je regardais la mer. L'horizon basculait. J'avais l'impression que l'Océan était plus haut que la côte ; la lame s'avançait ; elle prenait son élan, accélérait son allure et semblait foncer sur moi avec une force irrésistible, puis elle se brisait et venait caresser le sable avec un long soupir.

Mon père paraissait s'ennuyer. « La Parra » lui manquait. Il passait ses journées sur le balcon-terrasse de sa chambre à regarder la mer, la plage et le ciel. L'inactivité lui pesait. Peut-être remuait-il des souvenirs pénibles ? Il déclinait. Il avait l'air, installé dans son fauteuil, une couverture étendue sur ses genoux, d'un très vieil homme. Des rides de plus en plus nombreuses s'inscrivaient sur son visage. Son regard s'éteignait comme une lampe à huile qu'on aurait oublié d'alimenter. Sa seule consolation et son unique distraction étaient de me voir nager et courir. Son amour pour moi croissait avec l'approche de la mort qu'il sentait maintenant rôder autour de lui.

Mais son humeur restait maussade. Il lui arrivait de

somnoler pendant des heures. J'eus peur et, pour le distraire, lançai des invitations. Toute la jeunesse de Zarauz se mit bientôt à fréquenter la maison. Mon père rayonnait. Il retrouvait son entrain et restait avec nous jusqu'à une heure avancée de la nuit. Nous passions des disques sur un gramophone et dansions jusqu'à l'aube. Angustias nous servait des rafraîchissements et des gâteaux. « La Fiesta » retentissait de rires et de cris... C'était avant de te connaître, Juan ! J'avais vingt ans...

Cinquième partie

« En vérité, en vérité, je vous le dis, quiconque
commet le péché est esclave du péché. »

Saint Jean, VIII, 34.

I

Cette nuit j'ai cru sortir d'un long et très pénible rêve.
J'ai relu tout ce que j'ai écrit, me suis levée et suis allée me
regarder dans la glace. J'ai constaté que j'avais vieilli. Je
ne dis pas cela à la légère. Des rides creusent mon visage ;
des cernes mauves entourent mes yeux. Mes cheveux sont
ternes, mous, sans vie. Je n'aurais jamais imaginé que le
fait d'écrire pût, à tel point, fatiguer un être. Car je suis
lasse, Juan. Je n'en peux plus. Je le dis simplement et
honnêtement : je me sens à bout de forces.

Quatre heures viennent de sonner à la pendule de ma
chambre. Il fait déjà plein jour. Les oiseaux piaillent. Le
cortijo se remet à vivre. Angustias a dû se lever, car je l'ai
entendue aller et venir dans la maison livrée au silence de
l'aurore.

Tu as mal dormi. Toute la nuit, j'ai perçu ces gémissements que la souffrance t'arrache. Tu te tournais et
retournais dans ton lit. J'épiais, le cœur battant, le
moindre de tes mouvements. J'aurais aimé sortir de ma
chambre, me rendre dans la tienne et te prendre dans mes
bras. Une tendresse immense me gonflait le cœur, faite
des souvenirs qui se pressent dans ma mémoire au fur et à
mesure que j'avance dans ce pénible récit.

A présent, je soupèse ces pages sur lesquelles ma vie
s'inscrit. Il y a maintenant plus de dix semaines que je vis
dans mes souvenirs. Je n'ai pas cessé, un seul instant,
d'écrire. Une sorte de fièvre me brûle et me pousse à me

libérer de ce passé qui m'opprime. Toute mon histoire tient en deux cahiers d'écolier que j'ai remplis de mon écriture menue, presque illisible. Ces feuillets noircis d'encre renferment tous les tourments de mon âme. N'est-ce pas étrange, en vérité, qu'on puisse soulager son âme dans du papier blanc ?

J'ai commencé de rédiger ce récit dans la haine. Et la haine m'a quittée. C'est de la pitié que je ressens maintenant. Une douce et grande pitié pour ce qui fut une belle et touchante histoire d'amour. Car je t'ai aimé, Juan, plus que je ne saurais jamais l'exprimer. Entièrement, farouchement, comme j'aime « La Parra ». Condamne-moi, si tu le veux et le dois, mais ne doute pas de cet amour. Je ne t'ai rien caché et suis allée aussi loin que possible dans la recherche de la vérité.

Te souvient-il, Juan, de ce jour où nous nous vîmes pour la première fois ? J'entends encore les hurlements du vent et le fracas des vagues, se brisant sur la plage déserte.

Septembre touchait à sa fin. C'étaient les grandes marées. L'Océan se creusait, se soulevait, s'avançait vers la côte et se brisait dans un râle d'amour. A moins que ce ne fût de haine ? Il était d'un vert très tendre. Sur ce vert flottait l'écume de sa rage impuissante. Il écumait de ne pas pouvoir réduire cette terre qu'il fouettait et caressait depuis des siècles. Jour et nuit, il jetait des cris de haine et d'amour, je l'écoutais du fond de mon lit. Je le voyais se creuser, rassembler ses forces, prendre son élan. Parvenu tout près de la plage, il hésitait un instant et jetait un cri de désespoir qui m'arrachait un frisson. La lame se déchirait et se retirait, cependant qu'une autre, venue des tréfonds de sa haine, reprenait sa course folle vers cette terre indifférente. Au loin, des rochers roses subissaient l'assaut de l'Océan qui les engloutissait dans son sein. Ils étaient là, sentinelles avancées de la Terre, pour témoigner de l'irréductible patience de la vie. Et la mer les recouvrait, les découvrait, les fouettait et les châtiait, sans parvenir à les anéantir.

Les estivants avaient repris le chemin du retour vers Madrid ou Barcelone. Zarauz redevenait un petit port comme les autres. Les villas fermaient leurs volets, l'une après l'autre, la plage se vidait d'enfants. Elle s'étendait, des kilomètres durant, solitaire et comme abandonnée pour livrer son grand combat à l'Océan. Et les mouettes tournaient dans le ciel couvert de nuages gris, en jetant leurs cris stridents, cependant que les marins, dans le port, regardaient avec tristesse leurs barques secouées par la tempête.

Ce jour-là il pleuvait. Il tombait une pluie fine et menue qui noyait la ville grise dans un crachin triste. Les rues étaient désertes. Une poignante sensation de solitude se dégageait de « La Fiesta », juchée sur son promontoire et dont les fenêtres, la nuit, trouaient l'obscurité comme un phare éclairé aux bougies. Mon père broyait du noir. Il avait hâte de retourner à « La Parra », mais n'osait pas en parler, car j'étais souffrante. J'avais dû prendre froid sur la grève solitaire et balayée par les vents. Je gardais la chambre. Ruiz me soignait. Angustias épiait, affolée, le déchaînement de l'Océan. A chaque nouvel assaut de la mer elle se signait et me regardait, comme si elle appelait au secours.

C'est ce soir-là que tu es entré pour la première fois dans ma chambre. Tu avais connu mon père, à Séville, et tu étais venu nous rendre une visite de politesse. Mon père t'avait accueilli avec empressement. Il s'ennuyait et pensait que tu pourrais nous distraire. Il est monté me demander si j'acceptais de te recevoir. J'ai dit « oui » pour lui faire plaisir et me suis assise dans mon lit, après avoir calé un oreiller dans mon dos. J'ai même retouché mon maquillage pour ne pas t'effrayer par ma pâleur.

Mon père est entré.

— Voilà notre malade ! s'est-il écrié.

Le palier n'était pas éclairé et je n'ai tout d'abord vu de toi que ta haute stature qui se découpait dans l'embrasure de la porte. Puis tu es entré et ta beauté m'a frappée en pleine poitrine. Ma première pensée a été que tu allais me trouver laide. J'ai balbutié quelques excuses confuses. Tu

as répondu de ta voix douce et chantante comme une brise
printanière. Ta voix conserve le timbre incertain de
l'adolescence. J'ai alors levé les yeux pour mieux te
contempler.

Laisse-moi te décrire, Juan, avec les yeux du souvenir.
Par la suite, je me suis habituée à ta beauté fragile et
délicate ; mais ce soir-là, tu m'étais neuf... et je te le jure,
j'aurais donné ma vie pour n'être pas malade et consumée
de fièvre...

Tu étais grand, très grand. Un mètre quatre-vingts, je
crois. J'en fus surprise, car dans mon pays, tu le sais, les
hommes sont de taille très moyenne. Tu appartenais
d'emblée à la race des « étrangers ». Ton accent renforçait
cette impression de dépaysement. Tu étais né à Bilbao,
mais tu vivais à Salamanque et parlais un castillan très pur,
presque châtié, un peu rauque comme le doit être notre
langue. Mais ce qui me frappa surtout ce fut ta pâleur.
Non pas une pâleur maladive, mais une sorte de transparence venue du plus profond de ton être. Tu étais blond
comme les blés de juillet. Tes cheveux dorés ondulaient et
tes yeux, d'un bleu délavé, avaient la douceur du printemps basque. Tu parlais sans hâte, comme si tu réfléchis-
sais avant de rien affirmer. Souvent tu souriais comme
pour t'excuser et je me demandais pourquoi ton sourire
avait cette gravité mélancolique. Je ne pouvais savoir que
c'était celle de ton pays. Ton visage était long, osseux,
comme celui du *Christ des Réverbères,* et tes cils, recour-
bés vers le haut, avaient des frémissements imperceptibles. Je sus plus tard que tu étais troublé de te trouver
pour la première fois de ta vie dans la chambre d'une
femme. Je crus ce jour-là que tu étais timide. Je parlai
beaucoup pour te mettre en confiance et t'introduire dans
mon rêve. Je te décrivais « La Parra », la vallée du
Guadalquivir et les jardins touffus et odorants de l'Alhambra. Tu m'écoutais gravement. Je craignais que mes
discours ne te laissent indifférent et tu m'avouas, bien plus
tard, qu'ils te charmèrent. Mais je souffrais de ne pas
deviner tes sentiments. J'avais peur que tu ne partes pour
toujours. Je te voulais, Juan. Je te désirais et te voulais. Tu

étais la paix. Tu possédais ce calme, cette gravité paisible
qui m'étaient étrangers. Je pensais qu'auprès d'un homme
comme toi je serais sauvée de moi-même. Car j'aspirais à
cette paix de l'âme qui me semblait le plus précieux des
dons. Tu étais tout ce dont j'avais besoin : l'équilibre, la
pondération, la bonté et la compréhension. Je te buvais
des yeux. Tu rougis et cela me fit plaisir. Je compris que je
ne t'étais pas indifférente.

Je me rappelle chacun de tes propos. Je revois l'éclai-
rage diffusé dans ma chambre par une lampe basse, à abat-
jour rouge. Tu étais installé dans une bergère de style
Carlos IV. Mon père te demanda si la tempête durerait
longtemps.

— Huit jours tout au plus. Ce sont les grandes marées
d'équinoxe. Ensuite, espérons que le temps redeviendra
beau. L'arrière-saison est souvent fort belle dans ce pays,
parfois aussi très pluvieuse...

Tu semblais ne pouvoir en sortir et tournas vers mon
père ton visage au teint de lis ; tu souris comme pour
t'excuser :

— Il pleut beaucoup par ici, voyez-vous. Cela dépend
des années. Mais l'automne n'est jamais froid...

Mon père parut rassuré. Tu ajoutas avec une extrême
douceur :

— La pluie ne manque d'ailleurs pas de charme. C'est
une question d'habitude. Moi j'arrive à l'aimer. Elle fait
partie du paysage comme le soleil en Andalousie. C'est la
pluie lancinante, qui tombe comme à regret en noyant les
prés...

J'écoutais tes paroles avec un intérêt passionné. Je me
sentais prête à aimer ton pays et tout ce que tu aimais.
C'est peut-être cela le miracle de l'amour : vous faire
épouser une autre vie. Je m'éprenais de ce pays verdoyant
sur lequel la pluie tombait jour et nuit avec un bruit
lancinant de feuilles froissées et de prés détrempés. Je
pénétrais ton âme faite pour des soirées paisibles, passées
à écouter au coin du feu la plainte mélancolique de la pluie
sur les toitures et les arbres. Un univers inconnu s'ouvrait
devant moi.

Puis vous vous êtes mis à parler politique et je découvris que les affaires publiques me passionnaient. Mon père n'était pas de ton avis, mais vous saviez chacun respecter l'opinion de l'autre. Tu militais activement dans la CEDA, dont je ne savais rien sinon que c'était un parti républicain. Comment aurais-je pu deviner que c'était un parti dit « de droite » ? Tout ce qui était républicain me semblait très à gauche. La République, pour moi, c'était l'exécution de Louis XVI et la Terreur. Je te le dis et tu partis d'un rire pur et léger comme un chant d'oiseau.

— Ce n'est pas du tout cela, mademoiselle !... Pour nous, Basques, la République, c'est la possibilité d'une Fédération de nos provinces...

Mon père intervint. Sur ce point il se montrait intraitable.

— Vous voulez la ruine de l'Espagne, jeune homme !

Tu parus surpris de cette violence. Il y eut un court silence après lequel tu déclaras avec la même douceur :

— Non, je ne crois pas, monsieur... Sincèrement, l'Espagne, telle qu'elle est, ne convient pas aux Basques. La Castille l'écrase. Ici, voyez-vous, nous ressentons sa loi comme un joug... L'Espagne n'a jamais été *une*. Du moins, je le pense...

Naïvement j'intervins en faveur de ta thèse et parlai de la Reconquête. Tu m'adressas un sourire qui me transperça l'âme. Mon père me jeta un regard sombre.

— Toi, tu n'entends rien à ces questions, ma petite. Juan a tort de penser qu'une Espagne divisée pourrait survivre. Il faut à ce pays une même loi et une même croyance. Car l'Espagne possède une âme, Juan...

Il t'appelait Juan et cela me réconforta. Je redoutais qu'il ne se fâchât. Or il prenait plaisir à ta conversation. Tu l'intéressais. Il te contredisait, mais respectait ton opinion. Cela me parut de bon augure.

La conversation se prolongea. Tu étais arrivé à cinq heures. A dix heures vous devisiez encore. Tu parlais de Gil Robles[1] et mon père de Calvo Sotelo[2]. Je ne m'ennuyais pas. C'était la première fois que je suivais avec intérêt une discussion politique.

Il faisait tout à fait nuit. Mon père se tourna vers toi et te pria de dîner avec nous.

— Nous pourrons poursuivre cette discussion après le café.

Tu rougis comme un collégien.

— Vraiment, je craindrais de vous déranger...

— Mais non, mais non !... Téléphonez à votre mère pour qu'elle ne s'inquiète pas. Ma fille sera ravie de jouir un peu plus longtemps de votre compagnie. Depuis la mi-septembre elle se sent très seule. N'est-ce pas, Tara ?

Je te regardai longuement et répondis :

— Cela me fera plaisir.

Tu restas pour dîner. Mon père se retira pour se changer, et tu demeuras en silence, gêné de te trouver seul avec moi. Enfin tu hasardas d'une voix timide :

— C'est bien vrai que je ne vous dérange pas ?

Oh ! Juan, comme j'aurais aimé me jeter dans tes bras et te crier que j'avais besoin de ta présence et de ta voix ! Comme j'aurais voulu te dire que je t'aimais déjà ! Mais je me sentais inquiète. J'avais peur. Te plaisais-je ? Je repris :

— Je suis enchantée que vous restiez... Je... J'ai beaucoup de sympathie pour vous... Je n'entends pas grand-chose à la politique, mais ce que vous dites m'intéresse fort...

Ta figure s'empourpra. Allais-tu avoir une attaque ?...

— Vous êtes très gentille, mademoiselle...

— Je m'appelle Tara...

— C'est un joli prénom... Je ne l'ai jamais entendu encore...

— C'est un prénom irlandais. Ma mère était irlandaise. Il paraît que Tara veut dire la « pierre du sacrifice »...

Nous restâmes silencieux. Pour la première fois nos

---

1. Président de la CEDA.
2. Leader monarchiste, assassiné par les Républicains.

pensées s'accordaient. J'aurais voulu que cette douce
intimité se prolongeât indéfiniment... Comme je t'aimais
alors, Juan !...

II

Le dîner fut gai. Il y avait longtemps que je n'avais vu
mon père plaisanter et rire. Manifestement il cherchait à te
conquérir. De temps à autre, il levait sur moi ses yeux
d'une noirceur profonde ; un sourire moqueur éclairait son
regard. « N'est-ce pas qu'il est bien, ce garçon ? » parais-
sait-il dire. Et notre complicité m'amusait. Je souriais à
mon tour pour marquer mon accord. Du coup mon père
redoublait d'attentions envers toi. Il te posait mille questions sur tes parents, ta vie, tes études et même tes
amours.

— Vous n'êtes pas encore fiancé ?

Je crus que tu allais suffoquer. Tu étais devenu rouge,
puis livide. Tes lèvres se décoloraient...

— C'est-à-dire que..., balbutias-tu.

Mon cœur cessa de battre. Je buvais tes paroles. Il me
semblait que de ta réponse dépendait mon sort. Mon père
te regardait gravement. Un silence gêné planait sur nous...

— J'ai préféré finir d'abord mes études...

Nous respirâmes, soulagés. Tu venais d'ôter un poids de
ma poitrine. J'aurais voulu rire et danser. Mon père
exultait.

— Mais vous êtes très sérieux pour votre âge, dites
donc !

— Je... Les Basques sont toujours sérieux...

— Ça, c'est vrai, admit mon père. Nous autres, Andalous, ne prenons rien au sérieux... Pas même notre vie.
Que voulez-vous ? Il fait trop beau chez nous et le pays est
trop vieux...

Ton sourire timide alluma dans tes yeux une petite
flamme. J'aimais ce sourire. Mais que n'aimais-je pas en

toi ? Je regardais tes mains longues, osseuses, fines et transparentes, où s'apercevait le dessin compliqué des veines ; je contemplais tes cheveux épais... Je me répétais : « Il me le faut, il me le faut... » Je crois que j'aurais pu tuer pour t'avoir !...

Vers minuit nous allâmes nous installer sur la terrasse. Il y faisait froid. Des gouttelettes d'eau salée, que le vent arrachait à la mer, venaient arroser nos visages. Tu te tournas vers moi :

— Ce n'est pas raisonnable dans votre état de sortir par ce temps. Les rechutes sont toujours à craindre...

Et pour la première fois de ma vie, je me pliai à la volonté d'autrui et t'obéis.

Mon père rayonnait. Il espérait depuis si longtemps me voir rencontrer un gentil garçon qui accepterait de vivre à « La Parra » ! Car mon père songeait surtout à cette terre qu'il aimait et voulait savoir en de bonnes mains. Mon bonheur aussi l'intéressait. Mais il pensait que mon bonheur serait de vivre et de mourir dans la maison où j'étais née. Peut-être avait-il raison ?

Il te questionnait habilement sur tes intentions. Nous étions au salon. Tu parlais des études que tu venais d'achever, et de ton incertitude sur la voie qu'il te faudrait suivre désormais.

— Le droit ne mène nulle part. Je pourrais, bien sûr, ouvrir un cabinet d'avocat. Mais je suis un piètre orateur. Peut-être ferai-je le concours de la magistrature ?

— Vous voudriez être juge ?

Mon père ne put cacher sa surprise. Il était d'un milieu où toute occupation est considérée comme une déchéance. De plus la magistrature lui apparaissait comme une caste de plate bourgeoisie.

— Je ne sais pas encore... Je n'ai plus de père et dois veiller sur ma mère. Je crains de ne pouvoir attendre longtemps pour gagner ma vie, car c'est ma mère qui assure mon existence... Non, je ne vois pas très bien que faire...

Mon père me jeta un regard triomphant. Pour lui, l'affaire était réglée. L'était-elle pour moi ? Je ne sais.

Honnêtement j'ignore si j'ai, dès ce premier jour, imaginé
que je pourrais devenir *ta femme*. J'étais prête à t'aimer.
Mais vivre toute une vie auprès de toi ?...

Il y avait une ombre à ce tableau : Ruiz. Notre ami se
taisait et nous observait. Je le connaissais trop pour ne pas
deviner qu'il désapprouvait l'attitude de mon père. Je le
vis même se servir plusieurs verres de cognac, ce qui me
parut de mauvais augure. Qu'avait-il à te reprocher ? Je
me le demandais. Car Ruiz était incapable d'une jalousie
mesquine.

Tu partis vers minuit. Nous te raccompagnâmes jusqu'au seuil. Mon père te fit promettre de revenir le
lendemain.

Quand nous eûmes refermé la porte, il se tourna vers
moi :

— Il me plaît, ce garçon... Sérieux, travailleur... Il
ferait un excellent mari...

Je me tus. J'attendis qu'il montât se coucher pour
interroger Ruiz. Notre ami hésitait à parler. Je le pressai
de questions. Je voulais en avoir le cœur net.

— C'est évidemment un garçon très sérieux, Tara... Je
n'ai rien à objecter...

— N'essaie pas de t'esquiver, Ruiz... Tu sais que j'ai
confiance en toi. Que lui reproches-tu ?

— Moi ? Rien, ma petite. Sauf peut-être d'être trop
bien pour toi...

Je demeurai interdite. Ruiz ouvrait un placard, sortait
une bouteille, un verre et se servait sans me regarder.

— Tu veux dire que je suis indigne de lui ?

— Je n'ai rien dit de tel...

— Non, mais tu le penses...

— Ma chère enfant, je ne sais vraiment pas pourquoi tu
t'obstines à faire penser les gens. Je pense le moins
possible...

Je m'approchai de lui. Son visage était triste. Je posai
mes mains sur ses épaules et murmurai :

— Ruiz... Tu es pour moi le meilleur des amis... Je te
demande de m'aider...

Alors il me regarda longuement et je vis dans ses yeux comme une lueur de haine.

— Que veux-tu que je te dise ?... Épouse-le, fais-toi faire des enfants ?... C'est cela que tu attends ?...

— J'attends que tu me livres le fond de ta pensée...

Il partit d'un grand éclat de rire et s'écria :

— Le fond de ma pensée !... Pour l'instant, ma pensée est au fond de cette bouteille, Tara...

— Cesse de plaisanter... Je te demande de m'aider...

Il y eut un silence. Ruiz s'approcha de moi. Nos visages se touchaient presque.

— T'aider ! s'écria-t-il avec rage, voilà bien le mot ! C'est cela que tu attends de ce pauvre Basque, sérieux comme un trappiste !... T'aider !... On ne se marie pas par peur, ma petite.

— Ce n'est pas par peur...

— Si !... Tu as peur de toi... Tu crois qu'auprès de ce démocrate-chrétien, tu seras en sûreté... C'est cela que tu espères : te sauver de toi-même... Tu fais erreur, ma petite. On n'échappe pas à son destin en épousant un militant de la CEDA. Ce serait trop facile !...

— Tu n'as pas le droit, Ruiz...

— Si, j'ai le droit... Et ton nigaud de père lui fait la cour comme si c'était lui qui allait l'épouser... Pouah !

Il fit une grimace et vida d'une traite le contenu de son verre. Puis, comme pris d'un subit accès de rage, il me prit les mains et s'écria avec force :

— Tu ne te rends donc pas compte que tu vaux mieux que cet idiot qui doit, chaque matin, aller à confesse ? Tu ne saisis donc pas ce qu'il y a en toi de force et de courage ?... Mais qu'est-ce que vous avez dans le crâne, vous autres, les femmes ? Ce n'est pas un homme que tu vas épouser, c'est un enfant de chœur. Tiens ! je parie qu'il fait l'amour en chemise de nuit !... Ne rougis pas, va, cela m'en vaut pas la peine...

Je n'osais pas l'interrompre. Je *savais* qu'il avait raison. J'en étais sûre.

— Je n'ai jamais dit que j'avais l'intention de l'épouser...

Alors Ruiz fixa sur moi un regard plein de mépris.

— Ne mens pas, Tara. Tu n'as jamais su mentir. Si, tu l'épouseras. Tu le veux comme on veut un jouet. Tu désires avoir un mari honnête et travailleur, *que tu briseras*. Car tu le briseras. Non mais ! Te rends-tu compte qu'il t'aime déjà, ce pauvre idiot, et qu'il sera un jouet entre tes doigts ?...

Je reculai d'effroi. Il me semblait que Ruiz lisait dans mes pensées. Car c'est vrai, Juan, que j'aimais ta faiblesse. Je sentais de quel pouvoir je disposais sur toi. C'est cela, uniquement cela, qui me poussa dans tes bras. J'étais possédée, comme *l'autre*. Je n'échapperais pas à mon destin. J'aurais beau faire : *elle* s'interposerait toujours entre le monde et moi.

Les paroles de Ruiz me faisaient mal. Je me répétais qu'il se trompait, qu'il ne me comprenait pas. Mais je savais qu'il disait vrai...

Maintenant, je m'insurge et me révolte. Comment ai-je pu t'aimer et t'épouser ? Qu'est-ce qui m'a poussée à me jeter, les yeux grands ouverts, dans cet abîme que Ruiz m'avait montré du doigt ? Je ne sais. Je crois qu'une force irrésistible m'entraînait. Je n'étais pas moi-même. J'ai voulu me perdre et te perdre avec moi. J'étais folle. Oui, Juan, j'étais comme *l'autre*. Elle me dominait encore. C'est elle qui nous jetait dans les bras l'un de l'autre et qui souriait méchamment en attendant l'heure où j'en verserais des larmes de sang. Tout mon passé pesait sur ma volonté. Je croyais fuir Ricardo, Joselito et Sérafin ; j'espérais me sauver en t'épousant. Il me semblait qu'auprès de toi je serais à l'abri du Mal. Comme s'il suffisait d'épouser un homme pur et droit pour échapper au Malin !

III

Je ne pus fermer l'œil de la nuit. Je me retournais dans mon lit. J'avais la fièvre. Mon corps me brûlait. Je pensais à toi ; je revoyais ton visage. L'envie me prenait de pleurer. Je me disais que je n'avais pas le droit de t'entraîner avec moi. Mais je ne pouvais rien contre cet amour qui m'envahissait. Était-ce de l'amour ? Oh ! je ne sais plus ! C'était une faim de tout mon être. Ce n'est pas de ton corps que j'avais faim, mais de ton regard et de ton sourire : de ce que tu étais et représentais pour moi. Mon désir prenait la forme la plus subtile et la plus dangereuse de toutes : je désirais ton âme. C'est cela : j'aimais ton âme. Je chérissais ta bonté et cette gravité qui éclairait ton visage d'une lumière mélancolique. L'envie me prenait de me lever, d'aller rejoindre mon père et de tout lui avouer. Mais il allait mourir bientôt, je le sentais. Mon aveu aurait pu le tuer. Pourquoi faut-il que les êtres que nous aimons le mieux soient souvent aussi ceux qui nous ignorent le plus ? Car mon père aurait pu m'aider. Il connaissait mieux ma mère que moi ; il l'aimait encore. Il était la seule personne qui aurait pu, cette nuit-là, me conseiller et me réconforter... Mais non ; je me mens à moi-même. Mon père ne pouvait rien pour moi. Il ne m'avait jamais vue dans ma vérité. Il se faisait une certaine image de moi-même à laquelle j'essayais de ressembler. La vérité l'aurait tué. Seul Ruiz me comprenait. Mais il m'effrayait par sa clairvoyance. J'avais besoin de me convaincre que je n'étais pas pareille à ma mère. J'attendais en réalité qu'on m'engageât à faire ce que je devais faire : te plaire et t'épouser.

Il n'est pas vrai, Juan, que nous soyons libres de choisir notre Destin. Personne ne choisit sa vie. Toutes nos décisions sont prévues depuis toujours, et notre volonté se heurte à une volonté plus haute et plus forte que la nôtre. Il fallait que nous venions à Zarauz, comme je devais t'y rencontrer. C'était écrit. Mon malheur portait ton nom et avait ton visage angélique. Tu étais cet innocent que je détruirais. Certes les raisons m'en échappent. Mais nous ne savons jamais les raisons obscures qui président à nos moindres déterminations. Elles viennent d'un Ailleurs, d'un monde où le malheur et le bonheur ont un autre sens. Est-ce Dieu qui a permis cela ?... Comment a-t-il toléré

que je commette un tel crime ? Je me le demande encore.
Car je crois en Dieu, Juan. Si je ne croyais pas en Lui, tout
me serait simple et facile. Mais il y a cette présence que je
sens autour de moi. Dieu colle à ma peau. J'ai beau
m'agiter, me révolter, blasphémer : Il est là, tout près de
moi. Je L'appelle, je crie : aucune voix ne me répond.
Pourquoi Dieu garde-t-Il un si cruel silence ? Je n'étais pas
de taille à lutter contre lui. Il n'avait pas le droit
d'éprouver ma folie et de s'acharner sur moi. Mais que
sais-je après tout des impénétrables raisons qui sont les
Siennes ?... Comme je voudrais espérer, Juan ! Comme je
voudrais croire que tout ce qui nous est arrivé avait un sens
et qu'un jour, avec ravissement, nous découvrirons que la
sagesse de Dieu ne pouvait être appréciée avec nos
pauvres critères. Qu'il m'est difficile d'espérer !

Tu es revenu le lendemain vers trois heures de l'après-
midi. Je me sentais mieux et je m'étais levée. Mais le
regard de Ruiz me troublait. Cet homme semblait vouloir
me mettre en garde contre moi-même et contre ce que
j'allais faire. Je t'avoue que j'ai désiré que tu ne vinsses
pas, qu'un événement quelconque se produisît qui arrêtât
la marche du Destin. Je te le dis honnêtement : j'aurais
voulu t'épargner. Mais quand la sonnette a retenti et que
j'ai perçu le son de ta voix ; quand j'ai vu le visage de mon
père s'illuminer, j'ai compris qu'il était trop tard. Alors je
me suis efforcée de trouver des raisons de croire et
d'espérer. Je me suis dit que je n'étais pas méchante ; que
je ressemblais à toutes les femmes et que je pourrais, moi
aussi, connaître ce bonheur tranquille réservé à tant
d'autres.. J'y suis parvenue. On arrive à se convaincre de
n'importe quoi. Cela aide à vivre. Tous les hommes
agissent de la même manière. Ne parviennent-ils pas à
oublier que la mort les guette ? Moi, j'ai oublié que j'étais
ta mort. A moins que tu ne fusses la mienne ? Car je ne
saurais dire lequel a tué l'autre.

Tu es entré avec un sourire rayonnant. Tu courais vers
ton destin, l'âme emplie de joie. Certains héros devaient
avoir ce même sourire. C'est celui même de l'enfance. Car
Ruiz avait raison : tu n'étais pas encore un homme.

Mon père se leva et te serra la main avec effusion. Dieu ! pourquoi faut-il que le Destin trouve de tels complices ! Il te poussait dans mes bras, littéralement.

Tu m'as proposé d'aller nous promener. J'ai accepté, comme dans un songe. Tout allait désormais trop vite. Les événements me prenaient de court ; je n'arrivais plus à les suivre.

Il me souvient de cette longue promenade. Nous arpentions la plage en suivant le bord de la mer. Il faisait beau. Mais le vent soufflait et l'Océan balayait avec rage la corniche qui serpente le long de la falaise.

La mer était, ce jour-là, de dix couleurs différentes allant du vert le plus délicat au bleu le plus sombre. Au loin, des flaques mauves striaient sa surface. Et partout, d'un bout à l'autre de l'horizon, son écume blanche...

Nous nous arrêtions parfois pour contempler ce spectacle, assis sur une pierre. Devant nous, les mouettes volaient au ras des flots et venaient se poser en jetant des cris lugubres...

Tu te mis soudain à parler... Tu me racontais ta vie, dans cette maison des environs de Bilbao. Tu aimais ton pays comme j'aime le mien, mais avec plus de douceur et moins d'aveuglement. Cela me frappa. L'idée ne me serait jamais venue de faire des réserves sur l'Andalousie. Tu me décrivais ta maison avec tendresse comme pour me la faire aimer et j'écoutais tes propos avec une attention soutenue.

— Ce n'est pas une belle maison, quoiqu'elle soit fort ancienne. Elle date de la Reconquête. De la rue on n'aperçoit qu'une façade austère, un peu triste et délabrée. Le portail, très vaste, est surmonté d'un balcon que soutiennent deux cariatides ; entre elles, les armes de la famille. En Biscaye, tout le monde est noble. Cela date du temps de la Reconquête. On reconnut aux Basques le privilège de la noblesse.

J'évitais de t'interrompre. Tes propos me troublaient. Une infinie pitié m'envahissait.

— La maison n'est pas grande. On gravit un escalier fort majestueux, et l'on atteint une sorte de galerie. L'intérieur se compose d'un salon, d'une salle à manger et

de six chambres. Les pièces sont vastes et les plafonds
peints à fresque témoignent du passé de cette demeure.
Nous nous tenions toujours dans une sorte de véranda
vitrée qui donnait sur le jardin... Oh! ce n'est pas comme
« La Parra » ! C'est un jardin étroit, clos de murs, où
poussent des framboisiers. Ma mère aimait à s'en occuper.
Elle y plantait aussi des poiriers et des cerisiers, dont les
merles mangeaient les fruits. Il aurait fallu les exterminer,
mais ma mère ne s'en sentait pas le courage. Elle aime les
animaux. Nous avons toujours eu des chiens et des chats, à
la maison.

Tu pris un temps. La mer continuait de gronder. Le vent
pliait les hautes cimes des arbres.

— Ma mère est une femme très chrétienne, très pieuse,
fort effacée. Tu verras, elle n'a rien d'une élégante. C'est
une mère comme tant d'autres, qui ne sont que des
mères...

Pourquoi ces paroles, Juan? Si tu avais su comme elles
me faisaient mal!

— Nous étions dix enfants. Je suis le cadet; trois sont
déjà morts. Les autres fréquentent les Écoles chrétiennes.
Mon père est mort quand j'avais quinze ans. Subitement...
Ma mère a dû nous élever seule. Elle est vieille maintenant. Elle n'a que cinquante-trois ans, mais elle en paraît
soixante-dix. C'est une petite femme, aux yeux bleu-gris,
aux cheveux blancs, toujours de noir vêtue. Elle ne quitte
jamais la maison. Sa seule distraction est de se rendre
chaque matin à l'église. Elle met pour cela un chapeau à
voilette. Cela doit te paraître triste. Nous étions heureux,
pourtant. Tu ne sais pas ce qu'est une grande famille où
l'on se retrouve, chaque jour, autour de la table...

Non, je ne le savais pas. J'ignorais aussi ce qu'était
avoir une mère comme la tienne. J'étais jalouse de ce
bonheur paisible dont tu me parlais d'une voix sereine.

— Très tôt, je fus mis pensionnaire chez les jésuites. Au
début cela me parut dur. Puis je m'y habituai. Je finis
même par aimer l'atmosphère de l'internat... Mais ma plus
grande joie était l'époque des vacances. Je comptais les
jours qui m'en séparaient. Je retrouvais l'étroit jardin

touffu, mes frères et ma sœur Pilar, et ma mère qui passait ses journées dans la véranda à broder ou à tricoter. En automne, la pluie noyait le jardin. Une pluie fine et triste, qui s'accordait avec notre état d'esprit, car l'automne marquait la fin des vacances... Tu le vois, je n'ai pas grand-chose à raconter. J'ai très peu vécu et très peu voyagé...

Tu rougis avant d'ajouter :

— Je n'ai jamais connu de filles avant toi. Car ma mère surveillait de très près les personnes que nous fréquentions...

Tu me regardas alors avec éblouissement et t'écrias avec ferveur :

— Mais toi, elle t'aimera... J'en suis certain... Elle ne peut pas ne pas t'aimer... Tu es si bonne !...

Que pouvais-je faire, Juan ? Me mettre à rire ? Te crier que je n'avais jamais été bonne ? Ta naïveté m'accablait. J'ai tout de même voulu parler ; j'ai essayé de te mettre en garde.

— Juan, je ne suis pas bonne... Je...

Tu as posé ta main sur mes lèvres et, pendant qu'un sourire transfigurait ton visage, tu as embrassé mes mains en murmurant :

— N'ajoute rien... Je voudrais que tu m'aimes un peu. Je sais bien que je ne suis pas digne de toi... Mais... Je crois que je suis vraiment amoureux de toi, Tara...

Ah ! si l'on pouvait refaire sa vie et remonter le cours du temps ! Comme je voudrais t'épargner la suite ! Ce jour-là je t'aimais. Je ne t'ai pas menti lorsque j'ai posé ma tête sur ton épaule et t'ai dit que j'avais besoin de ta présence. Nous avons tous deux été trompés. Le Destin nous grugeait. Nous sommes rentrés à la maison enlacés, et tu m'as dit d'une voix redevenue grave :

— Il faudra que je parle à ton père... Je ne voudrais pas qu'il me prît pour un garçon malhonnête...

Je ne veux pas te moquer. Ce n'était pas ta faute si ta droiture frôlait la naïveté. Tu ne pouvais savoir... Et puis,

je te l'avoue : je ressentais un plaisir trouble à être traitée
avec autant de considération et de respect.

IV

Les jours passaient. Les grandes marées aussi. L'Océan
retrouva son calme. Le vent tomba. Zarauz n'était plus
qu'une plage déserte, bordée de villas closes, livrée aux
premières pluies automnales. Elles faisaient un bruit doux,
pareil au froissement d'une robe féminine. Un bruit
chaud, rassurant, qui berçait mes pensées et mes rêves. Le
soir, sur l'étroit jardin qui entourait « La Fiesta », j'épiais
ce frôlement mélancolique. Quand le crépuscule tombait,
on entendait comme dans un songe le bruit furtif des pas
sur les trottoirs détrempés. Et le silence recueilli de cette
ville livrée à l'hiver n'était troublé que par le son des
cloches qui appelaient les habitants aux offices. Une ou
deux fois le glas sonna et je sus que quelqu'un était mort.
Mais je ne connaissais personne à Zarauz et n'y prêtai pas
attention.

La vie se déroulait à « La Fiesta », morne et résignée.
Nous passions nos journées dans le salon. Mon père lisait
ses livres favoris et quelques journaux que le facteur
apportait, avec la lettre quotidienne de Pablo.

Notre *capataz* n'était resté qu'une semaine à Zarauz. Sa
lettre était tout ce qui nous reliait encore à « La Parra ».
Mon père déchirait l'enveloppe avec impatience, en parcourait le contenu, puis nous la lisait à voix haute. Cette
lecture devenait une sorte de rite. Même Angustias venait
s'asseoir dans le salon pour entendre la voix de cette
maison qui continuait de vivre sans nous. La lettre de
Pablo ne nous apprenait pas grand-chose. Elle était
remplie de menues nouvelles, qui donnaient pourtant lieu
à mille commentaires. Nous apprenions qu'un domestique
était parti et qu'un Murcien avait été engagé à sa place ;
que la grêle était tombée mais que les oliviers n'en avaient

pas souffert ; que le temps demeurait clément ; que la récolte s'annonçait belle... Quand mon père avait fini sa lecture, nous lui posions des questions absurdes.

— J'espère que la grêle n'est pas tombée dans le grenier ! soupirait Angustias.

— Non, femme, nous avons refait la toiture l'an dernier.

— Certainement pas l'an dernier, *señorito*. Il y a au moins deux ans qu'elle n'a été refaite. C'était l'année de l'orage. Vous vous rappelez ? lorsque la foudre est tombée sur le grand chêne qui se trouve auprès des écuries...

— C'est exact, Angustias. Mais la toiture est solide et Pablo nous dit que les oliviers n'ont pas souffert...

Angustias hochait la tête d'un air de doute.

— Il dit ça, *señorito*. Mais ce n'est jamais bon pour les oliviers, la grêle, en cette saison. Les fruits sont déjà mûrs...

— Et *la Roca* ? demandais-je. Pablo n'en donne aucune nouvelle. Hier il nous disait qu'elle n'était pas très bien et qu'elle avait refusé de manger...

— Elle va sans doute mieux, ma petite fille. Sans cela il en aurait parlé... Il ne faut pas se tracasser. Pablo est très compétent. Il connaît « La Parra » aussi bien que nous-mêmes...

Angustias hochait encore la tête pour bien montrer qu'elle ne partageait pas notre optimisme.

— Compétent, il l'est, déclarait-elle. Mais c'est un homme qui a besoin d'être commandé.

— Je me demande ce que nous faisons ici..., répliquait Ruiz en regardant la plage livrée à l'hiver.

Puis, avec un soupir, il ajoutait :

— J'ai horreur de la pluie et de l'eau en général...

Mon père le regardait tristement.

— C'est pour ma santé que je vous retiens ici, disait-il. Ce climat me fait du bien. Je me sens beaucoup mieux maintenant.

— Vous seriez aussi bien à « La Parra », *señorito*, intervenait Angustias. L'été est fini depuis longtemps. Bientôt ce sera la récolte de l'olive. Comment feront-ils sans vous ? Et les fruits ? Auront-ils seulement songé à les retourner dans le grenier ? Sans cela, ils « piquent ».

Ainsi continuions-nous à vivre en pensée dans cette maison que nous aimions et dont nous faisions tous partie. Mais qu'attendait mon père pour donner le signal du départ ? A vrai dire je ne me posais pas cette question. Je le savais. Il attendait que tu lui demandes ma main.

Ruiz le savait également. Il s'était remis à boire. Le soir il partait seul dans les rues tristes de Zarauz et ne rentrait pas avant l'aube. Maintenant il s'enivrait. Certains jours il s'effondrait dans le vestibule et nous devions, Angustias et moi, le porter jusqu'à son lit. D'autres jours il ameutait tout le voisinage en chantant *La Marche royale* à tue-tête. Il fréquentait toutes les *tascas* du village et buvait avec les marins. Cela me désolait. Mais je ne savais que faire pour l'en empêcher.

Je m'abuse encore, Juan. Je le savais très bien. Cet homme m'aimait. Il m'aimait et souffrait de ne pouvoir me l'avouer. Il se croyait et se sentait indigne de moi. De plus l'attitude de mon père le peinait. Aussi buvait-il comme on s'acquitte d'un pénible devoir : pour être ivre le plus tôt possible. Il y avait quelque chose de pathétique dans cette volonté farouche d'abaissement. Car Ruiz éprouvait une volupté secrète à se vautrer dans la débauche. Parfois, quand il était ivre, ses yeux étincelaient...

— Alors, la fiancée, on épouse le démocrate-chrétien, oui ou non ? me lançait-il.

Il partait d'un grand éclat de rire et insistait avec rage :

— Ma pauvre ! vous ferez de bons petits démocrates qui deviendront socialistes et qui, juchés sur une estrade, feront d'émouvants discours sur la misère du peuple et l'horrible égoïsme des castes privilégiées... Pouah !... Quel dégoût, ma petite !...

Je pâlissais, mais ne répliquais rien. L'aimais-je ? Je ne sais. Ses sarcasmes me faisaient mal. Je souffrais. J'admirais sincèrement cet homme et le plaignais.

Mon père s'impatientait et se fâchait. Ces deux amis inséparables avaient maintenant de violentes disputes. Mon père reprochait à Ruiz de faire du scandale. N'avait-il pas un soir récent introduit à « La Fiesta » une femme de mœurs légères ? Ruiz répliquait vertement. Leurs rapports s'envenimaient.

— Mon vieux Manuel, quand on pousse sa fille à épouser le premier venu, on ne se révolte pas parce qu'une putain a couché sous votre toit... C'est une question d'équité.

Mon père rougissait de fureur.

— Juan de Oscoita n'est pas le premier venu. Je t'interdis...

— Allons donc !... Tu aurais poussé Tara dans les bras de Prieto [1] s'il s'était trouvé sur ton chemin. Tu as peur de mourir, et tu veux partir rassuré...

— Je t'interdis..., balbutiait mon père.

— Je t'interdis quoi ?... Il ne t'a pas suffi de ton mariage, tu veux maintenant faire le malheur de ta fille ?...

Mon père se levait, livide. Je craignais qu'ils n'en vinssent aux coups et j'intervenais.

— Je vous en prie, cessez de vous chamailler... Cela ne sert à rien. Après tout, c'est moi qui me marie...

Mon père avait du mal à garder son sang-froid ; il se rasseyait et déclarait avec colère :

— Toi, tu es jaloux, Ruiz... Ne t'en cache pas, va ! Cela se voit. Mais tu n'espérais tout de même pas que ma fille épouserait un ivrogne ?...

Ruiz se taisait. Sa figure devenait livide. Il se mordait les lèvres. La souffrance altérait ses traits.

— Il n'est pas jaloux, papa... Tu es injuste... Il croit que Juan ne fera pas un bon mari, voià tout..

— Si, je suis jaloux ! criait Ruiz. Je le suis à en crever ! On ne donne pas des perles à un cochon... Non, mais tu te rends compte de ce que tu fais, Manuel ?... Tu as vu la tête de ce Basque ?...

Ces discussions se terminaient toujours de la même manière : Ruiz se levait et quittait la place. Alors mon père demeurait prostré. Il me regardait avec tristesse et me demandait :

---

1. Leader du Parti socialiste espagnol *(N.d.A.)*.

— Tu crois qu'il a raison, ma petite ?

— Mais non, papa... Il nous aime et croit agir pour notre bien...

— Il n'a jamais été comme ça...

— Non... jamais, murmurais-je.

Tu venais tous les après-midi. Tu prenais le café avec nous. Mon père s'attachait à toi. Je découvris alors une chose qui me bouleversa : mon père regrettait de ne pas avoir un fils. Il te parlait avec confiance et sur un ton qu'il n'avait jamais employé avec moi. Vous étiez deux hommes. Il avait un peu l'impression de revivre en toi. Souvent je quittais le salon pour vous laisser seuls. Vous éprouviez un réel plaisir à bavarder ensemble. Je découvrais un monde nouveau pour moi : celui des hommes. Une entente secrète vous liait l'un à l'autre, dont je ne parvenais pas à déceler la nature. Parfois cela me révoltait. Je crois bien avoir été jalouse de la confiance que te témoignait mon père. Vous aviez une manière particulière de parler qui changeait dès que j'entrais. J'avais l'impression de vous déranger. Et mon instinct féminin se réveillait. « Que peuvent-ils bien se dire de particulier ? » me demandais-je avec irritation.

Vers quatre heures, toi et moi sortions nous promener ensemble le long de la plage ; parfois nous grimpions en haut de la falaise. Je m'habituais à ta présence. Je devenais entre tes mains un personnage nouveau. Je ne m'étonnais pas de me découvrir pudique. Il s'écoula plus d'un mois avant que tu n'oses furtivement me prendre la main. Ce geste me troubla comme s'il se fût agi d'un baiser. Tu me souris comme pour t'excuser.

Le soir tu restais dîner avec nous. Ton couvert était toujours mis. Angustias te considérait déjà comme quelqu'un de la maison. Elle t'aimait et allait jusqu'à te gronder.

— Votre veste n'est pas propre, monsieur Juan. Et il vous manque un bouton... Ah ! les hommes !... Donnez-moi ça, que je vous l'arrange...

Tu riais, heureux et détendu :

— Ne vous fâchez pas, Angustias. Je suis célibataire.

— Hum !... Vous devriez tout de même surveiller votre tenue. Un homme négligé ne plaît jamais aux femmes, c'est moi qui vous le dis...

— Elle a son caractère, mais elle est brave, te disait mon père avec un sourire amusé.

— Mais je l'aime beaucoup, vous savez !... Elle me rappelle Pilar, ma sœur aînée. C'est elle qui veillait sur nous et qui aidait ma mère. Elle a même refusé de se marier pour pouvoir nous élever...

La terre se dérobait sous mes pas. Tu t'indroduisais presque de force dans mon existence, dans ma maison. Je ressentais un vague malaise. Mon père, Angustias — tous — prenaient ton parti. Seul Ruiz me demeurait fidèle. Il te décochait à table des pointes empoisonnées. Tu rougissais sans répondre. Mon père prenait ta défense. Moi ?... J'avoue que je ne sais plus. Tantôt tu me plaisais, tantôt tu m'irritais. Je ne te comprenais pas. Je te trouvais trop dur, trop bon ou trop simple. Mais comment aurais-je pu lutter contre mon père et contre Angustias ? Ils avaient arrangé notre mariage ; ils agissaient comme si nos fiançailles étaient officielles. Je me taisais par lâcheté. Je n'ai jamais eu le courage de dire « non ». Cela passe mes forces. Et sans même m'en rendre compte, je me suis trouvée engagée au point de ne plus pouvoir faire marche arrière.

Je ne t'accuse pas, Juan. Ce ne fut pas ta faute. Ni la mienne. Je t'avais tant dit que je t'aimais que tu avais fini par le croire ; et moi, je le disais pour m'en convaincre. Ce fut un malentendu. Un triste malentendu... Mais après tout, qu'en sais-je ? Peut-être t'ai-je effectivement aimé ? Il me suffit de regarder en arrière, d'évoquer les souvenirs de ces premiers mois que nous passâmes ensemble pour qu'une tendresse sincère m'envahisse et me porte vers toi. Était-ce réellement *toi* que j'aimais ? Je te connaissais si peu ! Même maintenant, je ne sais comment parler de toi. Je ne saurais dire qui tu étais...

Tu étais bon. Je le redis parce que c'est cette bonté qui d'abord m'attira. Du moins le pensais-je. Maintenant cela me paraît moins clair. Tu étais d'une bonté facile, qui frôlait la complaisance... Rassure-toi ; je ne veux pas te blesser. C'est moi-même que je condamne...

C'était le 26 octobre. Il faisait tiède. Il avait plu toute la nuit, mais le ciel était dégagé. Un pâle soleil brillait sur la mer d'un bleu très tendre. La terre sentait l'herbe détrempée. Le parfum des feuilles mortes imprégnait Zarauz. Mon père avait enfin fixé la date de notre départ pour « La Parra » au 29 au matin. Cette nouvelle t'attrista. Il t'en coûtait, me dis-tu, de te séparer de moi. Je ne sais plus ce que je te répondis. Sans doute te jouai-je la comédie du désespoir. C'est un rôle que je connais. Je le dis sans ironie. Il m'était devenu indifférent de te perdre. Je ne t'aimais plus, Juan. Je n'avais plus qu'un désir : retrouver « La Parra » au plus vite. Ma terre me manquait. Je me sentais dépaysée dans cette région trop verte, trop grise, trop pluvieuse. J'avais hâte de revoir le soleil, les oliviers, le Guadalquivir et d'entendre dans mon sommeil le murmure du jet d'eau. J'avais l'impression d'avoir rêvé. Je me disais qu'à « La Parra » tout rentrerait dans l'ordre. J'espérais que ta timidité t'interdirait de précipiter nos fiançailles.

Elles furent tristes. Elles eurent lieu dans le salon de « La Fiesta ». Tu avais revêtu pour l'occasion un costume de cérémonie, tenais des gants à la main. Tu fis un petit discours que tu avais dû répéter, la veille, devant une glace.

— Je sais, monsieur, que je ne suis pas digne d'épouser mademoiselle votre fille... Je ne lui apporte pas de fortune, mais puis vous assurer que je tâcherai, dans la mesure du possible, de la rendre heureuse...

Mon père se leva et t'embrassa. Il me sembla qu'il pleurait. Je lui accorde une excuse : il avait beaucoup vieilli.

Ruiz, immobile, me regardait intensément. Je faillis me précipiter dans ses bras et lui crier que je ne voulais pas t'épouser. Je ne bougeai pas. Tout cela me paraissait trop funèbre. Il y avait ce soleil pâle et sans forces, cette mer d'un bleu fade, cette ville grise, ce salon encombré de vilains meubles, tes habits de cérémonie, l'émotion de mon père... Dieu ! que nos fiançailles furent tristes !

Mon père s'en aperçut et me demanda ce que j'avais.

— Rien, papa... C'est l'émotion, sans doute...

Tu tournas vers moi un regard apitoyé et me souris d'un air plein de sous-entendus. Je crois que j'allais pleurer de rage et de dépit. Le sourire ironique de Ruiz m'emplissait d'une gêne insurmontable. Lui seul devinait mes pensées. Il me reprochait ma lâcheté. Et c'est vrai que je fus lâche. J'aimais trop mon père ; c'est ma seule excuse. En t'épousant, je le comblais.

V

Tu dînas avec nous. La pluie avait commencé. J'en écoutais le bruit. La mer, sur la plage, roulait des vagues indifférentes. Je frissonnais. J'évitais de te regarder, de penser à toi. Je me disais que bientôt je serais à « La Parra », que j'y retrouverais un paysage familier, ma chambre de jeune fille et que tout cela ne serait plus alors qu'un affreux cauchemar.

Ruiz gardait le silence. Il semblait triste. Je le remerciais intérieurement de si bien me connaître. Car il devinait mon angoisse. Je cherchais à me convaincre que rien n'était encore définitif. « On peut toujours reprendre la parole donnée », me disais-je. Mais je savais de science sûre qu'il me faudrait vivre des jours et des nuits, toujours peut-être avec toi...

Mon père rayonnait. Il lui semblait avoir fait son devoir en laissant sa fille en de bonnes mains. Il pouvait désormais quitter ce monde sans angoisse : Juan veillerait sur moi. Pauvre père ! Sa tendresse l'aveuglait, et aussi l'égoïsme des vieillards. Il se souciait bien plus de l'avenir de « La Parra » que du bonheur de sa fille. Je ne saurais d'ailleurs le lui reprocher. « La Parra » était toute sa vie, et toi, un parti convenable.

Au dessert il déboucha une bouteille de champagne. Tu
étais déjà très rouge, car tu as toujours aimé la bonne
chère. L'alcool te montait à la tête. Tu coulais sur moi des
regards qui me donnaient la chair de poule.

Nous levâmes nos coupes. Ruiz dit d'une voix grave :
— A ton bonheur, Tara !...

Je dus faire un effort pour ne pas éclater en sanglots.
J'avais l'impression d'assister à un enterrement. Peut-être
était-ce en effet un enterrement que ces lugubres fiançailles ! Il est vrai que je n'avais rien fait pour les empêcher.
J'avais feint de t'aimer. Eux, ne pouvaient pas savoir. Et il
m'était impossible de me lever et de déclarer qu'il
s'agissait d'un malentendu. Mais je regardais mon père
dont le visage reflétait une joie naïve. Je ne me sentais pas
le courage de le décevoir. Je me disais qu'il n'avait plus
longtemps à vivre et que je n'avais pas le droit d'assombrir
ses dernières années. Et puis, qu'avais-je à te reprocher ?
De trop parler des pauvres gens ? De manger avec une
gourmandise trop visible ? Cela n'eût pas été sérieux.

Le repas prit fin. Tu me tendis un écrin qui contenait
une bague. Angustias pleurait d'émotion. Ruiz détourna
la tête. Je t'embrassai et te remerciai. Tu passas toi-même
la bague à mon doigt. Elle me fit l'effet d'une chaîne. C'en
était une. Mais je ne le sus nettement que plus tard.

Onze heures et demie sonnèrent. Je prétextai une
migraine pour me retirer. Mon père se tourna vers toi et,
avec un sourire :
— Tu veux peut-être, dit-il, prendre congé de ta
fiancée ?...

Je restai clouée sur place. J'eus l'impression de pâlir. Tu
te levas, l'air heureux et comblé, la prunelle luisante et un
sourire gourmand au coin des lèvres. Tu me regardais
comme si j'étais devenue ta chose et moi je ne voyais que
ta figure congestionnée par ce trop copieux repas. Je dus
réprimer un instinctif mouvement de dégoût. « Vivre avec
ça ! » Ce n'était pas possible ! Il me semblait qu'on finirait
par avoir pitié de moi. Mais mon père ajoutait :
— Allez ! Les jeunes n'ont pas toujours besoin des
vieux !

Je gravis une à une les marches qui conduisaient à ma chambre. La peur raidissait mes membres. Je m'assis sur le lit où tu pris place auprès de moi :

— Ma chérie !... J'essaierai de te rendre heureuse... Tu es belle... Si belle...

Tu haletais de désir. Tu promenais tes paumes humides sur mes épaules et sur mon buste. Je faisais des efforts surhumains pour ne pas pleurer. Le contact de ta peau m'inspirait un dégoût mêlé d'horreur. J'entendais tes râles et tes gémissements confus. Tu étais baigné de sueur... Je fixais le plafond, les yeux grands ouverts, et sentais monter en moi un flot de haine qui me submergeait.

Je m'étais promis, en commençant ce récit, de ne pas te blesser et déjà je succombe à la tentation de te crier ma haine. Il faut me comprendre. Il y a plus de sept ans, Juan, que je la porte en moi et qu'elle me dévore. Rien que de penser à nos premières nuits suffit à la réveiller. Je ne trouve pas de mots pour te dire l'écœurement que tu m'inspirais. C'était pire que du dégoût : un mépris venu du plus profond de mon être et un malaise physique que je ne parvenais pas à surmonter. Mais tu ne t'apercevais de rien. Tu n'as jamais rien su voir. Je crois bien que tu ne t'es jamais mis, ne fût-ce qu'une seule fois, à la place de *l'autre*. Je n'étais plus pour toi qu'un objet de plaisir : *ta chose*... Mais laissons ces tristesses. Elles ne t'apprennent rien que tu ne saches.

Trois semaines après notre retour à « La Parra » eut lieu notre mariage. Il n'y avait autour de nous que quelques intimes. Ce fut une cérémonie très simple. Le curé du *cortijo* officiait. Tante Alice vint de Grenade. Elle était devenue une très vieille femme, à moitié sourde. Mais son caractère n'avait guère changé. Dès qu'elle te vit, elle me dit d'un ton sévère :

— Mais ce n'est pas un homme ça, Tara !...

Je restai muette. Qu'aurais-je pu dire ? J'étais condamnée au silence et à la résignation. Même « La Parra » ne parvenait plus à me consoler. Toute la journée je vivais

dans l'appréhension de la nuit. Cela devenait une obsession. Je ne pensais à rien d'autre qu'à cette heure où, dans
la pénombre, je sentirais sur mon corps le poids gluant du
tien.

Ruiz quitta le *cortijo* et regagna Cordoue. J'appris par
mon père qu'il y menait une vie de débauche. Il commençait à s'enivrer dès le matin. La nuit on le retrouvait affalé
sur la chaussée, dans un état de totale ébriété.

Nous partîmes trois jours après notre mariage en voyage
de noces pour l'Italie. Nous visitâmes Florence, Naples et
Venise. J'apprenais à te mieux connaître et donc à te haïr
un peu plus. Ta lésinerie surtout m'exaspérait. Tu tenais à
marchander le prix des chambres et ne réglais jamais une
note sans vérifier l'addition.

— Les Italiens sont tous des voleurs, disais-tu.

Un jour, il m'en souvient...

C'était à Venise et nous déjeunions dans un restaurant
de la place Saint-Marc. Le maître d'hôtel apporta l'addition. Soudain, tu te redressas d'un air triomphant.

— J'en étais sûr...

— Qu'est-ce qu'il y a?

— Il a essayé de nous avoir. Il a compté le vin dix lires
plus cher que sur la carte...

Tu confrontais la carte et l'addition. Vraiment l'expression de ton visage était affreuse.

— Laisse, Juan, cela ne fait rien...

— Comment, rien?... D'abord c'est une question de
principe, ma chère. Il ne faut pas que ces gens-là nous
prennent pour des imbéciles... Garçon!

Tu montrais la carte, tu gesticulais, t'empourprais. Les
serveurs et les clients nous regardaient. Je sentais tous ces
regards braqués sur nous. Je ne disais mot. Et soudain je
sortis un billet de mon sac, le jetai sur la table et quittai le
restaurant précipitamment.

Tu me poursuivis et parvins à me rattraper. Tu étais pâle
de colère.

— Tu m'as ridiculisé, balbutiais-tu. Tu n'avais pas le

droit de me faire ça... Ces gens-là nous volent pendant que des milliers d'Italiens crèvent de faim...

Je me tournai vers toi et te foudroyai du regard. Ce fut tout. Je sentis que tu commençais à entrevoir certaines choses.

— Je sais très bien, ajoutas-tu, qu'il s'agit de ton argent...

Alors, je ne pus plus me contenir. Je ne me souviens plus des mots que j'employai. Mais je reverrai toujours ton visage livide et tes lèvres que la colère faisait trembler.

— Je suis ton mari... Tu n'as pas le droit...

— J'ai tous les droits, Juan... Et si je ne les ai pas, je les prends... Tu me dégoûtes, tu m'entends ? Tu m'as toujours dégoûtée, si tu veux le savoir. Je ne peux plus te supporter. J'en ai assez de te voir saliver, à table ; assez de tes grognements ; assez de tout...

J'étais férocement injuste. Car tu souffrais. Je n'ai jamais vu pareille expression de douleur sur un visage. Tes larmes débordaient... Tu voulus parler. Mais la haine m'emportait ; je continuais à crier. Des passants se rassemblaient autour de nous.

— Tara..., gémissais-tu. Les gens nous regardent...

— Et crois-tu qu'ils ne nous regardaient pas tout à l'heure ? Crois-tu qu'ils ne voient pas la manière dont tu te tiens à table ?... Et moi, Juan, est-ce que je ne te vois pas toutes les heures de la journée ?...

— Je ne t'ai rien fait... Je te demande pardon...

— Non, tu ne m'as rien fait. C'est bien ce qui m'écœure. Je préférerais que tu fisses n'importe quoi, mais que tu agisses... Je n'en peux plus...

Tu pleurais. Tes larmes m'exaspéraient. J'évaluais mon injustice, et ce sentiment ne faisait que redoubler ma haine. J'étais en proie à un véritable vertige.

A l'hôtel un télégramme m'attendait. « Père gravement malade. Reviens. Baisers. Ruiz. » Je dus le relire plusieurs fois. Je refusais d'y croire. Et le soir même, nous prenions le chemin du retour, qui allait être celui de notre séparation.

Nous arrivâmes à « La Parra » par une belle et froide matinée de décembre. Le ciel était bleu ; le soleil brillait.

Je regardais la maison avec un serrement de cœur. J'aperçus d'abord Angustias qui pleurait, se mouchait en branlant de la tête. Aussitôt je compris que nous arrivions trop tard. Je ne pouvais parler. Un calme surprenant se faisait à l'intérieur de mon âme. J'évitais de bouger de peur de troubler ce silence qui s'installait en moi.

Ruiz vint à ma rencontre, pâle et défait. Il avait encore vieilli. Son visage semblait usé, et seuls ses yeux vivaient encore. Il me regarda d'abord sans rien dire, puis murmura :

— Nous l'avons enterré hier... Il est mort il y a trois jours... Il n'a pas souffert. Le matin, Angustias a frappé à sa porte. Il n'a pas répondu. Elle est entrée... Il était mort pendant son sommeil... Je n'ai pas voulu t'apprendre trop brutalement la nouvelle...

Je pénétrai dans la maison. Le silence d'abord me frappa. Un silence inconnu de moi : celui de la mort. Je ne versai pas une larme. J'étais trop prostrée pour pleurer. Ruiz me tendit un verre de cognac que je bus d'un seul trait. Puis je m'assis dans *son* fauteuil. Le jet d'eau continuait d'égrener des heures qui n'étaient plus celles de la vie et de la mort des hommes. L'air demeurait froid et coupant ; mais le soleil continuait à tiédir les murs du patio.

Tu t'es approché de moi et tu as balbutié quelque chose... Nos regards se sont croisés. Tu as lu dans le mien la condamnation de notre amour et tu n'as pas osé insister. Cela n'aurait servi à rien. Ma décision était prise. Mon père ne vivait plus : rien ne me liait plus à toi.

— Je peux partir, si tu le veux, murmuras-tu.

Je ne répondis pas. Ruiz intervint :

— Ton père avait rédigé un testament. Il lègue « La Parra » à Juan pour qu'il l'administre.

Cela me parut une singulière ironie du sort. J'aurais pu en sourire, mais j'étais vraiment trop lasse. Et se tournant vers toi, Ruiz ajouta :

— Vous êtes propriétaire des terres, mais pas de la maison. En cas de décès, « La Parra » reviendrait à votre femme...

VI

Je ne te redirai pas ce que la mort de mon père fut pour moi. Tu te souviens de ces jours et de ces nuits que je passai dans un état de stupeur presque animale. J'errais dans la maison comme une âme en peine. Partout je me heurtais à son souvenir. Ruiz redoutait que je ne tombasse gravement malade. Il s'était installé à « La Parra » et me surveillait avec anxiété. Angustias ne cessait de pleurer. On entendait du premier étage ses reniflements et ses sanglots saccadés. Les journaliers défilaient pour me présenter leurs condoléances. Je les recevais, raidie dans mes vêtements noirs, sans que mon visage trahît la douleur qui m'étreignait. C'est cela surtout qui vous inquiétait tous : que je ne pusse pleurer. Souvent tu me disais d'une voix douce :

— Pleure, Tara, cela te fera du bien. Les larmes soulagent...

Je restais assise devant la fenêtre à contempler « La Parra ». La souffrance m'étouffait. Par moments mes souvenirs m'assaillaient avec la violence d'un raz de marée. Je revoyais mon enfance ; je revivais en pensée ces heures douces et sereines. Je m'attendais à chaque instant à voir paraître mon père, vêtu du costume andalou, un sourire grave au coin des lèvres, et l'entendre me dire :

— *Regarde,* Tara !... *Sens !... Vois !...*

Je savais que jamais plus je n'apercevrais sa silhouette élégante se découpant sur la ligne sombre de l'horizon ou émergeant comme dans un songe des oliviers argentés. J'écoutais le silence qui recouvrait « La Parra » et n'arrivais pas à m'habituer à l'idée que ce silence durerait autant que ma vie. Je me révoltais contre cet arrêt du sort. Certes je m'attendais depuis plusieurs mois que mon père disparût. Mais une chose est d'imaginer et une autre de se heurter à l'évidence. Car mon père n'était pas mort. Je le sentais partout présent. Chaque meuble, chaque bibelot me parlait de lui. Le murmure du jet d'eau m'arrachait des gémissements de bête. Je me rappelais ces nuits chaudes et parfumées où mon père, installé dans le patio, me récitait des poèmes. Je revoyais son visage brun, sculpté dans le chêne, et ses yeux d'une noirceur profonde. Ces images devenaient intolérables. J'étais à bout de souffrance. Le moindre bruit me faisait tressaillir. Toute présence me pesait. J'interdis l'accès de ma chambre et n'acceptais même plus de recevoir Angustias qui sanglotait à ma porte.

— Madame, suppliait-elle, laissez-moi entrer, ne fût-ce qu'une seconde. Pour la Maracena ! ouvrez !

J'entendais sans entendre. J'aurais voulu dormir et dormir encore, d'un sommeil pesant, et ne m'éveiller que pour mourir. Une surhumaine lassitude pesait sur mes épaules. Parfois un sanglot venu du plus profond de ma détresse montait dans ma poitrine et atteignait ma gorge. Je le ravalais avec peine... Un flot de révolte me soulevait. Je refusais l'évidence et m'abandonnais au rêve : mon père n'était pas mort, il était en voyage et j'allais, d'un instant à l'autre, entendre le bruit de ses pas dans l'escalier et sa voix me dire :

— Où donc est ma jolie princesse ?... Elle n'attend pas son papa ?...

Non, Juan, ce que j'ai souffert ne peut s'exprimer. Il y a mille douleurs comme il y a mille bonheurs. Ma souffrance martelait mes tempes, accélérait les battements de mon cœur, m'accablait de vertiges et de nausées. Elle m'arrachait des plaintes et des gémissements de bête malade qui ne comprend pas ce qui lui arrive. Ma souffrance m'étonnait. Je n'exagère pas, Juan : j'étais hébétée de douleur. Je me débattais comme un oiseau blessé qui agite ses ailes, poursuit son vol, cherche une branche sur laquelle se poser et s'effondre, brusquement foudroyé. Même « La Parra » me devenait un objet de haine. Car qu'est-ce qu'une maison définitivement quittée par la magie qui l'habitait et où ne restent, pour la rendre vivante, que des souvenirs ?

J'essayais de ressusciter mon père afin de vaincre par l'imagination cette mort qui me l'avait si cruellement enlevé. Mais les souvenirs eux-mêmes me fuyaient. Je ne

voyais plus mon père. Je devais m'acharner sur mon
cerveau pour en tirer une image précise que le temps n'eût
pas pu atteindre. Et, chose étrange, c'est un père jeune et
beau que j'extrayais alors du fond de ma mémoire. C'est
cette image-là que je gardais de lui : celle du fier cavalier
amoureux de sa terre, épris de poésie et l'âme emplie
d'une gravité passionnée. Rien n'y faisait, et j'avais beau
m'acharner : sa vieillesse, pendant ces derniers mois où je
l'avais vu malade, étendu sur le balcon de Zarauz, une
couverture sur les genoux, me paraissait irréelle. Dans mon
esprit mon père n'avait pas vieilli. Il demeurait et resterait
l'image même de la vie. Peut-être ne l'ai-je pas assez
regardé pendant sa dernière étape ? Peut-être ne pouvais-
je observer cet insensible vieillissement qui ridait son front
et blanchissait ses cheveux ?... Mais je refuse même cela :
que mon père ait eu des cheveux blancs. Il est toujours
pour moi cet « Arabe espagnol » dont parle le poète. Je ne
veux pas penser que les années auraient eu raison de son
courage et de sa force. Un homme de sa trempe doit
échapper à l'injure du temps. Et je suis là pour le
préserver de ce dernier affront...

Plus tard Angustias me raconta sa mort. Il avait dîné
comme à l'accoutumée, seul dans la vaste salle à manger.
Il se sentit fatigué. Il relut la lettre que je lui avais écrite de
Venise, puis alla s'installer dans le patio. L'ombre teintait
de mauve les géraniums-lierres. Il dit à Angustias, de sa
voix calme et grave :

— La petite est heureuse... Elle ne me dit pas qu'elle
soit enceinte. Cela ne saurait tarder... J'aimerais avoir un
petit-fils...

Il monta se coucher comme onze heures sonnaient aux
églises de Cordoue. Il dut entendre pour l'ultime fois ces
voix qui avaient bercé sa vie entière. Le lendemain
Angustias le trouvait inanimé. Il semblait dormir. Un
doux sourire errait sur ses lèvres mauresques, bien
ourlées, gonflées, l'inférieure retournée vers le bas.

— Il avait l'air d'un ange, Madame... Je suis sûre qu'il
est mort en rêvant à quelque chose de très doux, de très
beau... A vous sans doute ?...

Non, Juan, mon père n'a pas quitté ce monde en rêvant de moi, mais de ma mère. J'en ai la certitude : par une lettre que je retrouvai dans ses papiers et où elle le remerciait de l'avoir une fois de plus aidée. Ainsi continuait-il d'aimer cette femme qui avait ruiné sa vie, brisé la tienne et la mienne. Il ne parlait jamais d'elle, mais lui écrivait encore, et cela quelques jours avant sa mort. Je puis te réciter par cœur ce que Tara lui écrivait. Une lettre courte. Je reconnus aussitôt la grande écriture, ronde, majestueuse et impérieuse.

« Mon cher Manuel,

» Je suis heureuse des nouvelles que tu me donnes de Tara. Il me paraît à moi aussi souhaitable qu'elle ignore que nous continuons de nous écrire. Sans doute ne comprendrait-elle pas. Les enfants, même devenus adultes, n'accèdent pas aisément à l'univers de leurs parents...

» Je ne doute pas que son mari soit un honnête garçon. Tu l'as choisi. Cela me suffit. Dis-moi seulement si tu as l'espoir d'avoir un petit-fils qui serait mien aussi. Cela nous vieillira, je présume ? Mais nous avons atteint un âge où le verbe " vieillir " perd toute signification.

» Je suis à Madrid où j'habite un appartement donnant sur le Retiro. Parfois, le soir surtout, je regrette " La Parra " et le bonheur que nous aurions pu connaître ; je me dis alors que la vie est mal faite. Antonio, que tu as vu lors de ton dernier passage par la capitale, me comble certes d'attentions. Je veux même croire qu'il m'aime. C'est un garçon un peu fruste, pas trop travailleur, mais qui est très attaché à moi et à ce que je représente pour lui : le luxe, l'intelligence... Tu le vois, Manuel, j'en parle sans ironie, car je me suis faite à l'idée de n'être plus jeune.

» Je te remercie de la somme que tu m'as fait parvenir par l'entremise de Pablo. Avec cet argent j'ai pu amortir mes dettes. Je n'ai toujours pas appris à dépenser moins ni surtout à me priver du superflu. Ce doit être une maladie et je suis trop âgée pour espérer m'en guérir. Aussi fais-je une fois encore appel à ta générosité : cinq mille pesetas me rendraient grand service.

» Je sais, Manuel, que tu ne me tiens pas rigueur de la vie que je mène. Je dois te rendre cet hommage qu'aucun homme ne s'est montré aussi généreux envers moi. C'est peut-être cela, l'amour ? Alors, mon ami, tu as dû beaucoup m'aimer et cela augmente mes regrets... Ce n'est pas gai, tous les jours, de se regarder dans une glace et de constater que les années ne vous font grâce de rien. Je lutte, certes, mais aucune crème ne parvient à effacer les rides et, moins encore, ce double menton que je ne puis voir sans ressentir un très désagréable choc.

» Écris-moi, Manuel. Tes lettres sont ce qui me reste de ma jeunesse perdue. Je les lis avec un serrement de cœur et me dis qu'il devait y avoir quelque chose en moi, malgré tant de désordres, pour qu'un homme comme toi continue de m'aimer et de me le dire si bien.

» Protège-toi du froid. L'hiver s'annonce rude. Un ami m'affirme qu'il fait aussi froid à Cordoue qu'à Madrid. Or je gèle ici, malgré le chauffage central.

» A bientôt, Manuel. J'attends avec impatience ton nouveau passage par Madrid. Nous pourrions aller au restaurant ? Je ne suis pas vieille au point de ne plus oser sortir et cela, je crois, me rajeunirait. J'attends également la photographie de Tara que tu m'avais promise. Ce doit être une bien jolie jeune femme, à présent... Comme le temps passe, Manuel ! On se réveille au bord de la tombe, avant que de s'être vu vieillir. Et ce cœur qui reste jeune ! On dit que c'est la vie. Pour moi, c'est surtout la mort...

» Je t'embrasse,

Tara. »

Je lus et relus cette lettre. Je la baisai pendant qu'une tristesse infinie m'envahissait. Devais-je revoir cette vieille femme qui parlait déjà de sa mort ? Je finis par décider que je n'en avais pas le droit. Je me contentai de lui envoyer un faire-part du décès de mon père. Et je priai Pablo de lui faire tenir, chaque moi, la même somme que lui envoyait mon père. Voilà ce qu'était devenue Tara : une vieille

femme qui avait besoin de dix mille pesetas par mois pour
trouver de l'amour…

Ce n'est pas triste, Juan, et je t'interdis de me plaindre
ou de la plaindre. Chacun supporte le poids de sa vie. La
sienne la regarde. Je sais qu'elle s'est fixée à Madrid. Son
nouvel amant doit s'appeler Jorge ou Antonio. Qu'importe le prénom ? Tara ne se fait plus d'illusions ; elle
essaie par tous les moyens de reculer l'heure de la
définitive déchéance. Et, par pitié pour son souvenir, j'ai
refusé de contempler sa ruine physique. Mon père et moi
l'avons aimée d'amour. C'est à nous de veiller sur elle.
Nous aurions pu la maudire. Nous en avions le droit, peut-
être même le devoir. Nous ne l'avons pas fait. Elle
demeure pour moi un mystère impénétrable : le visage du
Destin. Car Tara choisit son destin et en fit sa destinée.
Elle voulut vivre pour le Mal. Cela ne m'échappe plus. Car
j'ai fait comme elle et me sais, tout comme elle, damnée. Il
est vrai que je ne suis pas de sa taille. J'ai fléchi ; je ne me
suis pas, corps et âme, vouée à l'enfer. Je n'arrive pas à me
résigner à ma damnation éternelle. J'espère encore…

VII

Il pleut, Juan ! Je ne m'en suis pas aperçue tout de suite.
Il m'a semblé brusquement qu'il faisait moins chaud et que
l'air mollissait. J'ai tendu l'oreille et j'ai entendu le bruit
de la pluie sur la terrasse assoiffée. Toute la campagne
renaît. L'eau tombe fougueusement. Elle ruisselle sur la
terre craquelée, morcelée, et forme des flaques sanguino-
lentes au pied des oliviers qui frissonnent de bonheur.
C'est un véritable miracle. Car le soleil luit sur Cordoue et
le Guadalquivir. Un nuage, un seul, recouvre le ciel de
« La Parra » sur laquelle il vient soudainement d'éclater.
C'est un nuage sombre, presque noir, gonflé d'eau. Et la
terre s'entrouvre, tend ses lèvres avides, étanche sa soif,

tandis que, d'un bout à l'autre du *cortijo,* des cris
emplissent l'air.

— *Llueve... Llueve !...*

Oui, Juan, il pleut. La pluie, tant attendue et si
ardemment désirée, tombe enfin sur les oliviers et les prés
calcinés. Tout mon corps participe à la fête. Car c'en est
une.

Des gosses, vêtus de haillons, courent partout en levant
les bras. Les journaliers se complimentent ; Angustias,
malgré son âge et ses rhumatismes, est sortie en levant au
ciel ses mains décharnées, pendant que ses lèvres remuent,
sans doute pour une prière. Là-bas, dans le lointain, les
taureaux soulèvent avec émoi leur mufle puissant...

Je voudrais, moi aussi, quitter cette chambre, laisser ce
cahier et offrir mon corps à cette pluie bienfaisante, lourde
de promesses. Ce serait cela, l'espérance ! Il suffit de si
peu, vois-tu, pour que le désert le plus aride se remette à
espérer !...

Mais je ne bougerai pas d'ici. Je suis enchaînée à ce
papier comme le forçat à son compagnon d'infortune. Il
faut que j'aille maintenant jusqu'au bout de ma nuit.
Après, peut-être ?...

J'ai mal parlé de toi, Juan. La haine m'aveugle.
J'éprouve le désir de te noircir. Ce n'est pas, crois-le bien,
pour me justifier. Je t'ai fait tant d'aveux, et de si
douloureux, qu'aucune pudeur ne pourrait plus m'arrêter.
Mais je n'arrive pas à parler de toi avec sang-froid. Tu
colles à ma peau. J'ai beau faire et me révolter : je t'aime
encore et chéris chacun des souvenirs qui me rattachent à
toi. Je voudrais avoir des raisons solides de te détester ; je
n'en trouve aucune et suis bien forcée d'en inventer. Ne
m'en tiens pas rigueur... J'ai conscience de mentir malgré
moi, de te tromper, et je ne hais rien tant que le
mensonge.

Il n'est pas vrai, Juan, que tu sois cet homme avare et
larmoyant que je m'efforce de créer. Tu n'es rien de tout
cela. Tu es d'une bonté réelle, presque excessive. C'est

cela surtout qui m'exaspère : d'avoir tué le seul être que je
devais respecter et admirer. Car je te vénérais, Juan. Tu le
sais d'ailleurs, car je te l'ai souvent dit et répété. Tu
haussais les épaules et hochais la tête :

— Je ne suis pas bon, Tara. Personne ne l'est. Je
m'efforce de faire le moins de mal possible, voilà tout.

J'enviais ta sérénité, ton calme que rien ne semblait
pouvoir troubler. Je m'acharnais contre toi ; je cherchais à
te blesser. J'y parvenais sans peine. Tu pâlissais et me
disais d'une voix dolente :

— Tu es injuste, Tara. Je ne t'ai jamais fait de mal. Je
te demande pardon, toutefois, car il se peut que je t'aie
blessée sans le vouloir.

Cette réponse m'exaspérait, car je voulais que tu me
haïsses ! Il le fallait, tu comprends ? Je désirais aller
jusqu'au bout de moi-même et me heurtais à ta bonté
tranquille et sans faille.

Je te provoquais de mille manières différentes. Ainsi
cette scène que je te fis à Venise : rien ne la justifiait. Il
n'est pas vrai que tu vérifiais les additions. Tu n'as jamais
eu le sens de l'argent. Mais ce jour-là, le mensonge était
vraiment par trop grossier et tu as simplement fait une
remarque au maître d'hôtel. J'ai fait de cet incident un
prétexte à ma colère. J'ai ameuté les passants. Tu n'as rien
répondu. Tu n'as même pas songé à te défendre... Comme
ton silence m'irritait, Juan ! Comme j'aurais aimé te voir te
fâcher, te défendre ! Mais tu te contentais de me regarder
avec pitié et ta pitié me faisait plus mal encore. J'aurais
voulu t'entendre m'insulter... Rien ! Rien que ton silence
et ce regard voilé d'une angélique compassion. Ah ! ton
regard, Juan !... Je crois bien que j'aurais pu te tuer pour
le supprimer ! C'était le regard même de l'innocence. Or il
ne fallait pas — tu m'entends ? — il ne fallait à aucun prix
que tu fusses innocent. Autrement le courage m'aurait
manqué. Partout je croyais voir tes yeux bleus, emplis
d'un chagrin étonné. Je trépignais de fureur. Il me semble
parfois que la trop grande bonté est un péché. Car elle
accule les méchants au désespoir. Par ta faute je n'étais

plus capable d'espoir. Tu te rends compte de ce que cela signifie : n'avoir plus d'espoir ?...

C'était à Venise. Je n'avais pas reçu le télégramme de Ruiz m'annonçant la maladie de mon père. Ce jour-là, tu étais parti seul pour visiter un musée. Je prétextai une migraine pour ne pas t'accompagner. Le Mal me rongeait. J'étais nerveuse, instable comme l'était, jadis, ma mère. Oui, Angustias avait raison : j'étais possédée.

A peine avais-tu passé notre porte que je descendis et m'aventurai dans les *calle* étroites sur lesquelles flottait une odeur putride. Çà et là des gondoliers me proposaient un tour en gondole sur un ton qui sentait la provocation. L'un d'eux, qui devait avoir vingt ans, me regardait avec insolence. Le désir s'éveillait en moi. Je ne puis te décrire ce que je ressentais. Rien n'aurait pu m'arrêter : pas même ton regard.

Je décidai de te bafouer et lui proposai de monter dans ma chambre. Il souriait. Il se moquait de cette faim exaspérante, que je lui laissais voir, de son corps, de ses lèvres entrouvertes sur une rangée de dents blanches, menues et pointues. Il me fit comprendre qu'il ne pouvait pas perdre son temps...

Je ne sais comment poursuivre, Juan. Ses camarades nous épiaient. D'aucuns ricanaient. Je me sentais humiliée, avilie, comme ce jour où j'allai mendier les caresses de Sérafin dans les écuries de « La Parra ». Mais je le voulais. Pour rien au monde je n'aurais renoncé à toucher le fond de ma déchéance. J'acceptai même de discuter son prix. Ah ! ce mépris froid, glacial, que je lisais dans ses yeux !...

De ton côté tu t'inquiétais de mon état et abrégeas ta visite à ce musée. Tu rentras à temps pour nous surprendre... Ton visage n'exprima rien. Pas même une souffrance. Tu étais au-delà de la souffrance. Tes yeux pourtant s'emplirent soudain de larmes ; tes lèvres tremblaient. Tu étais devenu livide !

— Sortez ! crias-tu au gondolier. Sortez !

A ce moment-là j'eus peur. Je crus que tu allais me tuer... Mais tu t'assis sur le lit et, sans un mot, fondis de nouveau en sanglots. Je regardais ta nuque d'adolescent trop pur, ta chevelure dorée, tes épaules étroites, secouées de frissons. J'eus l'impression de mourir de honte et de douleur. Je dus m'habiller sous tes yeux. Tu ne disais rien. Enfin, tu murmuras :

— Que t'ai-je donc fait ?...

Je me jetai à tes pieds. Tu m'étreignis contre ta poitrine. Alors j'essayai de te faire comprendre ce qu'était ce Mal qui me dominait. Tu refusais de m'entendre ; tu hochais la tête et balbutiais :

— Ne me dis plus rien, Tara... Tais-toi, je t'en supplie...

Je te parlai de ma mère, de cette nuit, à Marseille, où j'aperçus pour la première fois la nudité d'un homme. Mais mon récit te faisait trop mal et tu refusas de m'écouter jusqu'au bout. Tu m'implorais, te levais, essayais de fuir ; je m'accrochais à toi.

— Je ne t'en veux pas, Tara, t'écriais-tu entre deux hoquets... Je ne t'en veux pas... Je prierai pour toi. Mais épargne-moi, je t'en supplie... Je pourrais en mourir...

Le lendemain nous nous éveillâmes côte à côte. Tu n'avais pas dormi de la nuit. Ton visage était pâle et défait. Tu me dis, en hésitant :

— Je crois, Tara, qu'il serait mieux que nous cessions d'avoir des rapports physiques. Tu ne m'aimes pas... Tu ne m'as jamais aimé. Il me semble parfois que tu as envie de me tuer... Je... Je resterai auprès de toi, parce que c'est mon devoir... Mais ne me demande pas de comprendre... On n'a pas le droit de comprendre le Mal... Je te pardonne... Je ne peux pas faire plus...

Je demeurai interdite. Je m'étais attendue à tout, sauf à cela. Ces paroles surtout me torturèrent. « On ne doit pas comprendre le Mal. » C'est vrai que j'avais essayé de te le faire comprendre. Mais le comprendre, c'est déjà l'accomplir. Tu as refusé cela. Il ne me restait plus rien à faire que de m'inventer sans fin des raisons de te haïr et de te détruire.

Les mois qui suivirent la mort de mon père furent
atroces. Je profitai de la pitié que je t'inspirais pour
essayer de te reconquérir. J'y parvins sans peine. J'éprouvais un plaisir démoniaque à te caresser, à dormir auprès
de toi et à te donner l'illusion que le Mal relâchait pour
moi son étreinte. Mais il se tenait tapi au fond de mon
âme. Et bientôt il la dévasta...

Tu ne sais pas, Juan, ce que furent ces quatre années.
Tu dormais dans la chambre qui avait été celle de ma
mère ; J'avais gardé la mienne et interdit qu'on touchât à
celle de mon père. Ainsi nous retrouvions-nous dans la
même situation, ou à peu près, que celle qui avait régné
entre mes parents. Deux différences pourtant : nous nous
parlions et n'avions pas d'enfants... Et cependant...

Je fus enceinte vers la fin mars. Je te jure, Juan, que cet
enfant était de toi. Mais tu ne voulus pas le croire. Tu me
regardais toujours avec le même doute, la même tristesse,
la même compassion. J'en devenais folle. Vraiment ma
raison s'égarait.

Un soir, il m'en souvient, nous dînions seuls. Les bruits
de « La Parra » nous parvenaient. C'était le printemps. La
terre sentait l'herbe verte, la menthe et la marjolaine. Tu
m'observais en silence. Ton regard n'exprimait rien
qu'une compassion presque paternelle. Soudain j'ex-
plosai :

— Je dois te prévenir, Juan... J'ai décidé de supprimer
l'enfant...

Tu devins pâle. Tu me regardais sans bien comprendre.

— Nous sommes catholiques, Tara...

— Et alors ?... Je ne veux pas d'enfant de toi. Je te hais.
Tu m'entends ? Je te hais !...

Tu te levas et t'approchas de moi. Tu ne me faisais pas
peur. C'était pire : tu me déchirais intérieurement.

— Je t'en supplie, Tara... Si tu as encore un peu
d'amitié pour moi, ne fais pas cela... Je suis prêt à faire ce

que tu voudras : partir, rester, me taire... Mais garde
l'enfant.

Alors j'éclatai de rire. Je riais et pleurais à la fois. Un
mot, Juan, un seul mot de toi aurait pu tout changer ! Mais
tu ne le prononças pas. Déjà tu avais cessé de me croire.
Tu me regardais comme si, en effet, j'eusse été un
monstre.

— Tara, si tu fais cela, tout sera fini entre nous. Je
refuserai de reconnaître les enfants que tu pourrais avoir
par la suite. Penses-y.

Tu tournas les talons et quittas la salle à manger. Je
tendis les bras, voulus crier... Mais je savais que ton
amour était mort. Je me sentais seule et damnée. Définitivement damnée.

Angustias survint. Elle pleurait. Elle avait déjà ce visage
que tu lui connais : parcheminé, jauni, comme un vieux
papier plissé.

— J'ai tout entendu, Madame... Ne fais pas ça... Je t'en
prie, ma petite... Aie pitié de ton mari. Il est bon...

— Bon, bon !... Vous n'avez tous que ce mot à la
bouche !... J'en ai assez de la bonté !... Assez !...

— Pour la Macarena, ma petite, ne tue pas cet innocent
que tu portes. Dieu ne te le pardonnerait pas...

— Je me fiche de Dieu... Tu m'entends, Angustias ?...
Je me fiche de Dieu...

Elle me fixa avec une expression de terreur, se signa et
me laissa.

Le soir même j'allais à Andujar trouver une guérisseuse
qui, à ses heures, devenait faiseuse d'anges...

VIII

Tu tins parole. Notre vie devint un enfer. Tu cessas de
m'adresser la parole et ne répondais que par monosyllabes
aux questions que je te posais. Seule « La Parra » t'intéressait encore. Tu y faisais mille transformations que je

regardais d'un mauvais œil. Mais tu ne te souciais plus de mon avis. Tu commenças par faire bâtir des maisons en dur, pour les ouvriers agricoles, puis relevas leurs salaires et créas une sorte de coopérative. Ils ne t'en savaient aucun gré et je me plaisais à te le faire remarquer.

— Je ne le fais pas pour qu'ils m'aiment, me répondais-tu, mais parce que je considère que c'est mon devoir.

Ainsi la vie du *cortijo* se transformait-elle jour après jour. Une cloche sonnait maintenant les heures du travail et du repos, car tu considérais que les hommes ne devaient pas travailler plus de huit heures par jour. Cela me révoltait. Je trépignais, t'insultais...

— Cette terre est à moi, m'écriais-je à bout d'arguments. Tu as tout fait pour en hériter...

— Tu sais très bien que ce n'est pas vrai, Tara. Ton père me l'a léguée pour que je la fasse fructifier. J'agis donc comme me le dicte ma conscience...

— Tu n'as pas le droit de toucher à ce que mon père avait créé...

— Si, Tara. Ton père appartenait à une autre époque. Nous savons maintenant qu'il faut traiter les hommes comme des hommes et non plus comme des bêtes...

— Tu insinues que mon père n'aimait pas ses ouvriers ?

— Je n'insinue rien, ma chère... J'agis comme bon me semble et je crois devoir le faire...

— Je te hais, je te hais !...

— Tu me l'as suffisamment prouvé. Il est inutile de le répéter...

— Tu ne peux savoir combien je te déteste...

— Si, Tara... Il me suffit de te regarder...

Mais « La Parra » n'était plus qu'un prétexte. Je n'étais pas loin, dans mon for intérieur, d'approuver la plupart des améliorations que tu y introduisais. Ma haine venait d'ailleurs. Seule ta présence la motivait et l'exaspérait. Car tu étais là, devant moi, comme un perpétuel reproche. Tu étais un miroir dans lequel je me voyais telle que je suis tout en refusant de me voir.

Le Mal ne me lâchait plus. Il dévastait mon âme et me poussait aux actions les plus viles. Je cherchais à provoquer ta colère, et ton mépris indulgent m'enivrait de fureur.

Chaque semaine je partais passer trois jours à Séville. Je ne te parlerai pas de ces nuits. Tu les devines, Juan. Mais ne crois pas qu'elles fussent gaies. Rien n'est plus triste ni plus monotone que la débauche.

Je traînais de bar en bar. Les hommes me regardaient. A cette époque les femmes espagnoles n'entraient jamais dans un lieu public. Je le faisais exprès, dans l'espoir que le bruit t'en parviendrait. Mais tu ne m'en as jamais parlé.

Je finissais la nuit dans une quelconque chambre d'hôtel, si semblable à tant d'autres que j'avais connues dans mon enfance ! J'y rencontrais des hommes dont le lendemain j'avais oublié jusqu'au nom. Une peur animale de la nuit et de la solitude me jetait dans les bras du premier venu.

Tu n'as pas connu cela, Juan, et ne peux donc pas me comprendre. Tu ignores ce que c'est que marcher au hasard dans une ville, en quête d'un sourire, d'un regard. Certaines nuits j'aurais voulu mourir. J'aurais donné ma vie, réellement, pour sentir auprès de moi une présence tiède et humaine qui ne fût pas celle d'une bête de luxure. C'est cela, la vraie solitude : cette vaine recherche, cette marche harassante à travers les rues vides, peuplées seulement de fantômes et d'ombres en proie au même tourment. La nuit appartient aux monstres, aux condamnés et aux blessés de toutes sortes. Ils émergent alors des ténèbres pour errer d'un quartier à l'autre avec le même sourire humble, le même regard implorant et le même visage marqué, livide, sur lequel la souffrance et la résignation — parfois aussi le cynisme — ont posé un masque qui les fait ressembler aux personnages historiques entassés dans les musées. Ne les condamne pas trop vite, Juan. Ils portent en eux leur châtiment, qui ne va pas sans une certaine grandeur.

Je rentrais à « La Parra » pour y retrouver ton regard impassible qui me renvoyait à ma solitude et à mon désespoir. Parfois l'envie me prenait de te parler. Tu m'arrêtais d'un geste ou d'une parole : « C'est inutile,

Tara. Nous n'avons plus rien à nous dire. » Alors je me reprenais à te haïr et à désirer ta mort. Il me semblait que ta disparition marquerait la fin de mon tourment. Je comprenais le crime de Caïn : comment vivre avec un ange auprès de soi alors que toute votre âme est recouverte d'épaisses ténèbres ?...

Les événements politiques se précipitaient. Les élections venaient de donner une forte majorité à la gauche. Le Front populaire triomphait. « La Parra » n'échappait pas à la contagion de la folie. Des syndicats se formaient. Les journaliers nous envoyaient des délégations. Je t'en rendais responsable. Mon instinct héréditaire de propriétaire se réveillait avec force.

— Voilà où nous a conduits ta République, te disais-je avec rage.

— Le Front populaire n'a jamais été *ma* République...

— N'empêche que c'est elle qui en a permis le succès.

— Je te prie de ne pas parler si haut... Les esprits sont échauffés. Quelqu'un pourrait nous entendre. On fusille pour bien moins que cela, en ce moment.

— Nous fusiller ?... Cette racaille voudrait aussi nous coller au poteau ?... Qu'ils y viennent, mon petit !...

Tu n'exagérais pas cependant. On fusillait pour bien moins et même sans raison. D'épouvantables assassinats avaient lieu, qu'on essayait de couvrir de motifs idéologiques. Mais la réalité était autre. La folie l'emportait. Tout le monde devenait fou. Des jeunes gens de bonne famille assassinaient lâchement des ouvriers ; des repris de justice massacraient des familles entières pour s'emparer de leurs biens. C'était le règne de la Grande Peur. Personne ne se sentait à l'abri de cette folie. Des amis vinrent se réfugier chez nous. « La Parra » devint une forteresse prête à subir un assaut. Nous avions institué des tours de guet et dormions armés jusqu'aux dents, prêts à bondir à la moindre alerte. Nous vivions l'oreille tendue aux bruits du dehors. Une voiture pouvait survenir, qui donnerait le

signal du combat. On n'entendait plus parler que de cela :
vols, assassinats, représailles. Une atmosphère de terreur
régnait sur tout notre malheureux pays. Et la haine divisait
les familles, partageait les amants.

Le 18 juillet nous apprîmes l'insurrection de l'armée.
Nos amis tressaillirent de bonheur. Ils s'embrassaient en
pleurant. Tu te taisais, semblais soucieux. Le soir même,
un groupe de miliciens, brandissant un ordre vague, et
armés jusqu'aux dents, faisait irruption dans la maison...

Je ne te décrirai pas cela. Tu en as été témoin et victime,
comme moi. Ils s'emparèrent de nos amis, les traînèrent
au-dehors. Des rafales de mitrailleuses crépitèrent. Antonito, qui n'avait que huit ans, vit sa mère achevée sous ses
yeux. Il hurlait de frayeur.

Nous crûmes notre tour venu. Je me jetai dans tes bras :

— Pardonne-moi, Juan, pardonne-moi... J'ai voulu
t'aimer...

Soudain un autre groupe parut, aussi armé que le
premier. Pablo — le *capataz* — le commandait. Une vive
discussion s'engagea dont nous étions l'enjeu.

— Vous ne toucherez pas à un cheveu de la *señorita*...

— Il n'y a plus de *señoritos,* répondait un autre.

— Et moi je te dis que si vous approchez de la *señorita*,
nous ouvrons le feu sur vous... C'est clair ?...

Tout mon être était tendu. Je voulais vivre, vivre !... Je
voyais ces flaques de sang, ces corps mutilés, entassés les
uns sur les autres, du milieu desquels émergeait le pauvre
petit visage d'Antonito... Je refusais la mort. J'avais peur
de mourir, Juan ! Une peur animale. Tout mon être
devenait peur.

L'un des miliciens venus de Cordoue se tourna vers
nous :

— Ce sont des fascistes. Ils sont pour l'armée...

Alors tu t'avanças :

— Je n'ai pas peur de mourir, déclaras-tu. Mais je
n'approuve pas le soulèvement. Je suis prêt à combattre
pour la République. Pas pour *votre* République, mais pour
la République.

Je demeurais bouche bée. D'abord je crus que tu

essayais de gagner du temps. Mais tu parlais sérieusement.
Déjà les miliciens t'entouraient, te donnaient l'accolade...
et tu les suivais, en enjambant les flaques de sang et les
cadavres de nos amis.

Pablo vint vers moi :

— Rentrez chez vous, *señorita*... Ce spectacle n'est pas
pour vous. Nous allons faire bonne garde autour de la
maison. Nous veillerons sur vous. Vous n'avez plus rien à
craindre.

Je tremblais. Je ne pouvais détacher mon regard de ces
corps, de ces visages dont les yeux demeuraient obstiné-
ment ouverts et tournés vers un ciel bleu qu'ils ne voyaient
plus.

— Je vous remercie, Pablo... Sans vous...

J'éclatai en sanglots. Pablo me prit par le bras et me
conduisit au patio. Angustias s'y trouvait. Elle nous fixait
avec hébétude, comme si elle ne comprenait rien à tout
cela...

— C'est la guerre, murmura Pablo.

Je protestai :

— Mais pourquoi Antonito, Pablo ?... Il n'avait que
huit ans.

— Ils ont tiré dans le tas... C'est la guerre...

Le soir même, Juan, tu revins à la maison prendre congé
de nous. Tu étais réellement prêt à te battre pour la
République. Je n'en croyais pas mes yeux. Même Angustias t'injuriait :

— Vous allez vous battre pour ces bandits, *señorito* ?
C'est une honte... Si Monsieur vivait !...

Heureusement il n'était plus là. Qu'eût-il dit ? qu'eût-il
fait ?

Tu partis le lendemain, nous laissant sous la surveillance
de Pablo et de ses hommes, qui couchaient dans la maison.
Et la guerre parut s'éloigner, n'être plus qu'un cauchemar... Je ne savais pas encore ce qu'elle était réellement :
la suprême expression du Mal, son temps de gloire. Car les
hommes y trouvent un prétexte à déchaîner leurs instincts
les plus bas.

Deux jours passèrent. Nous écoutions la radio et apprenions l'avance foudroyante des troupes franquistes. Dois-je te l'avouer ? Cela me réchauffait le cœur. Car j'avais peur. Peur des miliciens, peur de ces poings levés, peur à en mourir de cette haine qu'on lisait dans les yeux des soldats qui se succédaient à « La Parra » pour prendre du repos avant de rejoindre le front. Cette populace m'épouvantait. J'évitais de les voir et me tenais enfermée dans ma chambre. Je cherchais à savoir où se trouvait le front. Et soudain, par une chaude journée de ce mois de juillet, le 20 très exactement, je vis trois voitures se diriger vers la maison. C'étaient les phalangistes de Cordoue qui, le 18 au soir, avaient réussi à s'emparer de la ville et, en quarante-huit heures, à libérer plusieurs villages avoisinants.

Je n'en croyais pas mes yeux. Je sanglotais, j'étreignais sur ma poitrine ces enfants de vingt ans. Je leur racontais ce qui s'était passé à « La Parra ». Nous chantions, buvions... Ah ! cette journée !... Je pensais que la guerre était finie. Elle ne faisait, hélas ! que commencer !

J'ignorais où tu étais, ce que tu étais devenu. Mais j'espérais que tu étais en vie et reviendrais bientôt à « La Parra ». C'est alors que j'appris par un jeune lieutenant de la Phalange qu'on te recherchait activement et que, si on te retrouvait, tu serais passé par les armes. Du coup toute joie se retira de moi. La guerre n'était pas finie. La mort rôdait encore autour de « La Parra ».

C'était par une nuit noire et profonde. Pas une étoile. Un orage menaçait et tournoyait autour de la maison. Je dormais pourtant. Soudain j'entendis frapper à la vitre. J'ouvris la fenêtre. Tu sautas dans ma chambre et te laissas choir sur mon lit :

— Je n'en peux plus, balbutiais-tu... Je n'en peux plus...

Je ne savais que faire. Je voulus aller réveiller Angustias, mais tu m'arrêtas d'un geste :

— Personne ne doit savoir que je suis ici, Tara. Ou bien, je suis un homme mort... Il faut que tu me caches...

— Moi ?...

Je te regardais sans comprendre. J'avais peur de tout et de n'importe quoi. La maison était pleine d'officiers franquistes. L'un d'eux dormait dans la chambre voisine.

— Ils sauront que tu es revenu. Ils t'arrêteront...

— Non. J'ai pensé à tout. Je vais me cacher au-dessus des écuries. Tu retireras l'échelle et je fermerai la trappe. Chaque jour tu viendras me donner à manger...

Ton visage était livide ; une barbe de trois jours te couvrait le menton. Tes mains tremblaient.

— Ma vie est entre tes mains, Tara... Sauve-moi !... Je vais rejoindre ma cachette...

Personne ne devina ta présence dans la maison. Pas même Angustias. Le soir, avant le dîner, je me rendais aux écuries ; j'y déposais un colis ; puis j'attendais que tu te laisses glisser le long de l'échelle. Je t'apercevais chaque jour un instant, juste le temps de savoir que tu étais en vie. Je finissais d'ailleurs par oublier le danger que tu courais. Car personne ne se souciait plus de toi. Seule Angustias te pleurait :

— Qu'est devenu Monsieur ?... Pourvu qu'il soit en vie !...

Je souriais intérieurement. C'était un secret entre nous deux. Ton sort était réellement entre mes mains. Et j'étais heureuse de cette confiance que tu me faisais. « Peut-être qu'après la guerre nous pourrons recommencer à vivre ensemble ? » me disais-je.

Nous étions convenus d'un endroit où tu pouvais déposer un billet. J'y répondais par les lettres dans lesquelles je te donnais des nouvelles de la guerre, de « La Parra ». Toi, tu réclamais un rasoir, un livre, un chapelet.

Ainsi notre vie semblait-elle s'organiser. Il suffisait d'attendre — d'attendre et d'espérer.

IX

Je ne sais plus comment poursuivre ce récit, Juan. Il me semble que tu en connais la fin. Moi, je l'ignorais. J'étais heureuse parce que tu avais enfin accepté de me faire confiance. Les mois succédaient aux mois. Une année s'écoula. Tu t'habituais à ton existence de reclus. La nuit, il t'arrivait de quitter ta cachette et de faire quelques pas sous les oliviers. « La Parra » était redevenue ce qu'elle était avant la guerre : une vaste propriété emplie d'un calme bonheur. Les officiers rebelles avaient quitté le *cortijo* ; le front s'était déplacé plus au nord. La guerre allait semer la mort ailleurs, sur d'autres terres et parmi d'autres hommes. On se battait aux portes de Madrid. Le général Queipo de Lano nous promettait chaque soir une victoire prompte et rapide. Mais les semaines et les mois se passaient sans que cette victoire tant attendue vînt mettre un terme à tant d'horreurs et à tant de crimes inutiles.

Nous avions l'impression de nous trouver à l'abri de cette fureur collective. Nous entendions parler de meurtres et d'enlèvements ; mais ces choses-là faisaient pour nous partie d'un autre monde. Il nous paraissait impossible que « La Parra » fût à nouveau le théâtre de ces crimes. La guerre, pour nous, n'avait duré qu'un jour. Il nous avait suffi. Nous croyions y avoir atteint le fond de l'horreur.

Ton existence ne devait pas être drôle, caché dans ce grenier, au-dessus des écuries, sans autre compagnie que les livres que je te prêtais. Mais tu ne te plaignais jamais. Chaque jour nous apportait pourtant sa cargaison de tristes nouvelles : des amis disparaissaient, d'autres étaient retrouvés morts au bord d'une route. Car la terreur blanche avait pris la relève de la terreur rouge. On fusillait beaucoup à Cordoue, et tout aussi inconsidérément qu'avant l'Insurrection. Les jeunes phalangistes exerçaient des vengeances personnelles. Il semblait qu'un raz de marée submergeât l'Espagne sur laquelle flottait un nuage sombre qui sentait le soufre et la mort...

Mais je t'avais. Maintenant je pouvais aller te rejoindre la nuit, quand tous dormaient. Nous nous asseyions sous un arbre. Je te regardais manger. Je te dévorais des yeux. Jamais tu ne me parlas de notre passé, ni de toutes ces années où je m'étais employée à te détruire. Je croyais que je pourrais enfin connaître la paix et ce bonheur paisible dont j'étais, depuis ma plus lointaine enfance, si avide !...

Cela dura un an, Juan. Je pus me croire sauvée. J'avais oublié le Mal. Le souvenir de ma mère avait cessé de m'obséder. Je ne vivais plus que pour ces heures où je te retrouvais, et où, à l'ombre des oliviers, je t'entendais parler de la paix et de ce que serait notre vie. Tu me regardais avec tendresse ; quand je revenais sur mon triste passé, tu m'arrêtais d'un geste :

— Pourquoi éternellement revenir sur ces mêmes choses ? Oublions cela, Tara... Tu as été victime de ton passé. Dis-toi que ta mère est morte et que ton mari t'aime...

Je me sentais inondée de bonheur. Tu me revenais malgré tant de dissentiments et de haines qui auraient pu nous détruire !

Il arriva par une soirée chaude et empourprée. Je me trouvais sur la terrasse. J'aperçus l'automobile noire, qui soulevait un nuage de poussière. La nuit s'installait déjà sur « La Parra » et l'ombre glissait sur les oliviers ; le Guadalquivir, dans le lointain, avait la couleur du sang.

Angustias survint.

— Il y a un officier en bas... Il va passer quelques jours ici et semble fatigué. Il demande si vous pouvez le loger...

Je descendis au rez-de-chaussée. Je ne vis d'abord dans le patio que son uniforme noir et sa chevelure d'ébène. Il me parut très grand.

— Vous désirez ?

L'officier se retourna. Je crus vaciller. Il n'était pas beau. C'était pire : tout en lui respirait une virilité sûre de son pouvoir. Ses prunelles marron dardaient sur moi des flammes. Je me sentis rougir.

— Ma domestique m'a annoncé que vous désiriez rester ici pendant quelques jours...

Il sourit, mais d'un sourire sévère, sans aménité.

— Oui, je reviens du front... J'étais à Madrid la semaine dernière...

Je le regardai avec intérêt.

— Madrid tombera bientôt ? demandai-je.

Il fixa sur moi un regard ironique, presque méprisant.

— Pourquoi voulez-vous que Madrid tombe ?

— Queipo de Lano a dit...

— Queipo de Lano est un âne. Tous les militaires sont des ânes d'ailleurs... Sauf moi.

Il disait cela avec une tranquille assurance, comme s'il se fût agi d'une évidence. Il promenait autour de lui un regard interrogateur.

Je ne vivais plus. J'étais suspendue à ces lèvres, à ces yeux, à cette froide insolence.

— Vous êtes d'ici ? hasardai-je.

Il me regarda de nouveau, m'évaluant comme si j'avais été un chien ou un cheval.

— Non...

— Du Nord ?

— Si l'on veut... Je suis castillan. De Burgos. Vous connaissez ?... Aucune importance. Burgos est une ville affreuse, qu'on devrait éviter à tout prix. Il y a, paraît-il, une cathédrale, mais je ne l'ai jamais visitée...

Il y eut un silence. Tout vacillait autour de moi. Pourquoi, mon Dieu, fallait-il que cet homme survienne à ce moment ?

Le silence se prolongeait... Enfin il reprit, le plus naturellement du monde :

— Vous n'avez rien à manger ?... Je meurs de faim...

Je rougis une fois encore, sottement.

— Si, bien sûr... Je vais m'en occuper...

— Non, restez...

Il posa sur moi ses yeux dépourvus de toute chaleur humaine et ajouta :

— Votre domestique s'en chargera...

Puis, sans me quitter des yeux :

— Il y a longtemps que je n'ai vu une femme. Une vraie... Rien que des cantinières ou des marquises en quête d'émotions.

Je ne répondis pas. Que pouvais-je dire ? Cet homme me dominait. Il me semblait le diable. Je me suis souvent demandé si ce n'était pas Lui. Il y avait dans son attitude comme un mépris, une lassitude dédaigneuse qu'on rencontre chez les gens qui ont trop vécu et que rien ne peut plus émouvoir.

Il s'assit dans un fauteuil, cligna des paupières.

— C'est à vous cette maison ?...

J'en convins, d'un geste.

— Et vous vivez seule ici ?

— Je suis mariée...

J'avais lancé cela comme un défi. Mais il parut n'y attacher aucune importance.

— Et votre mari se trouve, bien entendu, au front ? demanda-t-il au bout d'un instant.

J'avais la gorge serrée. Je ne pouvais avaler ma salive. Je balbutiai :

— C'est-à-dire... Il... Enfin...

— Il est de l'autre côté, quoi !...

Je ne pouvais nier. Je vis alors ses lèvres pâles et minces esquisser un sourire. Il ne fit qu'une grimace dont le sens m'échappa.

— C'est cela l'aspect passionnant d'une guerre civile : une femme peut se trouver seule avec un homme qui, le lendemain, pourra devenir le meurtrier de son époux...

Je me raidissais. Intérieurement je priais Dieu d'éloigner cet homme de « La Parra ». Il déclenchait en moi une peur panique. Je devinais confusément que cet homme n'était pas de ceux qu'on puisse aimer dans la joie. Il y avait dans ses yeux et son sourire une cruauté physique. Je ne sais comment t'exprimer, Juan, ce que je ressentais :

cet homme voulait détruire mon âme. Non, je n'invente rien. Il me fixait d'un regard qui semblait dire : « Un corps, c'est bien, mais ce n'est pas assez. Ton âme, voilà ce qui m'intéresse. » J'étais secouée de frissons. J'aurais voulu m'enfuir. Mais je demeurais dans le patio, attendant qu'il daignât m'adresser la parole.

— Au fait, reprit-il brusquement, vous ne m'avez pas dit comment vous vous appeliez...

— Tara de Cardos...

— C'est curieux, murmura-t-il.

— Qu'est-ce qui est curieux ?

— Nous avons, l'un et l'autre, des prénoms peu ordinaires. Je m'appelle Val...

Il y eut un silence. Il faisait tout à fait nuit. La pleine lune éclairait le patio et le baignait d'une lumière presque trop crue. L'eau du bassin se plissait au gré de la brise...

Val se leva. Son uniforme noir accentuait sa pâleur. Pâleur n'est d'ailleurs pas le terme exact. Le visage de Val était bistré, très lisse, mat. Dur, carré, avec ses mâchoires fortes, il manquait singulièrement de chaleur humaine. Il avait l'insensibilité d'un visage de pierre. Soudain je faillis pousser un cri : je venais de découvrir que ce visage me rappelait celui de ma mère, de Tara. Leur ressemblance ne provenait ni de leurs traits, ni de leur regard ; elle trouvait sa source dans la région la plus intime d'un être : leurs âmes se ressemblaient.

Il s'aperçut que je le dévisageais et me lança :

— Je vous rappelle quelqu'un ?

— Oui... Une femme... Une femme que j'ai bien connue...

Il voulut de nouveau sourire, mais ne le put. Elle aussi avait cette façon de ne pouvoir sourire : elle retroussait sa lèvre supérieure pendant que le bas du visage demeurait figé.

— C'est la première fois qu'on me dit que je ressemble à une femme...

— Oh ! ce n'est pas ça... C'est...

Val haussa les épaules et se dirigea vers la salle à manger.

— Aucune importance...

Angustias avait dressé la table et Val s'assit, sans même me consulter, à la place qui avait été, depuis toujours, celle de mon père.

Je m'assis près de lui et le regardai manger. Je m'aperçus soudain que je prenais, inconsciemment, l'attitude humble des femmes espagnoles ; la tête baissée, les mains croisées sur les genoux. Cela m'agaça. J'essayai de me redresser, mais cet homme me paralysait.

Val mangeait sans se presser. Il me tendit son verre et, instinctivement, je le remplis. De nouveau je me sentis rougir, de quel droit disposait-il ainsi de moi ? Mais mon orgueil se brisait contre cette froideur distante et méprisante. Une chaîne invisible me rivait à cet homme. Ce sont des choses difficiles à admettre et à comprendre... Peut-être lui appartenais-je, en effet ? Peut-être n'était-il rien d'autre que l'accomplissement de mon destin ?

Il rejeta son siège, alluma une cigarette, émit un grognement de satisfaction et déclara :

— Décidément j'aime la guerre...

Je le regardai, étonnée. Il partit d'un grand éclat de rire :

— Cela vous choque ?... Mais s'il n'y avait pas eu la guerre, je ne serais pas ici et vous ne m'auriez pas rencontré.

Je restai coite... Une vague tristesse broyait mon cœur. Je me levai, pris congé de lui et regagnai ma chambre. Il me regarda partir sans faire un geste.

Je m'étendis tout habillée sur mon lit. J'attendais qu'il se couchât pour t'apporter tes provisions du lendemain. Je me sentais fiévreuse, me tournais et me retournais sur ma couche.

Dehors les grillons chantaient, les grenouilles coassaient. Des moustiques vrombissaient dans la chambre. Je me levai et m'appuyai à l'un des battants de la fenêtre ouverte. L'air m'enveloppa de ses effluves parfumés. Là-bas luisait sous la lune le cours nonchalant du Guadalquivir. Plus loin les lumières de Cordoue trouaient l'obscurité. Dans ses prisons des hommes devaient comme moi regarder cette nuit et aspirer avec la même avidité cet air caressant, lourd de parfums. Certains d'entre eux ne verraient sans doute pas se lever le jour. Et moi, n'étais-je pas en prison aussi? Certes aucune muraille ne me séparait de la liberté. Mais j'étais enchaînée au Mal. Il me tenait et ne me lâcherait plus.

Minuit sonna. Val devait dormir. Je descendis sans bruit au rez-de-chaussée et tournai le commutateur électrique. L'éclaboussement de la lumière blessa d'abord mes yeux. Puis je commençai à emplir le panier en osier que je déposais chaque soir au pied de ta trappe. Je pris un papier et traçai pour toi ces quelques mots :

Sois prudent. Un officier franquiste loge dans la maison. Il restera ici deux ou trois jours. Ne quitte pas ta cachette. Je t'embrasse. Tara.

Je pliai le billet. Soudain je jetai un cri d'effroi : une main venait de se poser sur mon avant-bras et m'arrachait le billet.

— Remettez-vous, voyons... Ce n'est rien...

Je chancelai et m'adossai au mur. Je devais être pâle comme une morte.

Val parcourut le billet, le replia soigneusement et le remit dans mon panier.

— Vous devriez lui apporter quelque chose de chaud. Rien n'est plus déprimant que de manger froid tous les jours...

Il sortit un paquet de cigarettes, en alluma une, puis :

— Il y a longtemps qu'il vit caché ?

— Plus d'un an...

— C'est un homme patient.

Val parlait d'une voix presque neutre, indifférente.

— Allez le retrouver. Je vous donne ma parole d'honneur que je ne vous suivrai pas. Je me trouvais, par hasard, dans la salle à manger, je vous ai vue passer et suivie... Soyez sûre que je n'ai rien d'un policier.

Je m'approchai de lui.

— Merci, murmurai-je.

— Merci de quoi ?... Ne l'affolez surtout pas. Ne lui

dites pas que je sais qu'il est dans la propriété. La peur est mauvaise conseillère...

Je voulus le croire...

J'allai donc dans les écuries et frappai les trois coups convenus ; puis je plaçai l'échelle et tu te laissas glisser.

— Je croyais, me dis-tu, que tu ne viendrais plus...

— Il y a eu du nouveau...

Tu allais manger et t'arrêtas comme frappé de stupeur.

— C'est grave ?

— Non... Un officier. Il loge à la maison. Il restera, je crois, deux ou trois jours...

— Il n'a rien deviné ?

J'hésitai. Mon hésitation ne dura qu'une fraction de seconde, Juan, mais elle contenait tout notre destin.

— Non. Il dort. Il revient du front.

— Comment est-il ?

Tu me regardais avec insistance et je lus dans tes yeux un soupçon qui osait à peine se formuler.

— Pas très jeune, balbutiai-je.

Tu parus soulagé et te remis à manger. Tu avais l'air, Juan, d'une pauvre bête traquée, déjà prise au piège, mais qui se croit encore libre, parce qu'elle peut assouvir sa faim.

— Il faudra quand même faire attention. Il suffirait d'un détail pour qu'on soupçonne ma présence... Tu es sûre qu'il n'a rien deviné ?

— Puisque je te le dis !

Pourquoi ce mensonge, Juan ? Je me le demande encore. Rien ne m'y obligeait. J'aurais pu te prévenir, te dire ce qui s'était passé. Tu aurais fui... Je ne l'ai pas fait. J'étais dominée. Pis que cela : possédée. Je sais que les esprits positifs hausseront les épaules. Toi, tu peux comprendre, Juan. J'étais depuis longtemps l'esclave du péché. Je ne pouvais plus rien pour me défaire du mensonge, car c'est le Père du mensonge qui m'habitait. Il m'habitait depuis vingt-cinq ans, depuis ma plus tendre enfance. Il s'était introduit en moi à la faveur de l'amour que je vouais à l'une de ses créatures les plus asservies...

Nous nous embrassâmes. Ce baiser était déjà celui de la

trahison. Il me souvient que je détournai vite la tête et que tes lèvres effleurèrent à peine ma joue. Mais tu étais trop troublé pour t'en apercevoir. Tu chuchotais encore, en remontant : « Surtout pas d'imprudences !... »

Je me dirigeai lentement vers la maison que la lune baignait d'une lumière violente. Je marchais sur la terre refroidie, livrée au sommeil. Les oliviers étendaient à perte de vue leurs ondulations argentées, pareilles à une mer agitée. Un silence peuplé de cris, d'appel, s'étendait sur « La Parra ». Comment imaginer devant une telle nuit que c'était la guerre et qu'à Cordoue l'on fusillait des hommes ? Comment songer que leur sang venait rougir les eaux calmes du fleuve ?

Je tressaillis. Un point lumineux, minuscule, trouait l'obscurité. Je marchai vers ce point, comme fascinée.

Je dévalai une pente en écrasant des mottes d'une terre épaisse, sèche, craquelée, qui se défaisait en poussière.

Val m'attendait. Je compris qu'il m'attendait. Il se tenait le dos appuyé au tronc d'un olivier, une cigarette aux lèvres. Je m'arrêtai et la nuit, brusquement, retint son souffle. Le silence devint insoutenable. C'était comme une trêve dramatique qui suspendait le temps.

Nous étions l'un devant l'autre. Val ne bougeait pas. La lueur de sa cigarette éclairait son visage. Ses yeux, dans l'obscurité, avaient des lueurs menaçantes. Je ne vivais pas. La vie m'abandonnait, comme elle semblait abandonner « La Parra ».

Enfin il jeta sa cigarette, l'écrasa soigneusement avec le talon de sa botte et fit un pas vers moi. Sans un mot, il commença de caresser mon cou, mes épaules, et, sans se hâter, me dévêtit. Je fus bientôt nue. Il ne disait toujours rien. La peur me raidissait, une peur voisine de l'angoisse.

— Pourquoi trembles-tu ?

J'eus un sourire crispé. Val me regardait avec un étonnement glacé.

— Je n'ai pas l'impression que tu aies souvent eu affaire à des hommes... Je me trompe ?

— Non...

Je pouvais à peine parler. Je ne voyais, n'entendais plus rien. Je subissais les caresses de Val avec la docilité d'un chien. Il ne s'agissait certes plus d'élan ni de beauté, mais d'une démonstration froide et inhumaine. Ses mains, ses lèvres, sa peau, ses jambes, qui enserraient les miennes, faisaient de moi un être terrassé, incapable de quelque réaction que ce fût.

Pourquoi te dire ce que fut cette nuit, Juan ? Ne crois pas que je veuille te faire souffrir vainement. Je veux seulement te prouver que cet homme était le Diable. Il devinait les moindres exigences de mon corps, penchait sur moi un visage grave et attentif, prêt à comprendre mes caprices les plus secrets et que, pour rien au monde, je n'eusse osé formuler à voix haute. Il comblait ma faim avec la patience d'un orfèvre et sans paraître, le moins du monde, se soucier de son plaisir.

Je ne t'ai rien caché, Juan, de toutes les humiliations que ma quête du plaisir m'a values tout au long de ma vie. Cette nuit-là pourtant, j'ai touché le fond de l'abîme. Val ricanait.

— Ton mari dort, Tara ? Non, il se cache. Il tremble de peur... Il a peur de mourir... Dis-moi que tu serais capable de le tuer pour une minute de l'amour que je t'ai accordé. Dis-le, Tara. Je le lis dans tes yeux, mais je veux te l'entendre dire...

Il m'empoignait par les cheveux, tournait ma figure vers la sienne. Et, dans un murmure, avec un désespoir farouche, j'articulai :

— Je serai capable de le tuer...

— Pour rien... Parce que je le veux et que tu m'appartiens. Pour aller *jusqu'au bout*... Dis-le, Tara.

— Arrête, Val... Je t'en supplie... Arrête...

Je pleurais et claquais des dents. Je palpais avidement, avec une soif que rien ne semblait pouvoir étancher, ce corps dur, rocailleux.

— Personne n'a jamais su t'aimer, Tara... J'ai tout de suite deviné que tu étais de ma race. Tu es faite pour le pire... Et je désire que tu commettes le pire... Ce n'est pas ton corps que je veux... N'importe qui peut posséder un corps... C'est ton âme que je veux m'asservir...

« Je veux, Tara, que tu choisisses, froidement, lucidement, l'enfer ; je veux que tu sois damnée et que tu le sois pour rien... Pour ces trois nuits que je t'accorderai...

Il me soulevait de terre, m'entraînait vers la maison. Nous nous retrouvâmes dans le salon que la lumière de la lune éclairait. Je tenais mes vêtements à la main. Il me les arracha, les jeta par terre, puis, d'une voix rauque, m'ordonna :

— Prends ce téléphone, Tara. Tu vas appeler Cordoue et demander la police. Tu dénonceras ton mari et révéleras l'endroit où il se cache...

Mon visage ruisselait de larmes. J'entendais les battements de mon cœur. J'étais à bout de forces...

Val s'installa sur le divan et alluma une nouvelle cigarette.

— Val !... Pas cela !... Il est bon... Il ne m'a jamais fait de mal... ni à personne...

J'entendis un affreux ricanement.

— Justement. C'est cela que j'exige de toi : tuer un innocent...

Il s'esclaffa plus fort, et ajouta :

— Nous nous baignerons dans son sang et ce sang nous liera à jamais l'un à l'autre... Tu m'auras donné la seule preuve d'amour qui puisse encore m'intéresser : ton salut...

L'aube se levait. L'horizon verdissait. Des lueurs d'incendie éclairaient les sommets de la Sierra. L'air devenait caressant comme du velours. Le parfum de la menthe et du chèvrefeuille montait jusqu'à nous. Je ne dormais pas. Val fumait. Nous nous taisions. Je ne pensais plus. J'attendais, tout simplement.

J'entendis le bruit des moteurs, les portières qu'on ouvrait ; des cris me parvinrent. Val me souleva et me porta jusqu'à la fenêtre. Deux hommes en uniforme te poussaient vers une voiture. Tu trébuchas, tombas... Les soldats s'acharnèrent sur toi. Tu devais saigner du nez, car tu te tamponnais le visage avec un mouchoir. Avant de monter, tu te tournas vers nous. Tu dus nous apercevoir, immobiles, ombres livides dans cette aurore triomphante. Et un long sanglot déchira l'air...

Je n'ai plus rien à te dire, Juan. Tu connais l'épilogue. Ils ne t'ont pas fusillé. Ils ont eu pitié de toi parce qu'il leur a semblé que je t'avais suffisamment puni.

Tu es rentré à « La Parra » en novembre 1939, après avoir passé plus de deux ans en prison. Tu as vu des hommes mourir en invoquant leur mère et leur femme. Tu ne pouvais invoquer la tienne. Quand tu es rentré, tu n'étais plus qu'une ombre. La maladie te minait. J'ai de nouveau voulu te parler, t'expliquer... Tu as refusé de m'entendre et même de me voir. Nous vivons depuis deux ans, chacun dans notre chambre, toi luttant contre ton mal et moi m'acharnant encore sur ma plaie inguérissable.

Je n'ai pas entrepris cette longue confession pour que tu me pardonnes. J'ai choisi mon Destin et il est juste que je paie. Je désire simplement que tu acceptes que le Mal existe et qu'il y ait des êtres qui en sont possédés.

Il fera bientôt jour. Déjà la terre émerge, avec une majestueuse lenteur, de l'ombre qui la recouvre. Le ciel pâlit. Les coteaux de « La Parra » respirent. Des bruits, qui bercèrent mon enfance, emplissent l'air. Un nouveau jour commence. Car je te l'ai dit souvent, Juan : toute nuit s'achève. Demain peut-être ?...

Anglet, 1957-Paris, 1962.

IMPRIMERIE BUSSIÈRE À SAINT-AMAND (CHER)
DÉPÔT LÉGAL JUIN 1990. N° 12243 (1139)

Collection Points

SÉRIE ROMAN